秀華文創

在身心一如的美學圖示下，合宜地融攝了地方知識與傳統技藝；
書寫，作為一種自我的展演，從而開展出「成其所是」的價值。

知識、技藝與身體美學

Knowledge, Artistry and Somaesthetics in Taiwan Indigenous Literature

台灣原住民漢語文學析論

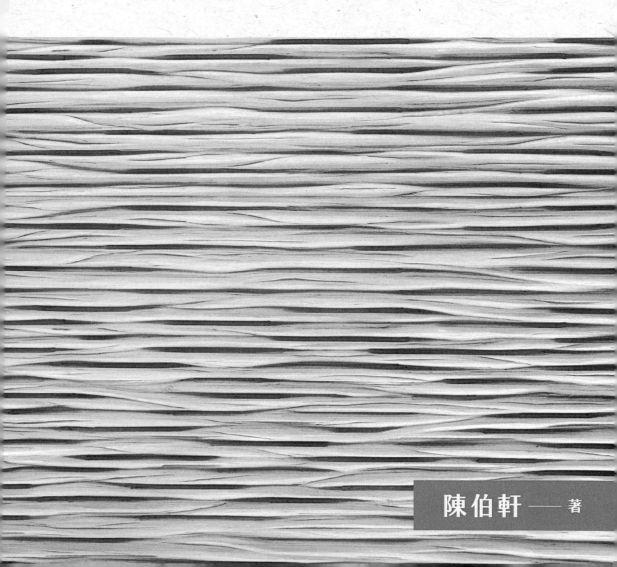

陳伯軒 —— 著

有距離的接近

　　做為一位指導老師，學生的博士論文受到肯定並出版，即使自己的貢獻有限，仍然是一件非常愉快的事。這樣的愉快心情，對我來說，不完全是純學術的，很大一部分原因或許甚至跟學術毫無干係。

　　我自己已無法弄清楚伯軒怎麼會來上我的課，還決定選原住民的題目做博士論文。我注意到他，是因為發現他對原住民議題的關心不完全放在某種人道意識或殖民論述的反省框架上，他保持了與原住民一定的距離。這種心態，觸及了我對自己民族問題最深卻始終隱而未發的立場。我當然完全了解原住民在近代歷史行程中所受到的不正義對待，對同胞遭遇的苦難也感同身受。但，我不認為「糾正」歷史可以解決我們的根本問題。我們必須迎上前去，重新發現民族的能動性和創造力，才能真正贏回自己的尊嚴。歷史的反省和批判，不是為了給自己找藉口，更不是為了歸罪給別人，而是勇於面對自己、死於過去。我把這樣的實踐立場稱為「朝向死亡的敞開性」，我們必須學習和自己的歷史處境及遭遇保持一定的距離，才能有效地行使我們的自由意志。

　　歷史因而只是問題的一個側面而已，理解它是為了超越它，而不是被它綑綁。同樣的，文化的研究不是要它變成木乃伊，而是要它成為我們想像力和創造力的資糧。因此，原住民的議題不是一個孤立的事件，它的全貌也不是單從殖民經驗的比較、批判得以掌握。在我看來，原住民問題的根源，其實是我們如何理解「人」的問題，它應該是一個哲學人類學的問題（philosophical anthropology）；對這個問題的回答，其深度和廣度也遠遠超過對一個部落民族處境的回應。這便是我長久以來，面對自己民族問題時，小心翼翼、極力避免的陷阱。然而這樣一種保持距離的接近，是兩面不討好的事，軟、硬心腸都得具備。伯軒的論文，選擇「人學」（philosophy on man）的立場討論原住民漢

語文學中「知識/姿勢」、「記憶/技藝」間相互作用的情況，等於將長久以來深埋在我心底的焦慮和盼望展露了出來，怎能不令我暢快！不過，得聲明的是：伯軒是一個自主性極高的學者，他有他自己的學術理想；對文學，也有他由身到心自我實現的方式；論文的經營、論述邏輯和得出的結論，完全是他的努力和思想的結晶。

　　未來原住民的研究一定會愈來愈寬廣，也會愈來愈觸及人的現象之全幅領域，自然和人為、部落與國家、神聖與世俗、身體與科技……；這些問題自古以來就一直困擾著人類。原住民的存在，為這些問題的答覆和解決，保留了一個原始的活力，讓我們有機會不斷的回顧原初的自己。

孫大川
Paelabang danapan

109.11.25

以記憶為名

　　伯軒是我政大中文所的學弟，我們同樣師承孫大川老師，並在原住民族文學領域確認並認識自己。因此，伯軒請我為這本專書寫一篇序言時，我隨即允諾，也開始了帶著這本專書初稿通勤的日子。通勤形塑了閱讀時間的連續與片段感，常常讓我忘了讀到哪裡，或是臆測這一節或許已經看過。種種思量，證明了人的記憶不甚可靠，也因此相信記憶需要各式技藝的鍛練，我於是逐漸感受到撰寫這篇序言的起點與某種招喚。

　　每一個人都有記憶，卻不見得能將「記憶」安放在自己身上。對原住民族作家而言，能否安放的焦慮更是如此。作家們書寫著原初的記憶與現在的記憶，重燃火塘，以此回應現代社會以理性為名的框架。以理性為名，「知識」建構的脈絡有跡可循。伯軒指出原住民作家們面對現代知識的姿態，呈現了一連串反思之歷程。首先，現代知識無法提供族人「出路」，呈現了與生活經驗落差的「出入」，在這樣的情況下，族人重新思考並發揮在地知識的價值，並在這樣的契機下深化了認同的思索。不過，如同前輩陳張培倫對原住民知識內涵的提醒，我們與其確認一個本質性的定義，不如留意因著時空環境變化、以及與外界互動所形構的原住民族知識。這一動態過程，伯軒捕捉到了夏曼‧藍波安行文中的反省與寬容、以及瓦歷斯‧諾幹提高知識層次的各式努力。形構在地知識（原住民知識）的過程中，記憶的現身是從「老人家都是這樣說的」開始，作品如此，生命亦復如是。

　　每一個人都有記憶，卻不見得都能覺察記憶的韻味，因此，為了讓記憶的味道發酵，我們需要身體力行的技藝。技藝是什麼？伯軒從技藝之知、技藝致知的角度詮釋，正是夏曼‧藍波安秉持的信念——原初的勞動無非就是傳統知識的承繼與再生。對族人而言，延續「老人家都是這樣說的」的記憶，除了繼

續說下去，也包括實踐老人家所說的日常。伯軒闡述技藝作為一種知識、一門功夫，身體於是成為理解、感知與思考的場域。於是，我們得以見證夏曼‧藍波安的表述：「勞動與歲月刻在老人身體和臉龐的痕跡，是生命飽滿、充實的表現，是踏實、勤奮生活的見證」；又或是體會拉黑子‧達立夫的詩句：「孩子的氣魄／是大浪一次又一次拍打身軀」。身體力行鍛練了技藝，族人也在這過程中承接了記憶；身體承載自身與環境的對話，作家藉此創造審美經驗的格局，對伯軒而言，這正是原住民族作家「成為自己」的重要方式。

每一個人都有記憶，對原住民作家來說，書寫亦是一項技藝的鍛練。伯軒從「文學創作的獨立與遊戲」展開原住民族文學、美學的思索。首先，過往前行研究指出原住民族文學的美學、文學性匱乏之問題，伯軒指出對於原住民漢語文學的審美要求，與其落實在創作者身上，不如更直接地落實在評論者的眼光；與其重視符號形式美學之立場，不如思考一種閱讀視野轉換的可能性。我認為這番見解相當有趣。原住民族文學的「文學性」探討層面複雜，我同意文學性之建構包括創作者、評論者以及不同族群的參與，這也形成創作與「族群特色」的共構關係。不過，我們除了反思並意識到此一動態過程，還可以如何觸探文學性之意義？伯軒援引美學之父鮑姆嘉藤（Baumgarten）的說法，指出「美學」並非是要討論一個物象是否具有「美」的特質，而是要探討人類感性認識之問題，因此，原住民「文學的美」，觸及讀者對原住民族文學「感受力」之命題，是一種從作品中關注、理解「生活感性知識」的過程。在這個基礎上，伯軒指出班雅明（Walter Benjamin）在〈說故事的人〉將說故事的技能連結到傳統手工業的世界中，強調口口相傳的經驗是所有故事敘述者在其中汲取利用的泉源，把故事以文字寫下的作家中，其最偉大者，便是最不背離千萬無名說故事人的口語風格者。在這個延續的過程下，伯軒指出口語的魅力、口傳文學將是凝聚生活之中感性知識的節點。

我曾寫一篇探討族語書寫的文章〈舌尖與筆尖之間〉，其中討論了布農族作家卜袞‧伊斯瑪哈單‧伊斯立端的主張與書寫實踐。對卜袞而言，其書寫起點為「擁有文字的民族至今不但存活，而且文字的關係創造出無限可能。」作

者透過日常布農族語對話、族語文字化之探索、語言學探析、運用族語創作等四個面向，進而得出「布農族語文學」的知識體系和情感結構。然而，關於「族語」與「族語文學」的理解，作者指出：「沒有文學的語言是沒希望的，布農語還是日常說的布農語，沒有帶來感動人心的力量。」因著這樣的理念，卜袞致力於建構具有文學美感的布農族語文學，其作法即是轉化過去先人口述、說故事、祭儀、諺語、吟唱等口述語言為文字，再加以精緻化為文學語言。我認為用文字書寫將祖先的靈魂與自己的靈魂融合在文學創作裡，成為繼承和繼續前進的動力元素，這樣的想望，或許是原住民書寫者最為深刻的心得，最強而有力的感受，亦為最踏實的實踐。

每一個人都有記憶，在人類學者 James Clifford 對於復返（returns）的思考中，這是援引過去、詮釋現在、並且面向未來的重要方式。記憶與技藝的辯證與思考，是這本專論的精彩之處，也觸動了我一些想法。對老人家那一個世代而言，身體力行就是生活、就是日常，但對處於多方外力介入的世代來說，必須再次身體力行以感知記憶的底蘊，這份強調其實帶點哀傷的情緒。若非外在世界劇烈變化，若非內在世界出現裂縫動搖，何以不斷地以實踐趨近記憶中的日常？這麼一想，我的眼裡盡是孤單卻倔強的族人身影。冷海情深之外，沙力浪循著獵徑、循著獵人的腳步理解布農人與山林共存的契機，揹起一座座山林的書寫是他與高山協作們靠近記憶的方式。當沙力浪站在山巔俯瞰群山，聽著長輩叮嚀哪一區是祖先的獵區、哪一座山頭是布農人的傳統領域的當下，那份兼具感動與失落的情感實為真切。再者，那些重要的、原初的、具文化傳承的記憶與技藝能否在世代之間召喚同樣的感動？巴代《巫旅》筆下的女孩受到巫師的感召，卻不斷擺盪在現實社會與神靈世界之間，巴代真實地指出女孩所面對的不可承受之重。雖然小說中的女孩願意接受託付，開啟一趟穿越時空的追尋之旅，但生活之中真切地存在一群「沒有名字的人」，這些孩子重新思考記憶與技藝對自身的意義。潘宗儒等人完成《沒有名字的人》，對強而有力的身分認同略感遲疑，他們選擇混血的姿態——族群的、語言的、信仰的、認同的混雜存在。這些存在「形形色色」，如同馬翊航所說的族群認同不一定非得「堂

堂正正」，也因此族群記憶與技藝或許成為生命的選項之一，亦為過程之一。

　　撰寫這篇序言時，我常常聽著魏如萱的歌，其中一首歌的 MV 描述男子獨自一人在斗室的作為與神情，MV 最後字幕打上：「他不是忘了，而是一直想起來。」這首歌 MV 的詮釋令人揪心，這也讓我反思以記憶為名的難題。或許記憶不再只有一個版本，也或許技藝的實踐還需要時間檢驗，但我想我會記得在書寫這篇序言的過程中，再一次被原住民族文學感動的記憶。

陳芷凡

目 次

第一章　知識／姿勢與記憶／技藝的相互滲透

逐漸拉遠的視距

　　起初，本書的論題為「台灣當代原住民漢語文學『知識／姿勢』與『記憶／技藝』的相互滲透」，基本上論文題目可以拆解為諸多部分，每一個部分或重或輕都有在此研究中的意義。研究者的理解次序，形構出對於研究對象的認識、關懷，即便是相同的「題目」，在不同研究者的解讀下，也會因輕重不同、次序相異的狀況，顯示殊別的視野與立場。由是，首先將論文題目拆解成數個部分，以研究者對於此問題的理解順序著手，敘述本研究的立場與方法。

一、文學、原住民文學、原住民漢語文學

　　作為文學研究的專著，研究的初始往往單純來自於閱讀。在我的閱讀經驗裡，首先有意識開始接觸的原住民作家是夏曼・藍波安。所謂的「有意識」，乃是針對閱讀「文學作品」（此指現代文學經由文學市場各種機制而出版的成冊作品）而言，並不單單關注於夏曼・藍波安的原住民身分或文化主體認同等等嚴肅的議題。

　　此後，藉由系列性地閱讀，我從夏曼・藍波安旁及其他作家作品，這些作品的位置在我的閱讀意識中日趨豐富而具體。「原住民文學」的概念，次於「文學」而產生。此時「原住民」作為「文學」的限定詞，主要是以創作者血緣身分的認定為主，此處便開始碰觸到界定「原住民文學」的兩大方式：「身分說」與「題材說」。孫大川在〈原住民文學的困境〉曾對原住民文學進行界定：

將「原住民文學」的界定，緊扣在「身分」（identity）的焦點上是極為正確的，我們認為這是確立「原住民文學」不可退讓的阿基米德點。[1]

除此之外，孫大川仍然繼續就「題材說」進行廓清，認為「原住民文學」不但不以「題材」作為一個定義，甚至將題材與身分並立討論，都有可能造成觀念糾纏：

> 這種糾纏往往也容易形成一種誤導，使原住民文學的創作或界定無意識地選擇或侷限在「符合」自己「身分」的「題材」上。這不但使原住民的文學創作者，不敢大膽地介入其他題材或議題上；也在「原住民文學」之上無端地織成了一張過濾網，將具原住民「身分」而嘗試從不同角度，選擇不同題材的原住民作者，以各種理由排除在外。我們認為這是「原住民文學」最大的陷阱，不突破這一點，我們將走向死胡同，成為一灘死水。[2]

借用魏貽君的話來說，本書乃是討論「原住民的文學書寫」而非「書寫原住民的文學」[3]。

繼而接觸更多的原住民相關創作與研究，也開始拓展了對於「文學」的認識。理解原住民有豐富、淵源流長的「口傳文學」，甚至書面文學也有以倡導「族語」寫作者。浦忠成〈原住民文學發展的幾回轉折〉也曾有所分別：「台

---

[1] 孫大川：〈原住民文學的困境〉，《山海世界：台灣原住民心靈世界的摹寫》（台北：聯合文學，2000），頁151。

[2] 孫大川：〈原住民文學的困境〉，《山海世界》，頁152。

[3] 「我研究的對象是以具有原住民身分的文學表述、書寫者及其文本，不論他（她）是以何種的文學表現形式，或其書寫的內容為何，俱為本書的探討之列，至於非原住民的漢人、外國人以文學書寫原住民的作品，即使它們的創作動機、寫作內容及其書寫技巧是如何讓人肅然起敬，均非本書定義底下的『原住民的文學書寫』，但仍具有對比於原住民文學的參照價值。」見魏貽君：〈戰後台灣原住民文學形成的力系問題〉，《戰後台灣原住民族文學形成的探察》（台北：印刻出版社，2013），頁55。

灣原住民文學依其形成、傳播的方式以及創作的目的等因素加以區別，有口傳
文學及作家文學兩種」[4]，「至於原住民作家文學則是原住民運用書面語言——
文字作為書寫的工具，以散文、詩歌、小說、報導文學的形式進行情感抒發、
意志表出與思想陳述的文學藝術創作行為」[5]。只是按邏輯而言，浦忠成所言的
「作家文學」應當包括「族語文學」與「漢語文學」，但本書起始的意識所聚
焦之處，則是「漢語文學」。此處「漢語」作為「文學」的限定詞，在實際的
理解次序上，只存在提示有別於「族語創作」的概念。但真正進入研究時，原
住民使用漢語創作的問題，相當程度關乎「主體意識」與「文學美感」的遂成
與調整，將會有所論及[6]。

　　本書鎖定的原住民漢語文學作品，主要包含了小說、散文、詩歌等，之所
以不特意針對單一文類進行研究，是因為就文學創作而言，這些文類形式上的
區別，並不絕對影響我所關注的主題。浦忠成也認為，「在檢視原住民文學作
品時可以發現，作者們對於以何種文體寫作並不特別在意，有時候諸種文體的
寫作方式及其特徵會出現在一篇作品中，有些文章看似散文，卻又有小說的味
道」[7]。此外，以更寬和的方式檢視原住民漢語文學作品，也正意味著本書對於

---

[4] 巴蘇亞‧博伊哲努（浦忠成）：〈原住民文學發展的幾回轉折：由日據時期以迄現在的觀察〉，《思考原住民》（台北：前衛出版社，2002），頁131。

[5] 巴蘇亞‧博伊哲努（浦忠成）：〈原住民文學發展的幾回轉折〉，《思考原住民》，頁132-133。

[6] 董恕明在《山海之內天地之外》一書討論「原住民文學的一般定義」，區別的身分說、題材說、語言說三項。本研究沒有將語言說並列於題材說與身分說一起討論，乃是因為語言問題一開始在研究者的閱讀意識中相當程度就被限定成為「（漢語）文學」。直到進入研究時，意識到語言問題，那又已擺脫了界定文學的初始而到了對於「書寫符號（語言文字）」的研究。可參見董恕明：《山海之內天地之外——原住民漢語文學》（台南：國立台灣文學館，2013），頁12-14。

[7] 巴蘇亞‧博伊哲努（浦忠成）：《台灣原住民族文學史綱（下）》（台北：里仁書局，2009），頁851。許秀禎曾研究夏曼‧藍波安時論道：「尤其值得注意的是，他不但跨越了傳統文學體制的界域（這當然是(後)現代文學越界的型態之一），而且採行了類似神話傳說的口語形式，引進了歌謠、族語，並通過對同樣人事的一再重述，互文性地勾勒了達悟族人的生活與精神樣態……。」如果我的理解無誤，許秀禎對於夏曼‧藍波安的作品呈現文類混雜的情況，似乎比較傾向著以後現代情境下文學越界的情況解釋。然而，我認為對此觀點可以稍作斟酌。雖然形式上雖然是文類混雜，但夏曼‧藍波安作品所描述的達悟生活，乃至於反饋到他的文學實踐，都有一種朝向前現代的傾向。朝向前現代當然不意味著就是前現代，但那種書寫之中忽然轉向歌謠或運用族語等情況，有可能只是在作

「文學」的領會，隨著閱讀與思考的加邃，具有更多的彈性。

二、台灣、當代

「台灣」、「當代」作為「原住民漢語文學」的限定詞，起初的意義是一個時空的劃定。舉凡研究都必須劃出一個可堪執行的時空範圍，在此意義之下，「台灣」的限定較為模糊，似乎只是一個地理空間的限制。但我們仍可參考魏貽君所言，「『台灣』的空間性指涉，在本書的論述脈絡，並非只是單純局限於台灣的地理位置、行政轄區而論；對於一九八〇年代初期生成的原運參與者、文學書寫者來說，『台灣』的空間認識，蘊含著殖民歷史底下的『地理空間／文化認同』辯證關係」[8]。

「當代」一詞在詞義上的定義較為模糊，卻在本研究中有其不得不然的時間限定。本文限定的時間範圍為一九八〇年之後，最直接的理由在於台灣原住民漢語文學的生成勃發，八〇年代是一個指標性的關鍵時期。一九八〇年代拓拔斯・塔瑪匹瑪較早以漢文書寫、發表具有原住民族文化身分自覺的文學作品，根據魏貽君的研究指出，接下來的一九八四年是「戰後台灣原住民文學發展的關鍵年度」[9]，《春風》詩叢刊標舉了「山地文學」，接著一九八四年十二月二十九日原權會成立，「正式宣告戰後台灣的原住民族文化復振運動，邁入了泛族群的組織化集體行動」[10]。這時的原住民文學創作，以孫大川的話來說，走

者的生活具體情境之中自然而然的呈現，亦即是在於一種沒有強烈的現代文學文類畫分概念下進行的書寫。引文見許秀禎：〈原民書寫中的殖民意識與現代性——以田雅各、夏曼・藍波安為例〉，《中國現代文學》第 16 期(2009 年 12 月)，頁 138。

[8] 魏貽君：〈戰後台灣原住民族文學形成的力系問題〉，《戰後台灣原住民族文學形成的探察》，頁 39。

[9] 魏貽君：〈戰後台灣原住民族文學形成的力系問題〉，《戰後台灣原住民族文學形成的探察》，頁 31。

[10] 魏貽君：〈戰後台灣原住民族文學形成的力系問題〉，《戰後台灣原住民族文學形成的探察》，頁 35。關於原住民文學的發展與原運之間的關係，有許多複雜的交互影響與辯證，可參考魏貽君的相關研究〈受傷的「阿基里斯肌腱」？——原運的生成因素、原權會的價值再探〉、〈「莎赫扎德」為什麼要說故事？——「原運世代作者」的形成，及其書寫位置的反思與實踐〉均見前揭書。

入了「第一人稱的表達」[11]，浦忠成撰寫《台灣原住民族文學史綱》也指出，「此即一般所稱原住民文學『開始出現』的階段」[12]。

　　限定在八〇年代後還有一個關乎主題的理由。本書探討原住民如何適應或抵抗現代知識體系，以及如何安頓原住民傳統知識領域。這些原住民漢語文學的創作者，正是浦忠成所言「戰後出生並接受現代教育的原住民知識份子」[13]，「掀起了各族原住民願意重返榮耀的族群文化認同之路，進而帶動了『原住民傳統知識體系』的建構之為可能的願景」[14]，因此選定八〇年代之後原住民漢語文學作品，更可見許多原住民知識份子如何因應現代知識與建構傳統知識體系的相關問題。

---

[11] 「嚴格意義下的原住民文學，當然應該是指由原住民作者以第一人稱身分所作的自我表白。他人的描繪、記錄、揣摩，終究無法探入到我們的心靈世界。除非我們主動走出來，告訴別人我是誰、有什麼感受，否則我們永遠無法相遇。民國七十年代中期前後，原住民自覺性的社會和政治抗爭，促使許多原住民知識青年嘗試拿起筆桿來宣洩心中的吶喊。」見孫大川：〈原住民文化歷史與心靈世界的摹寫〉，《山海世界》，頁121。

[12] 浦忠成在此的分析又比較細緻，他分成「原住民族運動時期的文字表述」與「民族發展時期的原住民文學」，細審其意，前期原運時的著作實用性較強、文學性較弱，而後期「他們書寫意圖逐漸清楚的指向歷史、語言、文化的範疇，甚至已經明白的以『文學』為其目的，並且有了具體成果。此即一般所稱原住民文學『開始出現』的階段。」引文見巴蘇亞・博伊哲努（浦忠成）：《台灣原住民族文學史綱（下）》，頁848。

[13] 「台灣原住民作家文學的產生有幾個重要的條件，其一是戰後出生並接受現代教育的原住民知識份子大量出現，其二是台灣社會運動勃興及重視本土文化的風潮，促使原住民作者對於台灣社會與原住民知識份子在政府規劃中小學師資、醫生養成及特考的措施下，逐漸形成有史以來最龐大的原住民基層教育、行政及醫護工作團隊，對於原住民部落與社會的現代化確實造成一定程度的連鎖效應。」巴蘇亞・博伊哲努（浦忠成）：〈原住民文學發展的幾回轉折〉，《思考原住民》，頁133。

[14] 「台灣原住民族文學『原運世代作者』形成，是在一九八〇年代中期廣義的原運脈絡底下，經由自我族群文化身分意識的認同醒覺，透過不同的文學表述形式、身體實踐方式，以向社會的、部族的公共領域參與或學習而成。……透過各個部族一個接一個口傳神話故事採錄、改寫的表述，以及透過現代文類書寫形式的創作，向內顯示並對外證明原住民文化的生命接續、再創生機的可能性，召喚了各族的原住民知識青年、文學書寫者、文史工作者開闢不同形式的原運公共領域，掀起了各族原住民願意重返榮耀的族群文化認同之路，進而帶動了『原住民傳統知識體系』的建構之為可能的願景。」魏貽君：〈「莎赫札德」為什麼要說故事？〉，《戰後台灣原住民族文學形成的探察》，頁298-299。

三、知識／姿勢、記憶／技藝

　　「知識／姿勢與記憶／技藝的相互滲透」一語，牽涉了知識、姿勢、記憶、技藝彼此相互交涉的定義與涵攝。知識／姿勢、記憶／技藝兩組概念，其實標幟出傳統身心二元論下的對立。「知識」與「記憶」都是指涉一種概念性、精神式的產物、對象，「姿勢」與「技藝」則是代表了身體的踐履及操作。知識／姿勢、記憶／技藝相對而言，指的是原住民文學作品在某種程度上，面對現代知識與部落文化的衝突，顯示了一種知與行的差別、衝突。

　　魏貽君為文提及，廿一世紀以後，關於「原住民傳統知識體系」（Indigenous traditional knowledge system）的探討、論辯與建構，已是台灣學術界跨領域研究「原住民／原住民族」課題的發展趨勢之一，甚至成為國家制定保障原住民集體利益的重點立法項目。「事實上，早在一九九〇年代初始之際，即有多位不同族別的原住民文學創作者、文化論述者以及各異的修辭用語、各別的實踐位置，思索『原住民傳統知識體系』建構如何可能的相關議題」[15]。張培倫在〈建構原住民知識體系〉一文，將原住民知識體系定義為「一個世居某土地領域的原住民族從古至今為求其族群存續發展所形成的知識體系。它具有在生存處境中鞏固族群認同以及處理權力／資源爭奪或分配的能力。它包括著族群長久以來所形成的世界觀與價值觀等哲學內涵，以及與此一基礎互為表裡用來處理生存世界（包括社會與自然）實用目的的知識概念。同時，此一知識體系保有其為核心的自主能動性，在歷史進程以及內外衝擊影響下不斷地進行調整，有所繼承亦有所汰新，以因應生存挑戰」[16]。

　　在原住民文學作品對於傳統知識體系的關懷中，其實最初的姿態是一種對於現代知識或是漢人知識的抵抗與不信任。由此，原住民漢語文學屢屢描述了

---

[15] 魏貽君：〈受傷的「阿基里斯肌腱」？──原運生成因素、原權會的價值再探〉，《戰後台灣原住民族文學形成的探察》，頁 198。

[16] 張培倫：〈建構原住民知識體系──一些後設思考〉，收入台灣原住民教授學會、東華大學原住民民族學院編：《第一屆原住民知識體系研討會論文集》（花蓮：國立東華大學原住民民族學院，2009），頁 6-15。

不同於現代國家體制下的另一種成就自我的知識。原住民紛紛朝向傳統知識體系吸收養分、形成文化論述並且行動實踐。

　　本書即是探討原住民文學中關於傳統知識體系的表述。原住民如何面對漢人的知識？如何有效地抵抗與吸收？又如何地利用原漢對比的姿態提倡部落技藝？部落技藝的價值何在？以及由技藝操作到原住民身體感知的培養、身體與主體的建構等問題，綿延而下，一系列都是關乎原住民如何以自身的文化認識眼前這個生活世界的議題。當原住民高舉傳統部落技藝的價值時，原住民漢語文學家的創作能力，可以成為一種「書寫的技藝」。這樣的技藝如何運用得當，這就牽涉到原住民漢語文學當中「原住民性」與「文學性」的爭執，或是「民族誌」與「文學虛構」的討論。本書期許能夠直接面對「原住民漢語文學的文學性」，適度地將之從政治語境中拉開距離，以期盼原住民文學的發展能根植更開闊的沃野。

四、相互滲透

　　「相互滲透」作為一種原住民知識的情狀表達，說明了「知識／姿勢」、「技藝／記憶」彼此相互關聯的狀態。「知識」、「姿勢」、「技藝」、「記憶」四者，有其各自必須被區別的主題與特質，另一方面又必須理解，截然分割式的定義很難在此研究中孤立出來。這四個向度，不是一種本質論式地固著，而是一種原住民面對傳統知識系統所開展出的四個關懷的面向，這是一種反覆辯證式地交互定義。因此，就其分別對立而言則論其區別；就其相互融攝彼此相關之面向，亦不忘記此乃本論文之主題。

　　在嚴格的學術訓練底下，遵循理性邏輯的論證，論文的主題常常須要符合一定的論證規範。在章節安排與分類之中，有效的分類彼此常常是互斥獨立的。然而以現代學術論述的方式討論原住民知識的問題，須理解原住民傳統領域是一種渾然整全的狀態，固然我們可以分門別類逐一探索，但其輻散出來的主題，只是不同角度的展演。張培倫〈關於原住民知識研究的一點反思〉曾提出，原

住民的知識，並不是各領域知識的累積，而是「各個領域知識的有機組合」[17]：

> 對於原住民族而言，對於世界的認知，應先由理解世界整體的意義，方
> 能進一步認知各個部分的意義；但對於西方現代科學或學術主流而言，
> 卻隱含著相反的方向，亦即先個別地對部分進行研究，然後再將所有對
> 個別領域所形成的研究總合而為對整個世界的認知。在這兩種認知進路
> 中，前者可以稱之為整體主義（holism），後者可以稱之為原子主義
> （atomism）。更具體言之，整體主義的認知路徑主張，人類必須先擁有
> 關於世界整體意義的知識，才有可能以之為基礎或參照點，進一步形成
> 對於個別領域的知識；但原子主義的認知路徑卻認為，人類應先形成有
> 關個別領域的知識，總其成後才有可能擁有關於世界整體的知識。[18]

本書針對原住民的傳統知識的呈現，就其「地方知識」、「技藝之知」以及「身
體知覺」，無論在理論上或文本呈現上，多少都可能看到彼此交涉相關的情景。
技能的學習養成身體的知覺，身體的行動體現了地方性的知識，地方知識的內
涵因而就在於展現某種特殊技藝。這彼此交關的狀況，在論文的要求下，會設
定一個前後章節的順序，卻又可以看出前後的論述多少或有互文足義的狀況。

把原住民的知識視之為「有機的」、「整體的」，因而呈現一種「相互滲
透」的情狀，除了是對原住民傳統知識領域的描述，在本研究中也成為對看待
原住民漢語文學作品的方法與策略。換言之，我在能力所及的範圍下，將所掌
握的作品視為一個共享「原住民漢語文學」意義的有機體。除非必要，不特意
區別文類、作家的特質與風格。換言之，這是在以「原住民漢語文學」作為號
召，而立基於原漢對比而來的一種解讀策略，這是大多數目前研究原住民相關
問題時，最常見的徑路：

---

[17] 張培倫：〈關於原住民族知識研究的一些反思〉，《台灣原住民研究論叢》第 5 期（2009 年 06 月），
頁 47-48。

[18] 張培倫：〈關於原住民族知識研究的一些反思〉，《台灣原住民研究論叢》第 5 期，頁 38。

由於常常在某些場合提及原住民和漢民族的相異點，於是也常有人問起：兩者就沒有相同嗎？答案是：當然有，而且很多。只不過，由於以往的某些政治、文化的意圖，總想刻意模糊原漢之間的差異，認為很多的對立就能減少，衝突也就可以迴避……[19]。

嚴格計較起來，原住民與漢族當然不可能截然對立，但是，「鋸箭式療傷或鴕鳥心態，絕非處理原漢族群間事物的規律」[20]。原漢對比的論述，是在現實的歷史情境之下，了解原住民生活、文化、文學、語言等處境不得不然的視野。原住民各族之間，固然也有許多文化差異[21]，但是當漢族成為一個集合體，又在現實處境掌握社會國家資源權力，原住民也就必須成為一個與之相對比的集合體：「今日所謂『原住民族』這樣一個集體名稱的出現，是為了因應民族面對的新的環境，要凝聚各族群的力量，以面對以漢系族群（包括河洛、客家、新住民）為主流的國家與社會」[22]。這也正是專家學者的殷殷告誡：「對於原住民族所擁有知識體之重視，不能視為一單獨、孤立的現象，而應該被放在整個原住民族於當今社會之不利處境，及其爭取族群自主平等地為訴求的脈絡下，方能顯出其深刻意涵」[23]。

---

[19] 浦忠成：〈相對而相合──代序〉，《思考原住民》，頁 I。

[20] 浦忠成：〈相對而相合──代序〉，《思考原住民》，頁 I。

[21] 如果從文化多樣性的角度而言，將原住民視為一個集合，就可能會失去收穫到多樣性的好處。王嵩山研究曾言，「近百年來不但平埔族群被視為『一個族群』，連九個原住民族群也曾被化約為『一個』『高山族』或『山胞』。事實上，如前所述，各族之間雖擁有某些作為南島語族的一份子的共通點，亦發展出不同的社會文化特徵與生活方式，彼此存在很大的差距。」見王嵩山：《台灣原住民與人類學》（台北：時報文化出版社，2006），頁 202。

[22] 巴蘇亞・博伊哲努（浦忠成）：《台灣原住民族文學史綱（下）》，頁 587。

[23] 張培倫：〈關於原住民族知識研究的一些反思〉，《台灣原住民研究論叢》第 5 期，頁 30。

原住民如何被觀看？

一、由「番」到「原住民」

「原住民似乎有一種宿命，不斷地要去告訴別人自己是誰」[24]，「我是誰」是一個簡單又複雜的哲學問題，這關乎如何認識自我、看待自我的問題。同樣重要的，別人怎麼看待原住民或是原住民如何被認識，明確地影響了原住民的處境：

一個失去其所「是」（is）的民族，再多的擁「有」（have），也無法填補她的失落。這正是當前原住民的黃昏處境。[25]

也許，始終置身於邊界的台灣原住民最能看清楚這一點吧。剝除依附在人性上的種種外衣，將歷史、文化與政治立場等等一一放下，人與人的相遇似乎才能回到它最應該「是」的起點。[26]

這兩段文字的出處不同，但是同樣提示我們朝一個問題思考：原住民「是」什麼？該如何為「是」？順著這個問題，本研究想要試圖去開拓一個恰當理解原住民的位置，從而找出原住民傳統知識領域的特色。此處，我們分別從「我是人」以及「我是原住民」兩條路徑，彰顯我們看待原住民的眼光。

1. 被汙名化的我

孫大川在〈原住民文化歷史與心靈世界的摹寫〉以及〈從言說的歷史到書寫的歷史〉都曾提到過去原住民在文獻上的身影，屬於「第三人稱的紀錄」：

---

[24] 孫大川：〈捍衛第一自然：當代台灣原住民文學中的原始生命力〉，收入陳芳明主編：《台灣文學的東亞思考》（台北：印刻出版社，2007），頁 428。

[25] 孫大川：〈有關原住民母語問題之若干思考〉，《夾縫中的族群建構》（台北：聯合文學，2012 二版），頁 13。

[26] 孫大川：〈誰來陪我一段〉，《搭蘆灣手記》（台北：聯合文學出版社，2010），頁 72。

「夾在漢人歷史紀錄中間，原住民的零碎活動，以第三人稱的方式，卑微地、
若隱若現地浮游在台灣歷史舞台的邊緣角落」[27]，這些紀錄大致可以歸類成幾
個不同類型：第一類是有關史事者，大部分涉及征戰或所謂「撫番」、「平番」、
「理番」之事，從其中我們可以看到原住民如何被步步逼向角落的悲慘歷史。
第二類是有關民俗的描述。這方面的紀錄，除若干漢文資料外，西方人旅台遊
記亦頗寶貴。第三類是純粹記錄性的材料，這主要是日本人類學者做出的貢獻
[28]。可是，「由這些第三人稱異己論述所構成的有關原住民歷史的點、線、面，
因種種文化、地位、時空條件、意識型態等之『差異』（difference），使其書
寫的歷史文本，無論在修辭、風格、角度上，皆與原住民實際的狀況和主體世
界有著相當大的距離」[29]。

　　我們可從明、清乃至於日治時期的一些文人創作中，看出當時對台灣原住
民的觀看方式：

> 人有人裝扮，豈可同禽獸。（王凱泰〈訓番俚言〉）[30]
> 和戎五利計籌深，其奈頑番類獸禽。（吳德功〈番社竹枝詞〉之六）
> 地近生番如畏虎，人人刀劍各橫腰。（林樹梅〈台陽竹枝詞〉之二）
> 血跡未乾籐愈長，生番之毒如虎狼。（林樹梅〈抽籐歎〉）
> 飛而食肉山中虎，性嗜殺人難招撫。（鄭登瀛〈題安蕃通事吳鳳君詩〉）
> 其俗本狂獠，其人如鷹鶡。（洪繻〈大討伐〉）

從這些詩句可以很清楚地顯示，對於原住民作為「蕃／番」的認識，是不把原
住民當成人看，而認為他們是禽獸。充滿著暴戾、血腥、未開化、殘忍等特質。

---

[27] 孫大川：〈原住民文化歷史與心靈世界的摹寫〉，《山海世界》，頁114。

[28] 孫大川：〈原住民文化歷史與心靈世界的摹寫〉，《山海世界》，頁115。

[29] 孫大川：〈從言說的歷史到書寫的歷史〉，《夾縫中的族群建構》，頁83。。

[30] 本章所引用之古典詩，皆來自黃美娥主編《台灣原住民族關係文學作品選集（1603-1894）》、《台
　　灣原住民族關係文學作品選集（1895-1945）》（台北：行政院原住民委員會，2013）二書中，因書
　　前有詳細目錄，一目了然，本文引用不一一列舉頁碼。

知識、技藝與身體美學
台灣原住民漢語文學析論

類似的眼光，另一種說法是將之比擬成魑魅魍魎、妖魔鬼怪：

> 一變又為文豹鞹，牛鬼蛇神更猙獰。（郁永河〈土番竹枝詞〉之二）
> 彈煙砲雨蕩巢窟，妖氛一掃蠻山青。（黃贊鈞〈霧社蕃害歌〉）
> 割得頭顱血模糊，山鬼伎倆誇雄傑。（吳性誠〈入山歌〉之二）

無論是禽獸或妖魅，在這些作家的眼中筆下，原住民「面目渾疑鬼，情形不類人」（林占梅〈入鯉魚潭番社清丈田甲〉），「土番蠢爾本無知」（阮蔡文〈大甲婦〉）「靦然何獨戾人情」（董正官〈生番〉）。原住民無知又泯滅人性，這當中頗有值得玩味的眼光。要認定「非人」，這必然先得界定「什麼是人」？傳統中國讀書人受儒家思想影響甚深，談到人與禽獸之辨，最熟悉的莫過於《孟子》所言：「人之所以異於禽獸者幾希，庶民去之，君子存之」（《孟子・離婁下》），人與禽獸之別便在於人具有四端之心，如火之始然、泉之始達，操之存之，是具有擴而充之的可能。這樣的德化觀念，同樣也影響了知識份子看待原住民的方式[31]。

因為「蠻風惡俗太荒唐」（王則修〈誄蕃婦第尼拉西如〉），所以必須有聖人教化之。傳統儒家的政治思想是一種德治思想，聖人與聖治、仁心與仁政是緊密相關的，因此會有「聖人有作妖魑消，剺面文身咸戴德」（陳肇興〈土牛〉）的說法，就必然也會有「聖治開文明，光被及番族」（譚垣〈力力社〉）的觀念。當這些原住民「潛移默化編氓久，欲別人蕃認未真」（李碩卿〈台東街旅次〉），「相逢不相識，人番何別焉」（黃贊鈞〈宜蘭途中逢馴番〉）。

---

[31] 儒家德化的觀念還呈現在傳統的夷夏觀中，而夷夏觀對於國民政府制定原住民相關政策時，是有很大的影響。許倍僑研究《先秦夷夏觀初探——兼論台灣原住民教育》有很仔細的整理，他認為「台灣社會在漸次步入現代化之後，原住民教育的目的不管是作為人格的培養、文化的傳承還是社會功能的教導，都在質與量上產生變化，而與『一般教育之目標』（按照本研究之定義，其目標為達到大環境的『社會化功能』，使台灣原住民族能漸次融入整體社會之中）漸趨類同。造成這樣的因素之一，不得不歸咎於過去台灣政府在政策上的『同化』作為，以及『華夏』至上的意識形態作祟使然。」見許倍僑：《先秦夷夏觀初探——兼論台灣原住民教育》（花蓮：東華大學民族發展研究所碩士論文，2009），頁125。

從蕃到氓，便是一個從禽獸到人的教化過程，甚至理想上還能夠「蕃人感化教育方，多見脫俗成君子」（蕭水秀〈游花蓮港〉）。

　　將原住民獸化、鬼化，當然只是原住民形象的一部分[32]。此處真正想要說明的是，台灣原住民在很長的歷史情境中，不斷經歷各式各樣被觀看的方式，其中有一種結構是「非人－人」的進化過程。《台灣原住民教育史研究（1624-1895）》也論及，不管是華人、荷蘭人、西班牙人，殖民教化的本質全然相同，都是教化原住民從野蠻狀態蛻變成「人」[33]。時至當代，夏曼‧藍波安在〈滄海〉也正是這樣感嘆的：

> 一九七〇年小學畢業時，老師告訴我：「將來當個老師好好教育你們蘭嶼這些『野蠻』的小孩成為『文明』人。」
>
> 一九七三年台東中學畢業，我寄宿的神父告訴我說：「考不上大學就去輔仁大學念西方神學，將來當神父馴化你們蘭嶼那些不識上帝的『野蠻』人成為『文明人』。」
>
> 在我的記憶裡，他們都是外國人，都希望我們變成他們想要形塑的「人

---

[32] 原住民的形象研究，其實不會這麼片面與單調。嚴格說起來，除了了解原住民被看成什麼（what）之外，也得去理解在特定的歷史情境下（when），如何（how）與為何（why）被看成這樣，這當中都非常複雜的形塑動機與各自相異的因素左右。文人創作時甚至有可能形成一套對原住民認識的修辭套語，這也是值得討論的問題。陳芷凡撰寫《跨界交會與文化「番」譯：海洋視域下台灣原住民記述研究（1858-1912）》從海洋視域的角度理解清廷、歐美、日本三方對台灣原住民的記述，有非常豐富詳實的論述。陳芷凡提到這論文的關懷重點頗值得關於原住民形象研究的參酌：「筆者以1858-1912間清廷、歐美、日本再現台灣原住民的觀點，探討其視域的交會與碰撞，其中的關懷有二：其一，有感於現今台灣古典文學研究中，對台灣原住民形象的論述，往往側重於清廷的話語霸權，為了因應台灣文學史論述邊界擴大、跨界的思考，同一歷史情境，歐美與日本對東亞秩序的關切與影響，成為本文重點。其二，自台灣進入歷史時代至今，原住民形象／異己面貌的再現並未自舞台退場，那麼，我們該如何運用多重觀點的思維，反省日治時期、國民政府再現他者的做法與既定論述，重新思索『刻板印象』一次又一次地粉墨登場？這份當代關懷，實為筆者進行此論文研究的反思，亦為自身的一種歷史回應。」見陳芷凡：《跨界交會與文化「番」譯：海洋視域下台灣原住民記述研究（1858-1912）》（台北：國立政治大學中國文學博士論文，2011），頁299。

[33] 張耀宗：《台灣原住民教育史研究（1624-1895）——從外來殖民教化談起》（台北：國立師範大學教育研究所博士論文，2003），頁191。

樣」。[34]

原住民當然是人[35]，但是在許多情境當中，他們卻不被當「人」看——這個「人」的涵義，並不只是「生物意義」下的人，還挾帶著各種價值意義下的「文明人」的概念。如果讓原住民自己說，「人」應該是這樣：

逐漸清明　我如白花般漸睏
也許此時　會夢見
昆蟲已蛻下舊的外殼
突破生長的極限
無法遏止地　變形
Bunun! Bunun!有聲音驚訝著……
原來　牠是他[36]

「牠是他」的涵義，在於面對被獸化的情況下，原住民能夠自我宣稱自己是「人」。然而也還有另一層解讀，在「牠」蛻變成「他」的生成關係中，原住民的觀念並不脫離自然。也就是說，如果「獸化」是一種汙衊，那也是先汙衊了「獸」。但原住民從來不否認自己與自然的關係，似乎也不那麼鄙視蟲魚鳥獸。

論述至此，是為了先標舉出「我是誰」的提問以及「我是人」的回答。若

---

[34] 夏曼・藍波安：〈滄海〉，《老海人》（台北：印刻出版社，2009），頁16。

[35] 當前原住民族別名稱上，多半指的是「人」的意思。王嵩山表示，原住民運動團體辛苦爭取到的台灣原住民之統稱，可以視為確定「人族」在台灣主體性的象徵。王嵩山：《台灣原住民與人類學》（台北：時報文化出版社，2006），頁23。其實不只台灣原住民，「我們在今天的很多社會中（如因努特人、姆布蒂人、奧羅凱瓦人、雅諾瑪摩人、卡盧利人）可以看到這一點，他們用來指自己——他們的群體或類——的詞也是他們用來指『人』或『人類』的詞。」見埃倫・迪薩納亞克（Ellen Dissanayake）著，戶曉輝譯：《審美的人——藝術來自何處及原因何在》（北京：商務印書館，2004），頁113。

[36] 伍聖馨：〈人〉，《單・自》（台北：山海文化雜誌社，2013），頁228。

以傳統儒家的夷夏觀而言，文明的發展關乎德性秩序；從近現代歐美、日本的觀念而言，文明又各有其價值定義。本研究則從「（文明）人是什麼？」的角度切入，參酌卡西勒（Ernst Cassirer）的《人論》（*An essay on man*），替原住民傳統知識畫定一個適當的位置。

2. 抵抗的符號

主體的彰顯與認同往往需要有異己的對比。在許多歷史情境下，原住民不斷成為文明人的對比、漢人的對比而形塑成原始的、野蠻的。如果簡單地同化了漢人與原住民的差異，正好又會掉入歷史的陷阱，而在漢人掌握政經、教育、文化等優勢權力的同時，很快地喪失主體性。因而，當原住民成為一個「抵抗的符號」[37]時，漢人也就成為與原住民相對而立的客體（或者說是另一個主體）。

換言之，緊接「我是誰」之後的回答，除了回答「我是人」之外，當代原住民漢語文學的興起，很大程度上是在藉由文學表達「我是原住民」[38]。所以，我在看待原住民文學時，從發生的角度而言，是基於原漢對比的立基點上討論。與前述將原住民視為一個有機的整體，有同樣的策略與企圖，在原漢對比的情況下，漢人也被視為一個整體。然而，必須認知，原住民作家筆下的原漢對立，常常也是一種有意識的「書寫策略」。

正如同本書有意識地對比原漢，其實很多原住民作家在彰顯原住民的主體性時，也不得不對比原漢。更精確地說，作家創作的意識是因，我研究的取向是果。當原住民漢語文學做為一種抵抗的能量，跟原運或是其他相關涉的論述、藝術展演相類似，都免不了需要有策略性的動員或自我符號化。但實情上，我們也都很能夠理解，原漢的對立常常不是那樣的截然分明。那是一個隱然存在的結構，這顯現在諸多的文本當中，也反映了原住民漢語文學整體上的趨勢。

---

[37] 趙中麒：〈關於台灣原住民「民族」生成的幾個論證〉，《台灣社會研究季刊》第 51 期（2003 年 9 月）頁 209

[38] 「原運、書寫活動以及各式各樣藝術創作的嘗試，其實都是原住民自我標誌的一種努力，透過具體的行動、實實在在的作品，逐步標定、編織一個可供族群自我辨識的系統，其目標相當明確，就是要去回答『我們到底是誰』的問題。」孫大川：〈多元族群相遇中倫理問題之哲學反思〉，《哲學與文化》23 卷第 1 期（1996 年 1 月），頁 1225。

不過在深入個別子議題的討論或忠於文本呈現的情況下，我們仍然可以看出原漢對比的鬆動。

　　意識到這極有可能是作家的「書寫策略」，有助於本研究將相關問題歸結到「文學如何由原住民主體獨立」[39]。

二、符號與自然的張力

　　當原住民強調「我是人」的時候，這個「人」的意義可以有不同的涵義。如果只是釐清外人視野的「獸化」而強調「人」，此「人」當然有其不同於「禽獸」的界定。但，在原住民傳統部族文化內部，「人」的指涉本不是存在於應對他者眼光產生的解釋。他們自有其一套對於「人」的定義，也自有其「如何為人」的說法。簡言之，原住民之為「人」，並不會只是普通生物學意義上的「人」，還有其文化意義上的「人」。這個文化意義上的「人」，又不完全等同於「文明人」的定義，而有其特殊的屬性。

　　卡西勒的《人論》著力討論人與動物的根本差異是什麼？卡西勒提出的論點是，人是一種有符號化能力的動物：

　　　　語言、神話、藝術和宗教則是這個符號宇宙的各部份，它們是織成符號
　　　　之網的不同絲線，是人類經驗的交織之網。人類在思想經驗之中取得的

---

[39] 「書寫策略」往往具有主體性的戰鬥意義，孫大川曾經以「第一自然做為一種書寫策略」討論瓦歷斯‧諾幹的文學戰略思維。詳見孫大川：〈捍衛第一自然〉，陳芳明主編：《台灣文學的東亞思考》（台北：印刻出版社，2007），頁 425-427。吳明益研究原住民漢語文學的生態觀時，也曾在方法上提出反思。他認為「能以漢語寫作，並受文壇、研究者關注的原住民，必然是該族群中受漢語教育下成長的。或許在主流社會看來，他們是原住民在漢語社會中的『菁英』，然而他們書寫作品所呈現的觀點，也恰好因其成長經驗的侷限，而不可能全然代表母文化的觀點。」本文完全同意吳明益的考量，也正是因為如此，我們還是要有意識到原住民漢語文學的內容表述，在很多情況下極有可能是一種訴諸文化關懷的書寫策略，不能將之完全等同於人類學民族誌等紀實的報導。見吳明益：〈天真智慧，抑或理性禁忌？關於原住民族漢語文學中所呈現環境倫理觀的初步思考〉，《自然之心——從自然書寫到生態批評》（新北：夏日出版社，2012），頁 63。

一切進步都使這符號之網更為精巧和牢固。[40]

卡西勒認為，過去把人定義為理性的動物，不是一個很充分的經驗陳述。因為人類文化生活形式的豐富性和多樣性都是形式符號。因此，「我們應當把人定義為符號的動物（animal symbolicum）來取代把人定義為理性的動物。只有這樣，我們才能指明人的獨特之處，也才能理解對人開放的新路──通向文化之路」[41]。在另一本著作《語言與神話》（*Sprache und mythas*）中也提到，人類文化是不斷藉由符號化構築而成，這是一種逐漸客觀化的過程：

> 顯而易見，人的世界並不是作為某種現成的東西而存在的。它需要建構，需要通過人的心靈不斷努力才能建立起來。語言、神話、宗教、藝術和科學都不過是朝著這個方向邁出的一些單個步驟而已。它們並不是對事物現成本質的模仿或複製。事實上，它們都只是通往客觀性道路上的一些個不相同的中途站或駐足所。我們所說的人類文化可以界定為我們人類經驗的漸次性的客觀化，可以界定為我們的感覺、我們的情感、我們的願望、我們的印象、我們的直覺體知和我們的思想觀念的客觀化。[42]

無論是語言、神話、宗教、歷史、時間、空間都是一種符號[43]，人類正是因為具有符號化的能力，才能創造文明與文化。正因為人類運用符號的能力，也宣告了「人不再能直接地面對實在，它不可能彷彿是面對面地直觀實在了。人的符

---

[40] 恩斯特・卡西勒（Ernst Cassirer）著，甘陽譯：《人論》（台北：桂冠圖書，2005 再版），頁 38。

[41] 恩斯特・卡西勒：《人論》，頁 39。

[42] 恩斯特・卡西勒著，于曉等譯：《語言與神話》（台北：桂冠圖書，2002），頁 119。

[43] 劉述先指出，根據卡西勒的學生蘇珊・朗格（Susanne K. Langer）的說法，「sign 是一個類（genus），既包括 signals，又包括 symbols；signal 是一種信號（如打雷、閃電是下雨的信號），十分具體，幾乎與 physically 連在一起；symbol 則是抽象的概念，《論人》中的人，就是抽象的概念，不像張三、李四、蘇格拉底等是具體的人。卡西勒注意到，人跟其他動物之所以不同，在於所有動物都對 signal 有反應，但唯有人會使用 symbol」。劉述先主講、詹景雯整理：〈卡西勒論藝術〉，《中國文哲研究通訊》第 14 卷第 4 期（2004 年 12 月），頁 26-27。

號活動能力（Symbolic activity）進展多少，物理實在也似乎就相應地退怯多少」[44]：

> 在某種意義上說，人是在不斷地與自身打交道而不是在應付事物本身。他是如此地使自己被包圍在語言的形式、藝術的想像、神話的符號，以及宗教的儀式之中，以致除非憑藉這些人為媒介物的中介，他就不可能看見或認識任何東西。[45]

理解卡西勒的觀點，認為「人是符號的動物」，以此看待原住民，則原住民是人，原住民當然也是符號化的動物。然而因為原始部落生活的情境相對於文明社會來得單純，對於符號的需求及依賴並不如文明社會來得複雜。在原初的部落環境，固然仍有運用符號的能力，但相對而言符號與自然的斷裂，並不如文明社會那樣來得明顯：

> 在原始思維中，要在存在與意義之間作出區分還極其困難，這總是被混淆：一個符號被看成彷彿是富有魔術般的或物理的力量。[46]

> 原始人並不是以各種純粹抽象的符號而是以一種具體而直接的方式來表達他們的感情和情緒的，所以我們必須研究這種表達的整體才能發覺神話和原始宗教的結構。[47]

> 原始人絕不缺乏把握事物的經驗區別的能力，但是在他關於自然與生命

---

[44] 恩斯特・卡西勒：《人論》，頁 38。

[45] 恩斯特・卡西勒：《人論》，頁 38。

[46] 恩斯特・卡西勒：《人論》，頁 84。

[47] 恩斯特・卡西勒：《人論》，頁 117。

的概念中，所有這些區別都被一種更強烈的情感淹沒了。[48]

從卡西勒論證敘述可見所謂符號化的能力，是因應人類所處的具體情境而生的。當他以此能力作為文明人與原始人的區別時，原始社會的符號化並不那麼細密、複雜，並且也仍然保留著直接面對自然、面對實在的認識能力。換言之，我們必須意識到符號的價值與侷限，「符號不只是一個標示而已，它同時代表了人類的創造，一切的價值與意義都在符號中表現。符號一方面是人用以展示世界的可能，而人也生而即在此種符號的抽象化活動中；同時，符號也是人對一切存有之掌握的最大限制」[49]。既然原始社會或原始思維在卡西勒的書中屢屢被拿來與文明社會對比，則我們可以確定，原始思維所處的社會情境遠較文明社會單純，因此雖然仍然有著符號化的能力，卻似有若無地保留了符號認識能力與存在本體之間的維繫。[50]

　　這一點細微的差異，在理解原住民傳統知識、文化、文學等各方面，具有重大的意義。因為，直接面對自然、面對實在，這幾乎是人類文明發展之後就失落的認識能力。但原住民文學所包含的那種原初渾沌的思維，卻成為其文化上最具特殊的價值。符號與自然的對舉，就是文明發展與原始思維的張力[51]。二者表面看起來是一種相反，但在原住民文學中，這卻具有了上下貫通、相反相成的可能。

---

[48] 恩斯特・卡西勒：《人論》，頁 122。

[49] 高柏園：〈卡西勒哲學初探──對「論人」一書之一般性展示〉，《中華文化復興月刊》225 期（1986年 12 月），頁 23。

[50] 符號本身是現象而不是本體，它在哲學上屬於「認識論」而不是「存有論」範疇。見陳祥明：〈卡西爾的符號哲學與認識論的轉向〉，《哲學與文化》第 28 卷第 3 期，頁 254。

[51] 劉述先談到，看待文化有兩條路。一條路是往上翻的「下學而上達」，期望最後能夠到達「道可道，非常道」的超越。另一條路「往下落」地創造文化，也就是卡西勒揭示的「符號形式」的路徑。劉述先以佛家的用語「一心開二門」詮釋之。見劉述先主講、詹景雯整理：〈卡西勒論藝術〉，《中國文哲研究通訊》第 14 卷第 4 期（2004 年 12 月），頁 34-35。

三、原初思維及道家

　　原住民漢語文學所呈顯出部落傳統的文化生活，明顯不同於現代文明的生活價值，很容易體會到另一種類似於道家式的思考與實踐。另一方面，也能從作品中多少看到作家與學者以《老》、《莊》作為闡述或理解生活的敘述：

> 這樣廣袤的空間環境，刻痕著我對雲霞的變換、海洋韻律的熱情，我成長的視野就是如此。也因此，我對其他住在小島的民族也就特別的有感情，這似乎是「小島寡民」如我慣有的想像，而懼怕綿延百里的平原，以及人口稠密的都會。[52]

這是自稱思想很難進入莊子哲學的夏曼・藍波安所寫的[53]，「小島寡民」顯然是由老子「小國寡民」之說而來。在夏曼・藍波安所描述的達悟族人自給自足的生產型態裡，重視身體技能的運作，而不在意智識的籌算及挪用，給人的印象與老子反智、為腹不為目的說法很雷同。除此之外，孫大川〈愛戀排灣笛〉以《莊子》天籟之說描述排灣族的鼻笛[54]，〈遲我十年〉以支離疏的體貌描述Lifok：

> 以前讀《莊子》，常驚嘆於他對人的形軀美醜近乎神奇的顛覆。在他的〈人間世〉、〈德充符〉諸篇中，率多殘廢、醜陋、望之不似人形的人物，他們或駝背、或雙腿彎曲、或全身支離……令人驚訝的是：莊子對這些人竟極言其美善，甚至覺得一般人「其脰肩肩」，俗不可耐。原來

---

[52] 夏曼・藍波安：《大海浮夢》（台北：聯經出版社，2014），頁 427。

[53] 「是的，我不是聰明的人，是我的夢想讓我好高騖遠，以為自己可以像漢族同學一樣沒有漢語學習的障礙，但我估算錯了，我思維的根柢很難進入孔子、莊子、孟子的哲學，以及莎士比亞的劇本，於是在三十二歲帶著挫敗的身心傷痕，帶著家庭歸島。」此處作者聲稱很難進入莊子的哲學，乃是因為漢語障礙的緣故。其實，就算是思想上很難進入莊子的哲學，也是從知識思辨的角度而言，完全不妨礙在生活中對於道家式的生活有所體會與實踐。引文見夏曼藍波安：《大海浮夢》，頁 427。

[54] 孫大川：〈愛戀排灣笛〉，《搭蘆灣手記》，頁 83。

在莊子的審美世界裡，「德有所長，而形有所忘」（〈德充符〉），一個人一旦「游於形骸之內」，那麼外在形貌之美醜，自然就無法按一般的標準來評斷了。德充於內，即使形體支離也能散發一種懾人的威儀。[55]

浦忠成便曾針對這樣的形容大表贊同：「逕直將 Lifok 擬為《莊子》『支離疏』等肢體殘缺、形貌醜陋者，聞者可能覺得突兀；見到 Lifok 本人，深刻了解其生平，都會為這樣生動傳神的譬喻讚嘆不已」[56]。而浦忠成在《思考原住民》的文章，也有提到「小國寡民、雞犬相聞」的境界[57]，以及引用《莊子》「竊鉤者誅，竊國者侯」之句批判為政者對大自然的奪取[58]。

這些文章之所以引用《老》、《莊》，絕對不是單純地聯想或附會。此中必然是觀察到了這些人事物之中的某些特質，與道家思想的某個面向頗為相似。

談到人類文化發展存續的空間結構，相信大部分的人都能夠理解，各地文化發展遲速有別，因此保留了地方文化往往也就意謂著保留了某些過往的文化。簡而言之，人類文化發展實則存在著一種「以空間回溯時間」的存續結構。這在當代原住民漢語文學作品中，屢屢可以看見作家們的自覺：

十年以前，城市炫麗的面貌已經魅惑了族人的眼睛，年輕人走上城市的同時，正是我走向部落的開始。我一方面尋訪歷史的痕跡，一方面從事部落觀察報告，可以言之「部落學習之旅」。[59]

一九八七年之後，每一次的返回部落之旅，就是我田野採集的歷史回溯

[55] 孫大川：〈遲我十年——Lifok：阿美族的讀書人、民間學者與文化的傳承者〉，《山海世界》，頁83。

[56] 巴蘇亞‧博伊哲努（浦忠成）：《台灣原住民族文學史綱（下）》，頁879。

[57] 巴蘇亞‧博伊哲努（浦忠成）：〈負債或資產〉，《思考原住民》，頁255。

[58] 巴蘇亞‧博伊哲努（浦忠成）：〈盜山與盜石〉，《思考原住民》，頁291。

[59] 瓦歷斯‧諾幹：〈載不動的荒野〉，《番人之眼》（台中：晨星出版社，2012二版），頁227。

　　之旅。[60]

　　自己像是被送回原始時代，原始的那種美，原始的那種感動，是離我那
　　麼的近，壓迫得讓人很難想像到，在這麼過度被開發的台灣，父親說的
　　紅谷，竟保留了原始之最。[61]

當這些作家重新反省現代文明而後決心回歸原鄉故土時，都很明白地表示，回
歸不只是一個空間上的位移，在文化的「追溯」意義上，也是朝向原初的文化
復返。如此可以確定，在文化存續的空間概念上，這些邊緣空間，實則可能存
在著原初的文化形態。那麼，這邊緣空間的文化形態，又為何可以與道家思想
產生聯繫呢？

　　前文引用台灣古典文學的詩作，描述原住民如何被獸化與鬼化，事實上關
於原住民形象的問題，即使不需要進行專門深入的研究，單從內容分析，仍然
可以找到截然不同的樣貌。當我們認為原住民被視為「奈何窮兇誇尚武，殺人
飲血如狼虎。髑髏羅列供明禋，漢蕃讎深豈無故」，然而這幾句詩的前面，其
實對原住民的描述是「內有洪荒古原人，鑿齒雕題文其身。功名富貴為何物，
不知不識無懷民」（李碩卿〈前入山吟誦王君少濤遊太魯閣〉）。乍讀，仍然
覺得原住民是一種未開化、不文明、無知的狀態。只是，倘若我們理解傳統儒
家以文明為取度的夷夏之別，蠻夷戎狄之所以為獸，很多時候並不是其種族血
緣上的問題，而是文明程度的差別。在儒家的德化思想下，夷狄入中國則中國
之，四裔趨向中心的文化行動方向，並非全無可質疑之處。

　　此處開始進入「價值」的問題，說白了，漢人複製傳統儒家「中心－邊緣」
[62]的模式對待原住民，原住民的文化價值除了搶進中心之外，其實原初的生活

──────────

[60] 瓦歷斯・諾幹：〈揭開沉沒〔默〕的簾幕〉，《迷霧之旅》（新北：布拉格文化，2012），頁 68。

[61] 亞榮隆・撒可努：〈紅谷的水鹿〉，《走風的人》（新北：耶魯國際，2011），頁 296。

[62] 孫大川：〈多元族群相遇中倫理問題之哲學反思〉，《哲學與文化》23 卷第 1 期（1996 年 1 月），
　　頁 1216。

文化形態本身就是一種讓人歌頌讚嘆的美好價值：

> 細譯番音誠異域，喜看野俗上皇初。（季麒光〈視事諸羅〉）
> 疑是羲皇上古民，野花常見四時春。（齊體物〈台灣雜詠〉之一）
> 傀儡番居傀儡深，豈知堯舜在當今。（齊體物〈台灣雜詠〉之九）
> 足食豐衣能俯仰，居然後世葛天民。（蔡見先〈雲林竹枝詞〉之五）
> 終世不知名利事，至今海上有軒羲。（豬口鳳庵〈紅頭嶼蕃〉之二）
> 漆身裸體類山虞，有古遺風不是愚。（黃學明〈台灣吟〉之二）
> 結繩記歲遵周易，老幼長存太古心。（蕭献三〈游寒溪蕃社〉之三）

這顯示了一種人類文明發展之初，在還沒有過度文明化之時，民風淳樸，足食豐衣的原始樂園生活：「在這種原始的世界裡，人不僅與動物和諧，他與整個宇宙也是和諧的。當時的天文地理都特別的友善，我們不必猜測這些自然現象或自然規律是否有意志，但他們顯然與人類社會有種預定的和諧。所以人文世界如果太平，全體宇宙也跟著太平；反之，則災難不免連續而至。小宇宙的人、人群組成的社會及大宇宙是一體的」[63]。所以，詩人談到「不知不識無懷民」（李碩卿〈前入山吟誦王君少濤遊太魯閣〉）、「不識不知竟太古」（柯培元〈生番歌〉）也並非責難原住民蠢爾無知，那是原始思維中，當人類不強調獨立分別的意識，內外或主客是完全同一的，也就是一種主客未分的狀態。[64]

原始思維是理解道家思想以及原住民漢語文學關係的關鍵。以一個粗略的脈絡來看，原住民漢語文學有相當大的一部分在描述文化時，自覺地朝向傳統神話祭儀追溯。這些神話、祭儀、巫術，或是強調傳統技能與交感邏輯等關係，確實在原住民文學所呈現的傳統知識技能中，具有相當重要的影響。道家思想，一般都認為大約是西元前五百年左右軸心時代形成的哲學思潮，距離原始時代已遠，其哲學思想也具有高度的思辨性質，看似與原始思維不同。然而當代許

---

[63] 楊儒賓：〈道家的原始樂園思想〉，《中國神話與傳說學術研討會論文集》（1996年3月），頁129。
[64] 鄭振偉：〈道家與原始思維〉，《漢學研究》第19卷第2期（2001年12月），頁114。

多道家思想的研究紛紛指出，老莊的思想確實有許多部分源自於原始神話、巫術或初民世界的觀念遺留與轉變。而道家思想某種回歸自然的行動方向，確實也奠基於原始的初民社會。

楊儒賓〈道家的原始樂園思想〉認為道家文獻探討「美好的古代及日益頹敗的歷史」文句甚多，尤其從莊子的語言顯示了某種結構：那樣的上古時代是完整的整體，宇宙是個「有機的連續體」。此時的萬物通常可以超越物理、生理、生物法則的限制，隨著時代日降，人性日壞，原始的樂園自此從地平線消失。政治人物的首務，乃在逆反時間的單項度運行向度，讓宇宙逆溯，重得和諧[65]。莊子雖然用了道家的哲學語彙，但它的內部卻充塞了原始樂園神話的主題——神祇、自然與人文三界互滲，這正是神話時代共同的思維特徵。[66]

賴錫三的研究也表示，神話與道家哲思對世界的認識有極為類似的結構。神話往往涉及：創世之前、創世結構和過程、一切生命的起源等根本性的問題，而老莊的形上學也是在處理宇宙本體、宇宙生成結構和萬物的起源。只是神話在原始意象思維的規約下，一向以具體的情節的方式來象徵隱喻之；道家則是在春秋戰國時代，轉以概念式的表達來呈現生命起源一類的終極問題[67]。

以此看待道家緬懷的原始思維的世界，人其實不是理性時代定義的那種人，他是自然的有機成分，自然的基本韻律（如春夏秋冬）內化於他的身心機體內，成為行事的法則[68]，這個狀態也就是指向「渾沌」：

> 道家不是要承續歷史的直線觀而往前發展，它是要再度將歷史疏通回神話，將歷史的直線時間觀導回成原形的曲線，以便再度回歸那個意識分別之前的神話樂園，甚至超越神化式的樂園，更徹底回歸創世之「前」

---

[65] 楊儒賓：〈道家的原始樂園思想〉，《中國神話與傳說學術研討會論文集》，頁 134。

[66] 楊儒賓：〈道家的原始樂園思想〉，《中國神話與傳說學術研討會論文集》，頁 129。

[67] 賴錫三：〈道家的神話哲學之系統詮釋〉，《莊子靈光的當代詮釋》（新竹：國立清華大學出版社，1998），頁 171。

[68] 楊儒賓：〈道家的原始樂園思想〉，《中國神話與傳說學術研討會論文集》，頁 149。

的道家式樂園——渾沌。[69]

這種原始意識渾沌不分的價值世界，與原住民傳統知識型態的價值趨向極為相
似。原因在於原住民心心念念懷想的原初文化，與道家思想都受到廣義的巫術
文化之影響。〈莊子「由巫入道」的開展〉一文認為，莊子可以視為巫文化的
批判者與轉化者，他所追求的那種渾沌一體感，源自於「古之道術」，也就是
巫師之術。在知識型態與知識階層尚未分化的時代，巫師壟斷了所有的知識，
而所有的知識基本上是一種巫教知識的變形[70]，莊子面對「除魅化」的歷史行
程，所看到的卻不是哲學突破所帶來的精神之發展，而是伴隨社會日益紛化所
招致的人之日益異化：

> 巫教所代表的那種未分化的原始整全反而和他所追求的理想教接近。莊
> 周曾聞其風而說之，「以謬悠之說，荒唐之言，無端崖之辭，時恣縱而
> 不儻」，謬悠、荒唐、無端崖之大者莫過於巫教的神話宗教知識，莊子
> 曾假借其言作為論述的架構；他也吸收了巫的原始智慧，作為精神轉化
> 的母胎。[71]

正如「宛似混沌猶未鑿，裸人叢笑洞中天。」（豬口鳳庵〈紅頭嶼蕃〉之
一），古典文學對原住民的描述為「渾沌（混沌）」絕不會只是一種修辭套語，
這必然是當時文人對於原住民文化的一種認識，藉由傳統中國源遠流長的神話
與道家語彙表達了出來。

如果說巫文化、神話思維、原始思維視為相似概念的不同表述方式，而道
家思想視為先秦哲學朝向原始思維的回歸與轉化，這兩者之間顯然有高度的相
似性。當然，道家思想畢竟是具有高度的理性思辨，不能輕率地完全等同於原

---

[69] 賴錫三：〈道家的神話哲學之系統詮釋〉，《莊子靈光的當代詮釋》，頁 211。

[70] 楊儒賓：〈莊子「由巫入道」的開展〉，《中正大學中文學術年刊》11 期（2008），頁 105。

[71] 楊儒賓：〈莊子「由巫入道」的開展〉，《中正大學中文學術年刊》11 期，頁 106。

始思維。道家思維畢竟是一種經過了歷史化、分裂化之後,重返渾沌、圓滿、整全的一種人文式的邁進[72]。然而,恰好正是因為這一點差異,當我們把「原住民漢語文學」的「文學」概念納入視野中,也能夠明白,當代原住民文學創作者無論如何回溯追求初始的文化思維或知識型態,那都是一種自覺後的思考與回歸[73]。縱然原住民作家未必能夠在哲學思辨上有如老莊那般的深邃玄妙,但是那種復返回歸的行動方向感是極為相同的。

　　援引先秦道家思想作為研究時的參考,並非只是一種理論的挪用與附會。表面看來,「中國先秦道家思想」與「台灣當代原住民文學」所面對的情境差異甚大,但在以上的討論中,我們可以明白他們也同樣面對一種人類文明發展歷程的變異。只是在處理這個變異時,道家發展了他們的形上學與心性論,而當代原住民文學則以創作表達對文化存續的關心與訴求。從發展歷程的變化而言,若說道家有一種「由巫入道」的變化,未嘗不能說原住民文學有一種「由巫入文學」的變化。

　　經典之所以為經典,往往有一個重要的特色在於能夠在不同的時空情境下給予多元的詮釋。當代對老、莊的解讀與嘗試,正好在許多層面如知識、技藝、語言、神話、美學等各方面,給予原住民文學研究很多的啟發與參考[74]。這也

---

[72] 見楊儒賓:〈道家的原始樂園思想〉,《中國神話與傳說學術研討會論文集》,頁162、賴錫三:〈道家的神話哲學之系統詮釋〉,《莊子靈光的當代詮釋》,頁172。

[73] 「回歸」可以是具體社會實踐空間的轉移,也就是原住民作家回歸部落的問題,「正是基於對文化身分認同與實踐位置、文學表述形式及內容的多重深切反省之下,多位『原運世代作者』一九八〇年代後期開始陸續地將工作的、居家的生活場域從都市遷返部落,這不僅是他們對於個人生命經營轉向的重大抉擇,既賡續也維護著原運香火向部落傳遞的實踐空間,同時也讓以往社會認識的原住民族文學景觀產生結構性轉折,從訴諸泛族意識『文化的滲透／抵抗』書寫策略轉向部落意識『認同的學習／增值』實踐模式。」魏貽君:〈「莎赫扎德」為什麼要說故事?〉,《戰後台灣原住民族文學形成的探察》,頁292-293。「回歸」也可以不侷限在回歸部落,而是一種主體自覺之後的反思,如孫大川所言:「年近半百,漸漸體會到其實一個人只要有思想、想要出發,就有失落,也就有漂泊,這早已不是什麼回不回歸部落的問題了。」孫大川:〈鳩佔鵲巢,後患無窮——江冠明《從自己的土地出發》序〉,《山海世界——台灣原住民心靈世界的摹寫》,頁229。

[74] 「就個別的領域而言,如在美學、文學批評,甚至部分的比較哲學領域,這個時代的詮釋也有後出轉精之處,到底現代性的一些學科如人類學、神話學、語言學等等,可以提供我們以往學者沒有注意到的盲點。」楊儒賓的這段話主要在強調當代莊子的研究有其可以後出轉精的部分,而本文順此

正是本研究所期盼能夠開展出的研究價值。

知識—技藝—身體

　　本書章節安排次序，乃是立意於原住民抵抗現代知識後，標舉一個內嵌於部落文化的「成人」觀。這個「成人」的工夫，落實在部落「技藝」的操作。「姿勢」（身體）除了是「技藝」發動的主體，也是「技藝」鍛練的目標。一個理想的人，必然有其與之相當的身體感知與身體氣象。如此，知識—技藝—身體三大主軸便依次展開論述。爾後，當部落生活的「記憶」成為需要被「書寫」的題材。就扣緊了原住民文學書寫的問題：「書寫成為一種記憶／技藝」的命題緊接著提出。

※

　　國家體制建構下的知識系統，於實質內涵與傳佈過程中，挾帶了大量以漢人為本位的價值觀。當原住民作家紛紛為文批判這樣的同化、教化政策時，「現代知識」常常被指為一種普遍存在的「普同知識」，而原住民傳統文化則更重於「地方知識」的掌握。就此層面而言，知識與地方的連結強弱，在原住民文學作品裡，用以刻意區別為原漢知識的差別。另一方面，原住民的知識與生活的連結，強調經驗、尊重經驗，與現代知識著重於概念推演的方式成為另一種對比。

　　然而，原住民對於現代知識／漢人知識的全面抵抗勢必是不可能的，無論是就其現實的社會處境、或是對於現代知識／漢人知識的理解與接受，我們都可以讀到原住民在此問題上或迎或拒的態度。

　　在原住民地方知識的呈現中，除了對於地方的花草樹木、蟲魚鳥獸有許多豐富而詳細的介紹，當中還有許多因應外在生活環境而有的動態理解。既然強

而論，我也認為藉由當代學者對於道家的研究與詮釋，可以提供原住民文學相關領域的問題思考有不一樣的刺激與啟發。楊儒賓：〈莊子與人文之源〉，《清華學報》第 41 卷第 4 期（2011 年 12 月），頁 616。

　　調原住民的知識與生活經驗密切相關，一旦所處的環境與經驗產生變異，這些知識與能力自然也會有所調整，因此這些地方知識固然可以顯現原住民認識環境的特質，卻不是一種本質性、固著不變的知識樣態。

　　接著，我從符號化能力的思考著手，去討論漢人與原住民知識型態的差異。從這個面向上來說，漢人所接受到的現代文明知識系統，是一種符號化能力相對複雜的知識。就原住民部落經驗的社會脈絡而言，符號化能力並不是他們所刻意追求的。當他們不刻意將知識符號化，也顯示了在認識上主客體緊密的情狀。這或許不符合也不利於現代學科建立普遍周全的原理原則，但他們卻是實實在在生活在知識之中。從此而論，「生活即知識」可說是原住民知識型態最主要的特色。

　　除了將現代知識／漢人知識概化為「普同知識」、「概念知識」與原住民的「地方知識」、「經驗知識」對比。現代知識／漢人知識還有一項更直接地對比，就是以傳統部落的技藝作為一種知識型態的代表，對比出學校教育著重理論、概念、邏輯等知識型態。

　　我們必須先替「技藝」確立「知識」之名，認肯「技藝之知」的合法性與正當性。技藝的知識特質，與著重心知的概念性知識對比，前者更明確地有著「個人知識」（personal knowledge）的特色。

　　但技藝的「價值」並不只是單純在於別立於一種知識的特殊型態。原住民傳統部落的諸多技藝，在其文化中，有其「成人」的意義。此處的「成人」之意，不再只是消極地回應被汙名化的我；而是積極有力地開顯出一個具體合於部落文化價值的人。在原住民傳統部族文化內部，「人」的指涉本不是存在於應對他者眼光產生的解釋。他們自有其一套對於「人」的定義，也自有其「如何為人」的說法。在這個層面上，「人」不只是生物學上的名詞，而有原住民部落知識傳統下的文化烙印。「成為一位達悟人」、「成為一位排灣人」、「成為一位布農人」等等類似的命題，說的正是一種文化價值與主體的確立。

　　我們可以從道家思維對於技藝之知的闡述進行討論，以核定技藝作為一種知識，不僅僅只在於凸顯出原住民的勞動實踐的特色，更重要的是那是一種人

格鍛練修養的方式。

　　無論是狩獵、伐木、漁撈、造船、織布、農作……，這些大量出現在原住民文學作品地題材，具有「技進於道」的可能。這個「道」，未必是非常抽象玄虛的形上境界，而是具體指涉一個行動者在萬殊複雜的情境中，因應環境而「與物有宜」所具備的「行動方向感」。換言之，在原住民勞動技藝中，人與自然的協調、合拍、共鳴，都在於技藝的操作實踐中完成。

※

　　「技藝以成人」的命題，同時貫穿了「技藝之知」與「身體感知」的部分。雖然「人」的內涵，可以藉由許多的形容描述：勇敢、果斷、機智、聰明、謙卑、善於分享……。但事實上，這些描述的詞彙，都可以具體落實在「人」的「身體」上。正如同過往將技藝誤解為「無思」，過去同樣將「身體」視為墮落的殘餘。事實上，「人」不可能離開「身體」而論，身體與心靈本就是相即不二、不可切割的。

　　由此可知，原住民文化的浸染與生發，那種活潑的生命力的展現，必然是其身體感知的培養與踐履。

　　此處將以「有身」、「修身」、「無身」三個面向討論。首先，「有身」指的是身體的對象化，著意在原住民的身體自主權的喪失。原住民在社會上遭受到的種種歧視與成見，許多固然是政治、經濟、法制、文化、教育等面向的具體差別待遇，但是在這「待遇」必然有一個與之相接的「身體」。特別是在個別人身處境上而言。因此可以說，「身體」往往是身分認同或遭遇歧視的第一現場。

　　「修身」強調原住民文學中對於傳統知識的追求，正是恢復「身體」的確切方式。不過既然關於技藝的論述已見前章，本章則強調祭儀的部分，我們可以從原住民傳統的祭儀文化得知，身體與身分往往是需要相互定義而成的。

　　「無身」是指不將身體視為一個對象，我就是身體。這描述了屬於原住民文化意義下的「身體」鍛練而成，具有高度感知。這樣的身體對於周遭環境的敏銳與和諧。此種和諧的狀態，可以視為一種感性認知的發用狀態。

　　以往談論原住民文學中的主體性時，常常把主體性理解為一種抽象的、精神的產物，藉由本章的研討，我們發現其實主體性也可以具體展現於「身體」之中。對於「身體感知」的培養，也有助於我們認識、理解、尊重不同的族群、文化、國族等，於此意義上，原住民文學中的「身體」，可以說是捍衛自身主體性最有力的方式。

※

　　從對於現代知識的反省、地方知識的掌握，技藝的操作與身體感知的鍛練培養，一路論述下來，知識、技藝與身體固然是原住民傳統知識體系的重要面向。我們卻不能忘記，「原住民漢語文學」的發生，宣告了原住民運用了一種新的「技藝」在描述他們的「記憶」。

　　然而，這個嶄新的「技藝」，是否如傳統部落的各種技藝一樣具有價值？或者，與傳統部落的技藝是否有衝突、扞格？這當中的緊張關係，便是本研究欲探究的。

　　此處將從「書寫作為一種記憶／技藝」談起。原住民漢語文學的書寫語傳播，在很大程度上協助他們對於部落文化的追憶、復振、操作與宣揚。但是從「口語文學」走向「書面文學」，原住民文學的發展，在面對「原住民性／文學性」、「真實／虛構」、「族語／漢語」等問題都有許多的爭議與討論。

　　本書將一一梳理這些爭議，並舉出本研究的看法。基本上我們採取討論的路徑，乃是從符號與自然的問題著手。符號與自然之間的緊張性，是人類所共有的問題。然而原住民傳統部落的文化不斷地朝向自然回歸，符號與自然的斷裂並不如現代文明社會來得深刻。正是與自然那一縷纏綿，讓原住民文學在面對現代文學創作上，得到了不一樣的啟發與靈感。

　　若是由傳統哲學的術語而言，「一多相即」正是原住民漢語文學如今發展最可以嘗試的創作行動方針。明白地說，即是採取一種「游」的姿態。這種方式，落實在運用符號的層面上，鼓勵原住民文學創作者面對漢語、外國語、各式各樣的外來語、族語，不但要「使用」，而且要「遊戲」。這種遊戲的姿態，宣告了原住民文學創作的強大動能與彈性。運用符號，而非被符號運用。在「多」

的層面，就算走向形式美學，也能然游刃有餘地展現出符號的萬殊。在「一」的層面，則是不斷地回歸、逼近原始思維的融洽、渾沌感中，從而創發、記載更活潑多元的生活價值與情感歸屬。

可能的對話

　　回顧相關研究的學位論文，目前台灣當代原住民漢語文學研究有一部分是集中在個別的作家作品論。本書既以一種「相互滲透」的概念視原住民作家為一個有機的整體，對於個別作家作品的研究，將分散在文本分析時作為補充參考。

　　以「原住民文學」作為研究主題者，董恕明《邊緣主體的建構──台灣當代原住民文學研究》是原住民文學研究較前行的博士論文。該研究將「作家的書寫活動，視作是一主體重構的過程」[75]，全文的主論述研究莫那能、瓦歷斯‧諾幹、拓拔斯‧塔瑪匹瑪、夏曼‧藍波安、利格拉樂‧阿𡠄，分列成「悲憤與傷痕：社會公義與族群命運的奮戰」、「內省與文化：個人存在與族群記憶的重塑」、「包容與生活：婦女命運與族群地位的辯證」三章來談。

　　不過董恕明此論文對於為何選取這五位作家的作品為主軸，只說明「這些創作者的文學表現，不論是從質或量而言，都有一定的代表性」[76]，究竟具有怎樣的「代表性」，似乎很模糊。她所分列的三個章節，似乎也沒有相互排斥性。很難說夏曼‧藍波安就必得歸屬在「個人存在與族群記憶的重塑」而不能是其他。這是董恕明的論文架構比較根本性的問題。

　　此外，董恕明在面對原住民文學的「美學」時，屢屢有前後游移矛盾的嫌疑，在緒論的總結，她主張終究必須回到文學帶給人美的訊息和感受上來檢視

---

[75] 董恕明：《邊緣主體的建構──台灣當代原住民文學研究》（台中：東海大學中文所博士論文，2003），頁 25。

[76] 董恕明：《邊緣主體的建構》，頁 27。

77，但又說：「當在面對書寫這件事，常是許多原住民作家誠惶誠恐的某種心願與志業時，這樣一種抱著使命感的寫作態度，斷不是從單純的美學方向解釋即可終結」[78]。從論述的方式與主軸看來，董恕明似乎沒有意識到「美學」是一種「感性認識的學問」，所以才須強調作家的書寫創作是一種可用之資，而非「單純的妝點」。在談「主體」時，可以理解董恕明理解的「主體」幾乎是一種精神世界的產物，不但與物質肉身毫無連結，似乎也許感性認識保持距離。所以她認為，原住民作家的創作，或者是更傾向於我們熟悉的「載道式」的寫作[79]。

在面對原住民文學文本時，本研究更多地將它落實在對於身體運作與技能操作的面向來看。尤其是「身體」是原住民遭遇歧視的第一現場，捨棄「身體」談「主體」，對於文學文本中許多豐富的情感都將被抽空或忽略。

魏貽君《戰後台灣原住民族的文學形成研究》探求台灣原住民族文學在何種歷史結構、社會情境、心理狀態下被生產出來。此論文的立基點並不是單純地原漢對立關係，而是考察原住民對於「文學」的認識方式、生產與傳播模式，乃至於如何在國家機器的凝視與漢人文化意識的滲透下，有個逐漸質變的過程。魏貽君的論文可以說是對於原住民文學如何自我建構（或是被建構）的過程有深刻的論述及討論。在此之中，原住民文學「作者」認定已不是寬泛地「血統論」可以盡之。血統論只是一個原住民文學的必要條件而非充足條件，如果只是寬泛地以血統論認定原住民文學的「作者」身分，無疑是鬆淬了原住民文學形成的意義脈絡。[80]魏貽君提出「自在的」、「自知的」、「自顯的」、「自為的」四個視域以作為對於原住民作家的辨識，並認為這應當是往後原住民文學研究的前置作業。[81]

---

[77] 董恕明：《邊緣主體的建構》，頁 31。

[78] 董恕明：《邊緣主體的建構》，頁 26。

[79] 董恕明：《邊緣主體的建構》，頁 26

[80] 魏貽君：《戰後台灣原住民族的文學形成研究》（台南：成功大學台文所博論，2007），頁 367。

[81] 魏貽君：《戰後台灣原住民族的文學形成研究》，頁 370。

　　魏貽君的研究豐富深刻，給予本論文在研究方法上有許多反省警醒，並從而更確立自己的位置。基本上魏貽君的論文是對於原住民文學形成的問題進行社會脈絡化的研究，相較之下，本文的原住民文學由於起始點乃是從現代文學概念下的「文學」意義逐步朝向「原住民文學」漫漶，對於「文學」的認定有朝向文學的獨立性的方向移動。尤其本研究最終的視角又將重新收歸在此視域中，與魏貽君開拓原住民族文學的邊界之意圖並不相同。尤其，魏貽君對於「作者」的研究，固然有其價值。但在本論文取採的方式與研究的路徑中，作者的身分很大程度上歸隱在文學文本之後。要言之，本研究更多地側重在文學文本所反映的文化世界。

　　徐國明的論文《原住民性、文化性與文學性的辨證──《山海文化》雙月刊與台灣原住民文學脈絡》利用原住民性、文化性與文學性三個範疇討論原住民文學的「文學性」問題。原住民文學作為一種弱勢的族裔文學，必須與強勢主流的文學典範進行協商、調整，以其符合文學出版、研究等機制而被看見。在徐國明的論述立場中，他將原住民的文學性放置一個廣闊的社會文化的結構裡談，認為原住民文學從一開始就無法脫離「原住民」的主體概念及其相關文化論述，而許多關於原住民文學的分析觀點與批評論述。原住民文學的「文學性」，勢必涵納著「原住民」主體性的文化意識型態。[82]徐國明也認為，孤立地談「文學性」不太可能，因為所謂「文學性」並不是先驗的本質存在，而是在創作、批評論述與整體文化生態的互動網絡中逐漸形成。[83]

　　基本上，徐國明對於原住民文學性的探討置入文化性的脈絡中，並且將文學性與原住民性的張力很清楚地展現出來。然而徐國明的研究與本論文最大的差異，乃是我們關注的重點不同而展現出截然相異的判斷。關於原住民性與文學性的爭持，以及原住民主體性與文學性的優先性，本論文的看法與他並不相同。固然「文學性」不是一個先驗的存在，事實上「原住民性」又何嘗是一個

---

[82]　徐國明：《原住民性、文化性與文學性的辨證──《山海文化》雙月刊與台灣原住民文學脈絡》（台南：成功大學台文所碩士論文，2010 年），頁 46。

[83]　徐國明：《原住民性、文化性與文學性的辨證》，頁 53。

先驗的存在？此外，原住民文學作為一種弱勢的族裔文學，必須在文學生產場域與主流文學的美學典範進行協商。關於這個問題，並不是只有原住民文學會遇到。在任何文學生產機制下，都會遇到與「主流」協商的問題。何況，所謂的「主流」文學，其實也是一種模糊的概念。原住民文學的「文學性」置入整個社會文化的脈絡中，固然符合歷史實情，但是其實整個台灣現當代文學、中國現當代文學，都很難說有一種與政治經濟發展等社會脈絡完全脫離的情況。也就是說，既然這不是原住民文學獨特的情境，我們仍然還是要面對原住民文學的「文學性如何可能」的問題。也就是原住民文學何以可以稱得上為「文學」？關於這細部的討論，將在相關章節有更多的論述，並且對徐國明的觀點有相關的回應。此外，論及文學性，必然牽涉到語言形構的討論，關於這方面的研究，除了個別的作家作品賞析外，陳芷凡《語言與文化翻譯的辯證》[84]以及李台元《台灣原住民族語言的書面化歷程》[85]皆能給予本論文多方面的參照。

諸多研究成果協助本論文在其基礎上持續累進、反省或與之對話。除了原住民文學研究相關的學位論文外，舉凡知識、技藝、身體、語言等面向之研究成果，都將適度地參酌引用。特別是關於原住民傳統知識領域的討論，近年來以此為主軸的國際研討會收錄了不少相關的論著。例如《第一屆原住民知識體系研討會論文集》[86]、以及 2010 年南島民族國際會議之《返本與開新：台灣原住民族知識、文化創意與環境倫理》[87]，收錄不少對於原住民知識體系的研究討論，與原住民漢語文學所闡述的傳統知識型態相關者，都將為本文參酌討論。

---

[84] 陳芷凡：《語言與文化翻譯的辯證：以原住民作家夏曼‧藍波安、奧威尼‧卡露、阿道‧巴辣夫為例》，（新竹：清大台文碩士論文，2006）。

[85] 李台元：《台灣原住民族語言的書面化歷程》，（台北：政大民族學系博士論文，2013）。

[86] 台灣原住民教授學會、東華大學原住民民族學院編：《第一屆原住民知識體系研討會論文集》，2009年 5 月 15 日、5 月 16 日，東華大學原住民民族學院國際會議廳。

[87] 孫大川編：《返本與開新：台灣原住民族知識、文化創意與環境倫理》，（台北：行政院原住民族委員會，2010）。

第二章　部落內外：生活與現代知識的斷裂及連結

前言

　　游霸士‧撓給赫有一篇收在《赤裸山脈》的小說〈尤霸斯與他的兒子〉，敘述主角教導在都市長大的兒子回山上打獵，野生動物保育小組卻報警處理，在警局裡又與警察針對打獵的合法性提出辯難。這篇小說開頭對於作者的成長經歷，有一段不短的描述，由離開部落而接受平地教育產生變化談起：

> 他在平地都會區總共讀了十四年書，在教學的專業領域裡浸淫那麼多年，自然奠定了極為紮實的基礎。所以，他服完了一年又三四個月的兵役退伍之後，就待在平地大都會區的學校裡教書；他後來娶妻成家，生兒育女，全都在平地都會裡進行的，十幾二十年過去了，部落新生代大都不認得他了。[1]

所謂安穩的生活，似乎也就是如此？因為接受教育，獲得了知識、工作，甚至還能執教，獲得一定的社會地位與經濟收入。爾後娶妻成家、兒女成雙……。這能不能算是原住民接受平地教育後，改善生活的一個安穩成功的圖景？如果是，為何我們還能讀到大量的文本敘說原住民對於接受漢人教育的抗拒與擔憂？

---

[1]　游霸士‧撓給赫：〈尤霸斯與他的兒子〉，《赤裸山脈》（台中：晨星出版社，1999），頁21。

　　譬如夏曼・藍波安作品裡處處呈現因為現代教育而致使達悟族人在價值觀與風俗習慣上產生了很大的衝擊與改變，〈永恆的父親〉一文中，夏本・阿烏曼因獨子夏曼・阿烏曼出海捕魚失事，感傷地在海邊說道：「現在的孩子接受台灣人的學校教育，他們的想法已和我們不一樣了，就像我們的海一樣，一邊是清澈的，一邊是混濁的，有何辦法呢？」[2]而夏曼・藍波安的小祖父則是警告他「別在漢人的學校變得聰明」[3]。甚至父親認為感嘆部落的後人不敬重傳統，讓夏曼・藍波安也感覺到，在父親的認知世界裡：「去台灣念書是一件錯誤的選擇，是生命旅程拐了很大的彎，傳統價值觀的純度滲入無限量的污水」。[4]

　　利格拉樂・阿𡠄〈誰來穿我織的美麗衣裳〉則是敘述原住民母親感嘆去平地念書的女兒「已經像天空的小鳥一般，飛的好遠好遠，往那個山下的城市飛去了，不知道甚麼時候才回來？誰來穿我織的美麗衣裳？」[5]部族的長輩，目送自己的孩子遠離家鄉，「而青年如飄零的落葉／隨著時代的風暴／探探這兒那兒／沒也沒問一句／家鄉在哪個方向」。[6]

　　到底，原住民在受平地教育，接受知識時，遇到了什麼樣的問題呢？從〈尤霸斯與他的兒子〉開頭對尤霸斯少年時代的描述，「跟猿猴比較起來，並沒有什麼不同」到後來「生活已全面都會化，他變成都會區一個十分標準的消費者」[7]，這難道不是「教育成功」的案例嗎？但是為何通篇小說充滿了主角尤霸斯對於自己傳統生活的失落而有的悔恨？難道說原住民沒有意識到教育對他們而言的正面意義？似乎又不盡然。面對「誰來穿我織的美麗衣裳」這個問題，利格拉樂・阿𡠄縱使無奈，卻也不得不承認「能受教育已經算是幸運的了」[8]，還有

2　夏曼・藍波安：〈永恆的父親〉，《海浪的記憶》（台北：聯合文學，2002），頁148。

3　夏曼・藍波安：〈興隆雜貨店〉，《航海家的臉》（台北：印刻出版社，2007），頁83。

4　夏曼・藍波安：〈鬼頭刀之魂〉，《航海家的臉》，頁48。

5　利格拉樂・阿𡠄：〈誰來穿我織的美麗衣裳〉，《誰來穿我織的美麗衣裳》（台中：晨星出版社，1996），頁14。

6　伍聖馨：〈感〉，《單・自》（台北：山海文化雜誌社，2013），頁194-195。

7　游霸士・撓給赫：〈尤霸斯與他的兒子〉，《赤裸山脈》，頁20、21。

8　利格拉樂・阿𡠄：〈誰來穿我織的美麗衣裳〉，《誰來穿我織的美麗衣裳》，頁15。

更多的原住民為了求生存離開，卻遭受更多、更危險的磨難。

　　受不受教育，顯然不是一個做或不做、非此即彼的問題。在許多人的觀念中，讀書與前途緊密相關。而原住民常常背負著不文明、未開化的形象，更是現代文明急於教化的對象。《黑色的翅膀》裡頭，教師對學生說：「周金啊，星期一記得回學校來上課啊，念書有前途，吃飛魚蛋會笨的，知道嘛」。[9]若我們先不論台灣來的教師對原住民充滿歧視，認為他們「又笨又懶」、「又笨又髒」[10]，但就「念書才有前途」這個價值觀來談，原住民念書所渴望追求的前途是什麼？為什麼會有「念書才有前途」這一類的想法出現？如果學校老師在教育學子的時候，他們真的認為「念書才有前途」，而以此鼓勵、期勉甚至恫嚇學生。那麼我們應該考慮到的，「念書」、「念漢人的書」的價值究竟是什麼？又如何在原住民的生活之中構成衝突與影響？

　　我所謂的「現代知識」、「漢人知識」乃是對比於「傳統知識」[11]、「原住民知識」而來的詞彙。在原住民文學抵抗漢人知識的脈絡中，現代化與漢化常常是被連結在一起的[12]。不過，「現代化」與「漢化」分別對於「原住民」「傳統知識」的迫害、干擾都是確實存在的。因此這兩個概念，在本文中乃取其「聯集」的意義。也就是說，「現代知識」、「漢人知識」只要有其中一個概念足以與原住民傳統部落知識形成對比，並且呈顯在文學文本中，那都是本章討論的範圍。

9　夏曼・藍波安：《黑色的翅膀》（台中：晨星出版社，1999），頁143。

10　夏曼・藍波安：《黑色的翅膀》，頁122。

11　「傳統知識」一詞，因為常常會暗示著「簡陋」或「原始」，某些學者主張不要以此來指稱「原住民知識」。見 konai Helu Thaman：〈重啟對話：現代教育政策中的原住民知識〉，孫大川編：《返本與開新：台灣原住民族知識、文化創意與環境倫理》（台北：行政院原住民族委員會，2010），頁23-24。但本文對於此詞的使用，只在於與「現代知識」相對而來。

12　楊政源：〈試論《冷海情深》（1992-1997）時期夏曼・藍波安的文化策略〉指出，將現代化與漢化連結在一起，是一種抵抗的策略。見《東吳中文學報》第16期(2008年11月)，頁181-200。其實，這個態度不只是在夏曼・藍波安的文章中出現，台灣當代原住民漢語文學大部分都採取了這樣的書寫策略。

知識與生活的出路╱出入

　　夏曼‧藍波安的〈天使的父親〉一文，夏本‧阿泰雁的兒子夏曼‧阿泰雁溺死在海底。父親在追悼兒子時，一連串的疑惑，扣緊著三十年前沒有允許孩子去台灣念書的事情：

> 長子走了，他很後悔，非常地後悔，他回想三十年前的事。如果當時允諾神父帶兒子去台灣唸書的話，兒子也許不會成為「酒鬼」，不會是台灣公賣局忠實的顧客，不會為了買酒和孫子的母親吵個不停，不會被部落的族人瞧不起；如果當時神父強逼他領洗成為天主教徒的話，上帝的祝福也許比較多，好多的「也許」在腦海裡震盪；如果當時，我沒有造船強留兒子在身旁，強灌兒子達悟文化的優美，海洋的美麗，成為海的「孩子」的話，也許……，也許不會有這樣的「結局」。然而「也許」的想法，僅僅是掩飾他的難過，送給兒子靈魂的話。[13]

夏曼‧阿泰雁是否會因為接受漢人的教育而擺脫生活的困境，不會酗酒、不會為了買酒和妻子吵個不停，乃至最後不會溺斃，這都不是經驗事實上可以論斷的。但是在父親心中，他似乎可以理解在「達悟文化的優美」、「海洋的美麗」之外，其實「成為天主教徒」或是「去台灣念書」也不是全然沒有價值。
　　在很多情況下，接受漢人知識，確實是許多原住民改善生活的一種方式與期盼。就現實處境來說，這確實能夠讓原住民學子藉由文憑與能力的提升，晉升自己在社會上的地位與處境。白茲‧牟固那那〈採割棕櫚的季節〉就提及，二姑媽憑著自己的努力，讓表哥能夠到平地接受教育：

> 那時，村莊總共才四五位，二姑媽家就佔了兩位，也是二姑媽開明，看

---

[13] 夏曼‧藍波安：〈天使的父親〉，《海浪的記憶》，頁135。

出只有讓表哥們到外面學習，將來才有改善生活的機會。[14]

在白茲・牟固那那的描述中，這樣的二姑媽是「開明的」，因為她意識到，唯
有到外面學習，將來才有改善生活的機會。所謂的「開明」，如果用比較中立
的詞彙來談，我們可以說那是「具有現實感」。既然知道客觀環境的限制如此，
便須在這限定的環境中，為自己的生活找尋「出路」：

> 末代女頭目一生中共有四個子女，分別是二男二女，在她的用心培植下，
> 這些孩子們幾乎是學齡前便居住在平地社會中，她大約是早預見到教育
> 對原住民的影響，因此他的孩子們全都是接受正統而完整的平地教育，
> 補習、才藝、外語無一或缺，只差沒送出國深造了，在部落中算是最早
> 的「留學生家族」。[15]

這是利格拉樂・阿𡠉〈落難貴族〉一段很有意思的敘述。從一般粗淺的印象或
常識來看，提到頭目，我們都會想像那是部族的領袖，想當然耳地附會也認為
頭目應當是維護部落文化最核心的象徵；一如瓦歷斯・諾幹〈當所有的頭目都
過世……〉[16]一文感嘆那樣，當所有的頭目都過世了，部落的文化就岌岌可危。
然而，在阿𡠉的筆下，這位末代的女頭目，「大約是早預見到教育對原住民的
影響」，因此將所有的孩子都送到平地接受完整的教育。由此來理解部落文化
的維護與現實生活的競爭，兩者之間的張力，的確更能看出漢人教育對於改變
原住民的生活，有極大的影響。這種價值，也就很直接地落實到了父母對於孩
子的期盼。

反過來說，也有很多學子是背負著這樣的期盼，出外求學：「我真是無顏

---

[14] 白茲・牟固那那：〈採割棕蓑的季節〉，《親愛的 Ak'i，請您不要生氣》（台北：女書文化，2003），頁 73。

[15] 利格拉樂・阿𡠉：〈落難貴族〉，《誰來穿我織的美麗衣裳》，頁 112。

[16] 瓦歷斯・諾幹：〈當所有的頭目都過世……〉，《番人之眼》，頁 84。

見山中父老啊！尤其是我的父親，當知道自己的兒子無法如期畢業的時候，他老人家顯然是非常的失望與難過」。[17]乜寇・索克魯曼的這段訴說，乍讀之下不足為奇，即使在漢人的家庭中像這樣求學不順而自覺辜負父母期待者，不知凡幾。但是結合原住民在漢人體制下的學習處境來看，很容易就明白漢人的教育體制、知識系統、學習環境等對原住民都缺乏友善的考量。

所謂的不友善，最直接面對的問題就是，經濟條件上的弱勢。亞榮隆・撒可努寫的〈參考書〉[18]是一篇非常不錯的散文，文章內容敘述作者國小四年級一次偷參考書的經驗。在當時他意識到自己「成績功課越來越差，老師說的我越來越聽不懂，越來越不喜歡去學校。」向同學詢問之下，才發現原來同學都有買參考書，裡頭有作業的解答。當撒可努勉為其難向母親開口提出買參考書的要求時，母親帶著他前往書店。但撒可努卻因為不捨得母親用辛苦賺來的生活費只為了買一本參考書，於是偷偷將書塞在自己的腰際，卻被老闆娘逮到。接著撒可努不但被爸媽處罰，更翹家逃往外公的家，拒絕上學。撒可努所敘說的諸多情境，如家境清貧、學習成效不彰等，在很多原住民學子進入學校時都會發生。最後的結果可能就乾脆逃離那個學習的環境。雖然說接受教育是原住民學子將來改善生活的希望，但很顯然地，客觀環境上的種種限制，對於原住民學子而言無疑是層層的枷鎖。

〈這，悲涼的雨〉[19]寫的是一則感傷的故事。主角陳保羅與姊姊來到城市生活，姊姊辛苦工作供養保羅讀書。陳保羅在校時常受到同學的欺凌，課業也讓他時常感到挫折。偶然的因緣下，保羅發現姊姊的工作竟然是妓女，故事在姊弟兩人的爭執與相互傾訴中結束。類似的情節，反映了原住民小孩進入都市後，有許多生存上的困難，接受教育根本不是輕而易舉的事。[20]

---

[17] 索克魯曼・乜寇：《布農青春》（台北：巴巴文化，2013），頁 35。

[18] 亞榮隆・撒可努：〈參考書〉，《外公的海》（新北：耶魯國際，2011），頁 229-239。

[19] 瓦歷斯・諾幹：〈這，悲涼的雨〉，《城市殘酷》（台北：南方家園，2013），頁 125-147。

[20] 單從經濟上的弱勢來談，其實是比較沒有解釋的效力，因為漢人的學生與原住民學生都可能來自於經濟弱勢的家庭。但是經濟問題絕不會只是富裕或貧窮的問題，背後往往牽涉到許多複雜的政經文化結構，彼此盤根錯節。正如浦忠成所言，「原住民學生在課業上的挫折，卻常常與整體環境條件

　　原住民學子在學校可能會遭受歧視、訕笑與霸凌，也是另外一個嚴重的問題。尤其當具有權威的教育意志灌輸學生錯誤的印象，使學生認為原住民就是野蠻、未開化、頭腦簡單，那麼原住民學子在學習的環境上，便易無辜遭罪。在漢人知識系統下的學習沒有辦法找到原住民的身影，或者原住民的身影一律被淺薄化、汙名化，這當然會造成自我認同的危機。

　　陳保羅被同學霸凌，把頭壓在廁所地板時，被脅迫說出「我是番仔」，而且同學嘲弄他的語言正是教科書教授的知識：「聽說你們會殺人頭」，陳保羅不得不問「為什麼教科書要這麼寫？」。那麼，教科書究竟寫了什麼？

> 新生代讀完八國聯軍，
> 找不到有關祖先的面龐，
> 只有社會課本，祖先手持弓箭，
> 射殺據說是恩人的紅衣人，
> 誰也不相信，祖先是劊子手。[21]

如果永遠都讀不到「祖先面龐」而只有遙遠的烽火，這代表學校所傳授的知識是與生活經驗脫離的知識。如同張耀宗在〈學習、文化與原住民知識〉提出：「身為一位漢人小孩進入台灣的教育體制，他／她是感到自在的，整個課程內容跟其所承受的文化知識是接近的；但對一位原住民則不然，由於背景知識與課程知識相差甚遠，導致其安全感盡失，也帶動文化認同的消失。當課程能和自身的文化背景知識貼近時，學習者可以獲得情緒上的支持，學習成就感比較能夠建立」。[22]難怪作家會感嘆：「不再相信，教科書欽定的歷史——這裡找

如家庭、家長、社區、課程教材、學習態度、生活適應、起點能力等牽涉，這些有很大部分是文化層面的問題，通常不是單靠金錢可以解決的。」巴蘇亞・博伊哲努（浦忠成）：〈台灣原住民族語言教學發展之趨勢〉，《思考原住民》，頁 60-61。

[21] 瓦歷斯・諾幹：〈礦工・淚〉，《想念族人》（台中：晨星出版社，1994），頁 162。

[22] 張耀宗：〈學習、文化與原住民知識〉，《彰化師大教育學報》第 9 輯（2006 年 6 月），頁 180。

不到祖先的腳印」[23]。

　　更深一層來看，也有一種情況是因為原住民各族的生活慣習與風俗民情不同，連帶地看待世界的眼光與視野當然不一樣。這就會造成很多原住民學子在學習上遭遇很難理解的障礙。

　　阿嫣就曾描述自己的小孩進入學校教育之後所面對的辛苦，而提出反省：「在他的觀念中，有許多事情幾乎都是以泰雅觀點來詮釋的，因此，對於現行教育中，完全以『中國』為主要設計的東西或課程，威曙有著很大的『學習障礙』，所以，要做威曙的老師還得有很好的耐心才行呢！」[24]以漢人為主的知識系統，幾乎沒有辦法顧及到不同族群的世界觀、價值觀，因為由國家頒定的那一套價值，是為了方便教化、追求同一。但是知識的構成若全然不由具體的生活經驗產出，一旦遭遇到知識與經驗的脫節，對於學子來說，就必須要刻意造作地去理解、記誦「標準答案」：

> 小的時候，我是部落公認的聰明小孩，部落的人以為我在平地讀書生活，將來會很有作為。有一天，我按捺不住心中疑慮問老師：「喜馬拉雅山，為什麼叫喜馬拉雅山，它有大武山那麼高嗎？」想不到老師就此認定我是無藥可救的笨蛋。[25]

> 小四時的一次國語課的月考，填充題目是：太陽從（山）的東邊出來，從（山）的西邊下去。但是我們這群小島的孩子，天天看到太陽從海裡出來，也從海裡下去，所以，我們寫的答案是（海），除了當時我的班長寫（山）以外，沒有一個同學寫的答案是（山），而躲過藤條的抽

---

[23] 瓦歷斯・諾幹：〈不再相信〉，《伊能再踏查》（台中：晨星出版社，1999），頁93。

[24] 利格拉樂・阿嫣：〈小朋友眼中的大人世界〉，《穆莉淡 Mulidan》（台北：女書文化，1998），頁120。

[25] 達德拉凡・伊苞：〈聖湖　巫師〉，《老鷹，再見》（台北：大塊出版，2004 年），頁54。

打。[26]

伊苞是屏東排灣族原住民，大武山對她而言，遠比喜馬拉雅山更親近且重要。
而夏曼‧藍波安生長於蘭嶼，舉目望去，盡是汪洋大海，又怎麼能理解太陽上
山下山的概念？課本教導的知識與生活經驗大相逕庭，這時候造成學生在認知
上出現衝突，自身實際生活經驗與他人形構的知識產生衝突，如果教學只推許
一元觀點，這便會造成學生的困擾。見微知著，我們可以藉以思考，當知識伴
隨著權力灌輸給學子，其中挾帶的意識型態是如何影響移轉學生的價值觀。倘
若這些原住民的學子有著主體自覺上的堅持，而學習到的知識又無法產生緊
密性，以致教室並無法提供情意上的支持氣氛，終究會導致學習上的失敗。[27]

　　瓦歷斯‧諾幹描寫初入小學課堂的心得，也做出很生動的描寫：

> 初初坐在乾淨、整齊的課室桌椅間，艱困地學習國語，感覺上簡直就是
> 一趟趟冒險之旅，而它別於山野間的狩獵冒險就在於我們不清楚課本裡
> 將蹦出什麼怪物，它長什麼樣子？有沒有爪子？生氣的時候會做出什麼
> 動作？這些都不是我們所能預期的，沒有老獵人在山林裡為我們引導。[28]

在山林打獵，說起來也許是原住民可能比較熟悉的領域。瓦歷斯‧諾幹這裡的
妙喻，將學習漢文形同進入獵場打獵，只是在沒有老獵人的引導之下，這趟狩
獵之旅非常危險。如果讀得更仔細一點，在此，有一個很值得注意的問題，也
就是關於知識傳遞的形式。在課堂上當然也有老師能夠教導學子，為什麼老師
不能夠扮演著「老獵人」的角色呢？問題固然在於老師所扮演的角色、傳遞的
知識不符合原住民的生活經驗與期待，更顯示課堂上所傳授的現代知識，與獵
場上老獵人傳授的經驗法則，在教導方法上，本來就各具不同。如果這段文字

---

[26] 夏曼‧藍波安：〈大島與小島〉，《航海家的臉》，頁 134。

[27] 張耀宗：〈學習、文化與原住民知識〉，《彰化師大教育學報》第 9 輯（2006 年 6 月），頁 178。

[28] 瓦歷斯‧諾幹：〈森林的靈魂〉，《戴墨鏡的飛鼠》（台中：晨星出版社，1997），頁 29。

不只是一種譬喻而已，則這也透露了一種個人化技藝之知，那不同於在課室上宣講的概念化知識。

　　年紀稍大一點，到了高中階段又如何呢？夏曼・藍波安回憶自己就讀台東高中時候的學習經驗，依然是非常令人沮喪：

> 院內有圖書館，這一生第一回看見有那麼多書的房間，我經常進入館內閱讀，目的是希望自己的中文程度進步，多認識漢字，然而，我從高一到高三去館內閱讀，卻從未讀完一本散文、一本小說，從未有一本可以激發我、開發我心智的書，我經常感到沮喪憂慮的走出圖書館，也開始質疑自己的資質，包括背一篇文言文的課文，考試時的默寫，不曾有過完整的默寫考卷這是十分悽慘的記憶。[29]

如果對照如今夏曼・藍波安的創作成果，很難想像在他高中時期接觸中文時曾經遭遇過如此大的挫折。之所以說難以想像，正是因為缺乏同理。但是那挫敗之大，乃至於反過來質疑自己的資質，顯然地，我們的教育體制在傳遞知識上，缺乏了給原住民熟悉安全的感受：「在學校，我努力於去記憶，對我常識有意義的知識，彼時我服從了我出生起的記憶，那是海洋的律動，我的族語，以及我成長環境的，我很容易記住，但與我環境成長差異性大的知識，我的記憶就變得貧困」[30]。

　　其實，嚴格說起來，所謂「漢人的知識」真的在本質上屬於「漢人」嗎？憑什麼我們認為這樣的知識是「現代的」、「進步的」，並且用以「開化」、「教育」原住民？在國民政府來台之後，所推行的教育政策，一以「大中國」意識形態為主。歷史學的是中國史，地理也以中國地理為主。那麼所謂的「大中國」的知識形態，其實很大程度又因為中國現代化與西化有無法切割的歷史

---

[29] 夏曼・藍波安：《大海浮夢》，頁 352。

[30] 夏曼・藍波安：《大海浮夢》，頁 253。

事實，所以造成當時所接受的知識，幾乎可以說是一種「西化」[31]，甚至是「學術殖民」[32]。

　　無論自覺與否，倘若說連漢人在知識學習上都算是被迫接受西方的知識系統，那麼當漢人認為原住民的文化水平低落，想透過同化的方式，使原住民成為中華民族的一份子。如此說來，原住民所接受的知識，不但是遭受漢人的強勢主導，而這主導的知識形態與系統，極可能也是漢人社會盲目推崇或無能為力的西化／現代化的知識。

　　回到原住民主體認同的立場來看，當這些挾持著國家權力而滲透在各個教育體制與教科書的知識，灌輸給學子時，我們能期望學生能夠展現出來怎麼樣的認識與視野？瓦歷・斯諾幹〈「土牛」在哪裡？〉一文，敘述阿媽在客運上遇見一群準備前往「土牛國小」服務的大學生，向客運上的國中生吹噓著世界地理，語言中充滿了知識的傲慢，卻不知道「土牛國小」在哪一站下車。阿媽從容地反問：

> 國外的國名地名那麼熟悉，自己縣裡的地名卻不知道在哪裡，回去好好讀書吧！[33]

這是一個非常顯豁的對比。如果說漢人的教育是「成功」的，那麼怎麼會出現這樣生活經驗與知識的落差？如果說漢人的教育是「失敗」的，那麼我們又怎

---

[31] 「如果我們承認知識是一種文化的建構，西方先進的學術也是其文化氛圍下的產物，同樣的也有漢人文化主導下的知識。時至今日我們必須學習來自西方的知識，有些人會說西方的知識比較準確好用，相對於傳統的儒家知識則顯得落後無用；然而，不可否認的是這其中仍有知識霸權的作用，也就是西方學術霸佔知識解釋權，逼迫我們接受這一套所謂『正統』的知識」。張耀宗：〈學習、文化與原住民知識〉，《彰化師大教育學報》第 9 輯，頁 172。另可參見張耀宗：〈文化差異、民族認同與原住民教育〉，《屏東教育大學學報》第 26 期（2007 年 3 月），頁 199。

[32] 施正鋒、吳佩瑛：〈台灣的學術殖民主義與原住民族的知識主權〉，收入台灣原住民教授學會、東華大學原住民民族學院編：《第一屆原住民知識體系研討會論文集》（花蓮：國立東華大學原住民民族學院，2009），頁 1-20。

[33] 瓦歷斯・諾幹：〈「土牛」在哪裡？〉，《番人之眼》，頁 69。

麼強勢主導這樣「失敗」的教育，自以為是地去「同化」原住民呢？

自然我們不能夠陷入非此即彼的二元對立，以為認識國外地理就是錯誤的、失敗的，而親近本土才是正確的、成功的教育。但當國家教育體制所灌輸的知識只存在一種聲音、一種想法，缺乏多元的觀照時，這樣的知識便須要檢討與反省。由以上的討論可以明白，接受漢人的知識，對原住民而言，是一種接受現代化的「出路」，在現實意義上這是一個讓原住民「可能」「改善」生活的管道。實情是許多原住民學子一旦進入了以漢人為主的知識殿堂，有許多種種的不適應、不理解，那是因為這些知識與原住民的生活經驗有很大的「出入」。

山海激盪：地方的召喚

倘若以漢人的本位立場，兼之以原漢二元對立的角度來看待原住民接受知識的問題，我們或許可以思考：「原住民知識份子如何可能？」如果我們只認肯以漢人為主導的知識系統，依上節所論，原住民產生知識份子固然並非全無可能，但一定非常困難。莫那能回憶兒時讀書的經驗時，也曾有感而發：

> 本來讀書就是被當成不得已嘛，因為在傳統原住民的價值觀裡面沒有所謂的知識份子，漢人才有那種唯有讀書高的觀念，對知識很重視。[34]

從某個角度來說，莫那能所闡述的觀念差異是存在的。如果以現代性文明或是以漢人為本位的立場來界定知識，原住民對於這樣的知識是不夠嫺熟的。縱然如同小說〈尤霸斯與他的兒子〉的尤霸斯，被作者描述成接受知識而「進化」成了文明人，仍就不免傷感於對傳統文化的失落。更何況，這個所謂的「進化」

---

[34] 莫那能口述、劉孟宜錄音整理：《一個台灣原住民的經歷（修訂版）》（台北：人間出版社，2014），頁 44。

過程，還有多少的辛酸苦楚，一個尤霸斯成功了，卻可能有許多陳保羅放棄了。

　　然而「原住民知識份子如何可能？」也是一個指涉模糊的命題。討論一個原住民如何接受現代性知識而成為知識份子，或是討論一個具有「原住民知識」的人？這命題上的模糊，不是單純玩弄文字或詭辯，而是引領我們思考另外一種可能——認肯另一種型態的知識。

一、在地：對生活世界的認識

　　許多作家慢慢地意識到，並不是只有教科書上知識才能稱之為知識，在原住民日常生活中，部落山林，隨處都可以有知識。因此他們在書寫的字裡行間，常常出現「知識」、「學問」等詞彙，以作為對生活經驗的價值認肯：

> 「說是獵人濫殺，破壞自然。我雖沒摸過書，喜歡親近大自然，相信我擁有森林的知識，超過他們所知道的森林，他們應該停止砍伐。」[35]

> 樹木顏色的不一樣和氣味的感受，那都是判讀大自然，且能將自己隱藏、定位在大自然裡的一門學問。[36]

> 我醒來之後才記起自己還未進行老獵人的口述歷史而悔恨不已，那些關於草木走獸的古老知識。[37]

> 我提倡年輕的族人學習伐木，學習做拼板船，製作木漿，理由很簡單，首先是民俗植被的知識會進來，這是學校沒有的知識。[38]

---

[35] 拓拔斯・塔瑪匹瑪：〈拓拔斯・塔瑪匹瑪〉，《最後的獵人》（台中：晨星出版社，1987），頁 34-35。

[36] 亞榮隆・撒可努：〈歸程的禮讚〉，《走風的人》，頁 331。

[37] 瓦歷斯・諾幹：〈自序〉，《戴墨鏡的飛鼠》，頁 8。

[38] 夏曼・藍波安：《大海浮夢》，頁 59。

在蘭嶼自學觀測雲層、風向風力、潮流，這些野性的知識，我認為自己
比較敏感。[39]

無論是「野性知識」或「民俗知識」，無論我們給予那樣的知識什麼樣子的名
稱，都是在認肯另一種不同於漢人為主導的現代性知識系統。這個意義在於，
當原住民也有屬於自己能夠掌握的知識時，在一個傾向將知識視為文明的社會
情境中，原住民也能夠宣稱擁有自己的文明。當然，「文明」與否，我們如何
理解這個詞彙，有很多不同的脈絡與立場。重點不是在於這個詞彙名相，而是
在於自我價值的彰顯。

　　如果從這個角度來回頭看原住民學子的處境，當他們在學習環境中得不到
教學情境上的支持，轉而成為學習上的弱勢。那麼，重新建立他們對於習得知
識的信心與熱情，便是在自我價值上的一種肯定。許多作家的作品都曾寫到相
關的主題，走出教室，走入自然，因為大自然就是屬於原住民的教室：「請暫
時捨去課本的詰難，／在陽光和綠野中搜尋知識，／這是平凡且深澳的課程，
／孩子，不要停止前進。」[40]、「離開課室／離開問題的詰難／讓我們出發，
追索／新奇愉悅的河水源頭吧！」[41]接受山的洗禮[42]，明白山是一座學校[43]，入
山便是「走入祖先的知識」[44]，並且「靠著／希望的光／族群的熱量／輻射民
族知識／散播傳統規範」[45]。

　　不只是山，達悟族的海洋也是教室：「部落裡的男人，尤其那些酷愛海的

---

[39] 夏曼・藍波安：《大海浮夢》，頁 297。

[40] 瓦歷斯・諾幹：〈花蓮──給花東縱谷的孩子〉，《山是一座學校》（台中：台中縣立文化中心，1994），頁 2。

[41] 瓦歷斯・諾幹：〈當我們向山林出發〉，《山是一座學校》，頁 16。

[42] 瓦歷斯・諾幹：〈山的洗禮〉，《永遠的部落》（台中：晨星出版社，1990），頁 119-124。

[43] 瓦歷斯・諾幹：〈山是一座學校──給原住民兒童〉，《山是一座學校》，頁 52-57。

[44] 沙力浪・達岌斯菲萊藍：〈入山〉，《笛娜的話》（花蓮：花蓮縣文化局，2010），頁 2。

[45] 沙力浪・達岌斯菲萊藍：〈部落學校〉，《部落的燈火》（台北：山海文化雜誌社，2013），頁 35。

人，只要是海浪不大，在自己可以克服湧浪急流情形下，海即是他的教室」[46]。這除了在重新給予原住民學子得不到的價值自我認同，例如莫那能曾自述，在國小求學時，一開始並沒有因為漢人同學的成績比較好就感到自卑：「但那時他們除了成績比較好，其他我們都比他們強，不覺得有那麼大的落差。有很多事他們還要求我們幫忙，像抓鳥給他們玩，或者到河裡一起玩的時候，抓螃蟹抓魚，他們都沒有那個本事」[47]。由此可以略略看出，原住民對於自己所掌握的能力，也能夠自我肯定。更重要的是，對於自己的部族的生活習慣，也能夠因為知識的名義，而得到尊重或自豪：

> 有時拿老師的話來抗拒上山，「殺動物是殘忍的行為，我們老師說的。」雅爸拍一記我清嫩的頭顱吼道：「你們老師是獵人嗎？」我無辜地回答：「不是。」「不是獵人就不知道山林的重要，假如學校有教打獵，說不定我都當校長了！懂不懂？」[48]

瓦歷斯·諾幹文中這位「只念到日據時代小學部的二年級就輟學了」[49]的雅爸，當個「自然老師綽綽有餘」[50]，之所以能夠有這樣子的價值翻轉，便是因為原住民肯定了自己的民族也有優勢知識。

更精確地說，這是一種以生活經驗為主導的知識型態：

> 父親坐在休息處，看著我笑笑的說道：「年輕在這裡不是本錢，獵人講的是經驗和過程，不是以年齡和體力來證明自己的能力。」[51]

---

[46] 夏曼·藍波安：〈永恆的父親〉，《海浪的記憶》，頁144。

[47] 莫那能口述：《一個台灣原住民的經歷（修訂版）》，頁178。

[48] 瓦歷斯·諾幹：〈泰雅人疼愛的孩子〉，《戴墨鏡的飛鼠》，頁22-23。

[49] 瓦歷斯·諾幹：〈山的洗禮〉，《永遠的部落》，頁119。

[50] 瓦歷斯·諾幹：〈泰雅人疼愛的孩子〉，《戴墨鏡的飛鼠》，頁23。

[51] 亞榮隆·撒可努：〈歸程的禮讚〉，《走風的人》，頁323。

> 小時候大自然是我學習的教室,山裡的一切是我智慧教材的來源。祖父
> 是我自然學校的校長,而老師則是我的父親。在那裡我得到族人世代教
> 授的智慧,也看到了排灣族人用生命在自然世界裡累積的經驗。[52]

所謂經驗中累積的知識,並不是主體被動地處在一個情境中,無所動作,任憑
情境萬殊,相應不理。經驗的積極意義在於將自身投入生活,去體驗、去感受、
去實踐,〈讓風帶走惡靈〉便這樣描述夏曼・馬洛努斯:「觀察海的脾氣,這
種經驗當然是累積的,……他從二十歲之後,以最『笨』的方法,『身體力行』
去體驗海的脾氣,去理解龍蝦在秋冬『出沒』的時段,而經常獨自一人在路邊
枯坐半天觀察近海之海象」[53]。雖然沒有現代知識的輔助,但是以親身投入自
然中,與自然共感合拍,從而所累積的經驗,不會因為不懂得漢字便被抹煞。

　　相反地,經驗一旦缺乏或失落,便很真實地展現出對生活世界的未知,這
個部分,原住民作家很老實,並不空口說白話。例如亞榮隆・撒可努曾在〈外
公的海〉描述,自己第一次看到「飛魚」時,還疑惑海裡怎麼會有小鳥?這是
因為他在未接觸海之前,是山的孩子,「生活都在那裡,所理解、所接觸的和
所想像的都是山的樣子。魚怎麼會有翅膀,又會飛……,那超出我的邏輯範圍」
[54]。當然,這若是換成達悟族的夏本・奇伯愛雅或夏曼・藍波安,對飛魚自然
熟悉得很。只是夏曼・藍波安初初重返蘭嶼之時,也因為經驗的生疏而感覺格
格不入:「當時雖然我聽得懂我們的語言,卻不明白其意思,父親們慣用被動
語態,以魚類、樹名等自然生態物種之習性表達他們的意思。所有魚類的習性、
樹的特質、不同潮流等的象徵意義,我完全不懂。深山裡清新的空氣吸來很舒
暢,但我卻像個白癡」[55]。

　　經驗取決於生活實踐,那不是概念推演或是倫理準則,而是藉由經驗的累

---

[52] 亞榮隆・撒可努:〈自序〉,《山豬・飛鼠・撒可努》(台北:耶魯國際,2014 修訂二版),頁 13。

[53] 夏曼・藍波安:〈讓風帶走惡靈〉,《航海家的臉》,頁 59。

[54] 亞榮隆・撒可努:〈外公的海〉,《外公的海》,頁 58。

[55] 夏曼・藍波安:〈樹靈與者老〉,《海浪的記憶》,頁 223。

積，培養因應不同情境下的各種狀況。那究竟該如何從經驗中獲得適合的行動方向呢？終究如同亞榮隆・撒可努所描述的那樣：「跟一般解說員不同的是，獵人父親所說的，是他用生命去體驗、交換，細心品味後由自然中獲得的」[56]。

　　於此，我們不妨從「地方知識」（local knowledge）的觀念進行思索。「地方知識」是詮釋人類學者克利弗德・紀爾茲（Clifford Geertz）的文章〈地方知識〉以及同名論文集。根據蔡晏霖的研究指出，「若同時參照《地方知識》（*Local Knowledge*）文集裡的其他論文，讀者將發現 Greetz 把法律、藝術、常識皆視為一套意義生產的文化體系（cultural system），而這些個別的文化體系又都是內在於其所身置的社會文化」[57]。詮釋人類學所謂的地方知識，「常以『另類知識』、『傳統知識』與『庶民知識』等名稱出現，而其所試圖反省、批判與對抗的對象則是一般通稱的『現代知識』或『科學知識』」[58]。

　　簡單地說，如果地方知識的概念迫使我們去反思一個問題，意即「為何有些知識比其它知識看起來更像知識？有些知識甚至不被認可為知識？」[59]由這個問題出發，也許過去認為以漢人為主的現代知識或普同知識，才有合法性。那麼如今情況大不相同，從這種脈絡之下，我們可以理解許多原住民作家的關懷，無論是在於「如何做人」或「如何做事」，都有不同於現代知識的樣貌：

　　「但願時光倒流」叔父一面敘嘆，一面敘述山裡的故事，原來我部落裡流傳的「飛魚神話的故事」裡的飛魚神，不僅是把海裡的魚類分類為儀式性的魚類（浮游魚群）與非儀式性的魚類（底棲魚類），也把山裡的樹種分類為高級的與一般的，以及低等的。所謂高級的樹種，意思是樹肉堅實的，造船建屋，不怕颱風之類的與個人的、漁團的、民族的命運緊密相連的樹，於是叔父跟我說，這些的種種就稱之祖先「勤勞的智

---

[56] 亞榮隆・撒可努：〈鎖上獵場〉，《走風的人》，頁 179。

[57] 蔡晏霖：〈思索「地方知識」〉，《亞太研究論壇》第 54 期（2011 年 12 月），頁 203。

[58] 蔡晏霖：〈思索「地方知識」〉，《亞太研究論壇》第 54 期，頁 207。

[59] 蔡晏霖：〈思索「地方知識」〉，《亞太研究論壇》第 54 期，頁 207。

慧」⁶⁰。

「上了岸眼睛注視沿岸流的流向的變換，漲潮時海流流向面海的右邊，
這樣海流稱 amteng，假如是來自左邊的話，海水正在退潮，它的名字是
isak，知道嗎？」⁶¹

「當然。小米多樣的外表連受人尊敬的長者只要一個不專心都會弄不清
楚的。告訴你吧！種子外殼特別堅硬，葉子邊緣長滿芒刺的叫做 Kaivun
果實呈白色，米穗的末端沒有尾巴的叫做 Kaluvungal；莖、葉比其他的
種類高大，果實皮紅肉白，滋味最鮮美的叫做 Lepunot；Mantteiong 的米
穗是所有小米中最短小；果實帶著淡淡紅色的叫做 Mitsilan；Tokulatasal
的果實則是所有小米中最潔白的；外殼布滿絨毛，果實呈現青色的是
Toual；Tsinkaval 的果實也是呈現青色，但是葉子比 Toual 還要肥大。」
霍松一邊解釋，一邊用手比出各種小米大概的樣子。⁶²

對於花草樹木、蟲魚鳥獸、日常生活周遭環境事物的了解與區別，說明了這些
知識是生活經驗中非常重要的。像是達悟族將魚分為儀式性的魚及非儀式性的
魚，這不是可以隨時捕獲或任意食用的，須遵守一定的規範。對於樹種的區別，
方便達悟族人甄別優良樹種以作為拼板舟之用⁶³。甚至連沿岸流的流向，漲潮
與退潮時都各有不同的名稱，可以想見這個民族與海洋的親近感。霍斯陸曼‧
伐伐的小說內，竟可以把小米區別的這麼多種，同樣可以看出，布農族對於小

---

⁶⁰ 夏曼‧藍波安：〈黃金的靈魂迎接回航的男人〉，《航海家的臉》，頁 39。

⁶¹ 夏曼‧藍波安：〈漁夫的誕生〉，《老海人》，頁 85。

⁶² 霍斯陸曼‧伐伐：〈小米！歡迎您來作客〉，《玉山魂》（台北：印刻出版社，2006），頁 138-139。

⁶³ 例如《黑色的翅膀》所言：「夏曼‧比亞瓦翁用手指前面低矮的小樹說：『這棵是 Mazavwa（大花
堅木），那棵是 Vanayi（台灣黃楊），另外那棵樹叫 Vauagtenno yayo（厚葉石斑木）。這三種材質
用來插在船內的槳架 mazavwa 最堅硬，划船到小蘭嶼用這種木材和槳繩繫綑在一起最為牢固，看清
楚它的葉片。』」見夏曼‧藍波安：《黑色的翅膀》，頁 214。

米的重視。這些林林總總對於生活環境物象的描述，不勝枚舉。夏曼·藍波安甚至曾在攻讀人類學研究所時，完成了碩士論文《原初豐腴的島嶼：達悟民族的海洋知識與文化》[64]，企圖對於達悟族的關於海羊的知識作一爬梳整理。這些知識卻不只是靜態的、細緻的物象分類，在原住民根著於部落文化而外散出對世界殊相的認識中，萬物芸芸，不會只是一種分別細緻的概念知識，而是一種根源於物之存在而有的認識，也還包括因應環境而生的經驗與動態實踐能力。

　　亞榮隆·撒可努〈在海邊種一棵樹〉敘述跟外婆到海邊撿海豆，賣給平地的商人以補貼家用。「我那個厲害的外婆總是聞聞空氣，然後看著天空的藍和雲的移動，就會知道今天是什麼天氣，或決定要不要帶便當。而我通常是由帶不帶便當來知道當天的工作量」[65]。外婆還能夠在當天決定隔天的工作地點，隨手一指，就知道哪裡有海豆，作者好奇詢問絕竅，外婆直說：「用力聞啊，風會移動、會前進，會帶來那裡還有沒有海豆的味道。海豆的味道被風夾帶著，很濃啊，你沒有聞到喔？用力聞！」[66]外婆因為長年累月浸淫在此環境之中，她的身體覺知能力較作者強烈而敏感。這固然是經驗的能力，身體知覺向外在環境推展，亦是一種重要的認識能力。

　　作者繼續敘述，外婆要求他砍倒一棵梧桐樹，並且插入在海灘上的指定位置，用以乘涼。只見外婆悠悠哉哉地回答：

> 「我叫你砍這一棵是有用的，這個海岸線裡的每個地方、每一棵樹、花、
> 草、石頭，沒有人會比我還清楚、了解他們，這種樹長不過幾年就會枯
> 死。」外婆停了一下又說：「他撐不過今年的冬天，因為他的根部沒有

---

[64] 夏曼·藍波安：《原初豐腴的島嶼：達悟民族的海洋知識與文化》，新竹：清大大學人類學碩士論文，2003。

[65] 亞榮隆·撒可努：〈在海邊種一棵樹〉，《外公的海》，頁 49。

[66] 亞榮隆·撒可努：〈在海邊種一棵樹〉，《外公的海》，頁 49。

　　辦法吸水，樹幹老了沒有辦法存水。」[67]

諸如此類生活具體經驗息息相關的能力，在國家實施一元價值的教育時，這些
經驗很少被視為一種知識傳授。實際上，這種能力也很難流於片面的教導。若
以此反思原住民學子的學習境況，一如學者所言：「如果從『地方本位』的角
度而言，學習本來就應該與學生周遭生活經驗結合一起才有意義。對於文化背
景相同的閩客與外省等漢人族群，可以分享的相似度相當大的課程素材；而對
於原住民而言，本來就應學習來自屬於自己文化背景的課程素材。」[68]如果原
住民學子在知識授受上，是以與他們切身經驗相關的地方知識，對他們來說，
自然會減少隔閡，會能夠增進學習效果。

　　更重要的是，如果他們能夠認肯這些「知識」之所以成為「知識」的價值
與合法性，那麼前述所問「原住民知識份子如何可能」之疑問，自然迎刃而解。
原住民的知識份子就在他們自身的生活之中，毋須費盡千辛萬苦，好不容易掙
得了在都市文明生活的能力與標誌，卻對自身文化與身分認同有強大的失落。

二、變化：與環境相感應

　　倘若追根究柢，逼問「知識」之為「知識」的理據為何？或是，我們提問
什麼樣的知識才屬於原住民的知識？這又是另一個複雜的大哉問。然而，從許
多學者的研究與原住民文學作品的內容可知，對於這些問題的關懷，並不在於
確認一個本質性的定義：「原住民族知識內容並不是一成不變的（反本質主義），
無論就其具體實用層次或甚至基礎層次（世界觀、價值觀與認知方式），都有
可能因著時空環境產生變化，而且此一變化常常是與外界的互動中產生，因而
原住民族知識即使某些部分確實有別於主流社會知識，但也並非完全不同，同
時，即使不同之處仍可能存在著對話之可能性」[69]，「我們固然是從地方知識

---

[67] 亞榮隆‧撒可努：〈在海邊種一棵樹〉，《外公的海》，頁 52。

[68] 張耀宗：〈學習、文化與原住民知識〉，《彰化師大教育學報》第 9 輯（2006 年），頁 183-184。

[69] 張培倫：〈關於原住民族知識研究的一些反思〉，《台灣原住民研究論叢》第 5 期（2009 年 06 月），

與在地範疇出發，但此時此刻台灣社會在地性之中的地方知識與在地範疇，都已必須面對專家知識與外來範疇不可避免的交錯影響了」[70]，「原住民的世界中，真正重視的知識的實用性，而不是追求和真實相符合、相一致的。也就是他們不太去關心真實或真理（truth）是什麼，他重視的是對生存的意義，因此必定會碰到價值意義的問題，他最後選的一定是對生存有意義的。由於對脈絡有感覺，所以他們的行為也不是那麼恒定，亦是時常在變」[71]。

　　以上引用的論點，同樣強調了原住民生活知識與時俱變的道理。若要再細究，差別在於，這「變」的動能，是來自於部族內部或是外部？

　　　上天
　　　訓誡
　　　男人 samu dau　碰織布機
　　　女人 samu dau　碰獵具

　　　月亮
　　　教導
　　　慶小米豐收期
　　　小孩 samu dau　吃山豬
　　　婦女 samu dau 吃祭肉

　　　政府
　　　部落口站崗
　　　選舉公告期間

　　　頁 42。

[70]　楊弘任：〈何謂在地性？：從地方知識與在地範疇出發〉，《思與言》第 49 卷第 4 期（2011 年 12 月），頁 11。

[71]　王嵩山：〈人類學、原住民知識與行動：一個初步的討論〉，《人類與文化》第 31 期（1996 年 02 月），頁 130。

族人 samu dau 殺豬[72]

沙力浪的這首詩，簡單地對比出以前部落遵守的禁忌，與現在因為法律規定而
被禁止進行打獵。這種因為外在社會的改變而造成原住民文化的消蝕，在文學
創作主題上很常見，並沒有什麼特殊之處。比較有趣的在於沙力浪的另一篇作
品〈祭槍 Pislahi〉，文章敘述作者在布農族射耳祭時，要求一起上山打獵，入
山時，坐在車上，「長輩提醒我們進入山林前，安靜的坐在車子上不要往後看。
我的心中充滿疑惑，不知道為甚麼要如此。想起書中對原住民狩獵文化的描寫，
覺得這可能是要遵循古老的傳統，謹守山神的戒律，對大自然敬畏的心」。沒
想到當作者詢問長輩，所得到的答案竟然是為了躲避入口處警察局的查緝[73]：

> 聽到這樣的回答，想到現在進去森林都是要講暗號，不能直接講要去打
> 獵。所有獵到的動物要講成是山豬，怕被人發現有保育類動物。現在有
> 很多禁忌是因為國家公園的關係而產生。[74]

作者原先還一派天真地想到書本上記載了許多原住民崇敬自然而有的禁忌，一
問之下，這些刻意的舉動，不但與崇敬自然山神無關，而且還是非常人為的造
作影響。禁止打獵，算是禁忌嗎？就最淺顯意義上來談，這些行為模式，縱然
稱之為禁忌，卻不再是部族傳統留下來那樣法天自然的傳統，反而如亞榮隆‧
撒可努的父親所言：「現在要怎麼樣躲過林務局的人，也是獵人一門外加的學
問」[75]。

---

[72] 沙力浪‧達岌斯菲萊藍：〈禁忌〉，《笛娜的話》，頁 54。samu:禁忌、規範。dau:語氣語，有些族
人在口述歷史時，會有的語氣詞。（作者自註）

[73] 沙力浪‧達岌斯菲萊藍：〈祭槍 Pislahi〉，《祖居地‧部落‧人》（台北：山海文化雜誌社，2014），
頁 46-47。

[74] 沙力浪‧達岌斯菲萊藍：〈祭槍 Pislahi〉，《祖居地‧部落‧人》，頁 47。

[75] 亞榮隆‧撒可努：〈穿雨衣的飛鼠〉，《走風的人》，頁 214。

外在客觀環境的轉變難以抵禦，很多人都意識到了求變[76]，那麼原住民所賴以為豪的生活經驗與地方知識如何應對？既然不可能固守一個完全不變的本質，又擔心隨順外在環境的變遷會加速傳統文化的流逝。在這個難題上，至少我們可以要求，這一切的改變，必須能夠尊重文化主體性，而不是迫使他們做出改變與選擇[77]：

> 父親對我說：「如果以前的老祖先看到現在的獵人，不是用野狼一二五代步，就是靠小發財車，他們看到不昏倒才怪。還會問我們：『這是什麼怪物？』不管白天還是晚上，只要有路可以走都難不倒這些車子。時代不同了，獵人也要有結合文明社會的新觀念，好用的不能放著不用。」[78]

亞榮隆・撒可努跟著獵人父親學習重新成為一個排灣族的獵人，但父親並沒有固守傳統一成不變，反而處處提醒他「現在的獵人不只要有傳統的觀念，還要有現代的想法和觀念，不然會跟不上這個時代。有現代好用的東西，為什麼不用？只不過用了要懂得節制，才是獵人的智慧」[79]。這裡還有一個可以深思的問題，何謂「節制」見仁見智，其實無法量化的說明。同樣是現代機具的使用，

---

[76] 拉黑子・達立夫就曾寫到部落老頭目逝世前曾叮嚀的事情，「第一件，現在有美國人、大陸人還有其他的人。這世界很大，阿美族的想法要改變。因為這個土地不只是阿美族的了。」拉黑子・達立夫：〈最後的三件事〉，《混濁》（台北：麥田出版社，2006年），頁229。

[77] 「我們可以這樣說，縱使專家知識逐漸全球普同化的擴展，但各地脈絡化的地方知識並不直接被取代而消逝。面對號稱現代性的專家知識，地方知識在保持自身場域邊界下，轉譯與挪用對地方知識帶有實用性的專家知識，而且可能同時剔除難以與地方知識妥適相容的專家知識。」楊弘任：〈何謂在地性？〉，《思與言》第49卷第4期，頁17-18。「既然地理與文化的界限無法維持，現代化的生活科技所引發的便捷舒適，也不可能讓原住民採取文化復古的手段，那麼需要某種程度的『現代化』以促成文化的演化與再生，在目前的時空環境下是相當必要的。只是這樣的『現代化』不是外部殖民所強加，而是基於原住民自身的啟蒙與警覺所獲致。」張耀宗：〈文化差異、民族認同與原住民教育〉，《屏東教育大學學報》第26期，頁202。

[78] 亞榮隆・撒可努：〈進入獵場〉，《走風的人》，頁54。

[79] 亞榮隆・撒可努：〈穿雨衣的飛鼠〉：《走風的人》，頁218。

開車上山似乎不會有很大的問題，但是在達悟族的夏曼・藍波安看來現代性機具如快艇等，因為與傳統拼板舟造成競爭關係，所以使用快艇捕撈，可能就會有一些現代與傳統衝突的危機產生：

> 有資本的年輕人像是急躁的 kagozagozang(小蜥蜴)，駕馭喝高級汽油的快艇左右遠近的在汪洋上快速奔馳，享樂於飆船的快感，當然也像這個島嶼的靈魂炫耀他是聰敏進步的達悟人，如此飆船令那些划著木船的老人家們腦海裡有說不出的羨慕與說不盡的感傷。聰敏進步的達悟人以現代化的魚探器探勘海底的地形，魚兒的海底家屋，以電動輪軸的船鉤竿下五到六門的魚鉤，漁獲量自然多了許多。此刻他們都在海上徘徊，等著太陽的疲憊，準備回航。[80]

> 但是人們熱絡的溫度與笑容的深度已不如七〇年代以前的氣氛了，好似小島邁入現代化後，便利的機動船永恆取代人力建造的，用雙手划的拼板船，而與海水互動的親密濃度，就像機動船取代了拼板船一樣，誇張的話語擊敗了謙遜的面容，這一點達卡安很能體悟部落耆老們心中的失落感，以及中生代夾在傳統與現代間的茫然。[81]

現代性降臨的一個徵兆在於空間位移的便利性產生[82]。使用這些現代性知識與工具，是否能夠維持原住民傳統生活與物合宜的行動方向感？便是一個重要的關鍵。當這個問題繼續追問下去，往往又會使得作家本身進入身分認同的自我懷疑，前述沙力浪〈祭槍 Pislahi〉就接著提出疑問：

> 這樣的情況，讓我感到焦慮，我在布農族位置的正當性在那裡？我現在

---

[80] 夏曼・藍波安：〈漁夫的誕生〉，《老海人》，頁 61-62。

[81] 夏曼・藍波安：〈浪子達卡安〉，《老海人》，頁 134。

[82] 陳伯軒：〈現代性與空間位移〉，《文本多維》（台北：秀威資訊，2010），頁 91-119。

> 還是屬於部落的人嗎？在山上跟著獵隊的經驗與長輩的狩獵過程中，了
> 解到我已經不再是傳統的獵人。我的生活經驗大部分都是在學校中度
> 過，已被架空在自己的族群文化中。現在的我，努力尋找在族群的位置，
> 是要站在族群外面，還是站在族群裡面來看待？[83]

不只是年輕一輩的作家沙力浪有此困惑，撒可努也同樣在面對父親一連串的教
導中，發現與自己想像的排灣族不一樣，進而提問：「什麼才叫做排灣人？」[84]
諸如此類自我定義的問題，牽涉「成人」的概念，而「如何成人」牽涉到各種
技能的操演，將在後續有專章討論。

　　關於生活經驗與習俗文化的轉變，當然牽引著在地知識的調整。當原住民
認肯自我生活情境中的相關習俗、慣習、文化也是別具一格的「知識」，在價
值上，他們可以免除以漢人知識系同為準則的不公平的衡量判斷。一言以蔽之，
原住民自叫宣稱他們掌握了一種不同於漢人社會的知識系統，縱使我們不求這
些知識有其本質性不變的特色，但在此之中，我們要求確立一種主體自覺。正
如學者所言，「個人主體的確立，有賴於『自我知識』（self-knowledge）的奠
基；相對地，民族主體性的肇建，則須民族擁有自身的知識觀，對於外在事物，
有自己的知識解釋權」[85]。

符號化知識的操作與遊戲

一、符號化與對象化

　　卡西勒《人論》指出「人是符號的動物」。然而因為原始部落生活的情境

---

[83] 沙力浪・達岌斯菲萊藍：〈祭槍 Pislahi〉，《祖居地・部落・人》，頁 48。

[84] 亞榮隆・撒可努：〈遇見飛鼠樹〉，《走風的人》，頁 142。

[85] 張耀宗：〈文化差異、民族認同與原住民教育〉，《屏東教育大學學報》第 26 期（2007 年 3 月），
頁 205。

相對於文明社會來得單純，對於符號的需求及依賴並不如文明社會來得強烈、
複雜。在原初的部落環境，固然仍有運用符號的能力，但相對而言符號與自然
的斷裂，並不如文明社會那樣來得明顯。這一點細微的差異，在理解原住民傳
統知識、文化、文學等各方面，具有重大的意義。因為，直接面對自然、面對
實在，這幾乎是人類文明發展之後就失落的認識能力。但原住民文學所包含的
那種原初渾沌的思維，卻成為其文化上最具特殊的價值。

原住民不是沒有知識，也不是沒有常識。而是他們所表述知識的方式，並
不同於受過高度符號化訓練的漢人一般。然而，這樣高度符號化的能力，雖然
可能是人類文明發展的一個重要的關鍵，卻未必就應該是我們教育的唯一指
標。原住民作家對這些抽象的知識內容，早已多有諷刺：

> 年輕的孩子在國語實踐的課堂上逐漸遠離了族人的喉嚨，歷史上的偉人
> 恆常是漢族，草木鳥獸之名也是透過閱讀百科全書而認識，口述以及生
> 活實踐的傳統已經被各種學科的條文所取代。[86]

對於生活世界的理解，全然成為教科書上的名詞與條文，「假如一條活生生、
張牙舞爪的百步蛇出現在你面前（這時你會驚嚇得稱它為『一頭』蛇），你必
然會倒退一百步」[87]。這裡的嘲諷格外有意思，一「條」蛇又如何？一「頭」
蛇又如何？不都是特定的知識系統下所建構出來約定俗成的概念嗎？這些抽象
的、符號化的概念，對於原住民而言，當然就會覺得跟自己的生活經驗難以吻
合，所以〈烏瑪斯的一天〉也說：「烏瑪斯也不明白，家裡有什麼東西，可以
應用在學校教的 1+1=2」[88]，不少原住民作家都曾指出在他們的民族中，很多
數字概念跟漢人是不一樣的：

---

[86] 瓦歷斯・諾幹：〈凝視部落〉，《迷霧之旅》，頁 101。

[87] 瓦歷斯・諾幹〈山中傳奇〉，《戴墨鏡的飛鼠》，頁 80。

[88] 霍斯陸曼・伐伐：〈烏瑪斯的一天〉，《那年我們祭拜祖靈》（台中：晨星出版社，1997），頁 15。

在台灣的學校，我念的人文學科，不是念地球科學、氣象學，或是海洋物理、海洋化學科學。在我考大學的時代，那些科目是屬於「自然科學」，我民族的數字學沒有小數點，沒有開根號，沒有微積分等等的小於一的數理概念。[89]

我剛剛講的就是說，在整個教育過程，我們在心理上是很不容易接受，比如說像算數，一直是原住民的弱項，因為在原住民的歷史上幾乎沒有什麼數字概念，沒使用貨幣買賣。如果有計算都是很簡單的，因為打獵也不可能幾萬隻，也沒有量尺，衡量都是用目測或者比較式的。[90]

　　不只是數學，「在長江、黃河等遙遠而虛幻的地理名詞下，如何能獲致原住民的認同，無法對自己祖先認同的民族，又怎麼培養其愛鄉愛土的現代國民情操。」[91]縱使當局者試圖想要修正方向，卻也「只不過技巧地加上『族群融合』、『多元文化』的字眼」[92]。

　　當然，這裡須再次強調，並不是說符號化的知識不好，也不是說原住民認識世界的方式就不需要符號。問題在於是不是執著於此，認定這是知識構成的唯一的權威？又或者，這些符號化的知識，與接受者之間的關係，是否能夠緊密連結？否則哪怕是最接近自身環境的知識，只是科學性、概念化的表述，依然無法讓人產生感動：

台灣位於西太平洋，東西經度一二二度至一二〇點五度，南北緯度二一點五二度至二五點二〇度之間，為一狹長島嶼面積三萬五千七百七十四平方公里。喔！你知道的是數據嘛，也許你是為了聯考才「背」起什麼

[89] 夏曼・藍波安：《大海浮夢》，頁 452。
[90] 莫那能：《一個台灣原住民的經歷（修訂版）》，頁 43。
[91] 瓦歷斯・諾幹：〈說起崩落中的族群〉，《永遠的部落》，頁 181。
[92] 瓦歷斯・諾幹：〈城市來的山胞教育專家〉，《番人之眼》，頁 20。

> 是台灣。……我的意思是說：台灣對你有什麼感動呢？[93]

上一節〈「土牛」在哪裡？〉曾提出問題，便是對於本土地理認識的缺乏。那麼，什麼是「認識本土」呢？上述引文，便是一個很科學、教科書式的反諷。當我把「台灣」藉由許多方式符號化、數據化之後，所得到的知識當然不能曰不宜，但是這樣的知識與學子的生命經驗能夠產生什麼連結？符號化的知識與學子自身主體無法產生緊密的連結，這樣的知識就是一種「對象化」的知識。也就是說，知識成為一個有別於主體的對象被追取與操作。

在符號化的能力之中，熟知不代表就是知識，因為在此處的知識被視之為一種對符號運作的操演。我們的學術養成也不斷教導我們怎麼去建構、形塑並操作這樣的符號化的知識：

> 你愉快地拾起錄音機，盡職地錄下你所認為的荒野的聲音，像個進入田野的研究生。沒有錯，你也許就是某個大學的研究生，剛上完田野理論或根本沒上過，就興沖沖來到田野根據地。這裡是距離城市八十公里的山中部落，你對自己說這裡夠荒野了吧。……但你只是錄一節小學練舞的片段就急急回到都城的學校，錄下那一段你以為是荒野的聲音。[94]

若說荒野的聲音是實際存在本體，那麼田野調查所錄下的聲音，再經由理論的消化、分析、拆解與詮釋等加工，所做出來的「報告」能夠等同於原本的本體嗎？這樣的思辨或許有點抽象或為難，作家未必有意識地進行認識論上的哲思，他所批評的恐怕還是主體活動的輕率與傲慢。「這裡夠荒野了吧」一句代擬的心聲，足以看出進行田調的學生如何將原住民文化進行符號化的再現。這可能只是一個學術訓練不足的學生[95]，如果是嚴肅的學術機構甚或傾國家之力

---

[93] 瓦歷斯・諾幹：〈牛奶與蜂蜜打造的土地〉，《番人之眼》，頁 207。

[94] 瓦歷斯・諾幹：〈荒野的聲音〉，《番人之眼》，頁 143-144。

[95] 即使是訓練有素的學者，進行田野調查必須有職業倫理與道德作為前提，這當中必須包括責任系統、

而進行對知識的符號化的操作，那必然造成更大的危機：

> 待鐵雪龍駛入下坡彎道，迎面襲來的竟是歷史的風雲，公車站牌印上「屈
> 尺」站，有些模糊的光影正從屈尺二字照映過來，但我還是喜歡族人直
> 稱此地為 Marai・Pada（馬瀨・巴卡，泰雅歷史上註明【著名】頭目，
> 以勇敢、機警稱著），Marai 的名字早在兩百多年前，足以讓漢人墾戶
> 的腳步停佇在景美、新店一帶，經過日據時期與國民政府在歷史課本上
> 的消音，烏來地區僅七十歲以上族老仍傳頌著 Marai 的名字。[96]

> 「山地文化工作隊」、「領導」，當時是我們許多達悟的小孩進國民小
> 學前許多記憶裡的新名詞。新名詞來自於大島，其作為一個國家的具體
> 意含植入於小島內部，服務於國家機器的小團體，服從上級長官，領導
> 的指令，象徵最低層次「以番制番」的單位。[97]

> 國民黨，共產黨，達悟人不知道那是什麼意思？這是新的名詞，新的達
> 悟詞彙，也都是中國大陸的產物，都是漢族，也是蘭嶼島上新來的人種，
> 製造衝突的民族。[98]

　　對空間的釋名往往代表著文化詮釋的差異，而這差異往往伴隨著權力而
來。Marai・Pada 已成「屈尺」、「山地文化工作隊」、「領導」、「國民黨」、
「共產黨」這些詞彙，也都是曾經是陌生的新名詞。所謂的「新名詞」，不會

監督系統、及反省系統。「責任系統係從研究者出發，主動向某些對象負責；監督系統則從那些對
象出發，向研究者要求遵守某些行為規範；至於反省系統則屬研究者自我約束與批判的範疇。」見
謝世忠：〈民族道德誌與人類學家的困境：台灣原住民運動研究的例子〉，《當代》第 20 期（1987
年 12 月 1 日），頁 20-30。

[96] 瓦歷斯・諾幹：〈櫻花屈尺〉，《迷霧之旅》，頁 210。

[97] 夏曼・藍波安：〈山地文化工作隊〉，《航海家的臉》，頁 143。

[98] 夏曼・藍波安：〈老海人洛馬比克〉，《老海人》，頁 197。

只是單純表述方式改變而已。這其中牽涉不同的意識形態與價值觀,從而對於
接受或排斥「新名詞」,以及從「新名詞」的在社會的擴散效應而言,都有許
多複雜的辯證。只是在國民政府統治台灣的時候,這些所謂的「新名詞」往往
是伴隨著極權統治的力量滲透到各個角落,因此,雖然可以意識到很多「新名
詞」,卻未必有機會去選擇或排斥「新名詞」。而原本屬於自己的那些命名權
都被剝奪,對於原住民族而言,自身文化與知識傳承的主動性被剝奪,他們只
能夠被動地接受。

在原初的社會型態所肯認的知識,符號不會只是一個單純的符號,符號與
實在常常是緊密結合的:「在原始思維中,要存在與意義之間作出區分還極其
困難,這總是被混淆:一個符號被看成彷彿是富有魔術般的或物理的力量。」[99]
所以,如果理解原住民部落這種比較原始的思維,任意剝奪他們命名的權力,
其實不單單只是一種文化符號被置換取代的問題,那根本是一種思維方式被侵
犯。奧威尼・卡露斯也說:「在一個靠口述文化傳承的族群,這些名稱都有典
故,而且是追述歷史最好的依據:假如把它們完全改變了原來的名稱,就等於
是將他們的歷史腰斬,以致後代的人不知自己該何去何從」[100]。

二、活出知識

原初的知識型態既不以複雜的符號化概念為主,換個角度說,那也是因為
在他們的生活經驗中,主體與客觀環境的接觸更為緊密。知識縱使做為一種符
號中介,也不能從主體與客體之中獨立割裂出來。自詡為文明人的漢人知識系
統,似乎有著較複雜的符號化能力。這卻意味著我們離實在越來越遠:「人不
再能直接地面對實在,它不可能彷彿是面對面地直觀實在了。人的符號活動能
力(Symbolic activity)進展多少,物理實在也似乎就相應地退怯多少」[101]。

如果我們跳脫現代性發展的迷思,可以反過來去思考另一種遠古原初的知

---

[99] 卡西勒:《人論》,頁84。

[100] 奧威尼・卡露斯:〈人與土地〉,《雲豹的傳人》(台北:晨星出版社,1999),頁189。

[101] 卡西勒:《人論》,頁38。

識的價值。當我們說，原住民的知識的符號化能力相對簡單，與主體及客觀環境融合為一。這代表著傳統原住民部落所呈顯的知識，是一種非對象化的知識：

> 原住民的生活裡面一直沒有那種讀書是很重要的概念，包括家長跟小孩子本身，因為沒有跟外面接觸，也不知道知識的重要性。[102]

原住民之所以不知道知識的重要性，是因為他們並沒有將知識視為一個獨立於生活的客體。更精確地說，他們的生活情境處處彰顯以經驗為主導的知識，但是卻沒有意識到那就是知識。所以如果只是以現代性文明或是漢人的眼光來衡量，自然會覺得原住民不注重知識。既然知識不是對象化的，而鎔鑄於主體之中，就不會成為一個不同於主體經驗的存在物而追求。

路先・列維－布留爾（Lucién Lévy- Brühl）的《原始思維》從集體表象與交感邏輯去研究原始部落與文明社會認識的差異,也曾經注意到原始部落對「求知欲的缺乏」[103]、「它不知道知識的樂趣和益處」[104]。此處必須注意，「求知欲」以及「樂趣和益處」二詞。在一般文明世俗的價值中，求知欲似乎是正面價值的欲望，因為求知欲提供人類追求知識的動力，才能進而創造文明，改善人類群體生活。然而，欲望就是欲望，知識帶來的樂趣與益處，就價值上而言，必然也會帶來困擾。如果以生命價值而論，這樣的知識追求就未必對我們的生活、生命有確切提升。

由此看來，如果我們不從現代文明單一價值的立場去看待原住民對知識的追求態度，反過來，他們對於知識的不執著、不執念，其實更是一種不以物傷性的平和態度。[105]

---

[102] 莫那能：《一個台灣原住民的經歷（修訂版）》，頁 44。

[103] 路先・列維－布留爾（Lucién Lévy- Brühl），丁由譯：《原始思維》（台北：商務印書館，2001），頁 389。

[104] 路先・列維－布留爾：《原始思維》，頁 391。

[105] 這方面價值上的判斷，在中國傳統道家思維中多所觸及。可參看賴錫三：〈《莊子》的冥契觀與語言觀〉，《莊子靈光的當代詮釋》，頁 50-83。

從價值上描繪原住民對知識追求的態度，是一回事。現實，則又是不可逃避的辛苦局面。在此我們可以明確地感覺到，原住民在操作符號上確實不如漢人來的精巧或孰悉。難怪作家會感嘆：「在接受『現代化』教育的同時，也失去了可以令這個族群驕傲、有尊嚴、有信心，與有歷史感的生命實體。原住民的河流被『輕輕地』改寫，卻『重重地』損傷了族群的心靈！」[106]當然這裡談的問題不會只是河流命名更易而已，更嚴重者，當所有符號化的知識被反覆操作，最終可能連「原住民」本身都成為一種符號，在政治上被玩弄，一如孫大川感嘆的：

> 從國民黨時代到民進黨時代，所觸及的原住民議題容或有廣狹深淺上的差異，但卻都同樣建立在一些似是而非、混淆不清的符號操弄上，加上媒體追逐報導、推波助瀾，更讓原住民的文化圖像扭曲、破碎，不忍卒睹。[107]

如此看來，原住民在遭遇以漢人為本位思考、高度抽象化或符號化的知識型態時，時常居於劣勢。這是我們在探討原住民知識與漢人所謂現代化知識的差異，所必須有的認識：「對像我們這樣沒有文字傳統的邊緣民族而言，『歷史的匱乏』始終是一種澈心的淒楚，你既無法找到一個與自己族類可資對話的穩定傳統，更遑論如何藉它來形成某種主體論述的力量，以對抗主流歷史的任意編纂、扭曲或刪除」[108]。

三、自我符號的遊戲

但是，既說原住民依然可以有符號化的能力，我們應當有兩個不同的思考方向：其一，當然是尊重差異，明白並不是所有的知識型態都必須經過高度符

[106] 瓦歷斯‧諾幹：〈想念雄河〉，《番人之眼》，頁 200。

[107] 孫大川：〈給我們一張清晰的面容〉，《搭蘆灣手記》，頁 106。

[108] 孫大川：〈沒有文字的歷史〉，《搭蘆灣手記》，頁 118。

號化才能被認肯、才有價值。何況，在以漢人為主導的知識系統下，我們不能忘記還有與生活經驗及地方情感緊密結合的知識素材，那不同於國家機器頒定的統一的價值觀。其二，就現實處境來說，對知識的符號化若不可避免，應當有以原住民為主體的符號化的知識。也就是說，與其讓原住民被符號化，不如由原住民自己思考如何恰當地「符號化自身」。正如孫大川所言：「在這種情況下，怎樣把自己『符號化』便顯得格外重要了。我們要努力裝備個體的生命，使它成為自己民族的記號和象徵。我們不但要主動、自覺地去學好自己的母語和文化，也要加強對漢語甚至世界其他主要語言的駕馭能力，並按各自的專長將自己變成一個有『力』的人」[109]。孫大川這裡談的主要是針對原住民的語言問題，但擴大來看，仍然可以理解成對原住民如何符號化自身知識以對應社會情境[110]。

　　漢人既然可以操作符號，原住民當然也能夠操作符號。有時候是因為對於國家體制給予的意識形態過於陌生，而凸顯出符號的空洞與荒謬：

　　　　每個人都是精神抖擻，渾厚高亢的歌聲迴盪在山間，原住民的歌聲果然好得沒話說。不過，許多人對歌詞不是很熟悉，節奏快一點的部分，就唏哩呼嚕混過去，「大陸是……國土，大陸……域，……我們要『防空』（反攻）回去，我們要『防空』回去，『防空』回去，『防空』回去，

---

[109] 孫大川：〈有關原住民母語問題之若干思考〉，《夾縫中的族群建構》，頁 20。

[110] 原住民符號化自身是一種策略與手段，但其中如何拿捏又是一個問題。符號化自身可以將主動權拿回來，自有其積極意義。但凡是符號化、概念化的知識，都可能流於拼貼、操作。孫大川也曾提出：「眾聲喧嘩、百家爭鳴，固然營造了熱絡的局面，但也製造了許多似是而非、任意拼湊的知識。混亂的名相，加上媒體的炒作和過度熱心的人道關懷，竟使有關原住民的知識湮沒在一連串七嘴八舌聲浪中。這當中有『政治正確』的知識，有『本土正確』的知識，有『人道正確』的知識，更有『身分正確』的知識。」即使是「所謂身分正確的知識，由於發言者是第一人稱原住民自己，身分的合法性和正當性若不自我節制，更會溢出主觀的範圍取代知識的客觀性；這又是另一種學術災難。」孫大川：〈重新搭建原住民學的基礎──王嵩山《台灣原住民的社會與文化》序〉，《搭蘆灣手記》，頁 221。

把大～陸收復。」歌詞含混帶過，但歌聲是嘹亮的。[111]

原住民不了解反攻大陸、收復國土等想法，或者，只是單純不熟悉歌詞。這裡所顯示的涵義在小說當中或許根本無足輕重，不值得深論。但是，縱使作者沒有利用這個符號與內容脫離的縫隙來安排一個政治反諷的語言，我們仍然清楚地看到了符號與實在之間的裂縫[112]。

由此而論，我們也可以從一些作品看到原住民如何反客為主，揶揄嘲諷不斷操弄符號化知識的學者。〈竹筒飯與地方記者〉[113]敘述記者進入部落之後，以報導為名，不斷訪問部落生活的種種細節，然而記者振筆疾書記錄（符號化）在筆記本上的內容，完全沒有意識到自居文明的傲慢。因此每問一個問題，部落的老人就不斷地藉以嘲弄，可悲的是記者竟然還沒有自覺。〈老人與學者〉這篇小說，就設定了一個原住民的學者面對一個部落的老人。學者的屋室充斥著書籍、文獻、圖表，比較一百年前族人居住的竹屋、灶火、板牆上的番刀與獸牙，文明與荒野的界線不證立判。但學者孜孜矻矻的學術研究，在部落老人看起來實在太簡單了，「有時老人丟下一個古老的名字、手指圖冊一角淒迷的影像烙印名詞、一組羅馬拼音的母語……」[114]，所有的問題就迎刃而解了。對於部落的老人來說，他的生活經驗就是歷史，當我們將之符號化後，反而增加理解的困難。另一篇〈鬥智〉，部落老人在山上設下陷阱，捕獲白面鼯鼠。卻因被告知白面鼯鼠是保育類動物（只能捕捉紅面鼯鼠），而遭巡山員開罰。下一次老人再次捕獲白面鼯鼠，乾脆將燒烤一番，打趣地說：「不是白面也不是

---

[111] 里慕伊・阿紀：《山櫻花的故鄉》（台北：麥田出版社，2010），頁32。

[112] 夏曼・藍波安的作品中也有相關的主題描述與批評：「在伊姆洛庫部落的國民黨鄉黨部，也因此命令伊姆洛庫部落的原住民懸掛國旗，家家戶戶染上紅、藍、白色布料也是這個民族的頭一遭，在秋風的襯托下，旗海飄揚，從外頭遠望伊姆洛庫部落真像個新興的城市，在漢人來了之後好像所有的一切都是新鮮的。於是，後來就讀蘭嶼國校的學生在不識字，在不會念ㄅㄆㄇㄈ前，都先學會說『殺毛賊、滅共匪』的口頭禪，成為達悟人與那群和人起初相遇，彼此間和諧共存的符號。」見夏曼・藍波安：〈老海人洛馬比克〉，《老海人》，頁196。

[113] 瓦歷斯・諾幹：〈竹筒飯與地方記者〉，《番人之眼》，頁41-43。

[114] 瓦歷斯・諾幹：〈老人與學者〉，《瓦歷斯微小說》（台北：二魚文化，2014），頁207。

紅面，是黑面的啦！」[115]從篇名就可以很清楚知道，原住民如何在一個不斷操作符號化知識的處境下，起而反抗。

　　寫得最直接而明顯的莫過於阿媳的〈新新人類的田野調查〉，描述兩個上山田調的研究生，進入部落後，誠惶誠恐，對任何漢人社會看不到的、或無法以漢人眼光解釋的事物，打破砂鍋問到底。部落老人決定給予一些「教育」，於是在兩位研究生面前，一群老人喝起酒來，並將一片樹葉放在裝滿保力達的酒杯口上，並一面唱起來了。兩位研究生「一個忙著照相、一個忙著描繪場景，還急急忙忙地要我的朋友向他們解釋這到底是什麼儀式」，但這群老人只是從上午喝到中午，從中午喝到黃昏，最後才告訴研究生，「這樣喝酒是故意要喝給你們看的，整你們啦！」[116]雖然跟整個體制相比，這些生活經驗的敘述呈現，力量可能非常微小。但至少原住民已然自覺：「知識遠比我們想像的要狡猾」[117]，而他們也可以試著利用符號化自身的方式，對以漢人為本位的現代性知識嘲弄、干擾或指正。[118]

現代知識的詮釋效用

　　從前述的討論，隱約還是可以看出一種二元對立的架構。也許是普同知識與地方知識的對立，也許是現代文明與部落傳統的對立，也許是原漢二分，也

---

[115] 瓦歷斯・諾幹：〈鬥智〉，《瓦歷斯微小說》，頁 138。

[116] 利格拉樂・阿媳：〈新新人類的田野調查〉，《誰來穿我織的美麗衣裳》，頁 188-192。

[117] 瓦歷斯・諾幹：〈櫻花屆尺〉，《迷霧之旅》，頁 217。

[118] 邱貴芬討論紀錄片時，曾提出受訪者藉由「表演」來「戲弄」觀看者，與本文所談論自我符號化的顛覆力量意思相同。她主張在紀錄片中受訪的對象，能夠以「表演」作為一種嘲弄的手段，讓優勢族群的東方想像顯的天真幼稚。「文化異質不僅是消費商品，也可能是一種利用消費者（對異質文化的）不懂和無知，玩弄其真於股掌之間，顛覆弱勢族群傳統劣勢位置的王牌。」「基本上，我認為觀看者愈意識到被觀看者進行的是一種展示、表演，這中間顛覆的空間就愈大。」見邱貴芬：〈紀錄片／奇觀／文化異質：以《蘭嶼觀點》與《私角落》為例〉，《中外文學》第 32 卷第 11 期（2004年 4 月），頁 134-135。

許是具體經驗與符號化概念的區別。無論我們使用哪一組對立的概念，似乎都
展示出一種原住民文化對於現代知識的否定傾向。其實這樣的論斷並不過分，
假若能顧及到社會情境，自然可以明白現代文明的知識對於傳統原住民部落是
多麼地不友善。只是，這樣的否定傾向，只是一種具批判性、具反省能力的訴
求，並不在於原住民的知識構成必然要退回否定知識的情景。相反地，很多時
候，這些作家仍然意識到，追求現代知識自有其不可完全抹滅的價值：

> 上天
> 訓誡
> 男人要擦亮獵槍
> 女人要巧用織布機
>
> 老師
> 訓誡我們
> 要熟讀手中的書
>
> 因為
> 這是我們的獵槍
> 這是我們的織布機
> 讓我們
> 射中知識
> 織出智慧[119]

沙力浪的這首〈訓誡〉，寫得淺顯簡單。如果以原漢對立的角度詮釋，自然可
以將此解釋成原住民的文化失落，終究只是成為因為漢人訓誡必須苦讀的書。
但，也可以有完全不同的解釋，如果意識到整體社會環境的變化，原住民無法

---

[119] 沙力浪‧達岌斯菲萊藍：〈訓誡〉，《部落的燈火》（台北：山海文化雜誌社，2013），頁 38。

自外於此變化的情境，掌握知識，自然關乎他們文化存續的問題。因此，書就是獵槍，書也可以就是織布機。對於某些人而言，讀書確實是一件難能可貴的事情，甚至因此賦予它美好的價值，孫大川寫〈父親的腰帶〉也曾提及，母親失學，終其一生都羨慕而佩服曾經受過教育的父親：「父親能文，或許多少能彌補母親失學之痛，她那嗜酒、散漫的丈夫，在這一點上永遠讓她自嘆不如。即使到了今天，八十多歲的母親每談及此，仍覺得她嫁了一個不平凡的丈夫」[120]。

夏曼・藍波安曾表示他的小祖父警告他「別在漢人的學校變得聰明」[121]。父親對他去台灣求學一事，也常常感嘆：

> 如父親仍健在的話，此時他已起床教我椿好曬飛魚的木椿，當然媽也會在屋院的角落吃檳榔，望著夜間的大海打呿的說：「很可憐後傳統的人，不知如何尊敬天神恩賜的魚類。」語末的感嘆聲拉得很長，讓我深深的感覺到在她認知的世界裡，我去台灣念書是一件錯誤的選擇，是生命旅程拐了很大的彎，傳統價值觀的純度滲入無限量的污水。[122]

漢化的知識系統會攪亂身為達悟族既有的價值觀與世界觀，因此，對於達悟族的長輩而言，對於孩子要不要到台灣接受教育，確實是有質疑與恐懼的。然而值得注意，夏曼・藍波安到了《大海浮夢》裡，愈發對於現代知識的抗拒，有了寬容的態度，當他重述兒時被鼓勵讀書時，不再否定漢人知識：

> 「要好好念書哦！切格瓦。」這句話讓我陷入迷惘。我的小叔公懇求我，不可以在漢人學校變聰明，外來的女學生是大學的畢業生，小叔公是野性海洋的大學生，我無法比較，只是我的感覺，「他們都是對的，都是

[120] 孫大川：〈父親的腰帶〉，《搭蘆灣手記》，頁24。

[121] 夏曼・藍波安：〈興隆雜貨店〉，《航海家的臉》，頁83。

[122] 夏曼・藍波安：〈鬼頭刀之魂〉，《航海家的臉》，頁48。

正確答案。」[123]

「他們都是對的，都是正確答案」，這樣的態度，同樣在《大海浮夢》的自序提過：「太陽下『山』的意象轉型為下『海』的夕陽，於是下『山』下『海』都是正確答案」[124]。夏曼‧藍波安此處展現出更多元寬容的態度，不再執定一說，這就留給了漢人為主的現代知識不受批判的空間。

誠如前面討論到地方知識以及知識的符號化問題之處所表示，關鍵在於原住民的自我認同與主體意識是否彰顯，而非片面地否定普同知識必然霸道，或是符號化的知識必然是狡猾。當整體環境產生變遷，原住民具體的生活經驗改變，自然也可以主動地鎔鑄各方面的知識以為己用，而自我符號化又是一種有效手段，能夠反制避免被符號化，而可能遭受自身利益的剝損。

弔詭的是，當原住民對於現代知識挾帶的文化衝擊有所警惕與反思時，他們所需要挺出主體、樹立自我價值的方法，某些面向來說，是須要借重現代知識才能入室操戈，對抗漢人，總還須要接受漢人的知識，像是〈老海人洛馬比克〉中所期待：「當老師是他可以勝任的工作，他想，花幾年的時間在台灣念漢人的書，回來不僅可以用米飯養活父母親，又可以認真得教書，培育下一代的孩子，讓這個未開化的小島多一些知識份子，就會增加被尊重的重量，以及對抗漢人的力量。」[125]

亞榮隆‧撒可努有篇文章〈我的名字是排灣〉，敘述撒可努與妻子結婚的儀式，想遵循傳統排灣族的方式。但是受到信仰基督教的父親反對，而「過去我們巴卡羅的族人，長期受到卑南族的影響，近期又受到阿美族強迫性的文化壓迫，且夾在漢文化的侵襲下」[126]，傳統很多的文化、慶典都已經不同了。好不容易協調溝通、努力籌備，到了典禮當天，族人卻是跳阿美族的舞，讓作者

---

[123] 夏曼‧藍波安：《大海浮夢》，頁 119。

[124] 夏曼‧藍波安：〈自序：浮生浮沉的夢〉，《大海浮夢》，頁 15。

[125] 夏曼‧藍波安：〈老海人洛馬比克〉，《老海人》，頁 188。

[126] 亞榮隆‧撒可努：〈我的名字是排灣〉，《山豬‧飛鼠‧撒可努》，頁 174。

氣得破口大罵：「今天結婚的是排灣族人，又不是阿美族人，請你們跳排灣族的舞！」[127]旋即卻又想到：「結婚當天，他們跳阿美族的舞，是無知造成的。」[128]無知的問題，就是作者所言：「環境的改變讓自我意識模糊，是最大的問題。」[129]另一篇文章〈我的妻子是平埔族〉就曾提到：「循著這一點的牽連，她慢慢的在書籍、文獻中找到了失落的族群——平埔族」[130]。顯然地，撒可努的妻子在追尋自己的身分時，仍須借助許多文獻典籍、學術考證，也不單單只是靠著耆老口授傳說就能輕而易舉地確定結果。

　　從亞榮隆・撒可努在婚裡恢復排灣族式的慶典，以及妻子追索自己的身分認同可以作為佐證，恢復主體意識不能只是精神層面的覺醒或是文化身分的認同，還有許多工作須要有相關具備的知識能力。文化復振的工作，並不是要將原住民文化推回到一個無智無識、結繩紀事的遠古世紀。我們在這裡可以看出，教育、知識都具有某種程度的用處與價值，「讓文化和教育互相支持，傳統和現實相互尊重，認同才會開始萌芽」[131]。因此，儘管在原住民傳統知識的立場上，「原住民知識份子如何可能」，只要走進部落一看就知道，根本是不證自明的存在。但在接應外在環境時，有屬於原住民的知識菁英分子，替原住民衝鋒陷陣，仍然是被期待的[132]。

　　現代知識仍不可全然免除，還可從另一個側面來觀察，那就是關於原住民地方知識的特質，有時候是藉由現代知識加以詮釋：

---

[127] 亞榮隆・撒可努：〈我的名字是排灣〉，《山豬・飛鼠・撒可努》，頁181。

[128] 亞榮隆・撒可努：〈我的名字是排灣〉，《山豬・飛鼠・撒可努》，頁181。

[129] 亞榮隆・撒可努：〈我的名字是排灣〉，《山豬・飛鼠・撒可努》，頁174。

[130] 亞榮隆・撒可努：〈我的妻子是平埔族人〉，《山豬・飛鼠・撒可努》，頁166。

[131] 亞榮隆・撒可努：〈鷹人〉，《山豬・飛鼠・撒可努》，頁144-145。

[132] 「W感覺目前的處境，會不會就像J一樣掙扎在第六年的博士班一般困頓，『先拿個博士吧！』W只好安慰著說，這幾年J就像其他原住民的菁英一樣，被期待著要成為一個學者、一個可以衝鋒陷陣的原運份子、一個可以重拾祖先智慧的文化工作者。」瓦歷斯・諾幹：〈鏡片後的憂傷〉，《番人之眼》，頁66。

多年後我回想著，住在外公、外婆家的那段時間，外婆的生活知識成了
現在當下在討論的熱門議題——「生物多樣性」的議題。……而阿嬤的
蝸牛樹以及與自然相關和天象預測的知識，才是讓我最稱奇的。只是，
為什麼我的外婆會知道？[133]

赤楊木是一種非常好的土地改良者，寄生在他根部的根瘤菌能吸收空氣
中的氮氣，有固氮作用可以改善土壤品質。當然，泰雅族的祖先大概不
會知道「根瘤菌」或是「氮氣」，人們在使用過的土地上種植赤楊木，
是經過一代一代與大自然共同生活所得到的經驗。[134]

這兩段引文作者不同，但同樣有個特點，就是以現代的知識觀念對傳統原住民
的生活知識加以說明與介紹。這樣的詮釋可能有幾個用處，首先，對於讀者或
是置身事外的人而言，可能對於某些生活經驗的展現，不明瞭其運作機制，那
麼藉由現代學科或科學性的解釋，比較容易明白。此外，這樣的解釋之外多少
還有一種情緒，那就是藉此表明過去原住民傳統生活經驗累積而來成的知識，
竟然符合了現在科學研究的成果，以此彰顯地方知識的價值與意義。然而，如
果是後者的態度與情感，我們仍可以隱約感受到一種知識的價值不一的判準。
似乎，仍然認為科學知識遠比由經驗而來的地方知識來得更高級、更準確、更
有意義？所以當可以宣稱地方知識可以被科學證實時，價值感也就出現了。

　　關於後者，以科學知識解釋地方知識的問題，這就涉及到了文化詮釋的問
題。從文學作品中，我們可以讀到也有作家對於這樣的知識詮釋進行批判或思
考：

上了岸已是凌晨過了四點，我刮除飛魚鱗片的同時，我暗笑在心頭，是
因為專家學者說：「這是達悟人生態保育的觀念。」他們的說詞，我稱

---

[133] 亞榮隆・撒可努：〈外婆的蝸牛樹〉，《外公的海》，頁120。

[134] 里慕伊・阿紀：《山櫻花的故鄉》，頁82。

之：「溫室裡冰冷的知識。」另一派的人說：「飛魚是達悟人吸取蛋白質主要來源。」其實他們說的應該是正確的。我暗笑在心頭，是因為他們體會不到從我們生活的自然環境裡借來的智慧，這個「智慧」就是達悟人在延續的活的文化。[135]

被文明人如你們形容我們有高尚的、被學者專家說是最有「生態環保」觀念的民族，說穿了，我們其實根本就沒有「生態環保」的觀念，但深植於我們日常行為的即是實踐從生態環境裡「知足」的哲理，當然這是從「簡單」的社會組織角度去解釋。達悟人依據祖先流傳下來與島嶼環境共生的經驗知識，在當今高度文明的現代社會，確實提供最佳的「生態環保」概念。[136]

「文明人」用現代「文明」的知識去詮釋達悟族的生活習慣，認為非飛魚季禁止捕撈是一種「生態環保」的觀念。這就「文明」的知識來說，並不是錯誤。問題在於，夏曼・藍波安認為族人根本沒有生態保育觀念，非飛魚季禁止捕撈飛魚，這是傳統文化傳承下來的禁忌。環保觀念與禁忌觀念，是兩種不同的思維世界。當外人利用這樣的知識去解釋達悟文化時，縱使對於達悟文化給予肯定讚美，也無法契合達悟傳統。

　　夏曼・藍波安於清大攻讀人類學研究所時，完成了碩士論文《原初豐腴的島嶼：達悟民族的海洋知識與文化》，企圖對於達悟族的關於海洋的知識作一爬梳整理。但是在現代教育系統下研究達悟族的地方知識，其中所面臨的困難，正如他在緒論提到的：「若不以西方人類學大師的理論剪貼在自己的論述的字裡行間，就好像沒有學問似的。然而，那種『學問』是誰的學問？」[137]同樣地，我們也可以提問：生態環保的觀念，到底是誰的觀念？

---

[135] 夏曼・藍波安：〈游牧的身體〉，《航海家的臉》，頁 11。

[136] 夏曼・藍波安：〈達悟族吃魚的文化〉，《航海家的臉》，頁 177。

[137] 夏曼・藍波安：《原初豐腴的島嶼：達悟民族的海洋知識與文化》，頁 5。

在《地方知識》一書中有一篇名為〈「從土著的觀點來看」：論人類學理解的性質〉，紀爾茲提出一個深刻卻也是人類學界爭論不休的問題：「倘若事實不是像我們被灌輸而信從的那樣，我們實際上沒法運用某種超乎常人的感知能力，一種超乎天性的、使人能像一個土著（我必須趕快交代：我把這個詞用在這裡，是取『這個詞彙名副其實的意義』〔in the strict sense of the term〕）一樣地去思考、感受、理解的能力，那麼，人類學如何可能擁有關於土著怎麼思想、感受和理解的知識？」[138]紀爾茲隨後繼續論述：「就我所曾見過的例子來講，至少有某些關於『一個人究竟是什麼』——相對於一顆石頭、一場暴風雨或是一尊神——的概念是普世共通的。然而，正如這些現成的例子所顯示的，每個群落所衍生出來的實質概念卻各不相同，而且經常相去千里」。紀爾茲仍然呼籲，要想了解他人，必須將既定的框架撤掉，從他們自己關於「何謂自我」的概念框架中去看待他們的經驗。[139]

但認真說起來，這個問題非常難解。夏曼·藍波安曾在一篇〈原住民研究者的告白（二）〉中自我剖白：

> 近年來，關心自己民族文化的新生代，逐漸意識到「求知」的必要，而
> 紛紛的執起書本，參閱相關於本民族之研究著作。這些新生代的族人，
> 包括許多台灣原住民的朋友也無不認為外來研究者「不理解」本民族的
> 種種，在「論述」時總是給人這樣的感受——皮毛的，抓不到重點，或
> 者說是過分的詮釋；另一方面，某種程度上達悟的族人同樣的也「不理
> 解」漢字建構論述的語意系統與探討的「旨趣」，當然，兩者間的「認
> 知落差」是源自磁鐵原理。在地者為「文化」的實踐「破壞」者，外來
> 研究者是異「文化」的論述者，或象徵某種知識權力的「土著報導人」
> （native informant）。此時，我以為我很多「邊」不是人，只好當孤獨

---

[138] 克利弗德·紀爾茲（Clifford Geertz）、楊德睿譯：《地方知識》（台北：麥田出版社，2007二版），頁84。

[139] 克利弗德·紀爾茲：《地方知識》，頁88-89。

的「深海獵人」。[140]

關鍵在於，問題的複雜性往往不在於非此即彼的二元對立框架，反而，我們單就夏曼‧藍波安為例，便可以隱約看出他對於現代性知識的態度趨於寬和的狀態。正如同前述「太陽下山下海」之類的問題，若以捍衛民族本位的立場，自然大可宣稱「太陽下海」才是正確答案，夏曼‧藍波安如今卻也明白承認：

> 傳統知識解讀正在發展的現代性的種種，其詮釋的立足點已不足以統整解釋現代性的複雜，其次，又十分缺乏現代性的知識，對於事件本身的解讀就會有衝突，正確與錯誤沒有結論，人們就在灰色的想像力中辯論[141]。

言下之意，傳統知識固然有其價值，但是卻也不得不承認，在某些情況之下，其解釋能力有限[142]。這個意義世界，就是一個不斷解釋的世界。各個民族都有其解釋的方式，而科學知識亦有其解釋的方式。作家期盼著：「事實上，歲月是不可能回到過去的，但我們是可以把思考的空間拉回到過去的某個時段，合理化解釋部落耆老們生存的客觀環境、建構的思維，包括他們的宗教信仰」[143]。但是所謂「合理化解釋」，就看文化詮釋的基礎和位置在哪？我們並不是要捍衛自身民族的文化之餘，消滅另一種解釋模式。更不是要在被壓迫的情況之下，奪回權力而反過頭壓迫對方。而是企望不同的解釋系統能夠相互尊重、多元並

---

[140] 夏曼‧藍波安：〈原住民研究者的告白（二）〉，《航海家的臉》，頁 181-182。

[141] 夏曼‧藍波安：《大海浮夢》，頁 262。

[142] 浦忠成也主張：「原住民族傳統居住區域存在的生物多樣性環境，以及原住民族各族群部落累積的相關知識與經驗，要參與或連結到現代科學領航的永續發展領域，除了先要通盤的整理、分類與詮釋，更需要現代科學場域的專家們跨越學術或科技知識的藩籬，接納族群與文化層面所能提供的建言，從而能多管齊下，建構人類與自然土地之間對等、尊重的永續發展關係和態度。」巴蘇亞‧博伊哲努（浦忠成）：《台灣原住民族文學史綱（下）》，頁 1033。「在現代許多因素牽涉的情況下，應該讓原住民傳統的知識與經驗與現代的學理結合。」巴蘇亞‧博伊哲努（浦忠成）：〈台灣原住民生態哲學〉，《思考原住民》，頁 50。

[143] 夏曼‧藍波安：〈浪濤人生〉，《海浪的記憶》，頁 50。

置：

> 喝酒原來不是這個民族的習俗之一，有時你會認為，或者是你對原住民
> 的第一印象認為──因為他們的體力好，所以酒量比較好的結論。你也
> 許是對的，但比較有知識的說法是：有的強勢與弱勢民族接觸後，原住
> 民部落社會的現象，是不能以「非此即彼」的主觀簡約論的。[144]

原住民喝酒的問題不是此處要討論的關鍵，反而是要從作家這裡的敘述中留
意，「你也許是對的」提供了一個讓外人解釋的空間，「但比較有知識的說法
是」一句，無意間又透露了「知識」作為文化詮釋上的用處的價值，至於強勢
弱勢、非此即彼、主觀簡約論等用語，某個程度上也透露了作家接受了現代學
術訓練後，內化了學科的論述語言及表達方式[145]。當原住民面對現實上發聲權
相對薄弱的情況下，在此現實脈絡中，他們的訴求當然是先依靠教育文化的事
業，提高族人的智識能力與知識水平：

> 過去，因為原住民尚未擁有足夠的知識與權力，於是，所謂的「解釋權」
> 便輕易地落入了非原住民的族群手中；這樣的盲點，在近幾年原住民文
> 化工作者的族群意識漸次覺醒，以及書寫（或智識）能力的增強後，「解
> 釋」的位置開始出現了變化，此種變化不但直接挑戰學術，同時也向非

---

[144] 夏曼‧藍波安：〈三十年前的優等生〉，《海浪的記憶》，頁 205-206。

[145] 作家接受學術訓練之後，是否會影響他們的創作風格，這是後續章節將要探討的問題。此處先提出，
原住民作家無論對現代知識或漢人知識有多少批判，他們都無所遁逃於天地之間，甚或反客為主，
因應創作或運動之需求，主動涉獵現代性知識。除了夏曼‧藍波安之外，瓦歷‧斯諾幹也是一個典
型的例子：「將寫作的焦點瞄準原住民族之後，瓦歷斯‧諾幹開始有計畫的進入各族群部落進行田
野踏查與記錄，同時也繼續大量閱讀諸如法農（Frantz Fanon）、薩伊德（Edward Said）等後殖民論
述的專著，以及中外文獻中的原住民族。這樣長期積極自我充實與理想實踐過程，除了以散文、報
導文學與詩歌抒發對於原住民族遭遇的感觸之外，他更將許多思考與可能的行動模式訴諸專門的論
述，並熱心參與相關的學術研討」。巴蘇亞‧博伊哲努（浦忠成）：《台灣原住民族文學史綱（下）》，
頁 924-925。

原住民的族群提出了另外一種聲音。[146]

　　換言之，如果這個國家有一種主流的聲音，那麼原住民要求另一種不同的聲音。但是在態度上，有了不同的聲音之後，並不是要區別主從，或是消滅異端，成為另一種權力的壓迫。「部落傳統的知識系統與套裝的現代知識，並無高下之分」[147]，必須尊重原住民族主體自覺，如同瓦歷斯・諾幹〈挽救原住民文化為機〉所言：「原住民本身而言，筆者以為：（一）自覺意識的覺醒，（二）提高知識層次，這樣做，原住民才有希望」[148]。

結語

　　本章從原住民面對知識的態度著手討論，接受教育與知識理想上是改善原住民生活的管道。但是知識往往伴隨著許多不利於原住民文化主體的價值，從而在現實處境上，也讓許多原住民的學子很難得到公平的教育。因此，在文學作品當中，可以看出很多作家提出對於以漢人為主的現代知識提出批判。

　　在漢人主導的知識學習場域中，這些知識由於和原住民具體的生活經驗相差太多，從而做出對比，我進而討論以原住民生活具體經驗為主的知識。這裡就呈現了一種漢人與原住民、普同知識與地方知識的對立呈現。在原住民地方知識的呈現中，除了對於地方的花草樹木、蟲魚鳥獸有許多豐富而詳細的介紹，當中還有許多因應外在生活環境而有的對環境的動態理解。既然強調原住民族的知識與生活經驗密切相關，一旦所處的環境與經驗產生變異，這些知識與能力自然也會有所調整，因此這些地方知識固然可以顯現原住民認識環境的特質，卻不是一種本質性、固著不變的知識樣態。

---

[146] 利格拉樂・阿䰒：〈豬頭皮與原住民音樂〉，《穆莉淡 Mulidan》，頁 190-191。

[147] 巴蘇亞・博伊哲努（浦忠成）：〈符合原住民需求的部落大學〉，《思考原住民》，頁 233。

[148] 瓦歷斯・諾幹：〈挽救原住民文化危機〉，《番刀出鞘》，頁 4。

從符號化能力的思考著手，去討論漢人與原住民知識型態的差異，則漢人所接受到的現代文明知識系統，是一種具有高度複雜的符號知識。相對而言，符號化能力本就不是原住民所刻意追求的。若從生命價值、心靈涵養等價值面而論，原住民不刻意將知識符號化，也顯示了在認識上主客體緊密的情狀。這或許不符合也不利於現代學科建立普遍周全的原理原則，但他們卻是實實在在生活在知識之中。

從現實面而論，原住民面對漢人不斷地操作知識、操作符號化，可能面臨的最大危機就是整個原住民都成了一個符號。所以，比較有現實感的方式，便是原住民也能夠操作符號，甚至試著利用符號化自身的方式，對以漢人為本位的現代性知識嘲弄、干擾或指正。

經歷了以上的辯證與論述，本章最後重新回到現代知識的價值與用處。從所有二元對立的架構，也許是普同知識與地方知識的對立，也許是現代文明與部落傳統的對立，也許是原漢二分，也許是具體經驗與符號化概念的區別。無論我們使用哪一組對立的概念，似乎都展示出一種原住民文化對於現代知識的否定傾向。然而，檢諸許多的原住民漢語文學作品，可以發現作家在許多地方都透露出對於求學求知的渴望，或是對於追求現代知識的給予適當的肯定。他們對於追求現代知識的目的未必相同，對於其用處、價值也許也有程度不一的判斷。但我們從這些作品裡，確實可以看到對於現代知識的抗拒或接受，似乎經歷了一種「見山又是山」的思考辯證歷程。原住民知識體系的接受者，也必須回應當代的挑戰與政經脈絡，「無論在論述上或日常生活的實踐上，做出改變與調適」[149]。更重要的在於，他們如何接受、為何接受，而不是茫然無知的跟隨著國家機器的運作，或只是迫於現實環境的處境而不得不然的結果。尊重原住民族的自我認同與主體性，終究是捍衛自我價值不可退讓的底線。

---

[149] 陳毅峰：〈原住民傳統知識體系及空間政治——生態保護區策略的理論反思〉，收入台灣原住民教授學會、東華大學原住民民族學院編：《第一屆原住民知識體系研討會論文集》，頁 3-220。

第三章　番刀出鞘：部落技藝的鍛練與價值開顯

前言

　　除了將現代知識／漢人知識概化為「普同知識」、「概念知識」與原住民的「地方知識」、「經驗知識」對比。還有一項更直接的對比出現在原住民文學作品中，就是以傳統部落的技藝作為一種知識型態的代表，對比出學校教育著重理論、概念、邏輯等知識型態。瓦歷斯・諾幹〈從台灣原住民文學反思生態文化〉在檢討台灣自然寫作的思想困境時，曾指出「人與自然的斷裂」不能夠只是以「本土科學知識」加以彌補，「本土技藝」其實也有同樣的重要性：「當代台灣原住民文學作家的書寫，處處可見的是關於台灣自然『本土技藝』的發聲，相當程度地提供了我們對自然寫作思想上的出路」[1]。

　　「技藝」長期以來被忽略，是因為在過去重理論、理智為主導的知識論中，「技術即無思，是一種知識貧乏的活動」，「從知識的類型來看，技術明顯不是以分析性知識為主，它更多的是人們在實踐中獲得的經驗性知識」[2]。技藝又往往有難以表達的問題，加之過去歷史上，技術往往是掌握在奴隸或勞動者手中，而體力勞動往往是受到輕視的[3]。

---

[1]　瓦歷斯・諾幹：〈從台灣原住民文學反思生態文化〉，收入孫大川主編：《台灣原住民族漢語文學評論選集（上）》（台北：印刻出版社，2003），頁 154。

[2]　許良：《技術哲學》（上海：復旦大學出版社，2004），頁 10。

[3]　許良：《技術哲學》，頁 11。

　　既然原住民漢語文學中處處可見關於「技藝」的呈顯，這又視為不同於理論的另一種實踐知識。那麼在討論原住民傳統知識型態時，自然不可能忽略傳統技藝的內涵與價值。

　　在第一章時，為了導引出卡西勒的《人論》與道家思想的內涵，本研究提出了一個問題：「我是誰？」順此問題分別以「我是人」、「我是原住民」二種回答來疏通理路。只是，在「我是誰」此一問題的同一層級中，另外還有一個緊接而來的問題：「我如何為『是』？」這就涉及了方法的問題。尤其當原住民強調「我是人」的時候，這個「人」的意義可以有豐富的涵義。如果只是釐清外人視野的「獸化」而強調「人」，此「人」當然有其不同於「禽獸」的生物學上或文化意義上的界定。但，在原住民傳統部族文化內部，「人」的指涉本不是存在於應對他者眼光產生的解釋。他們自有其一套對於「人」的定義，也自有其「如何為人」的實踐方法。在這個層面上，「人」代表著原住民部落知識傳統下的文化烙印。「成為一位達悟人」、「成為一位排灣人」、「成為一位布農人」等等類似的命題，說的正是一種文化價值與主體認同的確立。

　　本章第一節首先確認「技藝作為一種知識」，具有波蘭尼（Michael Polanyi）的「個人知識」（personal knowledge）的特質。其次，藉由道家思維對於技藝哲學的討論，我們可以理解原住民傳統部落技藝是一種「自我教養的訓練活動」。在理想的狀態下，技藝乃是合於周遭環境變化而發展出能力，亦即行動者在環境中具備合宜的行動方向感。然而，這樣的合宜之技、合道之技，在現代社會的發展中，因為濫用而失去了價值感。最後一節，則談論巫術作為一種技術，它分享了傳統信仰的能力，如何能夠安置在技進於道的價值結構中。

技藝之知與技藝致知

　　當代原住民漢語文學之所以出現大量關於勞動與技藝的書寫[4]，主要的原因

---

[4]　此處須要簡單說明一下「勞動」與「技藝」的差別。就字義上而言，勞動是一種身體的活動狀態，

除了表達傳統部落生活樣貌的境況外，他們對治的問題是在一種身心二元對立的知識觀下，高舉心智理論而貶抑身體技藝。這種身心二元對立的知識觀，將腦力與肌力對比、勞心與勞力對比、抽象知識與技能知識對比，「此種知識觀將從事理論建構視為心靈的基本活動，人的理智行為即獲得有關真命題或事實知識的推理活動，形成某種對理論對實踐具優先性的主張，造成有智慧的實踐必先有理智的思考在先的邏輯謬誤」[5]。因而，在原住民文學中所記載的勞動技藝，會有一種與知識對比的趨勢，這時候，知識的意義指向學科的、理論的、抽象的、線性邏輯推演的概念。如《天空的眼睛》裡，巫瑪蘭姆與祖父夏本・巫瑪蘭姆上山學伐木，故事裡對於夏本如何教導握斧頭、如何施力等過程多有描述，但即使如此，仍然顯現出夏本・巫瑪蘭姆對與孫子在傳統技藝與現代知識之間取捨的難處：

> 念書或許是，孫子在未來唯一可以避免矮人一截的途徑，老人如此想，也才恍然大悟，認為現代知識可以改變孫子的未來，不像自己，只守著海洋的脾氣，守著天空的眼睛，幻想明天會更好。[6]

在這種敘述下，作者仍然有意將「技藝」與「知識」對舉，似乎「技藝」與「知

而技藝則是具有技術性的活動。勞動不一定會有強調技術層面的問題。在本文所強調的主題是技藝，就此二者的區別而言，勞動比較是一種「習慣性的實踐」，而技藝則包含著「智力實踐」、「價值實踐」的可能。然而，原住民作家對於勞動與技藝未必有此區別，尤其當他們強調「知識」與「實踐」的對比時，勞動與技藝都比較偏向經驗的實際運作，就容易混而不分了。還有另外一種情況是，生活中的各種勞動，極有可能都具有各自的技藝。但是因為技藝不易明言的特質，作家縱然親身操作都不見得容易表達。在此情況之下，本文在最原初粗略的脈絡下，會適當地將作品中關於勞動的片段加入討論。但，作為一種智力實踐與價值開展的活動狀態，就不能依賴於純粹習慣性的勞動生產而言。以上論述，筆發於胡天玫：〈體育的本質：一個認識論基礎〉，《國立台北師範學院學報》第 16 卷第 1 期（2003 年 3 月），頁 321-340。周育萍：〈運動知識的本質探索〉，《運動文化研究》第 7 期（2008 年 12 月），頁 35-53。

5　胡天玫：〈體育的本質：一個認識論基礎〉，《國立台北師範學院學報》第 16 卷第 1 期，頁 331。

6　夏曼・藍波安：《天空的眼睛》（台北：聯經出版社，2012），頁 145。

識」是處在一種緊張背反的關係中[7]，甚至出現強烈的價值判斷[8]。

　　二元對立的結構，在相互辯證的思維運動中，有時候會產生某一方消融另一方的情況。技藝與知識的對舉，必然也須有這一個過程。一方面，在二元對立的觀念世界中，世俗能夠理解的價值常常落在「知識」而非「技藝」，此時將「技藝」著以「知識」之名，在概念上便能提昇「技藝」的價值：

> 他們的參與讓他們感受到伐木造船的辛勞，以及增添造船的基礎知識，
> 孫子們在未來歲月的造化如何，他是無法預知的，然而，參與是對自
> 身文化的活動、多元想像的源頭，是孫子們在學校多了說故事的話題。[9]

若說伐木等勞動，是造船的基礎知識的一環，應當也不為過。這個生產技藝知識的山林大海場域，在原住民作家看來，就是一個不同的知識系統，有別於身心二元對立下所理解的「知識」。不過，這樣的解讀終究不是根本價值，「知識」不該只是「技藝」的附麗或修飾。因為我們必須從本質上確認，「技藝」本就是一種「知識」。

　　此處我們能以英國哲學家波蘭尼（Michael Polanyi）的《個人知識》（*Personal Knowledge*）觀念著手，協助我們理解技藝作為一種知識的特質與屬性。波蘭尼認為，認知是一種行為模式，是一種要求技能的行為，在這每一項的行為中，都具有一個知道什麼正在被認知的人，此人不是一個孤懸生硬的主體，他的求知熱情在對於求取知識有相當大的幫助。

---

[7] 「技藝」與「知識」的緊張關係，不但是在某種書寫策略上將此二者對比，在現實處境中這二者的對比出現在於教育取向的選擇上，也就是說，縱然「技藝」與「知識」並不真的處於二律背反的狀態，但在有限的時間空間中，巫瑪蘭姆究竟要比較用心在學校教育，還是用心跟祖父上山學砍柴？就這個現實層面上而言，說「技藝」與「知識」有種緊張關係，比純粹從知識形態上來討論，更具有現實感。

[8] 「因此，對於我，既要有文明知識份子的虛偽，也必須存有民族生存技藝的本事與真誠，這個難度很高。」此處作者很明顯且主觀不客氣地將文明知識份子貶斥為虛偽，而傳統的生存技藝本事則為真誠。夏曼‧藍波安：《大海浮夢》，頁448。

[9] 夏曼‧藍波安：《天空的眼睛》，頁141。

　　此外，這種個人知識在一切技能的學習上，特質展現得十分明顯。它的一大特徵就是難以言傳：「我們可以認為，通過習得一種技能，無論這種技能是肌肉上的或是求知上的，我們就得到了一種理解。但我們無法把這種理解付諸言辭」[10]，之所以難以言傳，乃是因為在技能運作的過程裡，會產生「支援意識」（subsidiary awareness）與「焦點意識」（focal awareness）[11]。但這兩種覺知是互相排斥的，譬如鋼琴家若將焦點意識放在彈琴的手指上，就會造成自我意識的「怯場」而失去臨場感，從而陷入一片混亂：「如果我們把注意力聚集在這些細節上，我們的行為就會崩潰。我們可以把這樣的行為描述為邏輯上不可言傳的，因為我們可以證明，在某種意義上對這些細節做詳細說明會在邏輯上被有關的行為或場境中所暗示的東西否定」[12]。

　　難以言傳並不代表不存在[13]，相對地這些細節的運作，不但存在，而且在協助完成一項技能或動作時，特別重要。這些技藝性的能力或是行家絕技，正因其難以表述，所以很難透過名言規範出原理原則而普遍傳遞，通常只能夠由師徒制進行示範教學與模仿學習[14]：

　　　過了十幾分鐘，夏本・巫瑪藍姆請孩子們圍繞著他，教他們如何握斧頭、砍樹的方法與站立的姿勢，孩子們聽得入神[15]

---

[10] 邁克爾・波蘭尼（Michael Polanyi），許澤民譯：《個人知識──邁向後批派哲學》（貴陽：貴州人民出版社，2000），頁134。

[11] 或將此譯為「附帶覺知」、「焦點覺知」。見《個人知識》，頁83。

[12] 邁克爾・波蘭尼：《個人知識》，頁84。

[13] 「斷言我自己具有不可表述的知識並不是要否認我能談論這種知識，而只是否認我能恰當地談論它。」邁克爾・波蘭尼：《個人知識》，頁135。

[14] 「一種無法詳細言傳的技藝不能通過規定流傳下去，因為這樣的規定並不存在。它只能通過師傅教徒弟這樣的示範方式流傳下去。這樣，技藝的流傳範圍就只限於人之間的接觸了，我們也就相應地發現手工工藝傾向於流傳在封閉的地方傳統之中」。邁克爾・波蘭尼：《個人知識》，頁78-79。

[15] 夏曼・藍波安：《天空的眼睛》，頁141。

祖父專心伐木，他自己也開始揣摩祖父握著斧頭伐木的姿態與神情。[16]

巫瑪藍姆從他的祖父身上學習伐木的姿勢、使用斧頭的竅門，從先前不到五分鐘的伐木時間，到現在的二十來分鐘是進步證據。[17]

這三段文字正好顯示了「示範」、「揣摩」、到實作中的「竅門掌握」。在最關鍵的細節中，如何判斷與掌握「竅門」，波蘭尼以「默會知識」（tacit knowledge）指稱這種只可以意會不能言傳的知識。勞動實踐是一種默會知識，它只能透過展演、示範與實際參與的過程，才能完成學習：

雖然我在童年的時候並不是很懂事，但是經常看見大人們在山林裡耕作的情形，或是看見一群浩浩蕩蕩上山打獵的獵人與獵犬，常常會激發我模仿大人工作或是打獵的樣子。[18]

我經常利用在 Sebayux（換工）的機會，暗自觀察長輩們建造屋子或是種植作物的熟練工夫與技巧。我的母親也常說，只要有機會幫忙長輩工作，就要好好地把握可以學習的機會。因此，我除了向父親學習，也從其他的長輩那裡學到了建造房屋和穀倉的技能。[19]

由馬紹・阿紀這兩段文字可以看出，部落小孩對於技能的掌握，乃是浸泡在勞動現場而發的一種「模仿」學習。更重要的還在於整體環境、身教對孩子的「激發」，瓦歷斯・諾幹也曾描述，小時候就極其震驚於父親的高超技能，也開始試著砍修芭樂樹之的枝幹作一把順手的彈弓，或是學父親到野地裡設下捕獸的

---

[16] 夏曼・藍波安：《天空的眼睛》，頁 126。

[17] 夏曼・藍波安：《天空的眼睛》，頁 145。

[18] 馬紹・阿紀：〈來自 PINSEBUGAN〉，《泰雅人的七家灣溪》（台中：晨星出版社，1999），頁 29。

[19] 馬紹・阿紀：〈來自 PINSEBUGAN〉，《泰雅人的七家灣溪》，頁 33。

陷阱[20]。

　　技藝也不只是男性的專利，原住民女性也有很多技能的展現。《山櫻花的故鄉》裡，阿慕依醃肉技術，在部落的女人裡面可以說是數一數二的好[21]；瑪雅和吉娃斯一起春米，起初也因為技巧不純熟，使得穀殼、白米散落一地，藉由奶奶示範傳授，才慢慢精進春米的技術[22]。至於織布，更是許多作家極力描寫的女性技術，沙力浪的〈老婦人〉：「優雅的老手／一條活脫脫的百步蛇赫然出現在眼前／在她手中　那塊黑布上／昂首吐著蛇信」[23]，奧威尼・卡露斯〈織布〉描述魯凱族婦女，為了避免男性接觸或誤闖，舊好茶特別設立三所織布屋於郊外。「婦女們可以互相學習揣摩，老人家正可藉這個機會傳授一些特殊的織法及巧妙收邊的技術」[24]。泰雅族的紋面工作則都是由女性擔任，並將黥面的技術傳給自己的女兒，如果沒有女兒就傳給姪女或外甥女[25]。

　　「原初的勞動無非就是傳統知識的承繼與再生」[26]，如果我們能夠拓展知識的定義，就會發現，技藝本身也是一種知識：「身體技能本身就是一種智能，不論是稱其為肢體－動覺智能或任何其他名稱，同時，身體技能的學習還可以促進其他領域的學習」[27]，孫大川也表示：「台灣原住民傳統的教育體制，基本上是以整個部落為場域，以生活技能為引導，以前輩父兄為師長的終身學習教育。它透過各式各樣的歲時祭儀、生命禮俗、禁忌系統甚至樂舞的傳唱（樂教主義）來達成不同層次的教育目標」[28]。

　　將技藝視為一種知識，還可以從另外一個角度去理解。在中文的詞彙中，

---

[20] 瓦歷斯・諾幹：〈森林的靈魂〉，《戴墨鏡的飛鼠》，頁 27。

[21] 里慕伊・阿紀：《山櫻花的故鄉》，頁 45-46。

[22] 里慕伊・阿紀：《山櫻花的故鄉》，頁 41-42。

[23] 沙力浪・達岌斯菲萊藍：〈老婦人〉，《祖居地・部落・人》，頁 206。

[24] 奧威尼・卡露斯：〈織布〉，《雲豹的傳人》，頁 133。

[25] 霍斯陸曼・伐伐：〈黥面〉，《黥面》（台中：晨星出版社，2001），頁 29。

[26] 夏曼・藍波安：〈原初勞動的想像〉，《航海家的臉》，頁 77。

[27] 胡天玫：〈體育的本質：一個認識論基礎〉，《國立台北師範學院學報》第 16 卷第 1 期，頁 332。

[28] 孫大川：〈對台灣原住民教育的一些思考〉，《夾縫中的族群建構》，頁 198。

知識通常都是名詞,意指所知道的事理或概念。但知識也可以定義為一種知識行動,或是認知行為。若以中國傳統哲學的詞彙而言,也可以用「致知」來理解。也就是說,技藝作為一種知識,其特點正在於藉由行動中以致知。

強調行動以致知,預設了在這一類的認識能力展現中,技藝才是解決問題的方式,而且不一定要處處仰賴理論知識的幫助。通常,人們在特定的情況下根據可資利用的知識去協助技藝的完成,但這方面的理論知識通常是不完備、也毋須完備的。由於,技藝不可能等到完善而詳盡地了解所有理論知識才動手,往往是在不完備的知識下琢磨自身的經驗而解決問題,因此,技藝與理論知識往往保持著某種或強或弱的獨立性[29]。

此外,技藝操作的過程中,會自然產生新的感受與認知,又不斷與舊的認知產生融合或調整。技巧須要透過練習,來使其更加熟練,每一段練習的經驗,都將練習者帶向另一個境地[30]。換言之,不斷地經由練習、排演、操作等過程,能夠培養某種特有的、情境式的默會知識,這個操作的過程,就是一種「致知」情況。

「技藝致知」牽動身體感知的運作,甚至更廣義地說牽動了其他知識的協助。我們也可以從這個角度理解,為了協助更好地技藝訓練及實踐,原本被對立談論的種種科學知識、概念知識、邏輯分析等等能力,都可以收歸在技藝操作的支援意識。在波蘭尼的默會認識論中,支援意識包括三個面向:首先,是對來自外部世界的各種線索、細節。其次,是對身體的輔助意識[31]。第三,對

---

[29] 此段論述的想法可參考許良《技術哲學》,頁11。

[30] 周育萍:〈運動知識的本質探索〉,《運動文化研究》第7期,頁42。

[31] 郁振華闡述波蘭尼的理論指出,人的身體在宇宙中有一種獨特的地位,即在通常情況下,我們不把我們的身體視為一個對象,而要認識其他對象,則必須依賴於我們身體的各種機能的意識,也就是說,對我們身體的意識,總是一種支援意識,目的是為了認識其他的對象。在對任何事物的認識中,都包含了對我們身體的支援意識。「身體的這種獨特的認識論特徵,揭示了所有人類知識的身體根源(bodily roots)」郁振華:〈波蘭尼的默會認識論〉,《自然辯證法研究》第17卷第8期(2001年8月),頁7。此外,身體的支援意識具有一種核心的地位,其他兩種支援意識(對於細節的掌握、文化遺產)都可以被看作是它的延長。郁振華:〈身體的認識論地位——論波蘭尼默會認識論的身體性維度〉,《復旦學報(社會科學版)》2007年第6期,頁75。

於過去經驗凝結的文化遺產也是一種支援意識。正是在第三種意義上，各種名言符號構成的解釋框架，都將被囊括在技藝操作的結構之中[32]。這也正說明了技藝與概念知識的消融、協同、合作，說明了現代知識具有的效用及價值。

〈讓風帶走惡靈〉一文描述夏曼・馬洛努斯從二十歲之後，身體力行體驗海的脾氣，理解魚蝦在秋冬出沒的時段，並且常獨自一人在路邊枯坐半天觀察近海之海象，作者也無意透露了現代知識的用處：

> 觀察海的脾氣，這種經驗當然是累積的，夏曼・馬洛努斯雖然與我同年紀，但他只有小學畢業，所以看得懂不多的漢字，無法從書籍中獲得相關於潮間帶、亞潮帶生物與月亮盈虧之「知識」，來減少自己體能與時間的耗損。[33]

書籍中的「知識」並不是完全沒有用處，也未必得跟技藝相對而論。書本記載的知識，對於夏曼・藍波安而言，可以減少自己潛水時體能與時間的耗損。也就是說，相關的科學知識等，善加利用都足以成為完成潛水活動的「支援意識」。也正是在此意義下，技藝收攝了原本與之對立的概念知識，而成為一種強調踐履的知識型態。

認可「技藝」是一種「知識」或「致知活動」，並且從個人知識理解其中的特質，這不過是對於原住民傳統技藝的特質進行一個初步概略的釐定。以下，我們將從先秦道家思想有關技藝活動的表述，去思考原住民傳統技藝的價值規範與意義，並且從中了解藉由技藝展現出與大自然合拍的一體共同感。

---

[32] 郁振華：〈波蘭尼的默會認識論〉，《自然辯證法研究》第 17 卷第 8 期，頁 7。

[33] 夏曼・藍波安：〈讓風帶走惡靈〉，《航海家的臉》，頁 59。

技藝以成人：自我教養的訓練活動

關於技藝作為一種致知活動，除了在與理論知識對舉之後，認肯「技藝也具有知識」或「也是一種知識」的判斷外，莊子對於技術的關懷，也是另一個思考技藝的價值感的取徑[34]。

「技進於道」是莊子很重要的觀念。根據王志楣〈術以載道——論《莊子》之「術」〉一文研究表示，《老子》論道「玄之又玄」，頗為模糊抽象。《莊子》雖然也常說「道不可聞」、「道不可見」、「道不可言」等等，但又常常討論如何「知道」、「聞道」，可見「道」並不是絕對的不可知聞，只是知聞的方式不同於一般的知識學習。《莊子》比起《老子》，在更多的地方揭示出「道」不僅是天地萬物存在和發展的總根源，同時認為盈天下每一個具體事物都是道的載體。所以，具體的人事、萬物、技藝之中，都有「知道」的可能[35]。王志楣進一步闡述，認為「莊子這種對道的認知，實已將『道』由老子單純的抽象思辨導向與具體實踐相結合，道化為了（技）術，而（技）術是可學的，所以道亦可學，只要進行長期的實際操練，掌握事務客觀的規律，進而達到純任適性、自然運化的高度，道就化為自身的本領，這觀點應是莊子對老子道論的可貴繼承發展，也是認識上的一大進步」[36]。

〈術以載道〉一文從《莊子》「接－謀－冥」的思維方式論證對於「術」的逐步掌握。接，指的是「感官的經驗」；謀，指的是「理智的思考」；冥，指的是「直覺的體悟」。王志楣認為，「莊子有把知識論入手的『知道』問題，轉化為追求內在『悟道』的精神境界傾向，不過，莊子並未建構明確的理論的

---

[34] 關於道家思想用以詮釋原住民文學的適切性首章已有提及，或參閱陳伯軒：〈原住民文學與道家思維：一種研究方法的嘗試〉，《台北大學中文學報》第 18 期（2015 年 9 月），頁 121-139。

[35] 王志楣：〈術以載道——論《莊子》之「術」〉，《莊子生命情調的哲學詮釋》（台北：里仁書局，2008），頁 187。

[36] 王志楣：〈術以載道——論《莊子》之「術」〉，《莊子生命情調的哲學詮釋》，頁 191。

體系，讀者只能通過書中形象思維，去觸及道之本然狀態，領會其玄思」[37]。

　　賴錫三〈《莊子》身體觀的三維辯證：符號解構、技藝融入、氣化交換〉一文，也從「技藝融入」的角度論證百工的身體感知如何融入精神。百工庶人的技藝，是《莊子》有意用來對比儒家君子的文質彬彬：「庶民百工由於被排除在禮教的核心舞台之外，相對遠離君子威儀身體的框架，他們在千姿百態的生活情境中，自然地與各種不同物質環境遭遇，結果展現出另類的身體力度與姿態」[38]。文章隨後以「庖丁解牛」的故事為例，認為整個故事「籠統地說，是為了彰顯技藝過程中人的身心狀態；更細緻地說是為了彰顯技義操作過程中人的身體、工具媒介及所遭遇的物質，重重物質情境所產生的連續性辯證過程和狀態，還有最後人對肉身與物質遇合過程的理解和覺察之意義」[39]。

　　以上這兩篇文章討論切入的面向有點不同，王志楣比較強調《莊子》將「知道」與「知術」結合，道既然難知，則從了解「技術」之中有機會了解「道」。因而，《莊子》當然「否定非道之術」[40]，而賴錫三全文扣緊身體知覺，從被儒家名言束縛之身體如何藉由技藝的操作而開解，技藝的運用純熟，最終將整個身體徹底「融入」其中，完全體貼、順從物質媒介[41]。但這兩位教授的研究都在技藝與體道之間留下了一個縫隙。前文引述王志楣教授的論文表示，如何從「知道」到「悟道」，《莊子》沒有提出明確的體系，我們往往只能夠從《莊子》提供的故事進行形象思維。王志楣因而順著《莊子》書中相關的篇章歸納出有效的實踐方法，那便是「尚內」、「坐忘」、「積」的工夫[42]。賴錫三從「技藝」到「氣化」之間的縫隙更大，在他文章中指出，「技藝」之樂，雖然有類似於「體道」的狀態，但那與《莊子》描述修養達到究竟之真人、至人的

---

[37] 王志楣：〈術以載道──論《莊子》之「術」〉，《莊子生命情調的哲學詮釋》，頁 213。

[38] 賴錫三：〈《莊子》身體觀的三維辯證〉，《清華學報》新 42 卷第 1 期（2012 年 3 月），頁 21。

[39] 賴錫三：〈《莊子》身體觀的三維辯證〉，《清華學報》新 42 卷第 1 期，頁 22。

[40] 王志楣：〈術以載道──論《莊子》之「術」〉，《莊子生命情調的哲學詮釋》，頁 220-222。

[41] 賴錫三：〈《莊子》身體觀的三維辯證〉，《清華學報》新 42 卷第 1 期，頁 28。

[42] 王志楣：〈術以載道──論《莊子》之「術」〉，《莊子生命情調的哲學詮釋》，頁 213-220。

境界不同。簡言之,前者為「有待」,後者為「無待」[43]。

這兩篇文章對於《莊子》之道的描述,同樣由認識論走向了存有論。〈術以載道〉中談到「冥」,一種直覺的體悟時,說:「直覺本是一種不可分析、非邏輯的精神活動,但也不是無由突兀發生,它不依循感性→理性→直覺的刻板順序,而是凝聚個人種種經驗、知識後的整體了悟,要達到這樣的層次,已是屬於精神境界領域而不是認識領域了」[44]。〈《莊子》身體觀的三維辯證〉則是最終提出一個身體向四方呈現十字打開,與氣化宇宙高速流通的狀態:「同於大通乃是將自己的身心和天地萬物之整體融貫,或者說他並沒有任何的焦點對象,它的敞開對象並非限於一技一物,而是以整個無名的宇宙自身為融合對象,或者說將身體完全敞開於無名的存有之朗現,如此融入存有開顯的氣化大流,而透顯出存有美學的冥契性,換言之,此時的身體乃呈現出完全敞開的通道,它成為氣化流行的交換場所,如此的身體乃屬於氣化的身體、交換的身體」[45]。

傳統原住民部落社會未必有如同《莊子》那樣對於存有具備高度哲學思辨。因此,無論是由術入道的「精神境界領域」或是「氣化身體的存有美學」,都不宜輕率詮釋原住民文學所描述的技藝[46]。但這並不意味著《莊子》「技進於道」的概念無法協助我們理解原住民的技藝之知。

林文琪〈《莊子》有關技術現象的人文主義關懷——通過技術操作的自我教養〉一文,先是針對《莊子》有關技術現象的研究進行反省,指出對於技術現象的敘述提供了三種視角:一是美學面向的反省,這開啟了後代許多文論、

---

[43] 賴錫三:〈《莊子》身體觀的三維辯證〉,《清華學報》新 42 卷第 1 期,頁 32-33。

[44] 王志楣:〈術以載道——論《莊子》之「術」〉,《莊子生命情調的哲學詮釋》,頁 211。

[45] 賴錫三:〈《莊子》身體觀的三維辯證〉,《清華學報》新 42 卷第 1 期(2012 年 3 月),頁 33。

[46] 這裡所謂的「不宜輕率詮釋」,並不指完全不能用以理解原住民技藝的「存有論」特質。如果從原住民的身體美學來看,我們確實可以發現,當獵人走進山林展現技藝之時,由於身體五感百官盡皆處於開放的狀態,獵人會有與大自然共感交融的一體感。從這個角度而言,我們就比較容易理解一種人類存在本初與自然交融的狀態。不過,這樣的論述必須先將「身體感知」的問題討論清楚,以當代原住民漢語文學中對身體豐富的描述,這必須獨立成為另一篇文章來處理。

書論、畫論的發展與研究；二是對於科技發展的反省；三是認為「《莊子》以為技術不是簡單的手段，而是一種人與環境、人與物或主與客的互動」，而且《莊子》強調技術與道的關係[47]。第三種視角當中，又有兩種研究的趨向。林文琪舉王煜〈寓修道於技藝〉以及林翠雲《莊子「技進於道」美學意義之探究》為例，這種研究「以為雖然技術活動被認為是與道的活動相似，但技術操作只是作為道的隱喻而已」[48]。另外一種視角，則是以為由技入道，不是把技術操作當作是道的隱喻而已，而是實質地「通過技術的操作而得道」：「這不僅只是工具技術性和審美性的使用，而是賦予了技術一種自主的文化力量，一種把技術當作是協助人性的發展或是增進人類完善的人文主義（humanistic）的技術觀──把技術當作是一種自我教養、自我培育的、養生修道的訓練活動」[49]。

　　本文採取林文琪的詮釋立場，是因為她乃由「認識論」的角度切入[50]。以認識論的角度去談技藝之知，並且將此技藝之知定義為「把技術當作是一種自我修養、自我培育的、修身養道的訓練活動」[51]，如此就更能平實地理解原住

---

[47] 林文琪：〈《莊子》有關技術現象的人文主義關懷──通過技術操作的自我教養〉，《哲學與文化》第 33 卷第 7 期（2006 年 7 月），頁 45。

[48] 林文琪：〈《莊子》有關技術現象的人文主義關懷〉，《哲學與文化》第 33 卷第 7 期，頁 45。

[49] 林文琪：〈《莊子》有關技術現象的人文主義關懷〉，《哲學與文化》第 33 卷第 7 期，頁 46。

[50] 可以參看林文琪教授一系列的研究，林文琪：〈藝術活動的認識基礎──以《莊子》「庖丁解牛」為例的辨析〉，《華岡研究學報》1 期（1996 年 3 月），頁(5)1-(5)9、林文琪：〈杜夫海納的審美知覺現象學與《莊子》「聽之以氣」的比較研究〉，《華岡文科學報》26 期（2003 年 9 月），頁，161-188、林文琪〈論對於道的認識是一種身體化的認識：以《老子》、《管子》四篇為例的說明〉，《東吳哲學學報》12 期（2005 年 8 月），頁 63-98。我們當然明白，在一個嚴肅的哲學思想之中，認識論與存有論往往彼此牽涉。《老子》首章「道可道，非常道」一句，就同時涉及「道體」與「認識」問題。此處有一詮釋上的問題需要說明：存有論的角度並不是不能夠用以解讀原住民文學與文化，雖然表面上看起來，原住民的傳統信仰與道家思想玄之又玄的抽象思辨大不相同。但是如果我們在解讀上，不將此二者視為理論與文本的關係，而視為兩種思想的呈現。那麼，道家思想中存有論的部分，在進行跨文化研究的情況下，極有可能協助我們理解某些原住民文學「可能要說卻沒能說出來」的思想義理，或者在更宏觀的視野上，提供了一個原住民文學發展的願景。關於這方面的討論，後續章節或有提及。然而此處之所以不直接從存有論的角度來談，是因為太急於由這個角度對原住民傳統技藝進行描述，可能會有突然取消原住民主體性問題的危險。但是若從認識論的角度來談，卻可以在本研究確保「原漢對比」的前提下，暫時性地看出原住民傳統技藝的價值感。

[51] 林文琪：〈《莊子》有關技術現象的人文主義關懷〉，《哲學與文化》第 33 卷第 7 期，頁 46。

民技藝在彰顯原住民主體性的價值與意義。

　　「視技術操作為『技能』與視技術操作為技能的『養成』有很大的不同：前者是一種工具論的理解，把技術理解成是手段而已……而《莊子》把技術操作理解成是技能的『養成』活動，這很顯然地是一種人文主義的藝術觀——把技術操作當作是培養人類能力的訓練活動；在這種技術觀中所關心的是：透過技術的操作『如何成就』自己的技能；或者說技術操作被視為一種如何造就自己的自我教養活動」。[52]林文琪這裡所論的「人文主義」，主要關懷在於一種致力於人性的開發，也就是指理想的人或身心高度發展的狀態。從這樣的角度，正好可以看到，許多原住民作家的思考確實落實在「如何成人」的問題上。這裡的「人」之涵義，不再只是區別原漢或是對他者污名化的洗滌，這裡的「人」是內嵌於各自部族文化意義之中的：

> 此「人」的解釋是狹義的，指傳統的達悟「男人」必須理解與實踐達悟文化一年三季的歲時祭儀，以原初勞動的工作（傳統職業）作為成熟達悟男人基本之社會責任。[53]

> 所以雅美勇士在他眼中的標準是，會造舟建屋、捕飛魚、釣鰭魚、善於說故事、吟誦詩歌……甚至是無所不能的。[54]

> 魯凱人對「燒哇睞」（Saovalay），即「男性」一詞的定義，不僅指在生理現象要健全，要能夠傳「種」接代外，還要有男性的「性格」。所謂男性的「性格」，是要能夠獨立蓋石板屋，然後結婚生子，注入生命永續的意義，而且能夠耕耘養育一個和諧的家庭，還要能夠狩獵滿足家裡的需求外，並供應分享左右鄰舍的部落。最後，如果有外來的侵擾，

---

[52] 林文琪：〈《莊子》有關技術現象的人文主義關懷〉，《哲學與文化》第33卷第7期，頁47。

[53] 夏曼・藍波安：〈原初勞動的想像〉，《航海家的臉》，頁76。

[54] 夏曼・藍波安：〈海洋朝聖者〉，《冷海情深》（台北：聯合文學，1997），頁99。

構成對生命和財產的威脅，還要能夠有應敵的勇氣來捍衛部落，這才是大男人[55]。

「真正的泰雅人」必須是勇敢、正直、有禮、做人處事符合泰雅族的 gaga（規矩、習俗、自然規律、祭典……之總稱）的人。在泰雅族的社會，「勇敢」是每個男人一生追求的重要價值之一，也可以說是首要追求的目標，「Tayal balay」（真正的泰雅人）則是對泰雅族人的最高評價。[56]

這裡所討論的「雅美人／達悟人」、「魯凱人」、「泰雅人」都必須因應生活環境需求而發展出與之相當的技藝，而技藝也不只是一種純粹的技術能力，其中也連繫著理想人格的陶鑄培育。譬如需要謙虛、勇敢、正直、樂於分享等。可以說，這裡的「人」具有高度的行動力與實踐能力。「勞動／技藝」才是其成為人的關鍵本質。這些「人」觀，將被賦予男子漢大丈夫等價值感，而成為家庭教育的一部分[57]，當然也成為作家對自身的深切期許[58]。因此部落傳統著重於做中學，從實踐中獲取經驗：

威曙和麗度兒是標準的山上的孩子，常常是愈危險的事情，他們就愈想要去嘗試，而在泰雅族的教育中也從來不會禁止孩子去嘗試任何他感興趣的事情，「因為只有試過，才會知道它是危險或是不危險？大人講再多都是無意義的。」這句話是公公教育孩子的至理名言，可想而知，我

---

[55] 奧威尼・卡露斯：〈狩獵的人生〉，《神秘的消失——詩與散文的魯凱》（台北：麥田出版社，2006），頁 111。

[56] 里慕伊・阿紀：《山櫻花的故鄉》，頁 79-80。

[57] 「我千方百計拖你一塊上山，就是基於這樣的理由，想灌輸一些部落的法則或觀念到你的腦子裡，免得讓人笑話，說你根本不是原住民的血親後裔，更不配做一個男子漢、大丈夫。」游霸士・撓給赫：〈尤霸斯與他的兒子〉，《赤裸山脈》，頁 47。

[58] 「我知道距離牠是愈來愈近了，逆著風跟隨牠的腳步前進，草葉摩擦著臉龐時，我可以聞到那泥土揉合野獸的氣味，我感到全身的血液快速地流轉在握緊長毛的手掌上，我興奮自己將要成為『泰雅』。」瓦歷斯・諾幹：〈獵人〉，《永遠的部落》，頁 174。

> 兩個孩子必然也嘗試過許多事情。[59]

「什麼技術都是跟隨在手上的」[60]，《山櫻花的故鄉》中伊凡的爺爺如此教導伊凡，正如阿嬀描述自己的孩子是在公公的鼓勵中，不斷嘗試各式各樣的錯誤而得到經驗的累積。

過去在身心二元對立的知識論下，重視思維而貶斥活動，則技藝作為一種勞動，很容易被忽略其價值感。但，從自我教養的角度而言，技藝的操作顯然在原住民部落中，真實地反映著他們栽培鑄造人格的方式。從個人的角度而言如此，從集體部落民族的角度，則技藝的展現共同承擔了傳統文化與民族主體的存續。

在現代性的洪流衝擊，當前傳統部落組織的瓦解，新生代早已忘記傳統生產技藝[61]，番刀開始鏽蝕，失去了尊嚴[62]，原住民面對傳統文化崩解的情況，屢屢提出「讀書（人）有什麼用處」的問題：

> 「『書』有什麼好念的，不會造船，不會捕魚，不會觀察洋流潮水，不會記憶夜間月亮名稱及象徵的意義，不會開墾種植水芋等等，有甚麼用處啊？孩子。」[63]

> 「……他們可以成為有用的人嗎？我常懷疑老師和書本教他們懶惰，他一天一天脆弱，讀了幾本書就與年長的人頂嘴，以前沒有這種怪人，反

---

[59] 利格拉樂・阿嬀：〈公雞實驗課〉，《穆莉淡 Mulidan》，頁 152。

[60] 里慕伊・阿紀：《山櫻花的故鄉》，頁 150。

[61] 夏曼・藍波安：〈冷海情深〉，《冷海情深》，頁 21。

[62] 亞榮隆・撒可努：〈酒〉，《山豬・飛鼠・撒可努》，頁 99。

[63] 夏曼・藍波安：〈原住民研究者的告白〉，《航海家的臉》，頁 178。

而沒讀書的較勤勞、孝順。」[64]

這當然同樣又是原漢對比之下的一種二元觀，對於讀書的批評落實在「有用」、「無用」之辨上[65]，其不同於漢人文明的用與不用，癥結點還是在於人格的鍛練與培育是否與部落的環境與情境相吻合？王嵩山從人類學的角度談論原住民知識的實用取向時表示，實用取向的知識，主要的興趣在於把知識運用於某種目的之上。也就是說，在特殊的脈絡裡，它試圖通過已有的知識解決某一個問題。並且具有幾個特色，「第一，實用性知識的特徵是動態的，因為他為了生存，為了要使得它的想法、行為，可以對於它的目的達到實際上的效用，因此它必須是動態的。第二，具實用主義特質的知識，非常講究實事求是，同時也關心最後的價值及實際的效果」，「更進一步，原住民的知識對於整個脈絡的變化有一定的敏感度，不會只死守一個沒法達到目的的原則」[66]。

　　傳統技藝的失落，往往也代表著無法鑄造傳統文化理想的人格典範，並且「喪失了許多身為『人』的本能」[67]。再換個角度來說，既然我們都已認肯「技藝」是一種「知識」，原住民部落社會藉由傳統技藝想要培養出來的理想人格，就是一種內嵌於部落文化的「知識份子」[68]。重新培養技藝就成了對於原初文

---

[64] 拓拔斯‧塔瑪匹瑪：〈拓拔斯‧塔瑪匹瑪〉，《最後的獵人》，頁 41。

[65] 用與不用之辨，很容易使我們連想到莊子「無用之大用」的哲學命題。不過原住民對於讀書批評為無用，而把文明社會認為無用的技能教育當作有用，在表層看來似乎有一種翻轉世俗價值觀念的動力。然而，莊子「無用之大用」並不停留在翻轉價值而已，而是要超越用與不用的價值。王志楣指出，「其實，莊子的真意是要在有用無用之間作超越性轉換……，如果囿於日常之用的二維，那麼生命就會像那不才的大木，或像那不材的雁，至於到底要如何正確選擇，則需看情況，隨事物的變化而變化，這樣就進入較選擇有用或無用更高的境界了。莊子要站在這個境界上駕馭有用無用問題，亦即不再區分有用無用，而是以自然和諧為準繩，安時處順隨機而變。」因此，此處與莊子的思想雖然在形式上有類似之處，卻是有境界程度上的不同。不過話說回來，原住民文學固然沒有這樣子抽象的哲學思考，但類似莊子的超越性思想，首先也必須要建立在對現象的批判眼光上。所以我也認為，原住民文學許多看似簡單強烈的批判處，蘊藏了不少超越性思想的筆端。引文見王志楣：〈論《莊子》之「用」〉，《花大中文學報》第 1 期（2006 年 12 月），頁 56。

[66] 王嵩山：〈人類學、原住民知識與行動：一個初步的討論〉，《人類與文化》第 31 期，頁 128-129。

[67] 利格拉樂‧阿嬀：〈新新人類的田野調查〉，《誰來穿我織的美麗衣裳》，頁 191。

[68] 「過去部落的知識份子，指的就是擁有豐富的歷史、神靈、祭儀、占卜、醫術、藥物、狩獵、漁撈、

化的一種重新追尋，在消極面可以「廢除自己被漢化的污名，讓被壓抑的驕傲再生」[69]，積極面則可以「延續在他們心中加速退化的族群意識」[70]。

　　從自我教養到族群意識彰顯，技藝的鍛練也能說是一條「成長的路」[71]、「回家的路」[72]，這「回家」指的未必是真正的回歸部落空間，更重要是主體意識的認同。同樣的，「路」做為一種隱喻，巧妙地對於「技進於道／路」有了個創造性的解讀。「道／路」，只是一個比技藝更重要的規律，顯示出技術的理想狀態與理想生活的一致性：「技術操作與理想生活之間並不是手段與目的的關係，技術操作也是生活的一個面向，所以操作者致力於操作狀態的提升，根本而言即是致力養生修道以完成理想生活狀態活動」[73]。

　　撒可努的父親就曾告訴他，獵人把狩獵的過程，「當作是一種修行和生命裡的哲學」[74]，夏曼‧藍波安則是表示「工藝雛形的粗糙、細緻，如其人的性格，是心智的訓練」[75]。如此，傳統技藝展現，也不再只是因應生存需求或原初的經濟概念而生。在文化層面上，技藝與部落文化的認同關係，也不再是手段與目的的關係。技藝的本身既是手段也是目的，技藝展現的理想狀態就是一種部落文化的完美展現。若從「技進於道」的命題而言，技與道不分，呈現的就是一種與物合宜的行動方向感。

戰爭、土地、植物、動物、生物、氣候等經驗和知識的人。這些人不僅要有口說的能力，親身操作、深度體驗或感應的能耐也都是重要而必備的條件。擁有部落領袖、祭司、巫醫、卜者、獵人、漁夫、採藥人、觀天象者、家族老者等身分者，分別承接不同的知識經驗系統，他們日後也將傳授給適合承接的人。」巴蘇亞‧博伊哲努（浦忠成）：《台灣原住民族文學史綱（下）》，頁 585。

[69] 夏曼‧藍波安：〈飛魚季——Arayo〉，《冷海情深》，頁 148。

[70] 夏曼‧藍波安：〈海洋朝聖者〉，《冷海情深》，頁 118。

[71] 「在大人的監督和催促之下，經常一起接受體力、膽識和狩獵技巧的訓練，彷彿是培育生命能量的小集團。」霍斯陸曼‧伐伐：〈成長之路〉，《玉山魂》，頁 156。

[72] 讓阿淥‧達人拉雅之：〈回家的路〉，《北大武山之巔》（台中：晨星出版社，2010），頁 49。

[73] 林文琪：〈《莊子》有關技術現象的人文主義關懷〉，《哲學與文化》第 33 卷第 7 期，頁 46。

[74] 亞榮隆‧撒可努：〈與獵人父親共枕〉，《走風的人》，頁 259。

[75] 夏曼‧藍波安：《大海浮夢》，頁 422。

與自然合拍：技藝的行動方向感

如果說，我們認為原住民文學中所呈現的傳統技藝，有其「入道」的可能，首先就必須明白我們對於「道」的詮釋。

林文琪研究莊子的技術現象表示，技術操作中所培養的技能不只是有關如何使用工具的技能，在工具使用中所養成的技能，也是一種人與物的互動模式，會因為操作者的身體動作結構的習慣性與連續性，自然而然帶入生活領域的互動模式之中，展現自我修整以求「合宜」的自我調節模式，「所謂『由技入道』，是希望透過技術的操作，在與工具或與物的互動中，養成與物有宜、無為自然的互動模式。當技術操作呈現無為自然的狀態時，『道』是『行』於呈現出與物有宜、無為自然的技術操作中，這時技術操作者是在自己與物有宜的和諧互動中『得道』──不僅『行道』，而且在自己的操作活動中感受到『道』：一種不得不然的行動方向感」[76]，「行動者藉由身體化的知覺『自知』自己身心合一的身體相應情境的調節過程，感受到自己身體相應情竟有一種不得不然的方向感，此行動中的方向感即是道」[77]。

我們可以從原住民文學大量關於技藝描寫的片段，明白原住民展現技藝的時候，鮮少是一種單純的工具性的操作。尤其，在技藝傳授的過程中，由於技術操作不易明言的特質，落實在文學文本內，要對這些技能賦予意義，比較多的情況還是描述與討論主體在各種特殊情境下所具備的倫理思想與價值觀，例如：「長輩在山上狩獵都有自己的一套獵人哲學，人類跟獵物公平競爭，在條件不利的時候不必強求，也是狩獵的一種態度」[78]。類似這樣從狩獵活動中所體悟與分享的經驗，不勝枚舉。實際上，這些經驗與「哲學」，往往出自於各式各樣的情境、經驗而產生，並不是先有一個概念上的理則提供各種經驗的判

---

[76] 林文琪：〈《莊子》有關技術現象的人文主義關懷〉，《哲學與文化》第33卷第7期，頁48。

[77] 林文琪：〈論對於道的認識是一種身體化的認識〉，《東吳哲學學報》第12期，頁79。

[78] 里慕伊・阿紀：《山櫻花的故鄉》，頁101。

準參考。也就是說,作家對於這些經驗的描述、研究者對於這些描述的整理,往往出自於經歷的各種實際狀況歸納而來[79]。

若是從道家「與物有宜」的技術觀來看,這些作品中首先最特殊之處在於顯示了一種人與萬物平等對待的倫理價值:

> 在整個狩獵的過程中,不是只有獵人在學習經驗,獵物也是在學得求生的經驗,大自然是公平的。[80]

> 生存的相對本來就是一種野蠻的智慧;生存的條件也就是經驗後,生命的再延續。獵人要獵到獵物,相對的必須熟知動物的習性,而熟知的那個過程,就是獵人再學習、再進修的學問。[81]

人與動物平等,這是在現代文明發展的價值觀中比較難以看見的。在一般人的觀念中,狩獵漁捕就是一種捕獲食物的技能,似乎看到了人向自然攫取、攻克、征服的這一個面向。而在許多原住民狩獵或漁捕的文章中,我們可以處處看到原住民並不認定動物就低於人類一等。人類與動物的關係,是平等的,人類可以因應自己生活所需獵捕動物,動物也同樣會進行反抗、學習求生。彼此就不會只是主從宰制的關係,通常在成功獵捕完後,會有一些崇敬自然、感恩惜福的祝禱[82],也因此「對於大自然的生命史,有一段很人性化的認知」[83]。更重要的是,對於大自然的萬物,人們理應懂得「欣賞」:

---

[79] 作為一種默會知識的個人技術化能力,範例比規則更具有優先性。範例和當下的問題情景都是個別項、特殊項。在默會能力的培養中,對範例的倚重,歸根到底是對個別項、特殊項的倚重。見郁振華:〈範例、規則和默會認識〉,《華東師範大學學報(哲學社會科學版)》2008 年第 4 期,頁 54。

[80] 亞榮隆・撒可努:〈收獵陷的黑熊〉,《走風的人》,頁 111。

[81] 亞榮隆・撒可努:〈老獵人的集會〉,《走風的人》,頁 343。

[82] 「有一天你也會成為一名好獵人,有一天當你要結束你獲取的獵物生命時,請讓他聽到你說的話,要感謝大自然和祖先,給你智慧和一雙很會跑的雙腳;讓你所獵獲的動物走得安心。」亞榮隆・撒可努:〈山豬學校〉,《山豬・飛鼠・撒可努》,頁 37。

[83] 亞榮隆・撒可努:〈山豬學校〉,《山豬・飛鼠・撒可努》,頁 33。

「卡瑪，你怎麼知道山豬那麼多的事呀！」我讚嘆著。「獵人不是只有用本來的智慧和聰明去獵去獵物，有時候他們是讓我們了解大自然重要的轉接手，我們只是沒有相同的語言溝通而已，我們會欣賞和觀察對方的行為模式，就是了解對方最好的方法。」[84]

「欣賞」作為一種認識的方法，有著誘發感性認識的功能。在價值上看，那也是一種揚棄人類本位主義的模式。人類在整個大自然的運作中，也不過是大自然的一物而已。唯有如此，才能夠真正融合在自然之中，達到與萬物合宜狀態。

　　就理想層面看來，若真能夠與自然環境合拍，則在此情境下所展現出來的技藝，自然能夠貼合環境的變化而做出最好的調適，因而常常可以有神乎其技的表現：

祖父還是忙著他手上的藤籃，回答我說：「我聽鳥叫的聲音就知道是什麼鳥了。」我心裡想著：「為什麼我怎麼聽都聽不出來？」[85]

「你怎麼知道山羊（Sidi）躲在霜雪堆裡？」
「我的耳朵和鼻子擁有獵犬（Asu）一般的能力，我可以輕易的聞出獵物的位置也能聽出牠呼吸的聲音。」爸爸一邊拉出垂死抖動的山羊，一邊得意的說。[86]

聽完他的颱風特報之後，我可以感覺雙腿輕微抖動著，因為我相信他，就如我從不懷疑布農祖先森林的智慧；當他們很自然地生存於森林中，就成了森林裡的動物之一了。我深信他的海洋氣象報告，我趕緊拔腿遠

---

[84] 亞榮隆・撒可努：〈山豬與竹筒〉，《走風的人》，頁73。
[85] 亞榮隆・撒可努：〈小米園的故事〉，《山豬・飛鼠・撒可努》，頁70。
[86] 霍斯陸曼・伐伐：〈失手的戰士〉，《那年我們祭拜祖靈》，頁105。

知識、技藝與身體美學
台灣原住民漢語文學析論

離大浪留下痕跡的沙地。[87]

我老實告訴你，想要釣到魚，要先懂大安溪的脾氣，這些魚都是靠溪水
的脾氣出沒，春天，魚就跑到支流生小孩，夏天小魚長大了，就讓牠們
到大溪練身體，那些大魚就在激流的石頭底下休息。大水過後的第三天，
溪裡的山地魚都飢餓的分不清楚蚯蚓、Ulai 或是土司麵包，你下釣保證
上鉤。[88]

這些描寫的片段，都呈顯出常人難以理解的專技。在小米豐收的季節，因為要
趕鳥所以製作了繩索以拉扯鐵罐阻嚇，撒可努的祖父卻可以光聽鳥聲，就知道
哪些鳥是要來吃小米，哪些不是；〈失手的戰士〉中督布斯的父親可以輕易聞
出獵物的位置；拓拔斯・塔瑪匹瑪到蘭嶼行醫，相信當地人自身對於颱風的預
報；或是〈蝙蝠與厚嘴唇的歡樂時光〉厚嘴唇表哥高超的釣魚技術……。這些
都是他們熟知環境的各種情勢狀態而做出的判斷。

這樣神妙之技的描寫非常多，但有一則挺特別的，撒可努〈外公的海〉敘
述外公的眼睛很奇特，找到那些幾乎透明的魚苗群，被外公特製的丁字張網網
住時，魚苗數百隻，甚至上千。外公會先用水瓢撈起魚苗，再用自己獨特的方
式算數數量，但數出來的數量卻十分精準，是被買家一致公認的：

外公自己數魚苗的方式不是一般人數數字的方式來算，而是外公自己特
有的方式，很像唱歌又很像在念經一樣很好聽，每當數到一個進位時，
外公會以石頭當一個記號，數完時就會看進位的石頭有幾粒，就知道裝
虱目魚的桶子裡會有幾隻。[89]

---

[87] 拓拔斯・塔瑪匹瑪：〈氣象報告〉，《蘭嶼行醫記》（台中：晨星出版社，1999），頁 89。

[88] 瓦歷斯・諾幹：〈蝙蝠與厚嘴唇的歡樂時光〉，《城市殘酷》，頁 252。

[89] 亞榮隆・撒可努：〈外公的海〉，《外公的海》，頁 69。

雖然單就數數這一點而言，不是一種大肌肉動作的勞動，但這裡也是伴隨勞動而生的技藝展現。此處尤可注意的是，撒可努對於外公數魚苗的形容「很像唱歌又很像在念經一樣很好聽」。在展現高超技藝的時候，技藝展現的本身常常會呈顯一種獨特的美感，這固然在《莊子》書中多所描繪，在原住民文學作品中也有所表現。這種技藝本身的美感或是連結身體運動而有的感性認識，其實就是原住民文學的美學之一大特色。

既然人與萬物合宜、與自然合拍，許多作品中也確實展現了在學習技藝的過程中，不斷被教導著要能夠順應變化、融入環境：

> 父親笑了一下，又在我身上打量，用經驗老道的口吻告訴我：「你為什麼不穿雨鞋？雨鞋比較軟，我們的腳底可以知道踩在地上的感覺，走在泥濘雨濕的地方，也不會讓腳不舒服，要穿越陡峭的崖壁，抓力好又可以即時剎車，要停就停。你的鞋子太硬了，那是給山底下的人穿的。」[90]

> 這時，父親又再次的囑咐我：「前面路會更難走，等一下走的時候身體和頭放低一點。前面都是樹枝和藤蔓，在這裡，高是沒有用的，只會勾到樹枝和藤蔓；移動時動作不要太大，會很容易疲累，又會驚動這裡的獵物……這裡的藤蔓都認識我的高度……」[91]

這兩則文字，都是顛覆了作者原本的習慣與認知。登山的時候不穿登山鞋而穿雨鞋，這是父親長年累月的經驗，特別在這種經驗中會強調身體感——腳底可以知道踩在地上的感覺。後面一則同樣強調身體與環境的融入，高聳挺拔之姿，或許是世俗對於美醜的判準之一，但是山林之中，為了躲避藤蔓樹枝，放低姿態，放輕動作，都有助於減少自己的羈絆與體能耗損。作者甚至打趣地說，父親挺著圓滾滾的肚子，反而在前行的時候撥開了蔓生的雜草。

---

[90] 亞榮隆・撒可努：〈進入獵場〉，《走風的人》，頁47-48。

[91] 亞榮隆・撒可努：〈歸程的禮讚〉，《走風的人》，頁326。

〈進入飛鼠大學〉有段描寫父親隨機應變，從兩樓高的土方上藉著桂竹溜滑梯似的順利降落：

> 因為地形走山的緣故，出現了二層樓高的差距，要是不小心摔下去，我想不死也可能半條命。這時我才知道剛才父親是在判斷由哪一個地方下去最為理想，在我還想不出來有什麼法子下去時，父親已經肩扛著三根很長、很長的桂竹，出現在我面前。我正訝異父親這如閃電般的動作時，又看見父親將二根桂竹呈七十五度角斜放在落差的土方上，並將底下削尖的一頭用力插在泥土裡。我心裡正納悶，不知這個天才老爸又要想出什麼方法時，只見父親兩腳張開，讓身體平躺在二根桂竹上，而手中另握著一支桂竹，控制下滑時速度的快慢，就這樣像溜滑梯似的滑下去。到了底下的父親，要我照著他的方法做，我怎麼也想不到父親會想到利用這個方法移動身體。[92]

看起來無路可走，但其實就像是父親說的：「哪裡沒有路！路不是在你的臉上」[93]，善於觀察環境，因應各種情境而做出判斷。不過這種技能，由於強調實踐勞作，常常很難被規則條列，成為一種放諸四海皆準的公式。因為環境瞬息萬變，各種情境當中有任何因素都可能導致行動的方式不同。因為經驗而累積的一種行動方向感，在關鍵的時候如何判斷與選擇，這當中的巧宗與絕竅，也往往是一種難以明言的默會知識。

因此，縱使如亞榮隆·撒可努以《走風的人》等系列創作，主題明確地描述了與父親進入獵場的種種經過。他仍然不可能據以寫出一套獵人教戰守則。因為所有的法則都是順應環境變化而有的方法，我們固然能夠掌握其中的一部分，更多的還是要具體投入那個情境之中，才能真正做到與環境的貼合，「去

---

[92] 亞榮隆·撒可努：〈進入飛鼠大學〉，《走風的人》，頁 236-237。

[93] 亞榮隆·撒可努：〈收獵陷的黑熊〉，《走風的人》，頁 101。

感受大自然了解它的真實感」[94]。霍斯陸曼‧伐伐的《玉山魂》有這樣的提問
與體悟：

> 烏瑪斯經常迷惑於獵人具有什麼樣的智慧和力量能夠縱橫於龐大的森
> 林？能夠輕易感受山嶺的形狀、山澗的位置及水流的大小和方向？覺察
> 各類動物的分布及獵物移動的線索？看到老人的舉動，烏瑪斯才明白，
> 其實這是獵人長年累月單獨跋涉、親近高山峻嶺，所得到的回報。獵人
> 必須以認真、專注的態度面對大自然的考驗，並且從中學習如何與大自
> 然和諧相處的智慧，這樣的互動讓山林包容了獵人，更成就了獵人獨特
> 的山林智慧。烏瑪斯看著老人的背影，與山林的陰影融為一體、逐漸消
> 失。[95]

技藝的操練會歷經「生」、「熟」、「忘」三個的階段[96]——烏瑪斯不解獵人
為何能夠有豐富的智慧，這是處在對於相關技藝「生疏」的狀態；進而理解獵
人必須「長年累月單獨跋涉、親近高山峻嶺」、「認真、專注」，這是屬於「熟
知」的狀態；學習與大自然「和諧」，山林「包容」了獵人，老人的背影與山
林「融為一體」，則可以理解為是一種以人合天的「忘境」。

　　本節最後，要特別討論一篇夏曼‧藍波安的文章〈海洋朝聖者〉，這篇收
入在《冷海情深》的散文，是夏曼‧藍波安較早期的作品。文章敘述他返回故
鄉，想要藉由技藝的鍛練，消滅「次等男人」不名譽的頭銜[97]，重新恢復屬於
達悟人的文化身體，因此他向表哥學習潛水射魚。然而就在射魚的時候，海開
始退潮了。表哥無畏強勁的海流，繼續潛水，船隻又已往更遠的外海船釣。此
時夏曼‧藍波安開始心生恐懼，擔心無法應付海流而游不會岸邊，屢屢向表哥

---

[94] 亞榮隆‧撒可努：〈進入獵場〉，《走風的人》，頁 101。

[95] 霍斯陸曼‧伐伐：〈趕鳥的季節〉，《玉山魂》，頁 105。

[96] 賴錫三：〈《莊子》身體觀的三維辯證〉，《清華學報》新 42 卷第 1 期，頁 22-23。

[97] 夏曼‧藍波安：〈海洋朝聖者〉，《冷海情深》，頁 100。

表達害怕，卻遭來訓斥：「不要給自己緊張，我最怕像你這種菜鳥的潛水夫」[98]。根據夏曼·藍波安的描寫，當時的情況確實可怕，由於海面浪花不斷的宣洩，所以很混濁，更恐怖的是看不到他是在何方浮出海面。夏曼·藍波安先是把腰間的四個鉛塊丟棄於海底，爾後高舉魚槍，向遠處的漁船上的人求救。此舉卻激怒的表哥，遭來一陣教訓：

> 「你在喊救命？幹ＸＸ，他媽的，你家有養豬嗎？你家財產豐富嗎？你有芋頭田、金箔片賠給他們嗎？他媽的，有表哥在你怕什麼，再忍耐些，因為我們的東方也有一道強勁的海流，當兩邊的海流相會時，除了波浪外就沒海流了，那時我們即可游回岸邊，懂嗎？」[99]

作為一個熟手，表哥很早就開始潛水射魚，接受長輩們觀測天候的知識，更專心於吸收有關海流流向的經驗談話，尤其是小蘭嶼潮水的變化。因此在事發當下，夏曼·藍波安這位生手，因為訓練與經驗之不足而慌亂，表哥卻能夠從容應對，並且向他好好解釋。對於潮流的變化，也正是對於環境的極度熟悉而有的感知、判斷，從而化作具體的行動。值得一提，當他們慢慢離開激流的海域，夏曼·藍波安還餘悸猶存時，忽爾想到了父親曾經告訴他的話：

> 孩子，你要養成愛慕海洋的性格，因為海洋的緣故，才有我們這個民族[100]。

這裡談的「愛慕」與撒可努的父親所言的「欣賞」是同樣的概念，一種技藝融入主體與環境的過程中，自然能夠創發出來的感性認識。

夏曼·藍波安這篇文章明確地敘述了自己潛水射魚的生疏，對比此後他在諸多篇章中大方自信的態度，更提供了讀者一個閱讀的參照：一切的技藝再有

---

[98] 夏曼·藍波安：〈海洋朝聖者〉，《冷海情深》，頁111。

[99] 夏曼·藍波安：〈海洋朝聖者〉，《冷海情深》，頁112。

[100] 夏曼·藍波安：〈海洋朝聖者〉，《冷海情深》，頁111。

高貴的價值，工夫鍛練是絕對不可能省略的。用哲學的語言表達，技藝之知「與物有宜」的融洽狀態，絕對不會只是一種主觀心理的發用投射，或是一種抽象的形上境界。那是不斷藉由具體操練、學習、經驗累積，才能在某個熟而生巧的時刻，開展出高度身體感知的意義。

次等的人：現代技術的濫用失宜

　　技藝作為一種自我教養，理論上並不區別原漢的問題，那是一種人類共有的理想生活方式。技藝的展現，如果不能夠符合自然，與物有宜，那麼再精湛的能力，也不足以成為價值的根源，反而可能傷害自己。游霸士・撓給赫的小說〈最後的部落〉敘述主角比用・呦巴斯與兄弟朋友共五人在山澗射魚，比用射魚的技術向來無人可比：

> 今天他更神乎其技的表演拿手絕活，一條條大魚沒有半條逃得過他的手掌心。射到後來，魔由心起，他心中不知道在搞什麼鬼把戲；竟把殺生當成刺激，當成樂趣，每射中一條魚，就有一聲沉悶的像從土裡的棺材板發出的陰冷的嗥叫聲——一種三分像人聲、七分像野獸那樣可怕的聲音從他的水鏡箱裡吼出，他叫道：「哼！死阿財，我射死你；死阿發，我戳死你，你們通通給我死。」[101]

按照故事的描述，比用的技術高超，同樣是一種絕妙技藝的展現。我們卻不可能同意這樣的技術有入道的可能，也不會認為這是一種自我教養的工夫。比用因為在平地工作受到了欺負壓榨，滿腔憤恨，在射魚的時候竟然「魔由心生」，大開殺戒：「一時，魚簍又堆滿了死魚。大魚還好，小些的魚全被他戳個稀爛」

---

[101] 游霸士・撓給赫：〈最後的部落〉，《赤裸山脈》，頁88。

[102]。這樣的舉動完全不符合原住民部落技藝所提倡的與物有宜，濫殺濫捕，縱然具有絕妙的技能，終究無法以此作為自我價值得肯定。事有湊巧，後來同行一夥人在山上發現了一條巨大的百步蛇，其他同伴謹記祖先忌諱百步蛇，唯有比用此時買腦子想著可以賣錢，堅持要抓取送下山販賣，而終究遭到百步蛇的攻擊中毒[103]。

此處的情節設計，自然不能解釋為比用・啟巴斯因為炫耀自己的射魚技術而導致最後被蛇咬傷的結局。但這兩件事情，同樣指向一個原因，比用當時已生去了合宜的行動方向。據此，我們可以說，並不是原住民掌握了部落的技藝，就能夠獲得價值感的歸屬。另外一個例子，夏曼・藍波安曾表示，他常常聽到有人告訴他，游泳很可怕：

> 如果可怕，蘭嶼的人、孩子難道是神的孩子嗎？當然不是，這是我們的教學方法不提供健康的海洋知識，因為編教材的教授是靜態學專家，不敢用手觸摸海水，於是台灣每年在河溪、在沙灘遊戲玩水溺死的孩子沒有減少過，即使今天，台灣的政府、教育部都還拿不出對策，可悲呀！「山難」也是如此，那些專家是溫室裡的說教者，非野外求生的教育者[104]。

從這裡的評斷可知，如果教學策略可以有所改進，我們對於海洋的知識、山林的知識、野外求生的能力都更為精進，漢人當然也可以調整原本過於重心智而忽略身體技藝的教育模式了。換個角度而言，如同夏曼・藍波安親近海洋，其實這並不是種族的關係，漢民族也有長年與海親近的人，外國人也有許多漁夫船員等，以作家自己的話來說，他們共有一種「屬於海上少數的浪人很微妙的感覺」[105]。

---

[102] 游霸士・撓給赫：〈最後的部落〉，《赤裸山脈》，頁88。

[103] 游霸士・撓給赫：〈最後的部落〉，《赤裸山脈》，頁91-107。

[104] 夏曼・藍波安：《大海浮夢》，頁354。

[105] 夏曼・藍波安：《大海浮夢》，頁183。

　　拓拔斯・塔瑪匹瑪《蘭嶼行醫記》中則是記載了達悟族女性接生的技術，護士小姐吃驚地問她們怎麼會接生，婦人回答，接生的技術，大多由涼亭上的婦女朋友互相傳授。其實達悟女人約十幾歲時，母親親自帶她們上山工作，一面工作，一面把當女人的智慧傳授下來。婦女接生的技術，當然也不會是原住民的專長，就如同文章中所言，「就如從前的人一樣，很自然地生產，或由產婆幫忙」[106]，我們不難設想，在漢人農業社會時代，自然生產的接生技術應該也是很盛行的。

　　如此說來，「技藝」此一議題，在原住民文學之中，是否就脫離了原漢對比二元架構了嗎？其實未必。

　　技藝之所以成為一個問題，足以在原住民文學中大量出現，正是因為它與整個原住民部落文化一樣遭受現代性的衝擊，迅速流失。在原漢對比的二元架構中，原住民文化比較傾向於傳統文化的存續，而現代性就與漢人緊密連結在一起。因此，傳統技藝的失傳，對比出來的是現代技術的過分發達。

　　技藝作為一種人為活動，就是一種人類朝向大自然挪用資源的狀態[107]。這必然受到自然規律的制約，無論人們是否認識到這些自然規律。可惜，現代技術卻發生了異化，成了控制人、壓迫人的惡魔和主宰人類命運的異己的力量[108]。在上述「技進於道」的理論中，現代性技術當然也可以入道。此前提乃是一種道技不分、與物有宜的狀態。可是現代技術、科技迅速的發展，過分地朝向自然攫取資源，人與自然的關係失宜。人與萬物不再是平等的位階，人類開始扮演著主導者，對大自然進行掠奪、攻克、侵占、改變。因而，技術淪為一種爭奪資源的手段，不再是一種自我教養的修道方式：

---

[106] 拓拔斯・塔瑪匹瑪：〈自然生產〉，《蘭嶼行醫記》，頁 157。

[107] 「從主觀方面，技術是人的創造，是人為之物，但這物並不是以自身為目的，而是以人為目的，是人的本質力量的顯現。從客觀方面而言，技術又必須遵守自然規律，是機械性、必然性的東西。它不能擺脫其天然限度，即自然的規定性，因而是不自由的。與在任何人工自然中一樣，自然規律始終在技術中起作用。」見許良：《技術哲學》，頁 127。

[108] 許良：《技術哲學》，頁 154。

> 曾幾何時，在八〇年代台灣「經濟奇蹟」的另一個奇蹟，即是「破壞海底生態」的惡行。當時，這些潛水好手，我海裡的老師成了台灣商人最廉價的海底勞工。台灣人教他們在海底最簡單的潛水意識，且不擔負任何意外險，從簡陋的小船上打高壓空氣接風管，而後在海底狂捕熱帶魚賤賣給台灣的雇主。[109]

人類之所以向大自然過度擷取資原，說到底就是慾壑難平，不知滿足。其中最關鍵的問題還是在於貨幣經濟的發展，人類從自然獲得的資源，不再是直接以物易物的方式。一旦有了貨幣作為交易的中介，所有物資的價值都將重新被釐訂算計，這其中充滿太多可供操作、玩弄的空間，要獲得更多的貨幣，就須要用盡各種手段，去奪取與變賣大自然的資源。「經濟奇蹟」就是一場生態浩劫，而現代化的漁獵工具，可以在水底待得更久，但這也違反了人類做為一種自然界的生物，所能夠進入海洋的合宜範圍[110]，甚至「由於市場需求量快速成長，漁網捕撈速度慢，加工競爭激烈，於是改用『氰酸鉀』毒熱帶魚，魚不但被毒，熱帶魚棲息的珊瑚礁盤根也被氰酸鉀毒死，珊瑚樹因而大量死亡，淺海清澈的水質逐漸變乳白混濁，這正是珊瑚礁死亡、海底缺乏生物『光合作用』所致」[111]。

技藝不再能夠自我教養，理想的「人」也都退化，「人原有的本能正逐漸的消失，當我們接近文明，任何事物都仰賴科技時，人原有的本能會慢慢的離開我們」[112]，連帶著價值變異，「誇張的話與擊敗了謙遜的面容」[113]，價錢取代了價值，浪子達卡安年老時回想部落耆老吟唱的古調詩歌，興起感嘆：「他

---

[109] 夏曼・藍波安：〈蘭嶼，原始豐饒的島嶼？〉，《航海家的臉》，頁 164-165。

[110] 夏曼・藍波安曾自述：「我個人徒手潛水射魚的漁獲量，一天估算起來，約是十公斤左右，我們要的不多，固然是我們在地的獵漁工具的簡陋有直接的關係，重要的是，我們迄今一直保有『生態循環』的孳息信仰。」見《大海浮夢》，頁 142。拓拔斯・塔瑪匹瑪的〈我不吃偷來的魚〉也敘述了蘭嶼核廢料貯存場的員工，無視於達悟族的禁忌，開著小船到八代灣捕魚，並且販賣。見《蘭嶼行醫記》，頁 128-130。

[111] 夏曼・藍波安：〈蘭嶼，原始豐饒的島嶼？〉，《航海家的臉》，頁 164-165。

[112] 亞榮隆・撒可努：〈序一：記憶我的原鄉〉，《走風的人》，頁 23。

[113] 夏曼・藍波安：〈浪子達卡安〉，《老海人》，頁 134。

雖然非常渴望學習古調的旋律，學習歌詞的創作，不過最後他發現古調歌詞根本就是不重要，換不到現金，為此花了二十年的時間存錢，為的就是買一艘膠筏船，以及十匹馬力的船外機」[114]。所以，《天空的眼睛》裡的夏本・巫瑪蘭姆「只與徒手潛水者交朋友、交心，縱然是晚輩，他也會全盤托出他的經驗法則，讓晚輩理解徒手潛水的意義是追求生活的美學，學習洋流、魚類的習性，而非以便利的水肺潛水用具，誇張展現短視『征服』水世界的傲慢」[115]。

　　「金錢扮演狡猾的獵人，我們扮演四處逃竄的獵物」[116]，這就是貨幣經濟對於原住民的迫害與干擾。為了追求更好的生活品質，多少原住民必須走出部落，放棄自己部落的技藝，轉向平地謀生。就技進於道的理想看來，在平地工作、當學徒，其實正好符合前述個人知識所言的技藝之知／致知，問題是，原住民所遭遇的境況卻不是一個真空無菌的理想世界，在外謀生，他們所面臨的是無止盡的壓榨、剝奪與欺騙。莫那能口述《一個台灣原住民的經歷》記載，自己曾經被騙到台中磨骨頭的工廠，苛扣薪水，成功逃跑之後，又被騙到職業介紹所，扣留身分證[117]。亞榮隆・撒可努的〈遠洋之歌〉，則是描述高中參加比賽時，在旅店中遇見準備一位排灣族的年輕人，準備跑船到遠洋工作。但事發突然，這位年輕人繳交了身分證後，馬上就被帶到旅社，連跟家人見面的機會都沒有。縱然開出不錯的條件，但看在作者的心中對於船公司的態度是相當質疑的：

　　記得小時候我們都很羨慕同學的父親去遠洋，那時候覺得去遠洋很了不起，因為他們父親回來的時候，他們都有玩具和外國的糖果可以吃，我們都很羨慕。但單純的思想，慢慢的被同學的父親未再回來的悲劇給打破了。

[114] 夏曼・藍波安：〈浪子達卡安〉，《老海人》，頁115。

[115] 夏曼・藍波安：《天空的眼睛》，頁157。

[116] 瓦歷斯・諾幹：〈家族第六——三代〉，《想念族人》，頁35。

[117] 莫那能口述、劉孟宜錄音整理：《一個台灣原住民的經歷（修訂版）》，頁97-120。

「你爸爸怎麼都沒有回來?」

「我媽媽說我爸爸快要回來了……」然而我們都長大了,同學的父親還
是沒回來。[118]

　　由此可以明白,原住民被欺騙、剝削、暴力對待、扣押、限制人身自由等等[119],
在這樣的工作環境下,也許根本只能單純出賣勞力工作,縱然能培養出一技之
長,此技也不能與在部落文化浸淫之下的傳統技藝相提並論。

　　充滿了心機的老闆、工頭、流氓等等宰制了原住民的生存權,另外一個面
向則是國家律法重新劃定、割裂、占領原住民原本賴以維生的生存空間:「『大
自然』被國家化、私有化、商品化、法條化,人與自然萬物自由將往的親密關
係,被硬生生切斷了」[120],「即使到了一百年後的今天,原住民觸法的內容仍
與山林、刀械有關」[121]。原住民遭遇現代國家律法的限制,禁止入山、禁獵、
禁止擁有獵槍、禁止攜帶番刀等等,這些人為的律法縱容了現代科技對於大自
然的過分掠取,而不允許具有高度文化意義的狩獵活動[122]。因而,狩獵本是「與
祖靈崇祀、泛靈崇拜、戰鬥禦侮、出草馘首、父權組織、男性表徵等觀念緊密
結合」[123]的文化活動,如今「獵場,成了空洞的學術名詞;打獵,也彷彿成了

---

[118] 亞榮隆・撒可努:〈遠洋之歌〉,《山豬・飛鼠・撒可努》,頁 157-158。

[119] 原住民進入遠洋漁業,受仲介剝削的風險處處可見。仲介者不僅在近平地的原住民鄉鎮誘騙,也到
　　較深山的部落,甚至誘騙尚在就學的原住民國中生去跑船。至於在工地勞動中,原住民除了要面對
　　建築就業結構剝削與不公平的待遇外,而且也要與複雜的族群互動與社會文化接觸。早期原漢關係
　　緊張時,原住民常常因未受到漢人的歧視與不平等對待,而發生衝突,轉而失去穩定的工作。見楊
　　士範編著:《礦坑、海洋與鷹架:近五十年的台北縣都市原住民底層勞工勞動史》,台北:唐山出
　　版社,2005 年。

[120] 孫大川:〈消滅野菜,完成統一?〉,《搭盧灣手記》,頁 112。

[121] 孫大川:〈消滅野菜,完成統一?〉,《搭盧灣手記》,頁 112。

[122] 狩獵存在的合理性並不建立在作為維生的手段,而是作為一種文化存續的價值。謝世忠稱之為「真
　　理狩獵」:「『傳統的全面性重建』是族人真實的訴求,『狩獵』加上『文化』,直接被真理性化。」
　　見謝世忠:〈界定狩獵——泰雅與太魯閣族的山林行走〉,《台灣風物》第 58 卷第 2 期(2008 年 6
　　月),頁 88。

[123] 游霸士・撓給赫:〈棄械〉,《赤裸山脈》,頁 242。

一個遙遠的神話」。[124]

　　現代技術的濫用，實際上所要批判的終究不是技術本身，而是濫用的狀況。但是當代原住民漢語文學的原漢對比的架構下，濫用的問題指向了現代科技，現代科技就很難成為一個具有價值感的技術了[125]。

巫術的文化安置：人文化與文學化

　　狩獵、漁撈、伐木、造船、刺繡、農事等等，都是原住民傳統技藝的一部分，以都能夠賦予以技入道的價值感。還有另外一類技術，牽涉到原住民傳統的信仰，例如巫術占卜等，要納入上述道技合一的論述中，必須要有另一番的討論。最直接明白的衝突在於，以技入道的理論源自莊子，莊子的思想淵原固然與巫有密切的關係，但他終究有個由巫入道的思想轉變歷程。

　　《莊子‧應帝王》有一段季咸與壺子相遇的故事，可以視為巫與道的接觸。季咸取名來自於巫咸，就巫所該有的法力而言，季咸當已顛峰造極，窮盡「術」之最高境界。壺子之名取自於道家重要的象徵葫蘆，根據學者研究，他是《莊子》書中的至人、神人、聖人之流的人物[126]。季咸四次相壺子，壺子分別「示之以地文」、「天壤」、「太沖莫勝」，最後一次出之以「未始出吾宗」，他的心境可以自由游移，呈顯出一種「虛」之技藝[127]，而神巫季咸終究逃之夭夭。《莊子‧外物》則記載另一故事，宋元君夜夢神龜被捕，宋元君得到此消息後，

---

[124] 啟明‧拉瓦：〈獵人烏敏下山〉，《我在部落的族人們》（台中：晨星出版社，2005），頁 43-44。

[125] 吳明益主張，錯誤是來自於思想，而非技術。他舉政府在蘭嶼種植「木麻黃」導致生態破壞的問題來說，這並不是使用科學，反而是不用科學、現代生態研究就盲目行事的流弊。見吳明益：〈天真智慧，抑或理性禁忌？關於原住民族漢語文學中所呈現環境倫理觀的初步思考〉，《自然之心——從自然書寫到生態批評》，頁 90。

[126] 楊儒賓：〈莊子「由巫入道」的開展〉，《中正大學中文學術年刊》11 期，頁 88。

[127] 林久絡：〈「虛」之技藝：《莊子》「季咸見壺丘的隱喻書寫」〉，《止善》第 13 期（2012 年 12 月），頁 47-58。

並沒有解救神龜,反而將牠從漁夫手中接收過來,殺之以占卜,占卜的結果出奇神準。孔子因而感歎,神龜能見託夢給宋元君卻不能避受網之禍;牠的能力可以使占卜無比準確,卻不能避開自己受刳腸之患,「如是,則知有所困,神有所不及也」(《莊子・外物》)。換言之,「神龜就像神巫一樣,莊子承認其『神』,但在『道的位階』中之排序已不可能太高了」[128]。

如此而論,巫術固然與莊子思想有密切的淵源關係,卻不能稱之為一種合道之技。就以當代學者對於莊子的詮釋而論,縱使我們採取比較落實於人間世的做法,將道視之為一種人文主義式的自我教養,我們也很難將巫術安置於此價值結構中。如此,必須考量的是,巫術作為一傳統技藝,原住民作家如何將之從信仰的世界抽取出來,重新安置在當代以科學經驗為強勢的生活世界中?

要處理這個問題,就必須理解原住民作家對於部落傳統信仰的態度。

以夏曼・藍波安對達悟族的惡靈信仰的抉擇為例,他剛回蘭嶼時,是「厭惡長輩們之迷信及怕鬼的信仰,但是不敢回頂一句」[129],對於長輩思想裡處處出現惡靈,讓他十分疑惑:

> 老人的思想裡為何無時無刻不浮現鬼的影子呢?在工作順利的時候,會感激魔鬼的協助;不如意的時候,亦會以很嚴苛的、最毒的詞彙來詛咒惡靈。第一棵樹——船的龍骨,父親的神情是那樣的嚴肅。船是海的孫子,為什麼呢?我想。七十五歲的老人了,究竟是甚麼樣的神力驅策父親一定要造船呢?是年老的自傲抑或想讓我親身體會造船的困難與完成的驕傲呢?我一邊削木塊一邊這樣想。[130]

換言之,他初回島嶼的時候,縱使對於傳統文化有無限的欽慕,卻也不是全盤接受:「對我而言,起初是不信他們這一套『迷信』,認為是沒有什麼科學驗

[128] 楊儒賓:〈莊子「由巫入道」的開展〉,《中正大學中文學術年刊》11 期,頁 89。

[129] 夏曼・藍波安:〈海洋朝聖者〉,《冷海情深》,頁 106。

[130] 夏曼・藍波安:〈黑潮の親子舟〉,《冷海情深》,頁 60。

證的謬論，並經常為這種論調與父母親爭吵、衝突，利用已逝去的祖先的言論
（前人之價值判斷）來教育下一代，墨守成規。而不去思索社會變遷下人之思
考的多元化」[131]。對於這樣的「迷信」，以及自己的「厭惡」，作者本人也不
是沒有反省。當他回到島上生活一段時間之後，漸漸地越來越能夠感受到達悟
族人的生活習慣與思維模式。在這個逐漸回歸的過程中，雖然沒有直接接受「惡
靈信仰」，卻開始對此進行了很多自問式的反思：

> 他們的神情是如此堅強，如此穩重，究竟是甚麼樣的神力在吸引我可敬
> 的長輩們非得年復一年的恪守飛魚季的儀式呢？是習俗？是榮耀？是地
> 位？是競爭？我不停的反覆思索。[132]

> 這些主觀的批判，我雖然耿耿於懷，甚至不苟同長輩們「惡靈信仰」（一
> 有不如意全推卸到惡靈的懲戒）主導其所有的價值判斷。然而，這幾年，
> 當我把自己融化到傳統生計行為之母體血液後，我漸漸的認同族人（或
> 初民民族）的原始信仰了。[133]

在這個不斷提出疑問反思而終究「漸漸的認同」的過程中，其實有許多文化詮
釋上的問題值得探討。

　　克利弗德・紀爾茲（Clifford Geertz）在其論著〈常識乃一文化體系〉曾討
論過善提人（Zande）的巫術信仰而提及「不管善提巫術信仰的內容是或不是『神
祕的』（我已經提示過：只有當我本人沒有這種信念時，我才會覺得它是神祕
的），善提人實際應用它們的方式卻絲毫沒有一點神祕的意味可言——它就是
當地人自詡其理性為真理的宣稱的一種細緻表現和辯護」[134]。同樣的情況理解

---

[131] 夏曼・藍波安：〈浪人鰺〉，《冷海情深》，頁 139。

[132] 夏曼・藍波安：〈黑潮の親子舟〉，《冷海情深》，頁 63。

[133] 夏曼・藍波安：〈海洋朝聖者〉，《冷海情深》，頁 107。

[134] 克利弗德・紀爾茲（Clifford Geertz）、楊德睿譯：《地方知識》，頁 114。

達悟人的信仰亦然，我們站在科學理性的角度上，可以針對所有科學無法驗證的事情，都斥之為無根據；對於一切無法被科學驗證的信仰，都可以視之為「迷信」。但是在許多地方文化中，對於我們認為的「迷信」，他們卻認為那就是基本「常識」。事實上，達悟族人的思維習慣或許不像夏曼‧藍波安這裡所說「一有不如意全推卸到惡靈的懲戒」，反而可能接近紀爾茲提到的善提人的巫術信仰裡，仍然認肯「文化意義上的無知、愚蠢或無能，也是造成失敗的相當充分的理由」[135]。

　　夏曼‧藍波安對於達悟族人的惡靈信仰「不苟同」，而後「漸漸的認同」，這中間的轉變，是一種由「不信」轉變到「信入」（believe in）的過程嗎？其實未必：

　　　　有許多的潛水射魚的前輩與我有同樣的經歷，他們常說：「失去魚槍是小事，平安回家才重要，失去的大魚是孝敬海中的祖靈，送給海神的禮物。」我想，這樣的思考可使我輕鬆、心安許多。[136]

　　　　晚間射魚可避免他人的視線，藉此時段來訓練自己的潛水體能、膽識及射魚的經驗，培養與海洋的情感，我這樣想著。可是，當我拿著防水手電筒、魚槍準備夜潛時，黑漆陰森的海猶如惡魔伸舌舔食食物的怪樣。從小父親口述與我的那些張牙舞爪的鬼模樣，即刻浮現在沒膽識的腦海紋路。我於是恐懼了起來，我安慰自己說：「祖靈還不習慣我的體味，不要貿然夜潛。」[137]

　　　　在慘雲秋夜之際，除了一些星星外，真是陰魂怪氣充斥，彷彿我身邊四周都有小惡靈陪伴似的感覺。傳說故事聽多了，還真的不好，除了胡思

---

[135] 克利弗德‧紀爾茲：《地方知識》，頁 115。

[136] 夏曼‧藍波安：〈浪人鰺與兩條沙魚〉，《冷海情深》，頁 157。

[137] 夏曼‧藍波安：〈海洋朝聖者〉，《冷海情深》，頁 101。

亂想外，好像真有惡靈的影子在眼前徘徊，於是怕了起來，因為我在小
學四年級的時候，曾目睹過鬼的影子。[138]

從這三則引文，我們可以發現，夏曼・藍波安在特殊的情況下，會激發對於惡
靈的信仰。第一則是在海底射魚時，魚槍被大魚於掙扎中拖走。對於一個捕魚
的勇士來說，這無疑是個恥辱、是種失敗。然而，因為相信大魚是孝敬海中的
祖靈足以安慰捕魚的失敗，也就比較容易接受了。第二段引文則是描述夜間下
海捕魚，因為海象不定，這時候惡靈信仰升起，作為防止自己冒險捕魚的理由。
第三段則是因為胡思亂想，感覺似乎有惡靈的影子在眼前徘徊。整體來說，除
了最後的引文說「因為我在小學四年級的時候，曾目睹過鬼的影子」一句，顯
示較為確切篤定的信仰外，其他所有顯示對惡靈的信仰，看起來比較像是一種
「文化認同後的選擇」，而不是其真實無疑的「體驗」。

　　對於傳統信仰的抉擇，提供我們看待原始宗教與巫術的架構，此處權分為
「信入說」與「文化說」：所謂「信入說」指的是對於原始宗教及巫術有真切
的信仰，認定那是一個真實的世界，具有真實的力量；「文化說」指的是將巫
術與原始宗教或外來宗教都視為一種文化，宗教彼此之間的融合或排斥，可以
視為一種文化的相互涵攝或互斥對抗。

　　無論是「信入說」或是「文化說」，傳統部落信仰與巫術在遭遇西方基督
宗教時，都會有很多的衝擊與需要調解融合之處。

　　從一些研究調查可以看出來，真正相信巫術存在的民眾與巫師，因為本身
是多神或泛靈論，所以西方的耶穌或天主也可以被納入自己的信仰系統中。丁
立偉研究訪問三位泰雅族巫師與兩位布農族巫師，討論原住民巫師如何融合巫
術及基督宗教信仰。融合較佳的巫師會認為巫術能力是由天主而來的，至於融
合上比較困難的，雖然承認天主的全能及地位，但是卻跟天主保持距離，施法
時只跟傳統的「神」祈求協助[139]。另一個角度來看，真正信入基督宗教的牧師、

---

[138] 夏曼・藍波安：〈海洋朝聖者〉，《冷海情深》，頁103。

[139] 丁立偉：〈台灣原住民巫術牧靈神學反省〉，《原住民巫術與基督宗教》（台北：光啟文化，2008），

神父、民眾，在看待原始部落仍然存在的巫術時，多少有著期盼他們終究能夠
回到真正的主的懷抱中：「巫師巫婆在這種基督教社會裏生活，實在是與基督
相遇，看見了基督，看見了上帝的大能、大力、權威，自然而然地失去了鬼附
上身的能力。慢慢地，巫師巫婆的活動消失了，達悟人信了耶穌以後，不再依
靠巫師巫婆，不再聽他們胡說八道的演講，不再邀請巫師巫婆為他們的病人行
法術。……（巫師巫婆）於是自己感到羞愧，只好悔改信耶穌，參與了教會的
禮拜，成了基督徒，變成不再是巫婆巫師、行法術交鬼的人」[140]。

　　不過原住民文學作品所呈現出來對於種種宗教信仰的關懷，絕大多數的情
況都還是將之視為一種文化問題。阿媍〈尋醫之歌〉描述婆婆身子不好，作者
為了試探傳統醫療對於婆婆的影響，試探性地詢問婆婆是否需要巫醫的協助。
卻不料篤信基督的婆婆立刻反駁，認為如今根本沒有巫婆了，自己的身體是像
醫生說的，只是太累了。況且，上帝會在天上保佑，自己的身體狀況也不過只
是上帝的考驗。阿媍的婆婆對於基督教的虔誠，可視為一種真實的信入。但文
末阿媍卻感嘆：

> 如此看來，跟隨著殖民進入部落的上帝之說，不僅俘虜了原住民的心靈，
> 現代的醫療體系更是徹底打垮了傳統醫療的地位，當然，醫療的進步確
> 實帶給人類莫大的幫助，但是相對的，原初社會優質的價值體系的崩解，
> 也將指日可待，不得不令人憂心忡忡。[141]

從這樣的評論就可以看出，阿媍在面對巫術醫療的問題，是著眼於文化存續的

頁 173-174。

[140] 董森永：〈達悟族巫師與基督信仰相遇〉，《原住民巫術與基督宗教》，頁 156。另外一個例子是阿
媍的〈月桃〉，描述部落老巫婆發現新一代的巫婆傳承人，但傳承人一家卻篤信基督宗教，而無法
擔任巫婆一職，終究未能如願。見阿媍：〈月桃〉，《誰來穿我織的美麗衣裳》，頁 96-106。撒可
努在結婚的當天，請頭目參加整個過程和儀式，卻因為父親篤信基督教，不容許異教的進入，因而
斥之為「巫術」，也是一例。見亞榮隆‧撒可努：〈我的名字是排灣〉，《山豬‧飛鼠‧撒可努》，
頁 178-179。

[141] 利格拉樂‧阿媍：〈尋醫之歌〉，《穆莉淡 Mulidan》，頁 85。

概念。現代醫療的科學、便利、效用、安全確實對於病人有很大的幫助，傳統醫療代表的卻是一種與之相應的草藥知識、信仰、價值觀等。在另一篇文章記述阿媽參加「國際印第安部落會議」時，從文化侵略的角度批判了西方宗教外，也奮力呼籲，要拯救原住民的處境，不能靠一廂情願的禱告與信仰：「我們如何能再要求受盡苦難的祖先為我們解決問題？我們如何能再期望天上的祖先展現奇蹟？天上也有白人啊！也許我們的祖先們在天上也受著白人的欺侮、壓迫呢?!」[142]阿媽這樣的說法，完全是將信仰視為一種精神依靠，原住民的處境若期待靠著這樣的依歸而改變，只是一場幻夢。

　　回到巫術的問題來看。巫術的問題與部落傳統信仰的問題緊密相關，原住民作家在面對巫術的問題時，要安置巫術的兩種方式，與對待信仰的兩種方式是類似的。其一是將巫術視為一種文化，那麼就必須給予巫術在文化價值上的意義，我稱之為「巫術人文化」；其二是將巫術視為一種真實存在的能力，這個「真實存在」在當代的創作情境中，又恐怕有失之於迷信的問題，因此將巫術歸入一個文學虛構的世界，可以確保巫術存在的合理性，我稱之為「巫術文學化」。[143]

　　霍斯陸曼‧伐伐〈與祖靈最接近的人〉中，達瑪‧比薩如向烏瑪斯敘述部落的老巫師訓練新巫師的過程，老巫師將使出全力把巫石注入每一個人的手臂之中，被注入法力的手臂會發燒作痛，無法任受的人就無法通過試驗。接著，敘說故事的達瑪‧比薩如為此解釋：「不能吃苦的人終究會被祖靈遺棄的」[144]，

---

[142] 利格拉樂‧阿媽：〈四十九個人　四十九個人的歌　四十九個人的舞〉，《紅嘴巴的 VuVu》（台中：晨星出版社，1996），頁 45。

[143] 浦忠成在《台灣原住民族文學史綱》曾論述，「這些原始而古遠的文化思維、認知、經驗與想像，在歷史逐步邁進的過程，已經難以真正有效幫助現實生活的需要，所以在朝向進步與文明的趨勢與環境下，當宗教思想已經超越泛靈的階段，而學術或理性知識日益擴展其影響範疇，它們漸漸被創造這些文化產物者的後裔所遺忘與鄙視，於是對於這些可能存在著怪、力、亂、神要素的產物進行新的解釋與安排；歷史化、思想化、文學化是處理這些文化遺留（survivals）最便捷的方式。」這段論述可說是與我的想法不謀而合。巴蘇亞‧博伊哲努（浦忠成）：《台灣原住民族文學史綱（下）》，頁 1150。

[144] 霍斯陸曼‧伐伐：〈與祖靈最接近的人〉，《玉山魂》，頁 194。

知識、技藝與身體美學
台灣原住民漢語文學析論

學成後，還要經過三次的打耳祭和小米進倉祭，過程十分艱辛、漫長，「有人缺乏耐心而退縮」[145]。學巫的初始，必須要送禮物給老巫師，也有所說明：

> 習巫的人當然要先付出；就像人要勤奮的在耕地上勞動，才有食物讓自己活下去。[146]

這些習巫的過程，並不只是一種藉由神祕的、超越的力量來命定完成，其中人為訓練也是關鍵。所謂的巫術人文化的義涵，便是將這種神祕的力量的傳授，賦予意義，特別是以人的能力養成與性格塑造為核心的價值。換言之，巫術縱然有其神祕莫測的一面，在原住民文學作家的筆下，因為認知巫術是一種文化，所以他們也將這樣的文化進行一種合理的轉譯，使巫術不單單只是一種不由自主的命定能力。

再擴大解釋，就是對巫術的效用進行現代合理性的詮解。巴代研究卑南族大巴六九部落的巫覡文化，曾提出巫師藉著「靈觸」與「反靈觸」找到病因。然後巴代提出這樣的說明：「巫師這樣的作用與功能，正提供居民在尋求醫療以外的心理、精神需求，或者在面對難以合理解釋日常事物時，有解決的出口」[147]。如果巫師的能力是真正存在也真實有效，當然不需要做這些解釋。然而以一個文化研究的角度來看待巫術，巴代也自言，巫術不僅是「巫者之術」或「行巫之術」：

> 這是一種當地居民從歷史發展的經驗，所累積、轉變、呈現的一種文化現象，這個文化現象提供了早期部落居民解決內在精神需求，或維繫社

---

[145] 霍斯陸曼・伐伐：〈與祖靈最接近的人〉，《玉山魂》，頁 195。

[146] 霍斯陸曼・伐伐：〈與祖靈最接近的人〉，《玉山魂》，頁 192。

[147] 巴代：《卑南族大巴六九部落的巫覡文化》（新北：耶魯國際，2009），頁 145。

　　會運作所必需的祭典儀式、禁忌。[148]

　　回到「技進於道」來談，巫術的人文化，提供了巫術做為一種技術，有朝向自我教養的人文意涵。當然，必須承認的是，因為原始巫術的力量外在於人，這個部分是無論如何不可能被取消的，因此，以巫術人文化來置入技進於道的價值結構，似乎仍然不是一個很好的歸屬。

　　有沒有一個可能，能夠讓巫術撇開科學理性的世界，在其原始信仰的世界中無所拘限、大鳴大放？以當代的處境處理這樣的問題，最好的方式就是構築一個文學世界，讓巫術在其中能夠肆意馳騁。這就牽涉到了「巫術的文學化」，也就是巫術不會只是一種文化，而是跳脫這樣的視野，把文學創作的因素加入，我們就可以從作品內裡構築一個巫術的世界，而藉由這個文學中的巫術，構築出巫術的文學。

　　台灣當代原住民漢語文學作家中，巴代在巫術題材上的著墨，可以算是最用力的。《笛鸛》、《馬鐵路》、《白鹿之愛》、《斯卡羅人》、《巫旅》，這一系列的小說，每一篇固然都有其描述以文代史的創作動機與各自的主題，巫術都在這些小說中，都佔了重要而特殊的篇幅。

　　文學世界無限自由，巴代寫巫術與霍斯陸曼‧伐伐或其他作家並不太一樣，後者更強調其文化存續的層面，而巴代除了文化觀照之外，他還深入巫術的技術與效用層面，讓我們理解巫術也是一種技術，需要學習，效用也有高低的不同。例如笛鸛與絲布伊就是巫術高強的傳奇女巫。在《笛鸛》中，笛鸛曾經施法尋找失竊的獵槍[149]，絲布伊在《斯卡羅人》中則是利用巫術劈海求生、號召風雨退敵[150]。在巴代的小說世界中，巫術是真實存在的力量，就像是眾多技術中的一種，他小說中的巫術並沒有經過太多價值人文化的修飾。巫師們的技術有強有弱，巫術也不是萬能的，為了因應各種情況，眾多巫師也必須彼此學習

[148] 巴代：《卑南族大巴六九部落的巫覡文化》，頁 23。

[149] 巴代：《笛鸛：大巴六九部落之大正年間》（台北：麥田出版社，2007），頁 289-313。

[150] 巴代：《檳榔‧陶珠‧小女巫：斯卡羅人》（新北：耶魯國際，2009），頁 144-187。

相商。那麼就會牽涉到一個問題，一旦巫術熟練而出神入化，到底這出神入化的價值，是來自於巫的力量，還是來自於人的鍛鍊，或是兩者皆有？這個價值難以歸屬的問題，在巴代小說中的巫術表現中，確實不容易讓巫術無法成為一種自我修養的方式。但是巴代卻能夠以文化題材的角度，構築一個真實信入的巫術世界，如此而論，前述的「文化說」或「信入說」都在巫術的文學的虛實中，巧妙地融合了。

　　本節之所以獨立論述，原因也正是在其獨特性。巫術之難談，很大的問題還在於理性與感性、科學與迷信等隱藏於我們視野中二元對立的架構。回到人類的生存本質與思維方式，哪怕是理性與迷信正面交鋒，那些被斥為「迷信」的思考，無論我們承不承認，卻真實存在我們日常生活的真實處境裡，而且深刻地影響著我們的行為處事與判斷：

> 簡言之，大多數人「沒有宗教」，其實仍抱持著「偽宗教」（pseudo religions）和變質了的秘思（神話）。這並不奇怪，就如我們前面所見，因為凡俗人是宗教人的後裔，而且他不能徹底摧毀自己的歷史，也就是說，他的宗教性祖先的行為已塑造了他成為今日的樣子。這顯得格外真實，因為大部分人的生活方式，乃是以來自他存在的深度、以其所謂「潛意識」（unconscious）領域而來的衝動所供應的。純粹理性的人是一個抽象的概念，這樣的人從未在真實的生命中被發現。每個人的存在，都同時被有意識的活動和非著理性的經驗建構來的。[151]

伊利亞德（Mircea Eliade）的這段評論，就足以讓我們重新反思在科學理性之下對於巫術等傳統信仰的種種評論是否合宜。無論巫術的價值是否能夠像部落其他的技藝成就教養，如同孫大川所言，「它創造了一個機會，讓我們可以和我們存在根源重新對話」[152]，在這個意義上，巫術之道將在神聖的回歸中，重

---

[151] 伊利亞德（Mircea Eliade）著，楊素娥譯：《聖與俗——宗教的本質》（台北：桂冠，2001），頁 248。
[152] 孫大川：〈神聖的回歸——台灣原住民祭儀的現況與再生〉，《台灣戲專學刊》11 期（2005 年 7 月），

新開顯。

結語

　　本章論述策略並不相同於前，在前一章的論述中，主要是強調知識與地方特質、生活具體經驗的連結。嚴格說起來，技藝當然也能夠貼合在地方知識的論述裡。此章專門討論技藝之知，尤其從莊子技術哲學的概念，給予勞動技藝一種價值的釐訂，目的就是要一反過去身心二元對立的預設中，重視心智而忽略技術的情況。

　　在為數不少的作品中，我們可以看到原住民作家將技藝與知識對舉，顯然是要在他們認定的漢化知識或現代性知識之外，樹立一個以部落傳統技能為主的知識類型。不過，正也就是在這些作品中，讀者依然能夠看到技藝作為一種知識，在作家描述的字裡行間，已是理所當然地承認其地位。技藝的知識特質，與著重心知的概念性知識對比，前者更明確地有著「個人知識」的特色。當然也不可否認，就「個人知識」而論，主要是談論認知過程的個人化，即便是科學、數學等學科，都有其個人化知識的取向。將技藝之知由個人化知識的概念加以詮釋，特別容易看出其特殊之處，譬如：難以言傳、師徒傳授、模仿與典範學習、操作中得知……。

　　隨後，本章藉由莊子技進於道的哲學概念，對於技藝之知賦予價值的認可。所謂的「道」，有其各種不同層次的解讀，而本文將道視為一種身處各種情境隨之而有的行動方向感。理想的技術不止是展現道的手段，其技術本身就與理想生活劃上了等號。

　　本章也討論了原漢對比的預設中，非道之技的問題。此一問題的出發點原本在於以技入道，並不限定主體身分。不會因為原住民的技藝與漢人的技藝有別，就存在著價值不一的判定。因此，在理想的情況下，原住民進入漢人社會

　　頁 268。

從事各種勞動技術工作，以師徒制的方式接受訓練，並且學有專精，這些技術縱然不是傳統部落的知識，卻也有其作為自我教養的意義。可是，從文學作品中可以看見，原漢的對比就在於原住民進入漢人社會之後，充滿了詐欺、暴力、剝削等，這顯然不是一種與萬物合宜的技術操作，而這樣的技術學習，無法對於任何人開啟自我修養的價值。

以技入道，道技合一，在這樣的理論架構中，我們對於「道」的解讀，其實有很多豐富的面向。隨著不同層次的當代詮釋，都可以重新引領我們理解原住民傳統部落的技藝。當嫻熟的技藝展現之時，在某些作品中，可以看出作家極力描寫伐木、造船、狩獵的畫面，在那種畫面呈現中，可以感覺到施作勞動的主體，進入一種五體百官盡皆開放的狀態，這種狀態其實就是一種高度感官的發展，也是一種美感經驗。另外，說故事與傳唱歌謠，也是原住民傳統部落技藝非常特殊的項目。在傳述故事的過程中，文學就產生了；在傳唱歌謠的過程中，詩歌就產生了。這些技能都必須要學習，而且每個人學習的程度有別，非得精湛深入不可，才能將普通的技能轉而成為一種進入與物合宜的道技。

人類文明的發展存續，處處充滿價值的展現、衝突與辯證。宋澤萊曾經在一篇討論夏曼‧藍波安的文章中提及，他認為夏曼‧藍波安退回部落的生活方式，是一種錯誤的族群指導。這是退步的、違背現實的[153]。原住民的處境該如何為是，這有許多政治、經濟、法政、教育等現實層面需要顧及。文學之所以文學，是因為它往往可以呈現出一種不同於現實的批判與理想的寄託。從價值世界對現實世界的鞭策，或者由此進行一種超越現代／傳統的理解，如黃心雅論文所言，「反向操作『超越』，說明現代性由低向高演化／超越的迷思，被視為落後、壓抑、甚而消逝的前現代／傳統／原住民，其實是現代社會中活生

---

[153] 「我認為夏曼藍波安的指導是錯的，他的指導是退步性的，是違背現實的，對達悟族的未來生存非常不利。我也注意到，如今的原住民文學其實十分相像於 70 年代福佬人與客家人的鄉土文學（工農漁文學），它們事實上都是在一種貧窮狀況下所產生的文學。儘管 70 年代，工農漁文學也提出了一些對工農漁狀況的救急之方，但是仍然難擋資本化的浪潮，如今工農漁依然貧窮，並且難挽被淘汰的命運，我們這一代的人所能做的仍然是把希望放在下一代，寄望下一代迎頭趕上這個時代，擺脫貧窮的命運，至於我們這一代的貧窮由我們來承擔就好了。」宋澤萊：〈夏曼藍波安小說《海洋的記憶》中的奇異修辭及其族群指導〉，《台灣學研究》3 期（2007 年 6 月），頁 33。

生的歷史、社會、生活現實，原住民在現代性情境中，不應是懷舊、思古的圖
像，傳統／原住民文化具有基進意涵，是現代社會療癒創傷／撕裂、追求生存
的契機，也將是『超越』現代、開展未來的視角」[154]。這都是重新賦予原住民
傳統技藝價值感時，或許可以具備的力量。

[154] 黃心雅：〈「現代性」與台灣原住民文學：以夏曼‧藍波安與利格拉樂‧阿𡠄作品為例〉，《中外
文學》第 5 期（2006 年 10 月），頁 90。

第四章　主體、身分與身體：身體知覺的復原與開展

前言

　　技藝作為一種知識，其價值並不只是因為包裹了「知識」之名，而在於合道之技能夠開顯出修身養性的意義。所謂「修身」，具體落實於一個人的身體感知與身體氣象。技藝作為一門工夫，身體可以理解為感知與思考的場所。依照本書研究脈絡，我們可以從幾個不同面向理解討論身體知覺的必要性。這幾個不同的角度彼此之間互有涵攝，並不能完全切割，卻也都提供了讀者理解身體作為一個感知主體的價值。

　　首先，延續對個人技藝之知的討論，在上一章我們理解了技藝的價值在於展示了一個由技入道的結構。所謂的「道」，是在具體而萬殊的情境中，個人因應環境與物合宜，從而發出恰當的行動方向感，如大衛・勒布雷東（David Le Breton）《人類身體史與現代性》（*Anthropologie du corps et modernite*）所言，身體始終是對世界的一種看法，是主體在具有一定意義的環境中自我定位並行動的方式，並使他和與他有著相近世界觀的人能夠實現溝通[1]。在具體的情境中行動，其活動不可能不仰賴我們的身體。更落實地說，技藝畢竟不可能憑空操演，或是依賴虛空的意識及精神，技藝的展現必然仰賴身體的發動。先讀一段米歇爾・福柯（Michel Foucault）《規訓與懲罰》（*Surveiller et punir*)的敘述：

---

[1] 大衛・勒布雷東（David Le Breton）著，王圓圓譯：《人類身體史和現代性》（上海：上海文藝出版社，2010），頁152。

　　　　規訓控制不僅僅在於教授或加強一系列的特殊姿勢。它還造成了一種姿
　　　　勢與全身位置之間的最佳聯繫，而這正是效率和速度的條件。在正確地
　　　　使用身體從而可能正確地使用時間時，身體的任何部位都不會閒置或無
　　　　用：全身都應調動起來，支持所要求的動作。一個訓練有素的身體是任
　　　　何姿勢甚至最細小動作的運作條件。[2]

福柯對於我們的身體遭受權力的滲透有深刻的論述，然而他所以觀察到各種權
力壓印在我們的身體，正是因為我承認了身體具有非常實際的操作功用。以此
為例，乃是要說明，我們仰賴著一個行動中的主體顯現，是很難捨棄身體不論。
當然，不同的行動與不同理解脈絡下的身體，勝義紛陳，不能一概而論。
　　其次，回到本書的核心問題：「我是誰？我是人。我如何為是？技藝以成
人。」如果說「技藝」是前一章討論的角度，那麼「成人」則是此章切入的重
點。關鍵在於「成人」的概念，不可能只是單純地由抽象的文化價值或認同賦
予。成人，除了意味著成為一位部落文化所認可的人，此「人」的概念也具體
落實在身體氣象的呈顯：

　　　　身體是進行人類學分析的絕佳題材，因為它理所當然地屬於人類的身分
　　　　認同本源。如果沒有身體為人提供面孔，人也不會被稱之為人了。活著，
　　　　就是通過人所代表的象徵體系，不斷地將世界濃縮融入自己身體的過
　　　　程。人類的存在是肉體的。社會及文化的對待方式，展示其隱藏結構的
　　　　圖象，其獨特的價值，都在向我們講述「人」，描繪其定義及存在模式
　　　　在社會沿革中所發生的變遷。[3]

倘若我們肯認了技藝以成人的工夫路徑，就必須要對於「成『人』」的狀態進

---

[2]　米歇爾‧福柯（Michel Foucault），劉北成、楊遠嬰譯：《規訓與懲罰》（北京：三聯書店，2012
　　修訂譯本），頁 172。

[3]　大衛‧勒布雷東：《人類身體史和現代性》，頁 2。

行討論描述。只不過以往在身心二元論的情況下，我們容易高舉精神、意識、心知，而貶斥身體。所以自然就忽略了從一個人的身體去認識一個人的精神，更嚴格地說，必須理解一種身體與精神不二的邏輯。

　　由此，可以過渡到第三個面向談，就人的存在而言，身體本身就是一個感知主體，大衛‧勒布雷東表示：「從現象學的角度而言，人及其肉體不可分割。後者並非一個有條件的所有，它承載著前者的在世，沒有它人將不成其為人。人就是逾越在其身體根基之上的這個說不上來的東西，這個幾乎什麼都不算的東西，但卻離不開這個根基。人之境遇是身體性的。」[4]杜夫海納（Milel Dufrenne）在其《審美經驗現象學》（*Phenomenologie de l'experience esthetique*）中也主張：「我們不是嫁接在肉體上的精神，也不是精神衰退的肉體，我們永遠是變成精神的肉體和變成肉體的精神」，[5]「我所感知的對象是向我的肉體顯示的。這個肉身不是一個可以接受知識的無名物體，而是我自己，是充滿著能感受世界的心靈的肉身。」[6]

　　總而言之，身體具有思考、感知的可能，那不是一個無思無感的殘餘。從人類存在的根本意義上來談，關注身體的感知能力，就是關注「人」。如此，承續部落傳統技藝的問題，原住民文學中所呈顯出的「身體」就是我必須研討的主題了。

　　關於身體的研究討論，在文學、哲學、人類學、政治、社會、解剖等各方面各有其繁複燦爛的論述。不同學科之間彼此合縱連橫，依照著不同的方式與各自或多或少的差異性目的，有不同的立場與認知。本書參考的資料與理論，縱然各有立場，但終究收歸在身體感知的問題上。

　　美國哲學家理查德‧舒斯特曼（Richard Shusterman）《身體意識與身體美學》（*Body consciouness*）留意於實用主義身體美學的探討，他曾提出一組命

4　大衛‧勒布雷東：《人類身體史和現代性》，頁 225。

5　米‧杜夫海納（Milel Dufrenne）著，韓樹站譯：《審美經驗現象學》（北京：文化藝術出版社，1996），頁 389。

6　米‧杜夫海納：《審美經驗現象學》，頁 374。

題：我有一個身體／我是一個身體：

> 我既是一個身體，又擁有一個身體。我通常把我的身體體驗為我的感知
> 和行為的直接來源，卻不把它體驗為意識的客體（對象）。正是從這個
> 源泉並通過這個源泉，我得以掌握或操作這個世界上我所關注的客體（對
> 象）；但是我卻不把它作為意識的精確對象來把握，即使有時可以把它
> 隱隱地感受為感知的背景條件。然而，通常情況下，特別是在懷疑（疑
> 惑）的情況下，我也將我的身體感知為某種東西，某種我擁有和使用的
> 東西，而不是我所是的東西，某種我必須支配去行動我將要行動的（實
> 施我的願望）、卻在實際行動（執行）/中經常（屢屢）失敗的東西，某
> 種轉移或分散我的注意力、使我遭受痛苦的東西。[7]

也就是說，當我們以身體作為自我的指涉，講求身心同一的感知模式，通常在
這個時候，身體就不是一個對象化的客體。身體與我是完全同一，不加區別。
也正是因為不加區別，很多情況之下我們不會特別去（對象化地）意識到身體。
唯有在行動中遭受到挫折、苦難、失敗、疼痛時，身體會成為我們意識中的某
物，此時身體就成了對象化的客體。在身心合一的情況下，「我是一個身體」；
身體對象化則說「我有一個身體」。「我有一個身體」，往往意味著「導致了
身體的異化，導致了眾所周知的、把身體對象化（物化）為工具的毀譽。身體
作為笨拙、虛弱而易受攻擊的工具僅僅屬於這個自我，它無法真正的構成自我
人格的本質表達」[8]。
　　依照理查德・舒斯特曼的提示，本章以「有身」、「修身」、「無身」[9]三

---

[7] 理查德・舒斯特曼（Richard Shusterman）著，程相占譯：《身體意識與身體美學》（北京：商務印
　　書館，2011），頁14。

[8] 理查德・舒斯特曼：《身體意識與身體美學》，頁14。

[9] 「有」、「無」的概念是指二種掌握事物或認識事物的方法。「有」指的是不適宜的方式，亦即將
　　事物視為一種對象化的觀察；「無」與此相反，指的是適宜的方式。這也就是舒斯特曼所說的我有
　　一個身體／我是一個身體的差別。關於「有」、「無」的詮解，參見林文琪：〈對於道的認識是一

個面向討論。首先，我們先從「身體」的變異談起，說明在特定的政治、經濟、法制、文化脈絡下，一個屬於原住民的「身體」異化了。「修身」是鍛鍊身體的概念，強調原住民文學中對於傳統知識的追求，正是恢復「身體」的確切方式。不過既然關於技藝的論述已見前章，本章則強調祭儀的部分，我們可以從原住民傳統的祭儀文化得知，身體與身分往往是需要相互定義而成的。「無身」不以對象化的方式看待身體，並且在理想的鍛鍊下，一個屬於原住民文化意義下的「身體」得以健全。這種具有高度感知性的身體，與周遭環境能夠達到共感與和諧。此種和諧的狀態，可以視為一種感性認知的發用。本章於此描述之外，還特別討論這種身體美學的展現如何連結到倫理學的價值。

有身：身體的衰退與變異

技藝作為一種知識，是一種身體化的技藝，也可以說是以身體為度知識。在原漢對比的情況下，部落傳統技藝的衰退，連帶著就是一個傳統部落的身體之衰退：

> 我的父親日式國小未讀畢業，帶領我到山上，看到我吃力地走上斜坡，嘴裡就冒出「你的腳已被平地舒服的柏油路面弄得很虛弱了」[10]。

強調父親國小未畢業，對比出自己的「兩條腿廢了」[11]、「雙腿還沒有畢業」[12]，這是很明顯是知識與勞動的對舉，也可以說是心智與身體的對舉。但是身體機能的退化，是全面性的，也不僅僅是生理活動的退化，還連帶影響著情緒反應：

種身體化的認識〉，《東吳哲學學報》第 12 期，頁 63-98。

[10] 瓦歷斯・諾幹：〈詩與私生活〉，《迷霧之旅》，頁 41。

[11] 游霸士・撓給赫：〈尤霸斯與他的兒子〉，《赤裸山脈》，頁 36。

[12] 亞榮隆・撒可努：〈歸程的禮讚〉，《走風的人》，頁 325。

我們在這方面的機能早已嚴重退化了。不單是眼力喔！其他感覺器官也都遲鈍起來，一接近大自然就全然像個白癡，處處格格不入，很多人乾脆遠離大自然。本來人類依附大自然，期間長達一兩百萬年，一朝脫離，產生一些副作用是必然的。你看，現代人長陷於焦慮苦悶，很不快樂，我想主因就在這裡。[13]

人類應該是屬於自然之中、依附自然而生的，然而現代文明卻步步引領我們離開自然、捨棄自然，人類作為自然的一員，捨棄自然無疑就是捨棄了一個屬於自然的身體，終究會失去自己原本的面目：

寓居城市多年，有一天，我在清晨的鏡中發現自己正逐漸消失中，我的臉上沒有黥面、手足沒有狩獵技能、心中沒有承擔族人危難的勇氣、腦中沒有熟悉族群歷史的記憶，像一枚山野中凍壞的果子，等待腐爛。[14]

一個退化的身體，不只是生理機能的衰弱，它囊括了身體的生理層面、勇氣、族群記憶等，因而我們可以說，理想的部落文化所浸染的身體，本身就是一個複雜的有機體，承載文化、情感、記憶、技術等種種感知與行動的能力。可是這樣的身體並不是本質性、本然如此、與生俱有的，一旦脫離的文化的薰習、生活的實踐，特別是在現代文明的侵擾下，這樣的身體是會逐漸「腐爛」：「如果失去了森林，失去了狩獵儀式，我們就像樹幹上沒肉沒靈魂的 Ngingi（被遺棄的空蟬殼），它除了等待腐爛和消失之外，還是腐爛和消失」[15]，「而我在遠方只剩一縷消瘦的枯骨」[16]。

這樣的身體，不是在身心二元區分之下的肉身，身體負載了許多文化的意

---

[13] 游霸士‧撓給赫：〈尤霸斯與他的兒子〉，《赤裸山脈》，頁32。

[14] 瓦歷斯‧諾幹：〈遙遠的聲音〉，《迷霧之旅》，頁76-77。

[15] 霍斯陸曼‧伐伐：〈來自神靈的禮物〉，《玉山魂》，頁216。

[16] 讓阿淥‧達入拉雅之：〈思鄉吟〉，《北大武山之巔》，頁131。

涵，因而，身體的虛弱也正是文化涵養的缺乏：「Beisu 憂愁地回答：『遠離聖山／我們會不會像失去耳朵的泰雅？』」[17]遠離聖山，是一種遠離部落傳統的象徵。失去耳朵的泰雅（人），一方面指的是具體身體遠離大自然後所造成的鈍化，另一方面，也可以指稱為「不完全的泰雅（人）」。當原住民族以「人族」之名矗立於台灣，卻因為諸多原因造成他們失去了原有的完整、體健，成了文化意義上的殘疾：

> 我知道我們即將消失
> 身分消失在變色龍戶籍法下
> 軀體淹沒在都市的追獵下
> 我們的舌頭愈來愈短
> 我們的血管愈來愈阻塞
> 我們的眼睛失去辨認色彩
> 手腳不再為祖先的榮耀而舞動
> 脈搏不再跟上通貨膨脹
> 作夢不再有祖先出現
> 我們即將如你們所願的消失[18]

戶籍法、都市的追獵、通貨膨脹等用詞，或明顯或暗示地指稱了部落身體退縮消失的原因：法制、經濟，乃至於更廣泛地說，是國家意識形態的權力滲透。

　　福柯的《規訓與懲罰》告訴我們，身體總是無可避免地捲入政治領域，歷史與權力深深銘寫在我們的身體之上：「權力直接控制它、干預它，給它打上標記，訓練它，折磨它，強迫它完成某些任務、表現某些儀式和發出某些信號」[19]。我們的身體具有可馴服、可利用的特質，權力關係總是需要操作、干涉身

---

[17] 瓦歷斯・諾幹：〈當我們同在一起〉，《伊能再踏查》，頁153。

[18] 瓦歷斯・諾幹：〈台灣□住民〉，《伊能再踏查》，頁119。

[19] 米歇爾・福柯：《規訓與懲罰》，頁27。

體，而身體似乎也無法遁逃於複雜的權力網絡中。這樣的關係最淺顯的一層表現，就在於政治身體語言的建立，例如服從國家領袖的「體儀」：

> 他們在上午與下午唱「國歌」，遇見上山或下工的族人因為聽不懂那是一首歌而沒有立正，當然我們不曾有過「立正」的習慣，便莫名的被軍人之藤鞭毒打。[20]

> 每天上學的早晨勢必先向蔣中正遺像叩頭，象徵「感恩」與徹底臣服於他的統治。[21]

控制身體的運作，是在政治統治上最常見的手段，這樣的壓制身體，目的在建立一種「權力關係」：「要通過這種機制本身來使人體在變得更有用時也變得更順從，或者因更順從而變得更有用」[22]。

當然，這樣的規訓並不會只出現在國民黨政府，日本統治時期也是如此，也不會只是「鞠躬」、「立正」這樣的行禮才算是一種對身體的馴服，從（無論是哪個政府的）「國語政策」上而言，依然如此：

> 從此族人便在文明的洗禮下成長，儘管設校初期族人還是像淘氣的松鼠無法安坐課室腦子想的盡是機陷有無愚笨的獵物掉入陷阱，⋯⋯，但到底是日本人與生俱來的超耐力終於讓族人口說「ㄚㄧㄨㄟㄛ」，敬禮的時候頭要垂垂頂到地面才是最高禮節。[23]

國家權力為了方便統治、使人民馴化、好用、具高度生產力等目的，設計與規

---

[20] 夏曼・藍波安：〈飛魚，飛吧！〉，《航海家的臉》，頁 193。

[21] 夏曼・藍波安：〈飛魚，飛吧！〉，《航海家的臉》，頁 194。

[22] 米歇爾・福柯：《規訓與懲罰》，頁 156。

[23] 瓦歷斯・諾幹：〈哀傷一日記〉，《城市殘酷》，頁 63。

劃了一系列的身體操演。強迫國民接受如此調整自己的身體運作，以符合國家機器之運作。又如〈最後的日本軍伕〉寫高砂義勇隊的史實：

　　彷彿是被歷史嘲弄的小丑，在
　　歲月的舞台塗著白色的妝底，誰看到那悲痛
　　而扭曲的五官？[24]

小丑的身體展演，通常不是為了自己而存在。歷史塗抹的妝底，愉悅了他人，卻讓人看不清楚小丑的真正面目。孫大川〈被迫讓渡的身體〉提到，日本對於原住民的體察入微深刻，特別在徵召高砂義勇隊時，日本政府所看到的原住民的體能特質，不是單純屬於現代人那種鄙俗的健康或健美特質。原住民的身體所展現出來的「力」，是一種實際生活的能力，更是一種貫通到人的原始生命力而具有的某種自然宇宙的強度[25]。但正是因為日本政府對於原住民的身體有過細密的分析研究，才能更有效的利用其身體：「動員下的高砂義勇隊，從上述日本軍人的描繪與證詞上看，似乎充滿人格美學的魅力。然而，荒謬的是，這樣的美感經驗，只能以個人對個人（person to person）的方式，且在戰場的極限狀態中，才被發現。尤其弔詭的是，為了達到這樣的結果，部落族人必須讓渡自己的身體給國體，這是認同意識的置換與改造。原住民以自我的否定，贏得國體的接納」[26]。在此意義之下的身體，完全受到權力的紀律性調整，從而向國家交付一個更有用也更好用的身體。

　　這種對於身體的調整，依照福柯的說法，最初是在中小學發揮作用[27]：

---

[24] 瓦歷斯・諾幹：〈家族第七──最後的日本軍伕〉，《想念族人》，頁36。

[25] 孫大川：〈被迫讓渡的身體──高砂義勇隊所反映的意識構造〉，《當代》第212期（2005年4月），頁123。

[26] 孫大川：〈被迫讓渡的身體〉，《當代》第212期，頁126。

[27] 米歇爾・福柯：《規訓與懲罰》，頁157。

> 一冊冊極其精美的欽定教課書，
> 向瘦弱瘦弱的小學靠攏，
> 內容涵泳著意識明顯的神話
> 每一冊書籍都矗立偉人銅像，
> 厚實的重量按住學童的肩膀。[28]

國家政治神話，不同於部落傳統的神話。國家的神話，是要神化統治者，將之稱為「偉人」。通常我們會說，這是一種意識形態灌輸在學童的「思想」中，而此處，當「身體」作為一種捲入政治的肉身，「厚實的重量按住學童的肩膀」一語更為確切實際地描述了規訓的產生：

> 在圍牆鋼筋水泥築起的校園裡
> 我憂慮我的學生是否一如蘭花盆栽
> 漸漸成為一株株
> 文靜而害羞的
> 不飛的鳥[29]

「這樣的身體因此是備受蹂躪的身體、被宰制、改造、矯正和規範化的身體，是被一遍遍反復訓練的身體。……這不是喜氣洋洋的身體，而是悲觀、被動、呆滯的身體」[30]，從作家的敘述可以看到對於孩童接受漢人教育後，身體幾乎浸泡在錯誤的文化中。當身體被要求服膺於國家權力，身體作為部落文化的承載，必然會與之產生衝突。

〈布妮依的婚禮〉描述蔣中正過世而被迫中斷婚禮，民眾服務站的主任指

---

[28] 瓦歷斯・諾幹：〈暴雨侵襲部落小學〉，《伊能再踏查》，頁 51。

[29] 瓦歷斯・諾幹：〈盆栽〉，《山是一座學校》，頁 31。

[30] 汪民安、陳永國：〈編者前言——身體轉向〉，王民安、陳永國編：《後身體：文化、權力和生命政治學》（長春：吉林人民出版社，2003），頁 19。

責結婚的比用恩、布妮依以及在場賓客，總統過世竟然不知道悲傷，還在帶著
無知的百姓唱歌跳舞。隨後掛起了蔣中正的遺像，要求全體人員跪下反省：「看
到族人的身軀跟著雷聲陣陣蠕動，婦女有人開始低頭哽咽，接著族人一個跟著
一個哭泣起來」[31]，這裡的哭泣，固然在文本中諷刺性地設定了是當中的人員
的懺悔、反省，只是這被打斷的婚宴，形同犯了禁忌，是一場被「詛咒的婚
禮」[32]，當主角賓客跪成一地嗚咽哭泣，固然顯示規訓與懲罰中的身體操作，
或許也還有對被藐視的部落文化的哀嘆。

　　原住民傳統技藝中最受現代法律限制的莫過於狩獵的問題。狩獵作為一種
技藝，是一種文化問題。獵人對於環境的崇敬、獵人的身體感知、體儀，莫不
關乎著部落文化的存續。然而獵人的身體，在禁獵的律法下，限制重重，「到
處存在的規範，限制了父親山地人的本能」[33]，甚至「山下的城市，獵人的名
字是個罪犯，許多法律都在追捕獵人」[34]：

　　　　從未被野獸逃脫過的眼睛
　　　　從未跟丟過野獸腳印的腿
　　　　槍仍如往昔神準無比
　　　　百步蛇正被拔著牙[35]

這一首〈被拔牙的百步蛇〉，首段描寫了一個獵人極富敏感的身體技能，高超
的獵捕能力，從未被野獸逃脫，可是筆鋒一轉「百步蛇正被拔著牙」，百步蛇
作為文化圖騰而被殘害，說明了獵人成為被狩獵者：「顛倒了的獵場／製作捕

[31] 霍斯陸曼・伐伐：〈布妮依的婚禮〉，《那年我們祭拜祖靈》，頁 40-41。

[32] 霍斯陸曼・伐伐：〈布妮依的婚禮〉，《那年我們祭拜祖靈》，頁 38。

[33] 亞榮隆・撒可努：〈山與父親〉，《山豬・飛鼠・撒可努》，頁 51。

[34] 瓦歷斯・諾幹：〈Mumu Magar──「陪你一段」之一〉，《番人之眼》，頁 133。

[35] 卜袞・伊斯瑪哈單・伊斯立瑞：〈被拔了牙的百步蛇〉，《太陽迴旋的地方》（台中：晨星出版社，
2009），頁 89。

獸闌的人被自己補到了／鬼替代人在野獸的路徑設陷阱」[36]獵人設置的陷阱，在禁獵的法制規定下，成了拘捕獵人的埋伏。

國家禁獵固然有很多的原因，但無法否認的一點便是國家將土地、山林財產化、國有化。在追求最大經濟效益的國家政策下，「『資本經濟』的重擔開始壓彎了族人的脊椎」[37]，身體的規訓，從政治角度看減弱了身體的力量，然而連帶地在功利經濟的角度，其實是要增加人體的力量，以追求更高效率的生產[38]：「在肉體與其對象之間的整個接觸表面，權力被引進，使二者嚙合得更緊。權力造就了一種肉體－武器、肉體－工具、肉體－機器複合。這是要求肉體僅僅提供符號或產品、表達形式或勞動成果的各種支配方式中走得最遠的一種。權力所推行的規則同時也是制定運作結構的準則。因此，規訓權力的功能看上去與其說是簡化不如說是綜合，與其說是剝削產品不如說與生產機構建立一種強制聯繫」[39]。

也就是說，規訓身體的目的並不會只是顯現於對政治體制的服從，在對身體的「操作」來說，身體會被歸約成機器、工具、武器，不斷地追求改良、追求更有效率、更經濟地使用。從比較寬泛的解釋效力而言，資本主義的勞動生產，就是一種對於身體最明確地挪用與榨取。原住民部落面對資本主義席捲而來，他們的身體在接觸外界快速變化流通的訊息、金錢、價值時，也會有所感應：

> 我們部落的森林日漸縮小的時候，人羣便大量以歷史回溯地方式回重都市，回到勞力密集的鎮集，依靠著強硬的肩膀、強健的體魄，尋求生存

---

[36] 卜袞・伊斯瑪哈單・伊斯立瑞：〈被拔了牙的百步蛇〉，《太陽迴旋的地方》，頁 89。

[37] 瓦歷斯・諾幹：〈回歸「好茶」原鄉〉，《荒野的呼喚》（台中：晨星出版社，1992），頁 12。

[38] 米歇爾・福柯：《規訓與懲罰》，頁 156。

[39] 米歇爾・福柯：《規訓與懲罰》，頁 173。

的基點。[40]

強硬的肩膀、強健的體魄，本是原住民身強體健、適應原初生活的能力展現。然而這樣的體格，並沒有讓原住民在都市生活中獲得較好的地位或工作機會，反而更方便地捲入了經濟資本對於身體的勞役，簡而言之，原住民強壯的胳臂正諷刺地意味著他們更好用。部落的年輕人或者自願，或者不情願，「綠色的紙鈔終於誘惑臂膀粗壯的年輕人」[41]：

> 遊子們像一條條歸來的鮭魚，溯游時黏附上工廠排放的污物，他們大聲地跳躍著，展示新奇快速的舞步，飄洋過海向麥可傑克遜借來一頂頂新潮髮型，髮浪一波波捲動，迷惑了部落未曾見過世面的眼睛。[42]

嘴裡動不動就扯出一句：「你不懂的啦！」[43]顯示了部落的世代斷層，在維護部落傳統文化的意義上，部落價值的身體被權力與資本技術滲透掌控，重點並不在於年輕人的新潮打扮，而是一個屬於傳統文化意義下的「人」，於此「退化」，他們不過是「容易被同化的爬蟲類」[44]。

在經濟因素下而出賣自己的身體，意謂著將自己的身體對象化了。一個對象化的身體，往往伴隨著其痛苦、扭曲、挫折、異化。原住民的身體，就是在現代社會中，被迫因應時代環境的不友善，而必須讓出自己的身體以謀求生存：

> 那天，孩子還在洞口問起：什麼是黑白。
> 看爸爸的身體，爸爸的臉

---

[40] 瓦歷斯・諾幹：〈森林〉，《永遠的部落》，頁41。

[41] 瓦歷斯・諾幹：〈宿命〉，《永遠的部落》，頁102。

[42] 瓦歷斯・諾幹：〈慶典〉，《永遠的部落》，頁68。

[43] 瓦歷斯・諾幹：〈宿命〉，《永遠的部落》，頁102。

[44] 瓦歷斯・諾幹：〈在蘭嶼〉，《想念族人》，頁62。

> 爸爸的肺和煤炭一般底黑。而後想起，
> 雲白的襯衣，日光燈放出來的顏色
> 警察頭上的白盔，到底從哪裡來？[45]

早年台灣開採煤礦時，有許多原住民的礦工，經歷危險辛苦，成就國家的經濟發展，但是對原住民自身的處境來說，「煤渣，滲入肌膚的底層／在黑色頁岩掩蓋的部落／形成最原始的困窘」[46]。當身體可以創造經濟利益時，身體也將被「濫墾濫伐」：

> 鋼筋捶打後的胸膛
> 不復可見的青髮
> 灰色的小補丁
> 儼然極速擴張的霉菌
> 吞噬日日病危的老人
> 咽喉發出輕微的嘆息
> 被隆隆的馬達淹沒了[47]

這首詩截頭去尾，寫的不就是「身體」嗎？但徹讀全詩，其實所描述的是大自然的青山。在經濟發展掛帥的指導下，原住民居住的山林與河流，成了我們要去征克、剷平的對象。值得留意的是，身體與自然的聯喻，是一種人類原初生存很理所當然的思維模式，身體與植物之間的聯繫並不是一種暗喻，而是一種實體的一致[48]。當身體作為一種被開發、征克、掠奪、販賣的物品時，那麼就

---

[45] 莫那能：〈黑白〉，《美麗的稻穗》（台中：晨星出版社，1989），頁163。

[46] 瓦歷斯‧諾幹：〈在瑞芳〉，《想念族人》，頁62。

[47] 瓦歷斯‧諾幹：〈D城‧再見〉，《山是一座學校》，頁103。

[48] 大衛‧勒布雷東：《人類身體史和現代性》，頁7。關於隱喻的問題，卡西勒在〈隱喻的力量〉區別了兩種不同的隱喻，一種是一般修辭上的隱喻，另一是根著於神話思維或原始思維的隱喻。前者「是真正的『移轉』或『翻譯』；它介於其間的那兩個概念是固定且互不依賴的意義；在作為給定的始

非常容易理解游霸士・撓給赫〈赤裸山脈〉[49]之意涵。娼妓問題，帶出了另一個身體販賣的陰暗面：「原住民少女的清新，撐開了漢人薄弱的單眼皮，引發了一篇篇原住民女性美麗與哀愁的悲歌」[50]。

　　關於原住民女性成為娼妓的問題，是許多作品當中極力關懷與哀嘆的主題。在當時許多原住民少女成為娼妓，最直接的原因就是經濟收入與生計的困難。於作家筆下，她們的身體常常也不由自主地與自然意象連結，像是「浮誇的衣飾，蹦跳的浪腿」[51]、「秀麗的美鳳到有花有柳的／屋舍底下掏出新鮮的乳峰」[52]、「塗滿蔻丹的手指在喑啞的窗櫺背後猶如展翼的蝙蝠」[53]，然而這樣的身體與自然的聯喻，卻不再是原初部落那種「由構成大自然和宇宙的原料材以不加區別的方式塑造而成」[54]，反而是大衛・勒布雷東所言，身體成了一種「殘餘」、「遺骸」，「人與世界決裂，與他人決裂，也與自己決裂」[55]。

　　「人是機器」的預設顯然是福柯理論的一大背景意識[56]。身體與生產技能連結在一起，特別的是，此一連結在前章描述技藝的個人化知識也曾提及。在前述部落傳統技藝的價值結構中，雖然集中的焦點並不是放在身體上。但與此

端和終點的這兩個意義之間發生了概念過程，導致從一端向另一端的轉化，從而使一端得以在語義上替代另一端。」但是根著於神話思維的隱喻，「所牽涉的就不只是位移了，而是一種真正的『進入到另一個起源之中』；實際上，這不只是向另一個範疇的轉化，而是這個範疇本身的創造。」見恩斯特・卡西勒（Ernst Cassirer）著、于曉等譯：《語言與神話》（*Sprache und Mythas*），頁 75-76。

[49] 游霸士・撓給赫：〈赤裸山脈〉，《赤裸山脈》，頁 273-319。

[50] 利格拉樂・阿𡠄：〈紅嘴巴的 VuVu〉，《紅嘴巴的 VuVu》（台中：晨星出版社，1996），頁 154。

[51] 瓦歷斯・諾幹：〈在大同〉，《想念族人》，頁 62。

[52] 瓦歷斯・諾幹：〈家族第三〉，《想念族人》，頁 62。

[53] 瓦歷斯・諾幹：〈紅花〉，《想念族人》，頁 141。

[54] 大衛・勒布雷東：《人類身體史和現代性》，頁 13。

[55] 大衛・勒布雷東：《人類身體史和現代性》，頁 37。

[56] 「『人是機器』這部大書是在兩個領域同時撰寫的。一是解剖學－形上學領域。笛卡爾寫了有關的最初篇章，醫師和哲學家續寫了以後的篇章。另一個是技術－政治領域。它是由一整套規定和與軍隊、學校和醫院相關的、控制或矯正人體運作的、經驗的計算的方法構成的。這兩個領域迥然有異，因為這一方面涉及的是服從與使用的問題，另一方面涉及的是功能與解釋的問題。但是這二者也有重合之處。」米歇爾・福柯：《規訓與懲罰》，頁 154。

處異化的身體兩相比較，規訓的身體之生產能力與個人化技藝的操作非常不同。在福柯看來，為了達到最有效的生產，身體動作將會「根據一個分解計畫——各種簡單因素的序列——來組織這些細微過程，由簡到繁地把它們組合起來。這就要求訓練必須拋棄模仿重複原則」[57]，然而波蘭尼談論技藝之知時卻強調：「一種無法詳細言傳的技藝不能通過規定流傳下去，因為這樣的規定並不存在。它只能通過師傅教徒弟這樣的示範方式流傳下去。這樣，技藝的流傳範圍就只限於人之間的接觸了，我們也就相應地發現手工工藝傾向於流傳在封閉的地方傳統之中」[58]。個人技藝之知很大程度上依賴師徒制、示範與模仿，但在福柯的身體－政治生產理解中，必須要快而有效地將動作編碼，進行操作：「規訓教師與受訓者之間是一種傳遞信號的關係。這裡不存在理解命令的問題，所需要的幾僅是根據某種人為的、預先編排的符碼，接受信號和立即做出反應。肉體被置於一個小小的信號世界，每一個信號都連繫著一個必須做出的反應」。[59]

　　理想的身體操作，不應該是預設著一種「科學－規訓機制」取代「歷史－儀式機制」，也不應該是「規範取代了血統、度量取代了身分」。一個捲入政治領域的身體，其背後所預設的身體觀，在福柯看來就是身體的政治解剖學[60]。解剖學下理解的身體，卻不是一個理想的身體感知生發之處[61]。甚而，如大衛·勒布雷東所言，被類比為機器的身體與其他生產機器被混為一談，身體是「機器的活的附件」，既多餘又令人感到為難拘束[62]。

---

[57] 米歇爾·福柯：《規訓與懲罰》，頁 178。

[58] 邁克爾·波蘭尼（Michael Polanyi），許澤民譯：《個人知識——邁向後批派哲學》，頁 78-79。

[59] 米歇爾·福柯：《規訓與懲罰》，頁 187。

[60] 米歇爾·福柯：《規訓與懲罰》，頁 217。

[61] 大衛·勒布雷東：〈被解剖的人〉：「在解剖學家的嘗試下，尤其是在維塞留思的《人體構造》（1543）一書問世後，在西方認識論中，人及其身體彼此漸漸區別開來。這就是當代二元論的理論源頭，身體為人提供了臉，二元論卻將身體視為與人毫不相干的獨立體。」見《人類身體史和現代性》，頁 92。

[62] 大衛·勒布雷東：《人類身體史和現代性》，頁 92。

修身：身分與身體的相互定義

　　如果有一種不從政治規訓的角度而有的身體，有一種不被「科學－規訓機制」取代「歷史－儀式機制」的身體，那樣的身體會是什麼情狀？〈宇宙人類學〉一文指出一種與宇宙同感交流的身體，那樣的身體不是個體單子的模式，「關聯的大網絡將動物、植物、人以及不可見的世界通通匯總到一起，共命運，同呼吸。所有的一切都相互關聯，牽一髮則動全身，彼此息息相關，任何事件都有著特殊含義」[63]，這樣的身體，就不是一種精神肉身二元對立而剩下的殘餘，「而是宇宙中的一名成員」[64]。

　　要使身體回到與宇宙同感交流的狀態，需要經過鍛練。鍛練的方式很廣，部落傳統的技藝、祭儀、各項知識、各種身心的培養，在在都朝著「成人」的概念邁進。特別在原住民傳統歲時祭儀，有許多豐富的知識、風俗、倫理價值的傳遞，於此意義上，祭儀扮演了生產知識、傳遞知識的重要角色：

> 無論是祭典的流程、神話傳說或是歌舞的語音結構，應該是老人們在
> Ekubi 裡、在火堆旁、在祭典中口耳相傳給孩子；就像山上的空氣、水
> 一般自然滲入肌膚與血液中，這才是原住民千年以來的教育方式。[65]

從這段簡單易曉的文字，我們可以很清楚地明白部落祭儀的重要性，「藉著參與儀式的機會能夠熟悉生活上及狩獵中所需要的智慧和技能」[66]，「因此人們自小就很清楚整個部族歷史、文化與傳統」。[67]更值得注意的是，在探究身體的感知問題時，祭儀也是非常重要的主題。此處所言，「就像山上的空氣、水

---

[63] 大衛・勒布雷東：〈宇宙人類學〉，《人類身體史和現代性》，頁 44。

[64] 大衛・勒布雷東：〈宇宙人類學〉，《人類身體史和現代性》，頁 47。

[65] 利格拉樂・阿𡠈：〈來到 Mayasvi 的部落〉，《紅嘴巴的 VuVu》，頁 71。

[66] 霍斯陸曼・伐伐：《玉山魂》，頁 167。

[67] 乜寇・索克魯曼：《東谷沙飛傳奇》（台中：印刻出版社，2008），頁 53。

一般自然滲入肌膚與血液中」便很清楚地點明祭儀當中知識傳授是一種具身化的認知。所有的儀式，必然有一個身體承載意義與操作行動。祭儀與身體的關係，我們不妨從一個有趣的誤刊文字來談：

> 自從國中畢業後，一直就在外地求學、服務，和山林接觸的日子鮮少，
> 血管流著泰雅血液的子民卻無法親領日漸遠逝的<u>傳統體儀</u>，一直是我心
> 中難掩的遺憾。[68]

這一段文字摘錄自瓦歷斯・諾幹的〈獵人〉，當中一句「傳統體儀」，應當是「禮儀」的誤植，因為在此段文句之上，也同樣錯把「成年禮」誤植為「成年體」。然而，仔細追究起來，「體儀」一語似乎又言之成理，而且反而更彰顯出祭典儀式在的身體操作：「禮也者，猶體也。體不備，君子謂之不成人」（《禮記・禮器》）。所謂的禮儀，與身體緊密相關，不但是因為身體需要於各種儀式中實踐操作，更重要的意義在於各種禮儀、祭儀的文化價值，都是藉由這樣的操演，內嵌於一個「成人」的身體。因此，在這樣的文化浸泡下，特定的情景中的身體表現，也會誘發出儀式的莊嚴感：

> 我來到父親插著拐杖的地方，抽出父親的拐杖，朝著地上被拐杖戳破土
> 地的表面，挖出置陷的凹洞，這時候我竟口中喃喃有詞，好像原有的本
> 能都被釋放了出來，這種感受很美，是發自內心的，像生命中的儀式，
> 口裡說的話是我的祭詞，安陷的動作是儀式中的過程。[69]

此段設置陷阱的活動，作者不由自主地祝禱。這樣的祝禱之所以「像原有的本能都被釋放了出來，這種感受很美，是發自內心的，像生命中的儀式」，原因便在於作者在此之前也接受過許多部落文化的灌溉、滋養，他的身體所展現出

---

[68] 瓦歷斯・諾幹：〈獵人〉，《永遠的部落》，頁 171。

[69] 亞榮隆・撒可努：〈公山羊的鬥場〉，《走風的人》，頁 164。

來的行動模式，自然有合乎其部族文化的規矩。

　　換言之，儀式賦予身體文化價值，文化價值也藉由操作儀式而開展。於此上下流通的價值感，才有可能使我們的身體成為「宇宙的一名成員」。同樣地，當原住民文化遭受其他文化侵夷，一個本受部落文化培育的身體，自然就必須面臨衰弱的命運：

> 看到你駝背的身體，這個部落就像你的身體，一天一天地消失。[70]

> 自己也曾不停的問著：怎樣的原因讓祖靈離開了自己？或者怎樣的原因讓自己遠離了祖靈？年紀大了，尋找答案的心小了，就像逐漸彎曲的身軀。只知道流浪的歲月裡，自己失落了許多屬於自己部落的記憶及沉默的過著每一個到來的日子。[71]

> 這個時代變了！孩子們對羽毛的尊敬已經不像從前[72]。

駝背的身體代表著就是部落，因為身體是部落文化承載處、開顯處，身體的逐漸彎曲、衰老，同時也象徵了對於部落記憶的失落。為何有此失落？這樣的失落，固然是代表著傳統文化的衰逝，也是個別原住民自身價值的頹唐。「羽毛」在拉黑子・達立夫所居的豐濱鄉秀姑巒溪出海口大港口部落，代表著特定的階級，當孩子們對於「羽毛」不再尊敬如昔，也意味著部落傳統的身體遭到擱置。值得著意的是，此處以「羽毛」理解「身體」，正代表了皮膚內外融通的身體觀，外在附加的身體飾品不會只是一個單純的符號，而是身體的延伸。

　　正因為文化的衰弱頹廢，原住民作家們才紛紛為文，重構部落各種傳統的歲時祭儀。從這些祭儀的描述中，我們可以看到身體與身分相互定義的模式：

---

[70]　拉黑子・達立夫：〈走路的老人〉，《混濁》，頁74。

[71]　霍斯陸曼・伐伐：〈黥面〉，《黥面》，頁37。

[72]　拉黑子・達立夫：〈守望部落的精神山〉，《混濁》，頁74。

> 通常男孩子一步入成年，就會突然被人當作勇猛的部落戰士看待。所以
> 洗雅特・比浩不免就多瞧瞧他這個獨生子：哇！可真是個好兒子，雖然
> 才十六歲大，但戰亂磨練他，使他站立起來像一棵千年老槐樹那麼平直、
> 那麼高大結實；胸部雖然還沒有完全成熟，但當他在山中奔跑過後，卻
> 也會將胸肌蹦得像山壁上的岩石那樣硬梆梆的，把個外衣高高挺起並不
> 斷一聳一聳的跳。他長頭方臉，眉目清秀，毛髮已開始捲曲，一根根挺
> 硬得像豬鬃；鼻下的黃色絨毛也一根根粗黑起來了。尤其他才變音不久，
> 說起話來，聲音如同發自水缸裡那樣低沉雄厚。[73]

這段文字所描述的身體，都是從生理現象的改變著手，對於孩童成長發育變化
的身體有仔細的刻劃與興嘆。此處一連使用了許多身體－自然聯喻的模式，這
些譬喻不能夠片面理解為現代修辭學中的某種修辭策略或修辭格，這表示了一
種人類原初思維人與萬物同感共應的理解模式。這種生理上的變化，往往也會
牽動一個人對於自己身分的重新理解與定義：

> 烏瑪斯突然瞪大了眼睛，他想到前些日子，和弟弟一起洗澡的時候，弟
> 弟指著他的生殖器（Hatas：男性生殖器）說：「哥哥（Tohaos：兄長尊
> 稱）！你有陰毛（Koumis）。」烏瑪斯才明白生殖器經常性的搔癢和跳
> 蚤（Koumis）一點關係都沒有。他興奮的肯定自己長大了，因為和爸爸
> 一起小便時，爸爸不但有陰毛（Koumis），而且很多。沒錯！這就是長
> 大！烏瑪斯迅速的把彈袋（Diydaol：獸皮置裝子彈的用具）綁在腰上，
> 握著獵槍，烏瑪斯做了很重要的決定：他要上山打獵，單獨和山林挑
> 戰！[74]

烏瑪斯之所以要上山打獵、成為一名獵人，在此段敘述中，明顯可以看出是因

---

[73] 游霸士・撓給赫：〈斷層山〉，《天狗部落之歌》（台北：晨星出版社，1995），頁 186。

[74] 霍斯陸曼・伐伐：〈烏瑪斯的一天〉，《那年我們祭拜祖靈》，頁 98。

為他的身體變化，讓他意識到「這就是長大」。身體成長轉變，使人重新理解自己的身分，賦予自己在文化中該有的其他責任與價值，這便是以身體定義身分的第一步。

　　身體定義了身分，除了藉由個人體知外，更重要的是藉由特定的成年禮儀式，宣告「成人」：

> 孩童時的歲月。當皮撒儒脖子上的喉結開始突出變硬，嘴唇上的毛髮跟隨著歲月快速成長之後，達瑪（爸爸）用兩端綁著麻繩的木棍，硬生生的將自己的門齒拔掉，這是走進大人世界重要的 Tlupu 儀式（成人禮），更是成為布農族獵人的第一個考驗。[75]

布農族的「與門牙道別」[76]的成年禮，除了要祝禱外，忍受身體的痛楚也是訓練意志力的時刻[77]。在〈成長之路〉中，霍斯陸曼・伐伐藉由另一個儀式「穿耳洞」描述了疼痛的折磨：

> 「好啦，沒有睪丸的小男人。」達瑪・霍松輕敲兒子的頭，臉上掛著友善的嘲笑。「等耳朵生出小洞之後，我會再多加些茅草稈，把耳洞弄大一點。以後你就成為真正的布農男人；一個能夠奔馳山林，腳印布滿獵場的好獵人。」
>
> 「啊？」雖然還有一段很長的時間，不過想到第二度的苦難，阿樹浪的臉色蒼白，喉嚨彷彿有塊硬東西卡在裡面，淚水終於守不住眼角，順著臉頰滑下來。[78]

---

[75] 霍斯陸曼・伐伐：〈獵物〉，《黥面》，頁 50。

[76] 沙力浪・達岌斯菲萊藍：〈與門牙道別〉，《笛娜的話》，頁 39-40。

[77] 霍斯陸曼・伐伐：《中央山脈的守護者——布農族》（新北：稻鄉出版社，1997），頁 79-81。

[78] 霍斯陸曼・伐伐：〈成長之路〉，《玉山魂》，頁 150。

阿樹浪的疼痛，當然是非常真實的。但是這些承受力，將獲得來自高山的意志力，以及狩獵時的勇氣，對於布農人來說，經歷了這些成年禮，才有資格實際狩獵：

> 督布斯的脖子長出喉結（Tuhnu）的時候，爸爸就用苧麻繩（Liv）將他的門齒硬生生的拔除，用火藥敷了好幾天，從那個時候，都布斯經常跟族人出外打獵，有一次在部落族人集體性的圍獵（Mapuasu）行動中，督布斯單獨用番刀將闖過他守候位置（Hunupan）的山豬（Vanis）一刀刺死，讓族人佩服他的力量和勇氣。[79]

> 「你們看看我的額頭和下巴吧！都已經刺青了，我也算是成人了啊！」[80]

身體作為我們身分認同的本源，許多學者都提出了這樣的見解[81]。不過身體與身分認同的關係，並不只是單向的。從身體的生理發展，意識到自己的身分，藉由這樣身分的認同，又回頭對身體進行訓練與調整，以確立身分。我們從這些例子可以看出，身體與身分處於一種互相定義、彼此豐富。

此外，某一些原住民族有文身的習俗，特別是泰雅族婦女的文面，在面容上有非常明顯的印記，對於泰雅族的女性而言，這樣的圖案是一種美麗，也是一種尊嚴：

---

[79] 霍斯陸曼・伐伐：〈失手的戰士〉，《那年我們祭拜祖靈》，頁 98。

[80] 游霸士・撓給赫：〈斷層山〉，《天狗部落之歌》，頁 185。

[81] 大衛・勒布雷東：「身體是一個人身分認同的本源。時間與空間在這裡匯合，世界透過一張與眾不同的面孔變得生動起來。它是與世界聯繫的橋梁。人通過它獲取人生的主旨要義並將其傳達給他人，為同一群體成員之間所共享的符號體系充當這一過程的媒介。」見《人類身體史和現代性》，頁 3。理查德・舒斯特曼：「身體是我們身分認同的重要而根本的維度。身體形成了我們感知這個世界的最初視角，或者說，它形成了我們與這個世界融合的模式。他經常以無意識的方式塑造著我們的各種需要、種種習慣、種種興趣、種種愉悅，還塑造著那些目標和手段賴以實現的各種能力。」見《身體意識與身體美學》，頁 13。

老婦人一邊垂頭喪氣，一邊回憶著遙遠而年輕的過去。那段活在自己部落的歲月；那時候堅強的自己曾因通過黥面的痛苦考驗而日夜享受著族親們的讚美和尊重，多少次在各種祭拜眾神的儀式中，和黥面過的少女們吟唱著令族人謙卑的祭歌，在澎拜的舞步中跳出泰雅族與生俱來的尊嚴。也幻想著自己的未來就像山坡的百合花一樣，永遠的美麗；永遠接受山嵐最溫柔的撫慰。[82]

此處仔細描述了文面的少女的自信與驕傲。但這樣的自信與驕傲卻無法延續下去，而終究不過是〈黥面〉中的老婦人的感嘆與回憶。為什麼老婦人垂頭喪氣？因為對沒有黥面文化的他族而言，臉上的樣式圖案，實在太過陌生，總是容易招來側目、非議或是造成他人的不解與恐懼：

　　而今，強勢的曲意與訕笑
　　徒然凝成一張即破的單面鼓
　　在森林中央快活的歌著
　　卻無法推拒卑下的面具
　　當偏見與誤解漸次成型
　　祭典已為縱酒盡慾的證據
　　當文明成群結隊滲入部落
　　禮教不過是柄鈍了的番刀
　　我看見曾經一同流血流汗
　　曾經痛苦憤怒復焦慮的山林
　　一刀一刀割出青色的黥痕
　　在暗夜，有人悲愁地痛哭
　　影子像揉碎的一灘月光

---

[82] 霍斯陸曼・伐伐：〈黥面〉，《黥面》，頁 37。

分不清楚誰才是真正的黥徒[83]

文面的少女本該享受的尊敬與讚美，如今卻成了「無法推拒卑下的面具」。瓦歷斯·諾幹此詩翻轉了「黥面」的意涵。站在部落文化的角度看，文面是一種美麗的圖騰，但是這樣的圖騰卻已經被「強勢的曲意與訕笑」污名化。這樣的污名讓我們自然聯想到古時候的黥刑。然而真正罪名昭彰的，並不是被污名化的泰雅族人，漢人的文明將山林「一刀一刀割出青色的黥痕」，意謂著現代文明對於原始山林的濫墾濫伐。山林與身體等同，當自詡為文明的文化鄙視泰雅族的黥面或是其他原住民族的刺青，自己卻在別人的土地上一刀一刀割蝕，這些人才是真正的「黥徒」。

　　平心而論，在無知的情況下，初次面對泰雅族婦女的文面，因此感到怪異或是陌生，是很自然的事情。《山櫻花的故鄉》描寫一群泰雅族人剛剛遷移到那瑪夏（高雄三民鄉）時，牧師對當地的布農族特別介紹泰雅族有文面的習俗，即使如此，「當老老少少一整批『搭呀魯』人爬上山來時，一些長輩臉上的文面卻還是嚇到了三民鄉的小孩子」，甚至覺得他們是 paqpaq（鬼），但是久而久之，大家了解及習慣之後，也就不覺得有異[84]。所以，文面所承受特異眼光，並不在於異於常人，而是在於有意的扭曲及偏見。哪怕是自己「媽媽臉上的圖騰」[85]都引以羞恥，那才是真正對文化的誤解與歧視。

　　泰雅族婦女的文面與布農族成年禮拔去門牙等儀式相同，都有著確立身分的意義。這樣的身體改變，最直接面對的就是強大的痛楚。在〈媽媽臉上的圖騰〉一文，游霸士·撓給赫描述自己母親黥面時的種種細節。當時母親不過是個十四歲小姑娘，被關在一個房間，看到兩位刺青巫婆，「一張天花大麻臉，彷彿她曾經受到一排散彈射擊過似的」，游霸士直言：「我不知道家母當時是什麼感覺。要是換到我的話，我會直接想起凌晨四點半鐘，執刑官跑到牢房裡

---

[83] 瓦歷斯·諾幹：〈黥徒〉，《伊能再踏查》，頁 32。

[84] 里慕伊·阿紀：《山櫻花的故鄉》（台北：麥田出版社，2010），頁 122-123。

[85] 游霸士·撓給赫：〈媽媽臉上的圖騰〉，《天狗部落之歌》，頁 17-59。

喚醒我準備到法場槍斃時的情景」[86]，整篇文章描述文面過程的疼痛、辛苦、掙扎，以及與家人之間的對抗、協商。那種恐懼以及必須承擔的氣魄，並不是簡單幾個形容詞就足以盡之。

這些儀式中顯示出的身體與身分相互定義，為的就是成就深浸於該文化的「人」：「我看到的是／獨有的／刺著紋面的鳳凰／突破鐵皮、死窗、蛇籠／／飛向／彩虹橋／成為一個真正的人」[87]。這樣真正的人不是指生理的成熟或年紀的長大，而是一個鎔鑄了部落文化所賦予的精神與氣魄。這樣概念下的「人」，通過儀式，才能重回祖靈的懷抱：

> 當我撫摸巫師的手臂、手指上的人形文身時，她說：「這不單是一種階級的象徵，它也是一個記號，有一天當我要離開人世的時候，手背上的人形文會浮現出鮮明美麗的色澤。這是我回家的記號，我會準備好離開這個世界，回到大武山與祖靈相見。」[88]

> 老人指著下巴與上額，「就是那時候日本人帶我到台中港割掉 P'tasan（文面），痛啊，痛都忍了下來！」我仔細看著那兩節不到三個指幅寬的地方，膚色果然比周邊較淺，在午後陽光的照耀下，它們似乎跳動著某種不可言喻的傷痛，「這是我最遺憾的一件事，沒有了 P'tasan，恐怕就見不到祖靈了！」[89]

這表示，文身不會只是一個普通的記號，而是在傳統信仰下，一個真正的人的代表。瓦歷斯・諾幹〈剝除的文面〉則敘述田野調查的報導人，描述自己的文

---

[86] 游霸士・撓給赫：〈媽媽臉上的圖騰〉，《天狗部落之歌》，頁 39。

[87] 沙力浪・達岌斯菲萊藍：〈刺著紋面的鳳凰——給耀霆〉，《部落的燈火》（台北：山海文化雜誌社，2013），頁 76。

[88] 達德拉凡・伊苞：〈巾幡　鷹羽〉，《老鷹，再見》，頁 130-131。

[89] 瓦歷斯・諾幹：〈剝除的文面〉，《番人之眼》，頁 224。

面遭受強制割除的慘況,他所擔心的是失去了文面,會不會就不算是一個完整的「泰雅」。

當然,文化的認同、追尋,需要長時間的浸淫、實踐,這些儀式都具有實踐的意義,而不只是一種表徵或符號。所以,白茲・牟固那那的〈親愛的 Ak'i,請您不要生氣〉一文敘述 Ak'i(祖父)的一位曾孫,自小與父母住在平地,後來得知自己鄒族的身分後,立志決心回溯原鄉文化。他在鄒族的戰祭借了紅衣服穿,作者卻說:

> 他向別人借鄒的紅衣服穿,一副想要裝成「我是鄒族勇士」的模樣。我心裏想:真是個孩子,鄒族勇士豈是用紅衣服裝扮就成?[90]

「勇士豈是紅衣服裝扮就成」一句,正說明了一個真正的「人」是需要很多複雜的訓練與文化的浸染。既不是簡單地情感上對部落文化有認同,也不是藉由特定的裝扮儀表就能夠顯示。身體接受儀式的訓導、調整,當中固然要接受極大的辛苦,在日常生活中,也還要從各種勞動技藝,實務操作、禁忌規範中練達人情,甚至如伐伐〈成長之路〉描述訓練獵人的方式:

> 在寒風中,他們赤腳攀爬附近的山坡及跨越山溝,讓自己的雙腳擁有站立山崖如履平地的能力。在長者的指導下,終日射擊斜坡上快速滾動的木球和石塊,在震撼山巒的吶喊聲以及滿身的灰塵中,烏瑪斯等人成就了精準的射擊技術。長期揹負百公斤以上重物的訓練,讓他們的身體具有黑熊般的偉大力量;站在越盪越高的鞦韆上,年輕人猶如凶猛的老鷹,孤獨的在空中翔翔,外表看似優雅卻擁有俯地撲殺獵物的靈魂。最冷的冬天,萬物靜靜的躺在大地的懷抱,而烏瑪斯等人卻必須遠離火堆,裸露著身體在山林間來回奔跑,唯一的取暖方法就是喘氣所引發的體熱;一路走來,長者毫不心軟,絕不疼惜,因為最艱辛的訓練過程,才能造

---

[90] 白茲・牟固那那:〈親愛的 Ak'i,請您不要生氣〉,《親愛的 Ak'i,請您不要生氣》,頁 159。

就出生命力最強大的獵人。被隱瞞的愛成了長輩唯一留給下一代的大愛。[91]

這裡所顯現的訓練方式，造就出來的身體氣象極具美感，卻一點也不玄虛、抽象，反而非常落實在日常應用，藉由身體的操演，強化自己身分認同，也因這樣的認同而對身體有極嚴格的鍛鍊。

　　鍛鍊身體，可以說是原住民部族文化在各種技藝與儀式中，形塑主體性的一個絕佳的方式。

無身：身體美學與價值效用

一、美白與美黑：身體的表象形塑

　　無論是對於國家政權的服從、效忠，或是面對法制的約束禁獵，從而失去了一個具身化的獵人體儀，或是面對經濟弱勢，而走進都市底層與暗巷⋯⋯，原住民的身體在現代國家的運作之下，顯然被剝奪了建立自我價值的可能。這是原住民真實的處境，也是許多原住民的生存悲哀。因此，我們也時常能夠聽到類似的表述，原住民為了讓自己不要「異於常人」，而不斷地掩飾或修改自己的外貌，「裝扮成和所有的學童無異」[92]：

　　　　小腿成了憂鬱鳥天亮前取笑的對象
　　　　布農人將小腿裹起藏在城市裡[93]

---

[91] 霍斯陸曼・伐伐：〈成長之路〉，《玉山魂》，頁162。

[92] 瓦歷斯・諾幹：〈部落貴族〉，《永遠的部落》，頁41。

[93] 卜袞・伊斯瑪哈單・伊斯立瑞：〈夢境〉，《太陽迴旋的地方》，頁107。

> 特別是敏感地察覺到血管流動少數族群品種的顏色，令十七歲的泰雅少
> 年羞於展示黑色的肌膚，像一頭善於隱蔽的變色龍，快速地隨都市的建
> 築物變換姿勢、形體乃至於語言。[94]

儘管哀嘆「我的舌頭在喧囂的都會是縮回喉嚨的」[95]，卻仍得把自己的身體隱
藏起來，任由「十幾年的時光像驚人的流沙吞沒了自己的容顏。真的是吞沒啊！
它吞沒了一個泰雅孩子發出族語、吞沒了對族群的記憶、吞沒了對族人思念的
通道、吞沒了不再黧黑的膚色」[96]，因為「我必須不斷削去我身上的氣息，我
的原來色彩，以適應不同的觀念和價值，才不至傷痕累累」[97]，「早在幾年前，
我已取下掛在身上的鷹羽」[98]，「學習與眾人愉快地交談／打蝴蝶結領帶，喝
咖啡／他們輕拍我的肩膀讚許／我忽然覺得沉重」[99]，「我不想成為異類」[100]，
甚至「寧願在鄙視的眼光裡否認自己的膚色，表現自己的優越感」[101]。

　　身體遭受打擊，因而試圖掩飾、改造、修正自己的身體，以服從另外一個
身體觀的呈顯，對於原住民來說有許多的無奈及不得已。通常我們批評現代身
體作為資本主義下的物化呈現，常看到如大衛‧勒布雷東的評論：「身體作為
自我的代表，成為個人的彰顯，體現了一種外表倫理與審美。已經不能再滿足
於自己所擁有的身體，而要修改他的缺陷以加以完善或是使其符合自己的設想」
[102]。伊苞就曾寫到：

---

[94] 瓦歷斯‧諾幹：〈森林的靈魂〉，《戴墨鏡的飛鼠》，頁 48。

[95] 瓦歷斯‧諾幹：〈回到老泰雅的部落吧！〉，《荒野的呼喚》，頁 41。

[96] 瓦歷斯‧諾幹：〈過河〉，《番人之眼》，頁 47。

[97] 伊苞：〈巾幡　鷹羽〉，《老鷹，再見》，頁 148。

[98] 伊苞：〈巾幡　鷹羽〉，《老鷹，再見》，頁 148。

[99] 瓦歷斯‧諾幹：〈下山〉，《想念族人》，頁 41。

[100] 伊苞：〈巾幡　鷹羽〉，《老鷹，再見》，頁 148。

[101] 娃利斯‧羅干：〈藍波咖啡〉，《泰雅腳踪》（台中：晨星出版社，1991），頁 49。

[102] 大衛‧勒布雷東：《人類身體史和現代性》，頁 228。

很快的化妝品美白之類的流行話題在部落中流轉，有人開始注重保養。蛋白敷臉可使皮膚變白是一種，吃食品永保青春是一種。已經少有人願意再待在山上工作，大家都不願意曝曬在陽光下，族人黝黑的膚色變成我的罩門。我對上山工作也變得意興闌珊。[103]

有人認為這是一種「身體的解放」，但這樣的身體解放是真實的嗎？大衛‧勒布雷東認為，這只不過是現代性耍的一點小聰明，讓我們誤以為只有對年輕、健康、苗條、精緻、衛生的身體的推崇上升成為對身體的解放。「但人的身體並不總是像雜誌或宣傳片中的身體那樣光華與純潔，甚至可以說，人的身體極少和那些模特一樣」[104]，「十分反常的是，個人將這種束縛視為一種解放，不停地領跑市場普遍標準。身體的保養與塑形成了一項全職活動」[105]。

當然，我們明白原住民的修飾自身，並不因為他的身體真的有缺陷，而是立基於原漢對立或族群偏見的基礎上。不過，此處有一個關鍵的問題頗值得思考：對於自身外表的修飾，在彰顯自我主體價值上，完全沒有正面意義？其實未必。

理查德‧舒斯特曼在研究福柯的身體美學時，曾對身體美學進行劃分。他認為身體美學有三個分支：(1)分析的身體美學（analytic somaesthetics）[106]：作

---

[103] 伊苞：〈藏西　部落〉，《老鷹，再見》，頁19。

[104] 大衛‧勒布雷東：《人類身體史和現代性》，頁193。

[105] 大衛‧勒布雷東：《人類身體史和現代性》，頁229。

[106] "someaesthetics"一詞是舒斯特曼自創用以取代"body aesthetics"的詞語。舒斯特曼認為，在英語裡，body容易引發一些根深柢固的成見，認定身體美學是種膚淺的刻板印象。"soma"來源於希臘文的較不常見的對「身體」的表達。讓他想到設定具身化（emodiment）的一個有效途徑。"soma"包含的不僅僅是肉體部分和器官，也包含習慣由社會和文化環境形成的身體性習俗，以及身體所處的環境。徐黎、亓校盛、席格：〈藝術界定與身體美學——對理查德‧舒斯特曼教授的訪談〉，《美與時代（下）》2014年10期，13-14。不過亓校盛表示，"soma"這個詞的本意只是指人與動物的軀體，與精神無關。舒斯特曼其實不過是權宜之下創造新詞，而這份苦心，卻在漢語語境中失去了作用：「我們得時時提醒自己身體美學的『身體』不是指心靈相對的肉體或軀體，不是指我們的肉身，而是指作為身心一體的整體的人。」見亓校盛：〈簡論舒斯特曼的身體美學〉，《美與時代（下）》2014年10期，頁17。

為身體美學最具理論性和描述性的維度，主要闡述身體感知和身體實踐的本質及其在我們現實的知識、行為及世界建構中所發揮的作用。(2)實用的身體美學（pragmatic somaesthetics）：作為介於理論和實踐之間的一個維度，則側重於通過特殊的訓練方法對身體進行改善，並對這些方法及其效果進行比較批評。(3)實踐的身體美學（practical somaesthetics）：與人的活動直接相關，追求的是身體訓練的實踐，通過這些明智的身體訓練實踐，可以提升和改良身體自我（somatic self）[107]。

其中實用的身體美學，又可以畫分為表象性的、體驗性的、表演性的。表象的身體美學（如化妝）傾向於關注身體外在的或表面的形式；而體驗性的身體訓練（如瑜珈）則將目標訂為於使我們「感受夠好」；表演性的身體美學，則致力於身體力量、技巧與健康（如武術或體育活動）。[108]身體所呈現出的外在形式，也就是表象的身體美學，一直以來是各個身體哲學領域較具爭議的之處。其實舒斯特曼也曾提出澄清，《身體意識與身體美學》談的是身體感性認識的問題，而不是暗示著身體美學在談論玩賞他人的美體，或是如何塑造美體[109]。那麼表象性身體為何還需要被提出來？原因在於，當我們批評這樣的外在形象的培養塑造是膚淺時，我們正落入了精神與肉體分離的二元論中：

> 在我們的文化中，表象的身體美學依然常突出並占據著主導地位。要知

---

[107] 舒斯特曼對於身體美學的劃分標準，主要是依據理論與身體實踐之關係及其融合程度。也就是說，實踐性身體美學基本上無理論文本，只須踐履即可，但是這樣的三分法確實也遭受一些學者的質疑。主要的問題在於，實踐性身體美學若不生產理論文本，而只是一種實踐，那麼可能會面臨「該怎麼被討論」的問題。舒斯特曼也曾在一次的訪談中表示，雖然很多人認為他的身體美學注重「實踐維度」，但是他對於「實踐」的談論還是比較少，與實際去做相比，一個身體美學的談論，仍然是注重理論維度。然而，這些問題並不影響本研究理解舒斯特曼的身體美學，因為本文視其學說為一種理論的探索，被歸屬在他所劃分的實用性身體美學，而非實踐性身體美學的範疇。請參看韋拴喜：〈理論的限度——舒斯特曼身體美學的理論局限性論析〉，《美與時代(下)》2014 年 4 期，頁 35-37。徐黎、元校盛、席格：〈藝術界定與身體美學——對理查德·舒斯特曼教授的訪談〉，《美與時代（下）》2014 年 10 期，11-15。

[108] 理查德·舒斯特曼：《身體意識與身體美學》，頁 39-47。

[109] 理查德·舒斯特曼：《身體意識與身體美學》，頁 4。

道，我們的文化主要建立在精神與肉體的分離之上，他在經濟上被揮霍
無度的資本主義驅動著，而各種身體意象的市場交易則更加刺激了這種
揮霍。但正是由於這個原因，身體美學這一領域，及其本質性的體驗維
度，才需要哲學家們更加細緻的建設性關注。[110]

依照理查德・舒斯特曼的想法，如果我們不是基於一個心身二元分立的概念下
理解我們的身體，而是身心合一，精神與身體同一。那麼對於身體外在形式的
培養當然就是對於自我精神的鍛練。在討論女性的身體時，舒斯特曼反對如下
的判斷：「女性美化身體的工作。最終或本質上是為了使自己被他人看起來更
好看，而不是為了使自己變得更強大，不是更好地成為她自己」[111]，他認為，
無論男女，身體美學的表象層面可以導向展示權力、技巧以及富有吸引力的極
具活力的自我呈現[112]。身體所扮演的角色就是一個主體，它是容納美好個體體
驗的、充滿生命力的場所[113]。

　　回到原住民來談，當原住民要掩飾自己不同於漢人的外表時，是因為遭受
成見污名化，但是面對這樣的污名化，不鼓勵閃躲污名而異化自身。所該做的
事情應當是扭轉價值觀，例如浦忠成〈美白與美黑的聯想〉，就以膚色的白皙
與黝黑，訴說漢人與原住民感受之差別：

原住民在工藝作品上的黑、深褐色，卻展現截然不同的風調；在烈陽的
酷熱下方能獲得一身黑與褐的烙印，深色的排灣族人記得他們祖先與太
陽曾有過的圖騰關係，深色的陶壺因此成為親屬間與文化傳承的重要標
記；高山的族群在刀耕火墾中薰就出滿身的泥灰，也在追獵漁樵的過程
為肌膚著上深深的顏色。而蘭嶼的達悟族即使經常隱身於淺海礁石間，

---

[110] 理查德・舒斯特曼：《身體意識與身體美學》，頁 47。

[111] 理查德・舒斯特曼：《身體意識與身體美學》，頁 131。

[112] 理查德・舒斯特曼：《身體意識與身體美學》，頁 133。

[113] 理查德・舒斯特曼：《身體意識與身體美學》，頁 46。

> 海水同樣在他們的膚色浸滲出深褐來；泰雅族人為著堅持其與祖靈的連
> 結，竟在臉上以黑灰汁繪上寓意深遠的圖案；這些深深的顏色圖案，是
> 原住民集體文化的部分與直接的表徵。[114]

翻轉污名化的行動並不是立竿見影的，但在此過程中，特定的身體美感及文化
價值受到關注。如果將問題緊縮在原住民單一個人的選擇上，表象性身體美學
的意義，正好可以讓每個人自由地選擇他所認定恰當有益的形象，而非執著凝
固於單一本質性的特徵。恰如瓦歷斯・諾幹〈快刀俠咻咻咻〉一文開頭，分別
以三句對白敘述對理髮的態度演變：

1. 「整理太乾淨的毛髮，是不配做一個森林裡的獵人。」

2. 「愛乾淨的人是不會讓鬍鬚和頭髮隨便掩蓋住父母賜與的一張臉！」

3. 「哈！勤勞的獵人是不會注意滿載風霜的面孔，只要眼睛銳利得可以
   穿透野獸的心就好！」[115]

第一句話是指六〇年代部落還沒有理髮廳、沒有理髮修容的觀念時，大家習慣
的想法。到了七〇年代，漸漸城市的理髮風尚傳進部落，依照表象性身體美學
的說法，就不必排斥這樣的身體形象之改變。然而不排斥這樣的改變，也不意
味就非得如此不可，因而有第三句說詞。換言之，這樣的身體感受與將身體貶
斥客體化、對象化的態度，被迫販賣或掩藏自己的身體，是截然不同的態度。

在實務上我們必須承認扭轉身體表象的污名是需要費一番工夫的，但是在
價值層面上而言，既然我們都能夠理解身體表象的美感價值不是本質性的存
在，而是一種社會建構下的產物，則利用建構的特質，回過頭來形塑部落身體

---

[114] 巴蘇亞・博伊哲努（浦忠成）：〈美白與美黑的聯想〉，《思考原住民》，頁 296-297。

[115] 瓦歷斯・諾幹：〈快刀俠咻咻咻〉，《永遠的部落》，頁 137-138。

的健康、美麗等正面形象，也不是不可能的事情。反而正因為反向建構之必須
存在，文學創作的意義也於此增生：

> 塔妮芙很有技巧地將視線繞過吉娜粗壯的臂膀，小心翼翼地瞄著老人，
> 她第一次發現臉上的條紋並不是黑色的線，而是河流經過山轉彎處，形
> 成深潭那種又深又濃的水藍色，臉上原有的皺紋就是深潭上的波紋。老
> 婦人笑起來，整個臉就像深潭被春風吹起水藍色的漣漪，好看極了。[116]

前一節我們可以讀到許多作品提及文面是一具無法推拒的卑下的面具，許多人
看到泰雅族婦女的文面也都會驚恐、訝異。然而，這一段文字，直接面對文面
的紋路、色彩進行描摹、想像，直接賦予美好的價值。如此，就有可能避免原
住民身體表徵遭受否定的同時，其精神、文化價值皆一概抹除。反而可以直接
大方地埋解、展示屬於自我的表象性身體美學。這樣的價值，藉由文學的／地
描寫，終究是內嵌於自我之中。

二、老人的舞：老態之美

　　對於〈黥面〉中老婦人的文面特徵進行仔細美麗的描摹，這種關乎身體外
在表象的感知，是理查德・舒斯特曼的身體美學所關注的焦點之一。這樣的關
懷除了是要取消「身體美學是一種膚淺」的觀點外，在年輕、貌美、健康、完
整的身體表象下，還有另一個特別值得關心的主題：老人的身體。

　　「如果說以前人們在衰老的同時，感到完成了一個自然步驟，並使其獲得
更高的社會認同的話，當代人則無時無刻不在與自己的年齡印記抗爭博鬥，活
在對衰老的恐懼之中，害怕失去自己在交際及工作中的位置」[117]，我們害怕衰
老，也歧視衰老。非常特別的是，「衰老」是一個非常外顯於身體的觀念。從
概念上我們或許可以定義老年人的歲數，但是在日常處境中，我們定義衰老往

---

[116] 霍斯陸曼・伐伐：〈黥面〉，《黥面》，頁34。

[117] 大衛・勒布雷東：《人類身體史和現代性》，頁210。

往是從身體表象的特徵談起。舒斯特曼從西蒙・波娃（Simone de Beauvoir）的
觀點整理指出，受社會上那種注重變革及現世價值觀的影響，一個人的青春期
和盛年期被人們視為頂禮膜拜的對象，老年則被視為無用的人。即使老年市場
越來越大，資本主義卻飢渴地尋找年輕的消費者，而加速了整個社會對於老年
人的貶低。西蒙・波娃認為，要賦予老年人權力的唯一辦法，不是從那些瑣碎
的社會福利救濟制度著手，而是社會及其價值觀的總體改變[118]。

　　對此，理查德・舒斯特曼認為改變社會對老人的偏見的想法非常鼓舞人心，
但是不應該否定其他改善老年人處境的方法。在他看來，這些方法很多關乎身
體功能表象的改變，可以非常有效地解決老人在社會中的處境與問題。衰老既
是一個表象性的特徵，那麼致力於讓自己不看起來那麼衰老，有助於減少社會
的歧視。但這並不意味著一個 70 歲的老人要看起來像 17 歲或 37 歲，而是引導
老人建構一個更為健康、有活力的形象。實際上，改變外表的方法往往與增強
力量、健康和身體性能的訓練重疊。所以表象性身體美學又可以與體驗性的身
體美學或表演性的身體美學相互交涉。就此可以探索適於老年人的健康、增進
身體機能與技巧的實踐模式[119]。

　　我們從原住民漢語文學中對於老人的身體的描述，可以看到，幾乎上述提
到的幾個面向都或隱或顯在文學文本中有所著墨。無論是從社會價值觀的改
變、個人外在表象的型塑，乃至於個人身體機能的調整，雖然文本與理論未必
對應得非常密合整齊，卻可以看得清楚原住民對於老人的身體之特有的關懷：

　　　　勞動與歲月刻在老人身體和臉龐的痕跡，是生命飽滿、充實的表現，是
　　　　踏實、勤奮生活的見證。「老化」，至少從原住民的經驗來說，絕不是
　　　　一個冥思玄想的哲學概念，更不是我們藉以勘破人生虛妄的切入點。它
　　　　的真實性，正好散發出生命健動不已的美感。因而老年人的美，不是靠
　　　　粉墨拉皮、維護保養來留駐的，皺摺的皮膚、齒牙的脫落，加上一生辛

---

[118] 理查德・舒斯特曼：〈第三章　身體主體性與身體征服〉，《身體意識與身體美學》，頁 147-148。
[119] 理查德・舒斯特曼：《身體意識與身體美學》，頁 146-160。

勞反映在筋肉之間的韌力，那才是老年人最具魅力的風采。[120]

外祖父已經很老了，面頰、雙眼不僅深陷，眼角也佈滿了眼屎，手臂肌肉業已鬆弛老化，唯有手掌如我的臉部大，手指粗壯，引用他的話說，雙手是拿來跟波浪、跟土地武鬥用的（意思是雙手是拿來划船、開墾荒地的功能），一生沒有穿過褲子，只穿丁字褲，也沒有穿過現代機械織成的衣服，長相結實堅定，年輕時他喜歡釣鬼頭刀魚，喜歡跟其他的船隻在海上划船競賽。[121]

這兩段文字最大的特色就是翻轉了世俗對於老年人的鄙視與不敬，他們首先毫無逃避地面對了衰老的外顯特徵：「面頰、雙眼不僅深陷，眼角也佈滿了眼屎，手臂肌肉業已鬆弛老化」、「皺摺的皮膚、齒牙的脫落」，這些正是世俗用以衡定衰老無用的身體特徵，在孫大川與夏曼・藍波安的敘述下，正好顯示了原住民著重生命經驗與生活智慧的身體展示。所以說，老態鬆散的皮膚，「代表著成功克服過人生所有的磨練，並且巧妙的將豐富的生活經驗轉化為珍貴的生活智慧」[122]，乜寇也表示：「在部落裡老人是生活哲學的最佳典範，那是以生命去實踐、經驗的」[123]。

還有另外一種描述老人身體的方式，著重在於身體肌肉的厚實穩健：

達瑪・烏瑪斯是個接近祖靈的長者，飽滿厚實的小腿筋肉及手背上脈絡分明的血管真實的記錄了長年奔跑於山林的歷史，一生誠實的行為讓他

---

[120] 孫大川：〈劉老，永遠的 MuMu〉，《搭蘆灣手記》，頁 44。

[121] 夏曼・藍波安：《大海浮夢》（台北：聯經，2014），頁 51。

[122] 霍斯陸曼・伐伐：〈來自神靈的禮物〉，《玉山魂》，頁 219。

[123] 乜寇・索克魯曼：〈孩子，我很高興你可以看我〉，《我為自己點了一把火》（台北：山海文化雜誌社，2014），頁 39。

擁有著月光般的美好名聲，並隨著蟬聲傳遍每一個屬於布農族的部落。[124]

這種強調肌肉的健康飽滿，來自於生活中技藝的操作鍛練，當然不同於在健身房鍛練成的身體形象。原住民在日常勞動中而練就的身體形象，不只是一個外顯的健壯概念，也預設了一個身體機能、技巧更為靈活多變。也可以明白，外在形象與內在身體機能之聯結，卻實是有某程度的相關性。

　　瓦歷斯・諾幹的〈山中傳奇〉也曾敘述一位骨盆壞死的老婦人，堅持不願意開刀動手術。平常連走路都顯得非常地疼痛，但是一旦跳起舞來，卻十分開心：

> 我一直注意老婦人的舞蹈，那手臂的柔軟宛如水之波動，好像光影在四周游動；她的舞姿，似乎是千百條的藤蔓在風中飄盪，我所擔心的是她的雙腿仍舊有力地鼓動著地板，一曲音樂乍停，才看到她顛盪的走回位置，奇異的是她滿足剛才的舞蹈而臉上掛滿笑容，那不是美麗的笑，而是傳唱了千百年的自信的笑容。[125]

就此案例來說，老婦人的身體健康與機能受損，也不是從外在表象的甄別來形塑自己年輕貌美。但是部落傳統的音樂與舞蹈，卻能夠讓她不由自主翩翩起舞，這樣講求內在生命體驗，使自己「感受更好」的面向[126]，則屬於理查德・舒斯特曼所謂的「體驗性身體美學」。拉黑子・達立夫描述老人的舞：「一直唱一直唱……／唱聲讓自己的身體在無形空間迴盪／身體取得感動／擺動讓空氣的流動在自己的身體／汗水感到冰冷」，期望能夠讓新生代族人藉此找回自己，

---

[124] 霍斯陸曼・伐伐：〈風中的芋頭皮〉，《黥面》，頁291。

[125] 瓦歷斯・諾幹：〈山中傳奇〉，《戴墨鏡的飛鼠》，頁125。

[126] 「內在於一個人實在的『在世』的事實是有形的身體，它的節奏和無法理喻的欲求、它的嗜好及滿足、它隨著時間的生長和變化，它對他人的影響，它在事故、疾病和死亡面前的脆弱易感。在所有藝術形式中，舞蹈──其工具就是身體──尤其表現和慶祝了我們的身體的、肉體的現實。」埃倫・迪薩納亞克（Ellen Dissanayake）著，戶曉輝譯：《審美的人──藝術來自何處及原因何在》，頁173。

理解「自己是處在最好的位置／任何地方都是最美的」[127]，也正是藉由體驗性的身體感知來完成對內在感受的引導誘發，使自己的感受更美好。

　　當然我們很容易就發現，無論是表象性身體美學、體驗性身體美學、表演性身體美學，這樣的劃分都是為了強調各自的特點。在實踐的身體感知操作中，三者其實未必能夠明確地劃分。理查德・舒斯特曼也認為表象性、體驗性的畫分是為了理論上的說明，而表演性又可分別歸入表象性或體驗性[128]，則這正表示了，同樣收歸在實用性身體美學的範疇中，此三者是有可能同時存在的：

> 他是有經驗的伐木好手，一個小時不休息的砍，斧砍削去的木片亂飛，吸引孫子們的目光，也吸引著孫子們的心魂，老人斧砍的勞動，神態像是神話般的影像，既是事實，也是虛幻，想著灘頭木船就是這樣斧砍勞動才呈現的，既是捕魚的實用工具，也是造船美學的延伸，讓他們瞠目結舌，專注的看著巫瑪藍姆的祖父。汗水弄濕了老人背面的汗衫，眼臉灑落的汗水，落在斧砍樹肉上，手肘的汗水沿著他的肉皮溜到手掌，他脫下汗衫，裸露出近六十歲的，但尚未鬆弛的肌膚，二頭肌、三頭肌、兩片胸脯在斧砍的同時，印刻出肌肉的美麗線條，像陽光那樣的具體又真實，老人的專注，其斧砍的樂符配合著嘴裡牙齒嚼檳榔的層次，在呼吸節奏逐漸快速，心跳漸時加速之際，其連續伐木的動作已維持了三十多分鐘，就在砍削樹的主根的時候，嘴裡喊出激勵自己的伐木聲，速度也加快了，體能在暫時性的耗盡之前，吶喊了一句，說「T～ap」之後把斧頭留在樹根邊，走向孫子們休息的空地。[129]

這一段對於伐木的描述，就是一個非常綜合性的身體美學的展示。夏本・巫瑪蘭姆的身體，「尚未鬆弛的肌膚，二頭肌、三頭肌、兩片胸脯在斧砍的同時，

---

[127] 拉黑子・達立夫：〈老人的舞，找回自己〉《混濁》，頁 150-151。

[128] 理查德・舒斯特曼：《身體意識與身體美學》，頁 43、47。

[129] 夏曼・藍波安：《天空的眼睛》，頁 136-137。

印刻出肌肉的美麗線條，像陽光那樣的具體又真實」，這是從表象層面而言，一個老人的身體仍然保有勞動中的健美。從身體展示的力量、技巧而言，「在呼吸節奏逐漸快速，心跳漸時加速之際，其連續伐木的動作已維持了三十多分鐘，就在砍削樹的主根的時候，嘴裡喊出激勵自己的伐木聲，速度也加快了」代表了表演性身體美學的出場。至於關乎內在感受力的部分，表面文字雖不容易直接看出，但巫瑪蘭姆因為欣賞了這一場祖父伐木的演出，「開始體悟山林環境的氛圍在包容他的迷思」，「令他感到舒暢」，多了「此後，他在部落裡，學校與同學間的互動多了主動與說故事的自信」[130]。都顯示了祖父的老年身體，給出了一個令自己也令他人感受更美好的價值。

原住民對於老人身體美學的關懷，很大程度地糾正、調整了社會對於衰敗的身體的偏見。這樣的偏見，往往源自於我們無法將差異的身體與自己統一起來。引申地說，不只是衰老，任何身體的不完整、不健全都可能誘發這樣的歧視：「它那令人難以忍受的外表在一瞬間讓人聯想到人之境遇的脆弱和一切生命與生俱來的不穩定性，對身分本身提出了質疑。在他的面前，殘疾人的出現極強有力地令人聯想起存在之極大的不穩定性，喚醒了對殘損身體的擔憂。這類擔憂是各類噩夢的素材：斷肢、失明、癱瘓、行動緩慢均為噩夢的典型內容」[131]。

推擴地看，身體感性認識的培養鍛鍊，以在實效層面使行動者有更方便、安全、適宜的方式運作自己的身體，也確實有助於我們包容更多元、差異的身體。身體美學進一步聯結到倫理價值之前，我們還必須對於原住民部落文化浸淫的身體，進行描述討論。

三、體知與踐履：把身體交給自然

在討論原住民文學或是原住民主體性時，身體從來就該是一個理解的主題或意象。像莫那能《美麗的稻穗》中，許多激昂的詩篇，控訴著台灣原住民的

---

[130] 夏曼‧藍波安：《天空的眼睛》，頁130。

[131] 大衛‧勒布雷東：《人類身體史和現代性》，頁198。

集體命運：

> 如果你是山地人
> 就擦乾被血淚沾濕的身體
> 像巨木熊熊地燃燒
> 照亮你前進的道路[132]
>
> 然而，血液是澎湃火熱的，
> 為生命的尊嚴，
> 為台灣住民未來的命運，
> 這一身肉軀，
> 這一顆火紅的心，
> 無私地燃燒吧！[133]
>
> 孬種！
> 挺起胸
> 狠狠地告訴你
> 嚴肅地點燃
> 你胸中的怒火[134]

莫那能詩中凡是與原住民主體意識相關的身體意象，都是如此激昂，充滿了勁力與熱烈的情感。不同於這樣的奮進，拉黑子・達立夫的作品中屢屢出現寧靜、站立的身體，是一種堅定而穩固的形象[135]。無論如何，身體對於提倡與彰顯原

---

[132] 莫那能：〈如果你是山地人〉，《美麗的稻穗》，頁 36。

[133] 莫那能：〈燃燒〉，《美麗的稻穗》，頁 40。

[134] 莫那能：〈孬種！給你一巴掌〉，《美麗的稻穗》，頁 76。

[135] 達立夫・拉黑子：〈站立之舞〉、〈飛揚站立的勇士〉、〈寧靜的身體〉，《混濁》，頁 104、215、

住民主體性來說，是關鍵的角色。消極地說，「你曾經說過不要放棄自己，不要因為這個時代的改變就忘記了自己的身體」[136]，積極的意義還在於「身體讓部落再傳唱」[137]。

也正是因為身體的意義重大，除了前述老人的體態之外，正面描述身體的表象猛健，以顯示身體在勞動中的實踐成果，也相當細緻豐富：

> 塔瑪·布袞默默的撫摸著爸爸從丁字褲身出來的大腿，他看到腿上生於山、長於山的血管（Ulat），無力的跳動，似乎訴說曾經經過的山居歷史，在潛沉內斂的民族性，粗大的血管不知道隱藏了多少主人的秘密，或許也曾經表達，只是又有多少人能看懂血管起伏的生命脈動，就像在樹葉跳動的風（Luvluv），誰又能懂？[138]

所謂血管起伏的生命脈動、曾經的山居歷史，可以理解為人在自然環境中取得的平衡所必須經歷過的鍛鍊，畢竟原住民在大自然中直接以肉體承接外在所有的訊息與變化[139]，這些經驗與能力都將銘刻於身體。這樣的身體，不同於現代都市文明人過分受保護而退化的情況[140]，一個良好的身體感知的培養，就是讓自己的身體適應環境的各種變化而更為敏感：「你將會發現自己是學生也是老師／你的眼睛你的皮膚你的手腳／甚至於你的耳朵都是最好的老師」。[141]身體

222。

[136] 拉黑子·達立夫：〈不要放棄〉，《混濁》，頁 213。

[137] 拉黑子·達立夫：〈Lekal Makor 老頭目〉，《混濁》，頁 207。

[138] 霍斯陸曼·伐伐：〈山林物語〉，《那年我們祭拜祖靈》，頁 203。

[139] 「因為在過去的時代裡，物質文明還沒發展到有現代醫療，及各式的硬體安全度，不像現在有鋼筋水泥可以保護你的安全，有很好的醫療可以保護你，很多禁忌或者是很多傳說，一方面是要維護人跟環境的平衡，一方面也是教導你如何直接用肉體跟大自然競爭求生。」莫那能口述、劉孟宜錄音整理：《一個台灣原住民的經歷（修訂版）》，頁 272。

[140] 「現在的人懶得也忘了運用自己身上原本就有的感覺和直覺能力，我們太相信視覺所看到的一切。」亞榮隆·撒可努：〈山豬與竹筒〉，《走風的人》，頁 61-62。

[141] 瓦歷斯·諾幹：〈山是一座學校〉，《山是一座學校》，頁 56。

是自己的老師，教導我們便環環境中細緻的差異，換個說法，這樣的「身體」就是一種「知道」的身體：

> 長大的過程中，儘管跟一般人很不一樣，我的鼻子、眼睛、耳朵、身體想法跟別人都不一樣，因為那是在大自然中被生活出來的，我的身體有一種解釋不出來，但能跟大自然相通連接的那種「知道」。[142]

這裡的「知道」可以有雙重的解讀。原本作家要談的「知道」是指感官能力的敏銳，能夠細致準確運用各種感官判斷環境的資訊：

> 「哈！我這兩管鼻孔啊！」他激動的尖叫道：「哪！只須森林裡新鮮潮濕的空氣吹進去，哈！你說奇不奇怪？它們就靈敏的可以認得出森林裡棲息的所有生物……。」[143]

　　然而這樣對於環境的敏銳觀察，意謂著一種身體在環境中的「正確地行動」：「要正確地行動，我們必須具備知識、自我認識和堅強的意志。因為行動只有通過身體被執行，我們意志的力量，及一種使行動按照主體所希望的那樣去行動的能力，就要依賴於身體的功效」[144]。換言之，「把身體交給大自然」[145]，在環境中培養合宜的行動方向感，這就是身體技藝的一種合宜之道。
　　所以我們可以從文學文本中看到許多部落文化中的身體，對於周遭環境的敏銳感受與行動：

> 這個隔谷喊話不是那麼容易。喊話的人不但要有本事把聲音傳得遠，也

---

[142] 亞榮隆・撒可努：〈改版序〉，《走風的人》，頁5。

[143] 游霸士・撓給赫：〈尤霸斯與他的兒子〉，《赤裸山脈》，頁30。

[144] 理查德・舒斯特曼：《身體意識與身體美學》，頁35。

[145] 瓦歷斯・諾幹：〈山是一座學校〉，《山是一座學校》，頁54。

> 要能讓對面山頭的人聽清楚你在喊什麼。受通知的人的聽力也要好，不然聽錯了，以訛傳訛，那事態就嚴重了。好在那時代的人，沒有現在的人因資訊氾濫所受的感官的污染，絕少有誤聽誤傳的時候。[146]

> 在父親的身上我看到了他運用身體協調的移動、切過、走位、橫跳，就是不用手去撥開阻擋在他視線或身體前的枝幹和樹藤，父親低身、後仰、左側、右移，輕步地前進，動作不輸給拳擊選手防禦的動作。[147]

因為身體敏感，連帶著敏銳因應各種環境變化而有的行動力也靈活多變。可以在山林行走中閃避不必要的障礙與危險，也可以在狩獵時保持敏捷的警覺性：

> 泰雅族男人坐著睡覺跟他們喜歡蹲著坐的姿勢，還是有他不言而喻的意義。……。畢竟，蹲坐是比較吃力的，必須要有很好的腿力才能久坐不累，當然，還有一個原因是蹲著可以保持最好的機動性，不管是在狩獵、工作、甚至是作戰，蹲的姿勢是隨時可以站起來行動的，這也是一個人勤快的表徵。[148]

不只如此，「通過更強的敏銳力、自覺意識和鑑賞性，我們能夠更豐富地感受我們的宇宙。這樣一種身體審美修養的觀念，能夠帶給我們完善的經驗以最豐富、最深刻的鑑賞力，因為它可以利用豐富的宇宙資源，包括一種令人振奮的宇宙整體感」[149]。一個理想的身體鍛鍊與實踐，可以推擴於對於周遭環境、人事乃至於與宇宙感的體會。我們後續討論會更加強說明，身體感知能力的培養

---

[146] 白茲・牟固那那：〈換工會〉，《親愛的 Ak'i，請您不要生氣》，頁 103。

[147] 亞榮隆・撒可努：〈山豬博士與獵陷〉，《走風的人》，頁 116。

[148] 里慕伊・阿紀：《山櫻花的故鄉》，頁 10。

[149] 理查德・舒斯特曼：《身體意識與身體美學》，頁 299-300。

「不是簡單地使我們變得更加強壯、對我們自身的感官滿足更加敏感，同時，它也使我們對於他人的需求更加敏感，使我們能夠採用富有成效的行動來更加有力地回應他人的需求」[150]。

四、山與海的氣魄：身體氣象

　　討論身分與身體相互定義的部分以說明，當原住民在進行各種儀式時，身體的作用不單單只是一種對儀式的操作，身分認同與身體的調整有密切的關係。諸如布農族拔門牙、穿耳洞、泰雅族文面等，身體都必須切實地承受痛苦。由此，可以鍛鍊、培養個人的「勇氣」。

　　就從「勇氣」這個概念說起。「勇氣」似乎是一種抽象的、概念的品格特質，我們形容一個人勇敢、說他有勇氣，不得不他們行動中去鑑別判斷。然而「勇氣」云者，從身體感知的角度而言，不但不是一種抽象的概念價值，反而是非常具體呈顯在身體之上。再進一步說，一個人的思想、品格、精神等特質，綜合性地成為他的「氣質」，而這「氣質」並不是一個玄虛掛空精神物，而是落實在身體運作的狀態中，這也就是我們所習稱的「身體氣象」[151]。

　　為了更好理解「氣象」與「身體」二者為一的概念，我們先從文學作品中尋找反例。特別是那些情緒強烈、負面的例子，從中理解我們的身體如何展現出因應環境而有的運動：

　　　　偶爾他們停下來，我們也可以清楚地看到缺乏日曬的蒼白肌膚，聽到他
　　　　們肆無忌憚地表露對部落的嫌惡，當他們搖開車窗，拋出來的肯定是塑

---

[150] 理查德・舒斯特曼：《身體意識與身體美學》，頁 69。

[151] 氣的觀念大都和身體之氣相關，無論是人品、道德、能力、人際關係、情緒、醫學或宗教等，余舜德研究認為，「這些觀念顯示，中國社會從『身體的主體性』（the subjectivity of the body）——也就是身體（而非只是心智）為有經驗能力的主體——的面向，來呈現氣的文化觀念與文化所瞭解之氣的運作機制，因而中國文化從氣的詞彙論及『身』時，所表達者不只是『身體』或『生理』意涵，尚包含精神層次。」余舜德：〈中國氣的文化研究芻議：一個人類學的觀點〉，收錄王秋桂、莊英章、陳中民主編：《社會、民族與文化展演國際研討會論文集》（台北：漢學研究中心，2001），頁 38。

膠袋、吃剩的骨頭、一口濃濁的痰等等垃圾——我們概念化將這些遊客
歸類為「都市文明人」。[152]

在原漢對比的前提下，將都市文明人的體態描摹成「缺乏日曬的蒼白肌膚」是
可以理解的。關鍵還不只於外顯體態的表現，而是這樣的肌膚連結著一種缺乏
「真正文明」的「行動」及「特質」，照理說，主體通過身體可能做到的活動，
建構人與世界之間生機勃勃的關係，鑑別評估周邊環境並建立起個人身分。而
如今，這些活動卻在日趨衰退、萎縮，都市文明人的身體及感官活動的縮減對
主體的生活不無影響，它影響了主體的世界觀，將其活動範圍縮小集中在現實
之上，削弱了主體的自我一致性，弱化了主體對事物的直接認識[153]。如此構築
出來的「文明人」，幾乎可以說是沒有任何氣魄或氣象可言。

　　如果說原住民的部落身體在經過鍛練、實踐等工夫之後，可以創造出一個
「理想」的身體，那麼這樣的判斷當然也保留了一種可能，原住民也會有「不
理想」的身體。這樣的身體有可能是因為接受漢化日深而退化的緣故：

第一斧砍下樹皮，哇！非常的堅硬，我是生手，包括我的靈魂、肌肉的
耐力、手掌的握力、腰桿的堅實，在那一刻伐木的時間完全證實了自己
回部落的生活實踐的脆弱的，如此的伐木體能、技巧等等的許多知識，
是現代學校所沒有的課程訓練，包括潛水游泳。[154]

這一段文字所顯示出來的身體是一種「虛弱」的概念，作者將此虛弱的原因歸
結在「一直吸吮漢人奶水」[155]，但「虛弱」地並不只是「自己軟綿綿的手臂」[156]，

---

[152] 瓦歷斯‧諾幹：〈沒有獵人的城堡〉，《荒野的呼喚》，頁10。

[153] 大衛‧勒布雷東：《人類身體史和現代性》，頁181。

[154] 夏曼‧藍波安：《大海浮夢》，頁260。

[155] 夏曼‧藍波安：〈樹靈與耆老〉，《海浪的記憶》，頁219。

[156] 夏曼‧藍波安：〈樹靈與耆老〉，《海浪的記憶》，頁219。

這裡明確指出「靈魂、肌肉、體能、知識」都一併展示了自己生活實踐的脆弱。很顯然地告訴了我們一個身體內外的綜合性退化而造就出虛弱的氣質。再看：

> 一到田裡，這班男人竟一個個活脫像個罹患第三期肺癆病的患者那樣，面色慘白得不像人，兩片眉毛深鎖著，竟緊攢成一條，下面那兩扇又大又深邃、原本最富於表情的眼睛，此刻雖然還睜得大大的，但卻茫昧空洞得像死魚眼，那裡面只殘留些冷漠和無神，看著還真怕人呢！[157]

> 這兩兄弟竟都瘦得全不像個人樣；鼻樑發著烏青，半張臉發著紫脹；眉骨高高腫起，眼窩更加深陷，弄得眼珠都看不到了。而顴骨高高聳立，更顯的臉頰凹陷尖削，歪七扭八。眼底下顫巍巍垂掛的眼袋，也發著烏青；乾癟的又扁又薄的四張嘴唇，硬是把嘴巴撐裂得更寬、更大，每裂嘴說話，臉部下沿便洞開成一個可怕的洞穴，從那洞穴裡，斷斷續續發出沉悶的、蒼涼的、屬於原始的、洪荒的嗥叫聲。[158]

此處的描述又更加生動仔細。第一段描述部落人民進行農事而無法打獵的情況，所有人的體儀氣象都是缺乏活力、芒昧空洞。第二段描述的故事主角，則是因為在山下工作遭受到平地人的欺凌、壓榨，終於導致了一種由內而外身心俱損的情狀。從這樣的身體描述我們可以看到原住民理念中的「人」，不是快要病死，就是退化成如「野獸」般，非常怪異。藉由這樣身體表象的細緻描摹，我們確實能夠感覺到一種扭曲的氣質明顯地湧現：

> 比雅日疲倦極了，四肢愈來愈沉重，他開始放慢腳步，腿痠、心神不定，頭腦漲得很痛，差點往後栽倒，腸胃不停地抽動，胃酸欲吐出但又不自主地吞回去，嘴唇乾裂，舌尖不斷地伸出嘴外，濕潤發黑的嘴唇，一股

---

[157] 游霸士・撓給赫：〈棄械〉，《赤裸山脈》，頁244。

[158] 游霸士・撓給赫：〈最後的部落〉，《赤裸山脈》，頁86。

冷風掠過他的胸膛，肚子縮得更小，緊緊握住槍托，他恨恨地想，只要
一隻飛鼠，他就滿足了。[159]

〈最後的獵人〉中的比雅日，因為久久獵捕不到獵物而心神倦怠，這裡對他身
體的描述，雖然看似純粹就生理現象而論，卻其實也預告了比雅日作為最後的
獵人，在國家法律的禁制下，已不復有布農族獵人應該有體儀。

當然，本來也就不是每一位原住民都必然能夠藉由訓練而培育出強健勇敢
的身體氣象，〈兄弟出獵〉中的弟弟因為膽小害怕，招來哥哥的辱罵，而使得
自己的整個人的身體威儀蕩然無存：「僅衹把頭垂在胸口上，好像僅僅衹有厚
頸皮在支撐著他的腦袋瓜似的。同時兩眼半閉著，儘量控制著別讓噙滿眼眶的
淚水掉下來」[160]。馬紹・阿紀則是敘述自己協助父親復原陷阱時的驚恐與膽小：

這時，森林便開始在我的想像中充滿詭異的氣氛，當我聽不見父親行走
在附近的細碎聲，心跳便會因此而加速。蹲在一處矮樹叢中，我費盡心
思，但始終無法將眼前的陷阱復原，當我感覺父親逐漸遠離的時候，我
額頭上的汗水流進了眼中，身體的悶熱引來一群嗡嗡作響的蚊子在頭上
盤旋、叮咬。終於，恐懼的感覺填滿心中，我忿怒的將手上頑固的繩子
扯斷，然後匆忙追上父親，把細繩給他。[161]

身體的悶熱、心跳加速都具體描述著情感與身體的相互感應，因此，與其說恐
懼的感覺填滿心中，其實是恐懼的感覺填滿身體。這些作家無論是基於什麼樣
的理由或是在怎樣不同的脈絡中描述了負面的身體氣魄，都很誠懇地提示了讀
者，一個理想的部落身體，並不是那樣輕而易舉就能夠鍛練而成：

---

[159] 拓拔斯・塔瑪匹瑪：〈最後的獵人〉，《最後的獵人》，頁 66。

[160] 游霸士・撓給赫：〈兄弟出獵〉，《天狗部落之歌》，頁 123。

[161] 馬紹・阿紀：〈陷阱〉，《泰雅人的七家灣溪》，頁 75。

> 雖然大家盡量使用族語交談，雖然大家裝出老祖先盤腿坐食的姿勢，雖
> 然……雖然……但總覺得哪裡不像，「哪裡不像！」大表哥生氣地說：
> 「你只要去打獵物就像了！」回到宿舍已經深夜三點多鐘，我忽然覺得
> 那陌生的氣息，似乎又慢慢地熟悉起來，我喜歡這種氣息。[162]

這一段文字所傳達概念，告訴了我們，一個理想的身體修養，是需要浸淫在部落整體文化中，而非單一或特定的事件就能夠有本質性的代表。固然這一段文字提到了「只要去打獵物就像了」，也不可以因此執著於字面所指的單一獵狩活動，否則就不可能出現前述在獵場或安設陷阱時的諸多恐懼、勞累、忿恨等情緒了。

正因為理想的身體氣質難以鍛練，一旦某人有這樣的神情氣質出現，就容易展現在身體儀態上，而給予他人一種感應與交流：

> 常常讓我體認到狩獵的「開始」並不是在離開家門的那一刻，而是常常
> 在生活的細節當中便能感受到的「準備」，很可能那是一種對山林的敬
> 重，也或許是一種不得輕忽獵物的慎重態度。總之，當我看見父親那種
> 不同於教書時的氣質，突然轉變成獵人的氣勢，總會讓我對他產生一股
> 遙不可及的崇拜之意。[163]

> 三十歲以後，我的靈魂逐漸有了具體的血肉，它也不再遊蕩在不知所以
> 的角落。我總是看到我的魂魄熱情地哭著或者暢快地笑著，他們不加掩
> 飾地表現在一具七尺之軀上，如此荒野而自然的氣質是以往所沒有的。[164]

這種氣勢，往往意味著一個成熟的人、獵人、勇士等價值概念的彰顯。我

[162] 瓦歷斯・諾幹：〈開始陌生的氣息〉，《番人之眼》，頁127。
[163] 馬紹・阿紀：〈陷阱〉，《泰雅人的七家灣溪》，頁72。
[164] 瓦歷斯・諾幹：〈Mihu 部落〉，《番人之眼》，頁121。

們此處可以理解，「教書時的氣質」與「獵人的氣勢」，同樣都是種身體氣象，只是風格不同，會因應不同的事件、環境而有所調整。作者正因為可以感應到父親身體氣象的轉變，因而得知何時又開始要準備出獵了。至於後一則引文則明確地表示，身體氣象不只是一個無感無知的肉體，我們的身體之思，在作家看來就是所謂的靈魂。這個靈魂既然有血有肉，表現在七尺之軀上，這樣的身心結合而自然的氣質，也是一種身體氣象。

以拉黑子・達立夫的詩句闡釋，「孩子的氣魄／是大浪一次又一次拍打身軀」[165]，在大浪代表的是大自然，孩子的氣魄就是在大自然之中反覆由身軀鍛鍊而成成的，「那種氣勢讓人尊敬」[166]，也往往附帶著「勤奮、熟練和滿臉興奮及自信的表情」[167]，「每當我見到她這種表情，我就會感到一種銳不可檔的感覺，那是她每一次覺地要執行什麼的時候慣有的表情，這是她在長期艱難生活裡被熬煉出來的堅毅性格所展現出來的生命表象」[168]。

五、原初身體的敞開性

為什麼我們需要訓練自己的身體？或者，何須一個如此敏感的身體呢？

從倫理學上來說，對於自身身體反應更清晰的了解，還有助於在更廣泛的社會政治語境中改善一個人對他人的行為：「我們通常會否認自己持有各種偏見，因為我們意識不到我們的感受；而控制並消除偏見的第一步，就是發展身體意識，從而認識到我們自身存在的偏見」[169]，所以藉由各種儀式、技藝、勞動實踐培育鍛鍊而成的身體，因為其高度敏感，所以能夠成就品格道德：

你要放棄以前那種孩子氣，表現出成年人該有的行為態度和氣質。自己

---

[165] 拉黑子・達立夫：〈看著海說是海〉，《混濁》，頁202。
[166] 霍斯陸曼・伐伐：〈失手的戰士〉，《那年我們祭拜祖靈》，頁90。
[167] 霍斯陸曼・伐伐：〈失去焦距的鏡頭〉，《那年我們祭拜祖靈》，頁126。
[168] 白茲・牟固那那：〈採割棕簑的季節〉，《親愛的Ak'i，請您不要生氣》，頁71。
[169] 理查德・舒斯特曼：《身體意識與身體美學》，頁42-43。

更要謹言慎行，建立自己山巒般的穩重人格和月光般的潔淨品德。[170]

只不過這樣美學與倫理學的結合，並不是單一價值觀的取向。理查德・舒斯特曼的身體美學儘管為本研究所徵引，我們也同意他將「身體」與「國體」聯喻後，使美學過渡到政治倫理學的企圖[171]。但必須指出的是，「國體」在原住民部落社會中，是一種很模糊的存在。原住民原初思維所關乎在於人與環境（人與人、人與自然、人與超自然）的關係，所謂的政治，也座落在部族社會的脈絡意義之中。因此，身體感性認識的修養訓練，對於可以使自己具有高度感受力而成就品格，固然是其價值。但更多的意義還是在於人對部落的回歸、對自身的回歸、對自然宇宙的回歸。

經過訓練敏感化的身體，一旦向外推擴到極致，就能夠向四方敞開，深入存在的本源，並且能夠與外在環境融貫成為一體。這樣的經驗，就是審美經驗的發生：

> 我轉個身子，開始斧砍樹肉的另一邊，我的呼吸開始進入老經驗的節奏，我的身體肌理的協調性漸入佳境，心臟的脈動平緩，我用拇指摸索斧刃，在我心海父親過去伐木的儀態再次的鑲入我的腦海，引出已忘掉的回憶，引出母親口中的善神形象，忘記自己曾經去過台灣求學，忘記自己曾經是好高驚遠的臭小子，此時默默的與樹肉格鬥，「歸島！歸島！」的語音，彷彿從樹叢某處，穿越葉面雨露傳輸到我的耳根、內心，在山

---

[170] 霍斯陸曼・伐伐：〈成長之路〉，《玉山魂》，頁 156。

[171] 「如果我們身體的常見形式和正常感受形成了我們的生活形式，而我們的生活形式又形成了我們的倫理觀念和對於他人的態度，那麼，我們或許能夠更好地理解我們某些無理性的政治敵視。某些人對其他外國種族、異質文化、不同階段和國家所心懷的狂熱仇恨或恐懼，確實顯露出一種深刻的、受內在器官影響的特徵，它暗示：這樣的敵視有可能反映了某種文化的一些深度關切，即對於通常身體的完整性和純粹性的關切。」理查德・舒斯特曼：《身體意識與身體美學》，頁 183。「身體的界限在其範圍內勾勒出了道德範疇以及世界能指。如果構思身體即另一種構思世界、構思社會扭帶的方法，那麼身體的形體構造發生問題就意味著世界的結構嚴密性出了問題。」大衛・勒布雷東著，王圓圓譯：《人類身體史和現代性》，頁 201。

林悟出了父親要我歸島的本意。[172]

這一個身體運動的過程中，行動者不斷地「忘」，而專注在當下活動的情境中。「當下」是一種去脈絡的時空存在，忘掉世俗的價值衡準、判斷，忘掉自身前途利益的考量、忘掉自身喜惡比較的判斷。在當下的情境中，外在成為一個與身體共鳴共感的對象，如此行動者就能在當中解讀其能被感知的結構：

> 我第一次提槳划船，我還沒有被海浪訓練的手腕、肱部肌肉，我的身體，我的想像，從台灣歸返小島，我身心整體的轉換……，在那個時候，堪稱全是我人生的一次新的經歷，我們沿著礁岸的划，時空的一切全都籠罩在黑夜進行，礁岸也是黑色的，對於我，彷彿在「黑色」啟動摸索「根」的起源，我的手腕、肱部肌肉、腹部肌肉開始堅實，還有我的腦紋記憶功能轉為浮動的海洋記憶，體會到真實的我的存在。[173]

> 我在山林裡尋找父親早年在造船樹木上雕刻的圖案記號，發現許多建美俊拔的樹材深層吸住我極欲展現肌肉線條的胳臂，手掌觸摸著圖案記號已模糊的那棵樹，記憶於是回到父親昔日在深山裡教育我的圖景，思維回憶我兩個最小的祖父帶領他們強壯的姪子們在這兒伐木的故事，於是人原初的勞動在此時實踐其本質的時候，感覺此刻的我，是何等的寂寞孤獨啊！[174]

身心的整體轉換，就是調整身心合一的身體，直到能夠與整個外在環境達到同一水平。在此狀況下，身體不斷被激發、活躍，從而使得我們能夠明確地、真實地感受到自己的「存在」。此「存在」高度逼近指向了個人在世存在的本質，

---

[172] 夏曼・藍波安：《大海浮夢》，頁 417。

[173] 夏曼・藍波安：《大海浮夢》，頁 432。

[174] 夏曼・藍波安：〈祖先原初的禮物〉，《航海家的臉》，頁 34。

這種本質是種個體處於「當下」，去脈絡、去時間意義、去空間意義，而迫使面對最真純的自我的孤獨，「是何等的寂寞孤獨」。但這種孤獨又不是世俗意義上與群脫離的寂寞悲傷[175]，在身體感知高度發達的情況下，人雖然一面逼近自己真實存在的處境，又同時推拓與外在世界共感共鳴的能力：「這就是獵人在孤獨、寂靜後，由內心發出的力量和思惟，自救讓自己不受傷，這就是對自然生命和平等對待的價值觀」[176]，因為能夠明確感知到萬物的存在狀態，也就更好理解自身在此環境中所應當具備的合宜姿態。身體向土地敞開，土地也朝向身體敞開：「那是土地聽見人們虔誠的祈禱而回應了人們的需要，向人們敞開自己」。[177]在此共鳴中，行動者對於環境的感受，就是對自己的感受，二者合而為一。於是我們可以從很多作品中讀到身體與自然融換為一的訊息：

> 「我跟你講，你既然來到了密林裡，你所有的器官都要機靈起來，你所有的感覺都要敏銳起來，這樣才能夠跟山中所有的生命體合而為一。」[178]

> 祖父、父親的一番話，讓我深深的感到原住民和大自然生命一體相息的關係。[179]

> 這時候，父親輕聲得靠在耳邊告訴我，聲音像跟空氣結合，緩緩又慢慢，而周圍的一切像遺忘我們似的，這時候我才感覺到，父親順著自然的節

---

[175] 劉滄龍研究《莊子》中的身體觀時，談到「獨」的意義，頗值得與此處相發明：「在『獨』中，不僅能與世界相感通，又要能與世界相對，必要時甚至站在其對立面，如此才獲得一超臨觀照的自由、獨立與批判。」見劉滄龍：〈身體、隱喻與轉化的力量——論莊子的兩種身體、兩種思維〉，《清華學報》第 44 卷第 2 期（2014 年 6 月），頁 206。

[176] 亞榮隆・撒可努：〈獵人的祈禱〉，《走風的人》，頁 77。

[177] 乜寇・索克魯曼：《東谷沙飛傳奇》，頁 90。

[178] 游霸士・撓給赫：〈尤霸斯與他的兒子〉，《赤裸山脈》，頁 28。

[179] 亞榮隆・撒可努：〈山與父親〉，《山豬・飛鼠・撒可努》，頁 53。

奏讓自己跟自然合體，跟土地一樣呼吸的臉，又輕輕的拉回我的視線。[180]

　　《人論》就曾提過，「原始人絕不缺乏把握事物的經驗區別的能力，但是在他關於自然與生命的概念中，所有這些區別都被一種更強烈的情感淹沒了：他深深地相信，有一種基本的不可磨滅的生命一體化（solidarity of life）溝通了多種多樣形形色色的個別生命形式」。[181]

　　這種生命一體化的經驗，泯除了人我的界域[182]，顯示了與萬物平等、共存共榮的價值[183]，在原始思維看來，就是世界原初存在的「渾沌」：「生命既來自渾沌，也歸自渾沌，甚至無一刻不在渾沌之水的充潤中表現出紛殊的活潑樣相」，「渾沌的流出和流入，其實就是對存有力量不斷循環反覆運動的隱喻，對不停在進行著交換遊戲、融為一體的力量律動之隱喻。據此，渾沌乃是差異多元所交融共成的整體，而非同質單一的純粹之一」[184]。

　　有了這樣的理解，再來閱讀原住民文學作品，同樣可以發現在原住民原初文化意識中，一個敏感的身體固然能夠朝向與自然融貫為一的渾沌之道前進，但也不是只停留在那樣抽象玄虛的存有上。事實上，一個高度敏感的身體能夠辨別外在環境的各自殊相，就說明了道化肉身的豐富多元：

　　風吹過密林和矮灌林、芒草林、桂竹林，都有屬於他們的聲音及音向（聲
　　音的方向）。當我們站在山的稜線和山谷、山溝時，我們要學習運用敏

---

[180] 亞榮隆・撒可努：〈楔子〉，《走風的人》，頁 33-34。

[181] 卡西勒：《人論》，頁 122。

[182] 「當行為和意識融合在一起，當一個人不再自覺或客觀地意識到自己正在做什麼，只是帶著毫不費力的『恰如其分』做著時，他就會感到『洋溢』（flow）。儘管他可能意識到身體或心理，但還是有一種喪失自我的感覺，……，因而個體體驗到『我』與他人『界限』的融合與融化。」埃倫・迪薩納亞克：《審美的人》，頁 111。

[183] 「當人的自我主體意識、二元語言認知結構被轉化甚至消釋時，進入了那種超主客、超二元，跨界域的合一融通狀態。這種萬物平齊、共融共榮的同體感受，同時會產生諸多神聖感。」賴錫三：〈老莊的肉身之道與隱喻之道〉，《當代新道家》（台北：台大出版中心，2011 年），頁 294。

[184] 賴錫三：〈老莊的肉身之道與隱喻之道〉，《當代新道家》，頁 317。

　　銳的聽覺，去判斷聲音的出處和訊息。[185]

　　這段描述，像極了《莊子‧齊物論》對於「天籟」的描述。當然原住民作家未必有如莊子那樣高度的哲學思辨或是據此以發揚自己的哲學概念，創作者真誠地面對自身，所能夠描述的大約是自己的體驗與感悟。此處不必苛求究竟創作文本要符應於《莊子》文本。但是同樣面對自然現象的描述，這提供了我們一個理解原始思維「一多相即」的存在樣態[186]。如此我們則可以重新思考原住民「地方知識」的意義，「地方知識」於此不再只是與「普同知識」對舉、強調結合地方的知識形態類別。在原住民根著於部落文化而外散出對世界殊相的認識中，萬物芸芸，不會只是一種分別細緻的概念知識，而是一種根源於物之存在而有的認識。

　　換言之，如果身體美學的理想是為了更好地理解自己、更好地理解他人，甚至如理查德‧舒斯特曼將身體與國體聯結，朝向一個美學倫理學聯結的方式邁進，那麼，原住民文學中所描述的身體思維可以說是一方面朝向倫理學邁進，又一方面對於單一價值進行解放。於此，我們以細讀莫那能的長詩〈一張照片〉為本節的結尾。

　　〈一張照片〉[187]收入在《美麗的稻穗》，是計五十六行，共分五大段。第一段從「閱讀」一張照片開始訴說，只是莫那能的視力近乎全盲，他的「閱讀」乃是「用盲人靈敏的指尖／細膩地撫摸這張照片」，藉由這樣的身體感知，「五彩繽紛的顏色慢慢復活了」，既說是「五彩繽紛」自然是一種視覺意象，但是就一個高度敏感的身體而說，這樣的理解過於片面呆板。「五彩繽紛」的世界，就是一個各種感知感受紛然雜陳的世界，所以詩人接下去呈現的是「那哀傷的

---

[185] 亞榮隆‧撒可努：〈猴子的游泳圈〉，《走風的人》，頁202。

[186] 賴錫三研究認為，以「連續性之整體」來理解「同一性」，不但不會取消差異與複雜，反而承認為有在差異與複雜的交融共振中，物化之歷程才得以周行不殆的運動下去。見賴錫三：〈論先秦道家的自然觀——重建老莊為一門具體、活力、差異的物化美學〉，《文與哲》第16期（2010年6月），頁1-44。

[187] 莫那能：〈一張照片〉，《美麗的稻穗》，頁132-136。

黑人歌聲／在雜耍團地喧笑聲中流盪」。

從第一節，我們就可以看到詩人的身體感知迅速地由觸覺到視覺到聽覺的轉變，第二節開始，索性「發動所有的神經」，讓身體內外所有的感知能力全部打開。正當他「準備打量那位向我借火的黑妞時」，此時廣場上所有的聲響紛然雜陳：歌聲、鼓聲、喧笑聲，「紛紛墜入歷史的大河谷」。「黑妞借火」是一個非常有趣的隱喻。就表象性身體美學來看，「黑妞」是一個身體表徵不入於主流社會標準的身體。「借火」，字面上的意思，也許只是指抽菸之類的舉動。然是在莫那能的詩集中，「燃燒」的「身體」往往指涉了族群主體性地昂揚與激動。由此，引導出種族歧視的歷史情境，身體美學朝向政治倫理學關懷：白人一波又一波獵捕黑人，黑人的祖先在黑暗的牢艙裡思鄉而低唱，政客們用人權計量著黑人的選票……。

第二節末到第三節進入對於自由女神的質疑：「自由女神啊自由女神／究竟照亮了誰的自由」，這樣的提問非常強力地對於西方據以驕傲的民主自由政治提出了質疑，這種單一的價值，不過是西方白人階級定義下的自由：

> 自由女神啊自由女神
> 妳放射的光芒像刀刃，像吸管
> 插在世界上各個有利可圖的角落
> 插在我故鄉的土地上
> 也插在黑人黑色的命運[188]

解放黑奴是美國政治一大驕傲，但是在莫那能看來，一切不過是因為「有利可圖」，作者將原住民遭受的歧視與黑人所面對的剝削結合，自由女神的光芒不過是把利刃，宰割「戰爭苦難中掙扎的第三世界」。

全詩的最後一節，「黑妞和我已親愛地擁在一起」，兩個身體緊密貼著彼此，象徵著一種命運共同體的概念，無論種族、國籍、性別、信仰……，因為

---

[188] 莫那能：〈一張照片〉，《美麗的稻穗》，頁 135。

「我知道，我擁抱著的」「哀傷的過去／與戰鬥的未來」「是你們的也是我們的」。綜觀全詩，由身體感知出發，向外拓展到政治倫理的領域，轉而朝向對單一價值的批評質疑，最後又收歸在能夠同感交流的身體倫理上。

　　莫那能發自真誠的感知與創作，強而有力地演示，身體的訓練不只協助我們更好地理解自己、理解他人，甚至讓我們更好地理解外在環境乃至整個世界；更重要的是，身體在這樣推拓擴展之際，避免走向極權或單一的領域，而確保了多元價值存在的契機。

結語

　　「地方知識中具備較強烈自主性的應是『身體化的技術』這一環。身體化的技術，經常成為自成一格的『在地技術場域』，在其中進行帥徒制、網絡化、社區化的傳承、創新與變遷」[189]。這段簡短的評論，敘說了地方知識、技術、身體的連結，也正為本研究從個人技藝轉向身體知覺的討論，作了恰當的註解。

　　以往談論原住民文學中的主體性時，常常把主體性理解為一種抽象的、精神的產物，藉由本章的研討，我們發現其實主體性也可以具體展現於「身體」之中。只不過關於身體的討論，有許多不同的學科、不同的脈絡相互交織。在本章的研究討論下，理想的身體是一種全幅的生命、完整的自我，是一種精神與肉體合而為一，貫穿皮膚內外而完整的具體存在。

　　對於身體的關注，還可以連結到政治與倫理學層面的問題。台灣當代原住民漢語文學的興發，與原住民在台灣的政治、法制、教育、經濟等各面向遭受到的處境息息相關。原住民遭遇歧視的第一現場，就是每一個人的身體直接被污名化、標籤化，因此無論是要洗刷污名或是翻轉價值，提倡一種接受訓練的身體感知是極有意義的。

　　杜維明〈身體與體知〉一文曾提到，過去我們習慣將道德意識與美感經驗

---

[189] 楊弘任：〈何謂在地性？：從地方知識與在地範疇出發〉，《思與言》第 49 卷第 4 期，頁 14。

嚴格區分劃為兩個不相關的範疇。似乎道德理性與美感經驗沒有什麼內在必然
的聯繫可言。但杜維明認為，「固然，體知的創造轉化，不一定是道德理性的
突出表現，但道德理性的體現，必然借助體知的形式」[190]。將身體感知聯繫到
道德理性，在理論上是極有可能的，本章援引許多理查德・舒斯特曼的身體美
學理論，其中的關懷就在於從對身體更良善的認識與運用，以消解在政治上對
他族的歧視與偏見：

> 從古代中國轉向我們現代的全球化社會，我想指出，關於一個人的身體
> 感受的身體美學研究，如何有助於處理在多元文化論的地方和國際舞台
> 上出現的那個關於「他者」的困難的政治問題。這是一個令人悲哀的事
> 實，種族和人種的仇恨拒絕通過語言勸說和理性呼籲的邏輯方法來容忍
> 多元文化，因為它含有對他者的發自內心深處的偏見和一種令人煩惱的
> 感受，盡管這些感受影響我們的態度，但它最容易逃脫我們的注意。如
> 果我們想成功地處理好這些偏見問題，那麼我們就必須超過人權和公平
> 這些理性原則之上來看問題。只要我們不是自覺地關注引起種族和人種
> 偏見的令人不安的陌生性所導致的那種發自內心深處的感受，我們就絕
> 不可能克服這種感受，也不可能克服它們引起和滋養的那種仇恨。通過
> 對我們身體感受進行一種集中的、系統性的審視，身體美學訓練首先可
> 以有助於辨認這些引起麻煩的身體感覺，從而有助於我們更好地控制、
> 壓制或克服它們。不過，通過實際上轉變那些令人不快的、「不容異己
> 的」身體感受，身體美學可以獲得更深遠的效果。這種感受可以通過訓
> 練來改變，因為它們本來就是訓練的結果。[191]

這樣的美學與倫理學的聯繫，似乎訴說了一種道德情感連繫於道德理性的問

---

[190] 杜維明：〈身體與體知〉，《當代》第 35 期（1989 年 3 月），頁 50。

[191] 理查德・舒斯特曼著，彭鋒譯：《生活即審美：審美經驗與生活藝術》（北京：北京大學出版社，
2007），頁 XXI

題。而所謂的情感，最直接的發生與外顯就在於身體的運作上。

　　或許我們可以這樣下個結語：「我是一個身體」揭示了身體對於主體的意義價值；而原住民的身體，大大地彰顯了原住民之所「是」，及其之所以為「是」、如何為「是」。

第五章　書寫的技藝／記憶：文學創作的獨立與遊戲

前言

　　從地方知識、個人技藝到身體感知，可以逐漸理解原住民文學中所展現的一種「成人」觀。在地的知識系統與身體化的技藝展現，都朝向著成就／恢復原住民成為其固有文化中「真正的人」，恰當地回答了「我是誰」的提問。在原住民傳統部落的文化中，地方知識、個人技藝與身體感知固然可以緊密地形成一個相互滲透的詮釋系統。不過很快地就要面對另外一個問題：如何用這樣的「成人」觀，去理解原住民文學創作？

　　換言之，如果書寫也是一種「技藝」，而且很顯然地，對原住民作家而言，這個「技藝」發展了一段時日，也頗有成果。那麼文學創作這種不同於部落傳統文化的技藝，是否能夠置入前述的原住民技藝之知的價值結構中討論？此外，在個人技藝的運作展現中，原住民對於現代知識的迎拒，是否對於書寫有任何影響？目前對於台灣當代原住民漢語文學的興起，主要仍然著眼於與八○年代原運的相互生成。當原住民作家不斷借由文學作品引介自己的部落文化、闡述自己的情感認同、控訴政治社會等不公義的遭遇時，我們又該如何看待原住民文學的「美學」？

　　從上述這些問題出發，本章提出「文學創作的獨立與遊戲」。此處的「獨立」是基於將原住民文學從原運的附屬產品獨立出來，此意義在於暫時性地將文學與政治脫鉤，以確保文學作為文學，能夠有其自律的美感形構。然而，原住民在現實生活遭遇的處境，實在又不適宜將原住民文學固著於一個與社會歷

史脈絡截然無關的審美經驗中，因此提出「遊戲」──以游移跳躍的詮釋視野，反覆而靈活地面對原住民文學作品。更進一步，遊戲的不僅僅只是看待原住民文學創作的詮釋眼光，也是原住民作家書寫技藝的展現。利用書寫的遊戲特質，或許可以對社會政治體制提出迂曲卻巧妙的批判，並且恰當地與文學評論界進行對話與相互更新。

書寫的實踐意義與知識的協成

一、介入社會與激盪情感

　　長久以來，在原住民的傳統部落文化中，並沒有相應於其族語的穩定的文字系統。孫大川〈從言說到書寫〉提及，在原住民早期非文字的傳播模式，意義與對象的指涉是直接連結在一起的，雖然沒有「文字符號」的中介，但那是透過「人與人」的直接相遇及分享，有力地達成：「這種沒有文字的溝通方式，使人與人之間的情感可以更緊密地結合在一起，形成了綿密相依的部落傳播網絡」[1]，然而相對於「文字」而言，口傳或非文字中介的表達方式，較缺乏穩定性，這樣的傳播工具或形式一旦面對較大的時空格局，或遭遇另一個使用「文字」的強勢族群，其傳播活動便遭到極大的挑戰，甚至因而逐漸被其鯨吞，難逃潰敗的命運。[2]

　　如何面對「文字符號」，一直是原住民文化於其表達途徑中，十分重要的問題。我們可以看到原住民面對強勢的「使用文字的族群」的焦灼，甚而提出這樣看似天真卻很深沉的疑惑：「字有力量嗎？為什麼它可以讓族親變得那麼聽話？」[3]文字作為一種符號工具──而且暫時僅僅就工具層面而論──，在社

---

[1] 孫大川：〈從言說到書寫〉，《夾縫中的族群建構》，頁 162。

[2] 孫大川：〈從言說到書寫〉，《夾縫中的族群建構》，頁 163。

[3] 霍斯陸曼‧伐伐：〈村幹事之死〉，《黥面》，頁 310。

會的律法制定、契約制定、知識構成、情感表述等等諸多面向，當然有其強大的力量，可以超越時間空間的拘限。這種超越時空的特質，與原住民部落文化中一股「活在當下」的氛圍是大相逕庭的。因此，一旦文字系統進入原住民部落生活，作家不免感嘆，「我們的力量開始衰敗，不再相信心靈的力量是一項嚴重的錯誤。」[4]

不過，文字若僅僅作為一種符號工具，其協助傳播的實用性與便利性同樣不可忽略。因此，當瓦歷斯・諾幹感嘆「文字、圖案、契約替代埋石」[5]，奧威尼・卡露斯恰恰相反地看到了文字符號的功效：

> 時代變遷，象徵英雄榮耀的白石頭，也漸漸被人遺忘。……。這是一個悲哀也是諷刺。這說明了事物象徵性意義的脆弱，只有書寫的文字和符號才傳之久遠。[6]

正因為意識到了「文字和符號才傳之久遠」，文字書寫的價值與意義就初步展開了，雖然原住民的書寫並不始於漢語文學創作[7]，但原住民從第三人稱的「學術的存在」[8]，走向第一人稱的自我主體的表述，台灣當代原住民漢語文學興起，便扣合著原住民在社會政治的複雜情境中的遭遇，成為一股獨特的力量，具有深刻的社會實踐意義。

然而，正因為台灣當代原住民漢語文學與整個原住民運動有著相互滋養、成就的關係。致使文學書寫的價值意義，往往處在模糊不清的地帶。莫那能《一個台灣原住民的經歷》談及，經由朋友的介紹認識了王拓，當時莫那能將自己妹妹的遭遇講述給王拓聽，希望他能為此創作一篇小說發表。隨著莫那能口述

---

[4]　瓦歷斯・諾幹：〈對土地負責〉，《番人之眼》，頁 103。

[5]　瓦歷斯・諾幹：〈對土地負責〉，《番人之眼》，頁 103。

[6]　奧威尼・卡露斯：〈白石頭〉，《雲豹的傳人》，頁 172。

[7]　關於原住民族語的書面化問題，可參閱李台元：《台灣原住民族語言的書面化歷程》，台北：政大民族系博論，2013 年。

[8]　孫大川：〈從言說的歷史到書寫的歷史〉，《夾縫中的族群建構》，頁 86。

其經歷的悲慘，只見——

> 他嘴巴在那邊喃喃的動，說：「寫文章有什麼鳥用。」很用力地說著：
> 「幹，他媽的，要革命啦，要革命啦。」[9]

同樣的質問，瓦歷斯‧諾幹也曾自我盤問：「除了寫詩，你還能做什麼？」[10]這是一種非常典型對於文學介入社會運動的質疑，文學能夠有效地改變社會嗎？文學介入社會的力量又有多少呢？

恰好，無論是莫那能面對王拓的熱情激憤，或是瓦歷斯‧諾幹對於自己的質疑，他們都對此問題提出了很好的回應：

> 但從第二本詩集出來，有很多很熱烈的回應，我就有一點感想，可能很多事情我可以用詩來去反應【映】的，讓更多的人知道原住民的社會現實，所以從那時就開始寫東西。[11]

> 詩有什麼力量？不過就是揭開那一道道沉默的簾幕，那些將發生過的事掩蓋起來的沉默的簾幕——如果詩能帶給我們力量。[12]

如果文學能夠帶給我們力量，其最基本的功用也是最普遍廣泛的功用，可能是一種對於原住民生存境況的「反映」。將政治當局與社會實情中的不公不義揭發出來，讓其他人可以藉由文學的管道得知更立體而多元的訊息。雖然文學是否能夠有效反映，或是反映之後的持續介入能量有多少，這是非常難論斷的大問題。不過當原住民文學本著這樣的初衷開始發聲後，其所帶來的社會實踐的

9　莫那能：《一個台灣原住民的經歷（修訂版）》，頁137。
10　瓦歷斯‧諾幹：〈夏天的歷史節奏〉，《迷霧之旅》，頁83。
11　莫那能：《一個台灣原住民的經歷（修訂版）》，頁228。
12　瓦歷斯‧諾幹：〈揭開沉沒【默】的簾幕〉，《迷霧之旅》，頁68。

效益，遠遠超過我們的想像。

　　從功能性的角度而言，文字書寫最直接的效果，就是將文化紙載筆錄，超越時間空間的限制，得以較口語表述更傳之久遠。許多原住民作家都認識到了這一特質：

> 「有一天傳統的東西會有再被用到的時候，就算在這個世紀沒有被使用，我們還是可以用我們的記憶傳承去等待。」[13]

> 我的祖先，給了我特別的智慧和能力，讓我把傳統的東西詮釋給文明的世界，讓文明能了解我們傳統的美麗之處。[14]

> 我嚐【嘗】試書寫，好讓後代子孫曉得，原來我們祖先有特殊看人性、世界、宇宙的智慧可以書寫成書。[15]

地方知識文化的遺留，相當程度上可以說是原初文化的呈顯。這種文化發展的時空存續結構，正好顯示了文學作品作為一種文化記憶與紀錄的跨時空特質。一方面，現時的社會情境若不理解、欣賞、保留原住民文化，藉由文學的記載以待來日，可以視為一種期盼。另外，在共時的社會脈絡中，跨越種族的文化理解，也是文學的功能，所以「讓笛娜的話／沿著洋流／飛向世界的另一端」[16]就成了原住民文學的一個重要的使命。

　　部落耆老長輩的生活經驗，成了作家「筆墨書寫的記憶對象與永恆的記憶」[17]，在這個層面上談「書寫作為一種記憶」，頗有「以文為史」的功能。當然，

---

[13] 亞榮隆‧撒可努：〈遇見飛鼠樹〉，《走風的人》，頁141。

[14] 亞榮隆‧撒可努：〈增版序〉，《山豬‧飛鼠‧撒可努》，頁3。

[15] 卜袞‧伊斯瑪哈單‧伊斯立瑞：〈再種柚子〉，《太陽迴旋的地方》，頁15。

[16] 沙力浪‧達岌斯菲芝萊藍：〈詩〉，《部落的燈火》，頁43。

[17] 夏曼‧藍波安：〈原初勞動的想像〉，《航海家的臉》，頁74-75。

第一層次的「史」的概念，可能只是一種比較寬泛的生活經驗與情感。畢竟，對於原住民傳統部落文化而言，他們「沒有文字的歷史」[18]，其實正是「活出歷史」的生命型態[19]。如今要從活出歷史到寫出歷史，一切過往的記憶都足以成為文學書寫的題材：「過去是一去不復返的。我們不可能重建它，不可能在一種純物理的客觀的意義上使它再生。我們所能做的一切就是『回憶』它──給它一種新的理想的存在。理想的重建，而不是經驗的觀察──乃是歷史知識的第一步」[20]。從卡西勒的符號化能力談起，原住民對於自己過往生活的記憶的重述，發之於文，正是印證了我們很難直接面對一去不回的過往，能夠做的，就是利用符號重建。文學創作正是在這個意義上，得到了很大的發展。

然而以文為史的目的又是為何呢？除了記錄傳統部落的生活以求跨時空的紀錄、保存外，更積極的意義還在於介入歷史，避免「原住民文學在整個台灣文學史意義便失去發言的機會」[21]。

此外，如巴代的多部小說，都是以部落歷史的文獻作為創作的基準，將之文學化成嶄新的文學作品。其對於歷史的符號化形構，就更朝向文學邁進。這當中「容或有虛擬、渲染的成分，但經過嚴謹的田野比對以及真誠的情感淨化，小說世界所營造的歷史認知，比學術文獻的堆砌，更能映照歷史經驗的真實」。[22]

既然巴代以文為史的小說，相對之下又比較偏向文學的虛構。當然它不可能也不適宜全然作為一種民族誌或人類學研究的素材，但這樣的文學小說其發揮的功用，就更超脫於文學作為一種民族紀錄的功能，而能夠誘發民族情感與文化認同，能夠為了喚起「部落意識」[23]，「激勵的民族自信心」[24]。

---

[18] 孫大川：〈沒有文字的歷史〉，《搭蘆灣手記》，頁 118-120。

[19] 孫大川：〈活出歷史〉，《久久酒一次》（台北：張老師文化，1991），頁 125。

[20] 卡西勒（Ernst Cassirer）著，甘陽譯：《人論》，頁 254。

[21] 瓦歷斯・諾幹：〈一位原住民的文化大夢〉，《番刀出鞘》，頁 199。

[22] 孫大川：〈以「文」作「史」〉，收入巴代：《笛鸛：大巴六九部落之大正年間》，頁 10。

[23] 巴代：〈自序：記一場午後多霧的大巴六九山區〉，《馬鐵路：大巴六九部落之大正年間（下）》（新北：耶魯國際，2009），頁 6。

民族情感、認同感、部落意識、自信心等等，在在都明確地表示文學的功
能具備了觸動人類生存的「感性認識」能力。這樣的能力非常重要，因為這代
表了文學在介入社會、關懷社會的方法及手段上，有了更多的彈性。文學未必
要嚴肅的控訴或指責，更多時候我們期待文學的效用乃是喚醒讀者的情感，以
求同情共感的交流成為可能。甚而，對於創作者自身而言，書寫本身也是一種
自我主體的確立，通過不斷持續的書寫，激憤的心靈可以澎湃成型[25]，而「持
續書寫才讓渺小的個體有了趨向強壯的可能性。」[26]

二、捍衛第一自然

以原住民文學積極介入社會或是激發民族認同，甚至是增加漢人的罪惡感
[27]，都是基於原漢對比下的社會政治處境所具有的實踐意義。不過，當原住民
在回答「我是誰」的提問時，除了基於原漢的對比而提出「我是原住民」外，
深植在原住民文化內而期盼成就的「人」，更是原住民文化所殷切期盼的價值
所在。這種價值感是一種人與自然、宇宙的連結與呼應，這是以整體論為基礎
的傳統社會時，一種人（身體）與宇宙、大自然的和諧相融[28]。

原住民文學具有「捍衛第一自然」的使命與功能：「像台灣原住民這樣的

---

[24] 巴代：〈後記：便利與挑戰下的樂趣與責任〉，《檳榔・陶珠・小女巫：斯卡羅人》，頁 382。

[25] 瓦歷斯・諾幹：〈夏天的歷史節奏〉，《迷霧之旅》，頁 81。

[26] 瓦歷斯・諾幹：〈一切都是不停地書寫〉，《番人之眼》，頁 9。

[27] 「就原漢關係看，原住民文學採取了兩種書寫策略：其一是某種悲情的控訴，旨在喚起對方的同理
心或原罪感；其二是進行某種語言的顛覆，旨在運用自己本族的語言，去干擾主流族群中心語言的
成規。」孫大川：〈用筆來唱歌——台灣當代原住民文學的生成背景、現況與展望〉，《台灣文學
研究學報》第 1 期（2005 年 10 月），頁 213。

[28] 「在以整體論為基礎的傳統社會裡，人是不可分割的，身體不是分割的對象，人被融入宇宙、大自
然與群體當中。在這類社會中，身體的意義實際上就是人即個人的意義。身體的形象是自我的形象，
由構成大自然和宇宙的原料材以不加區別的方式塑造而成。這類觀點要求人們有一種同源感，一種
人積極投入參與到全體生物界的意識。」大衛・勒布雷東：《人類身體史和現代性》，頁 13。在前
一章討論到身體感知的問題時，同樣提到理查德・舒斯特曼的身體感知主張，他認為，「通過更強
的敏銳力、自覺意識和鑑賞性，我們能夠更豐富地感受我們的宇宙。這樣一種身體審美修養的觀念，
能夠帶給我們完善的經驗以最豐富、最深刻的鑑賞力，因為它可以利用豐富的宇宙資源，包括一種
令人振奮的宇宙整體感。」理查德・舒斯特曼：《身體意識與身體美學》，頁 299-300。

部落民族，在全球性現代化的過程中，似乎可以扮演捍衛人類『第一自然』的角色，藉以避免被我們所創造的『第二自然』———一個逐漸人工化的世界——徹底吞噬」[29]。原住民文化所浸淫涵育的「人」，是一種與第一自然密切共感合拍的宇宙人、自然人，這與道家思維強調「人與自然的韻律共應共鳴」[30]是極為相似的情況：「如果『人與自然』或『人在自然』是經過難以衡量的悠久歲月才共同演化而成的，那麼，在生命的原始構造中即存在著人與自然共呼應的機制，此一設想並非無稽」[31]。

　　然而，人類與自然的相遇，不可能完全消弭人類的形跡。人類文明的發展，必然對於自然有所介入、擷取、控制或是挪用、轉化。如果我們不要太快地受到表面詞彙常識性的意義所影響，或許可以比較好理解如同埃倫・迪薩納亞克（Ellen Dissanayake）在《審美的人》所提及「控制自然」：

　　　　我這裡關注的是為了抑制和阻止變幻不定而進行理解和協商這種意義上的「控制」，而不是征服意義上的主宰和鎮壓。「控制」常常被認為是影響、治理或帶動自身以和自然力量保持協調一致——像許多社會儀式習俗中所做的那樣。如我在此對這觀念的發現一樣，與「控制」相連的還是把自然轉變為文化的觀念（或者相反，有時甚至為了參與和借用它的力量），最終至少暫時調和了二者之間被覺察到的矛盾或分裂。[32]

也就是說，人類與第一自然的相遇，在捍衛第一自然的同時，其實我們是藉由了文化的手段，調和了自然與文明的發展。後續將持續討論說明，埃倫・迪薩納亞克提出所謂的「控制的美學」有其基於物種中心的理論發展而出的一套美

---

[29] 孫大川：〈捍衛第一自然：當代台灣原住民文學中的原始生命力〉，收入陳芳明主編：《台灣文學的東亞思考》，頁 417-418。

[30] 楊儒賓：〈遊之主體〉，《中國文哲研究集刊》第 45 期（2014 年 9 月），頁 12。

[31] 楊儒賓：〈遊之主體〉，《中國文哲研究集刊》第 45 期，頁 13。

[32] 埃倫・迪薩納亞克：《審美的人——藝術來自何處及原因何在》，頁 119。

學觀。此處我們只是必須理解，當代原住民漢語文學的實踐意義，除了是面對整個社會政治語境之外，在更為根本的基礎上，他強烈地提醒了一種「人」原始存在的依據。

　　換個說法，不妨參考唐納德・克勞福德（Donald W. Crawford）在〈自然和環境的美學〉一文所提及的「純粹的自然」，意即完全不受人類修改和影響的自然[33]。這樣的自然概念太過嚴格，不太可能保留人類感知活動的介入。唐納德・克勞福德在為了強調人類對於自然的審美能力，因而做出了一個光譜式的描述，一端是「純粹的自然」，另一端是「人造物」，在這兩端之間我們不斷地移動，但必須承認絕對沒有一個清晰的邊界[34]，在我們抵達對自然的改造的產品只能被認為是人工制品的那個環節之前，存在著許多對自然進行修改的層次，而在干擾自然與改變自然之間的分界線並不明顯。[35]

　　之所以必須在捍衛第一自然（純粹自然）之外特別強調人類對於自然的「控制」或「改變」，乃是有助於突出原住民文學「書寫」的獨立意義。書寫作為一種技藝，畢竟是一種文化的發展，但是正因為我們承認自然與文明之間的「調和」，在理念上便可以承認書寫作為一種技藝，如同原住民傳統部落的其他技藝一般，具有「以人合天」的可能。此外，這樣也確保了原住民文學中關於環境美學與自然美學的產生成為可能，使自然能夠做為一種審美感知的對象，乃是原住民漢語文學的一大特色。

三、知識對創作的協成與干擾

　　書寫為了遂成其實踐意義，必須要正視文學創作乃具有價值感的「技藝之知」。從許多文學作品的敘述內容與作家創作的自我反思，我們確實可以讀到原住民作家對於文學創作是具有高度的自覺的。反思的層面有很多，此處要談

---

[33] 唐納德・克勞福德（Donald W. Crawford）：〈自然和環境的美學〉，收入彼得・基維（Peter Kivy）主編、彭鋒等譯：《美學指南》（The Blackwell Guide to Aesthetics）（南京：南京大學出版社，2008），頁270。

[34] 唐納德・克勞福德：〈自然和環境的美學〉，收入彼得・基維主編：《美學指南》，頁272。

[35] 唐納德・克勞福德：〈自然和環境的美學〉，收入彼得・基維主編：《美學指南》，頁273。

論的是關於現代知識如何協成文學創作的實踐。

　　原住民如何面對現代知識的衝擊與影響，原本即是本書問題意識的出發點。在前述章節我們已經討論到了關於現代知識的詮釋效用，可以發現作家在許多地方都透露出對於求學求知的渴望，或是對於追求現代知識的給予適當的肯定。他們對於追求現代知識的目的未必相同，對於其用處、價值也許也有程度不一的判斷。但我們從這些作品裡，確實可以看到對於現代知識的抗拒或接受，似乎經歷了一種「見山又是山」的思考辯證歷程，換言之現代知識不可能完全被排除在原住民傳統文化的維護與更新之外。

　　此處我們仍然可以換個角度證成這樣的論點，而且這樣的論證可能更是關鍵的。我們可以從許多文本看到作家對於文學創作的期待，連結著對於現代知識的吸收與浸盈：

　　　　Bei-Su 問：「上學做什麼？」
　　　　「學習與每個小孩做朋友。」雅雅說
　　　　「學習用文字傳出泰雅的好名聲。」雅爸說[36]

　　　　「亞蓋，我會念書啦！將來寫你的故事，亞蓋。」
　　　　「我的故事……」有什麼好寫的，他想在心裡。[37]

上學做什麼？念書做什麼？本是原住民面對現代知識時，為了維護傳統文化而不得不有的一種詰問。然而此處，無論是瓦歷斯的詩或是夏曼・藍波安的小說，都很清楚直接地將上學讀書的意義提出，那便是希望能有更多的同胞書寫部落的故事，「能有更多一起用筆參戰的戰士，讓我們用文字守衛自己的生命和靈魂，去解釋我們真的存在的真理，讓人尊重、了解我們」[38]，甚至在回憶求學

---

[36] 瓦歷斯・諾幹：〈Bei-Su 上小學〉，《伊能再踏查》，頁 141。

[37] 夏曼・藍波安：《天空的眼睛》，頁 150。

[38] 亞榮隆・撒可努：〈後跋〉，《山豬・飛鼠・撒可努》，頁 241。

初始的進程中便已立定志向，「也從那時候起，我就發誓要離開我的島嶼，流浪到外面看這個世界，使我有能力以他族的文字書寫進行中的記憶」[39]。

當然，像夏曼在這樣年少時候便立定志向要書寫部落的故事云云，若考諸其他作品的內容，未必是當年真實的心情，而是如今對於過往經驗的浪漫想像與記憶填補，畢竟他也曾寫道：「沒想過書寫海洋與人文的故事，或是做海洋文學家」[40]。但這無傷於我們明白原住民作家自覺並意識到，對於現代知識的追求，對於文學創作是有所裨益的：

讀書後，才又讓我繼續想寫書，寫書是因為在學校聽到了很多不一樣思維的東西，對我來說，這些在我寫作上給了我不一樣的思考和元素。[41]

年輕一代的原住民作家如沙力浪，直接受到學院內的學術訓練，也不諱言地表示論文撰寫訓練以及田野調查的經驗厚實他的創作[42]。乜寇・索克魯曼回溯自己的創作經驗時也提及：「才知道，寫就一部小說，需要的是更多的知識、想像以及經歷。」[43]

在討論原住民部落傳統技藝的價值時，本研究引用了波蘭尼（Michael Polanyi）的「個人知識」（personal knowledge）作為說明。此處，既然我們也承認文學創作是一種「技藝之知」，同樣地，我們也能更從波蘭尼的理論理解現代知識如何協成文學創作的實踐。在波蘭尼的觀點裡，技藝的操作與實踐，需要焦點意識與支援意識相互配合。然而此兩種意識在某個程度上又是排斥的，如果將太多的注意力放在支援意識上，我們就沒有辦法遂行原本要完成的

[39] 夏曼・藍波安：〈在冬季的海上我一個人旅行〉，《天空的眼睛》，頁 XIV。

[40] 夏曼・藍波安：《大海浮夢》，頁 406。

[41] 亞榮隆・撒可努：〈自序〉，《外公的海》，頁 25-26。

[42] 沙力浪・達岌斯菲芝萊藍：〈後記〉，《祖居地・部落・人》，頁 228。

[43] 乜寇・索克魯曼：〈自序〉，《我為自己點了一把火》，頁 2。

行動[44]。而所謂的支援意識，在波蘭尼的默會認識論中包括三個面向：首先，是對來自外部世界的各種線索、細節。其次，是對身體的輔助意識。第三，對於過去經驗凝結的文化遺產也是一種支援意識。正是在第三種意義上，各種名言符號構成的解釋框架，都將被囊括在技藝操作的結構之中[45]。由此，我們就更能夠理解，所謂的現代知識對於書寫的技藝而言，是一個必須存有又不能夠太過於強勢的輔助。如此更可以明白，原住民作家既然要以文學創作作為社會實踐的一種強而有力的手段，在根本上，當然就不可能否定對於現代知識的適度吸收與運用。這也是許多原住民作家所承認、自覺的重要創作關鍵──「透過現代學來的知識與在地知識結合來書寫」[46]。

無論現代學來的知識或是在地知識，都是輔助書寫技藝完成的支援意識。如何能夠讓現代知識作為一種支援而又不干擾，這當中如何拿捏，很難有個明確的標準。我們卻也不能不承認，作家創作不免受到知識的干擾，而在創作上屢屢有破壞文學作品的「審美效果」。

例如夏曼・藍波安在用語上，有時會出現如「離散」[47]、「先驗想像」[48]、「貨幣經濟」[49]這類學術性的詞彙。夏曼・藍波安描述大伯走路的姿勢「猶如珍・古德女士研究的黑猩猩的模樣」[50]，其實「如黑猩猩的模樣」即可。在《大海浮夢》裡，也有不少地方挾帶了許多學術性的註腳[51]，然而這種學術訓練下的書寫規定，在文學創作上有時候是可以省略的。畢竟這是部文學作品，並非學術著作。

游霸士・撓給赫的〈尤霸斯與他的兒子〉，當中尤霸斯因為打獵而被帶進

---

[44] 邁克爾・波蘭尼：《個人知識》，頁 84。

[45] 郁振華：〈波蘭尼的默會認識論〉，《自然辯證法研究》第 17 卷第 8 期，頁 7。

[46] 夏曼・藍波安：《大海浮夢》，頁 406。

[47] 夏曼・藍波安：〈海人〉，《老海人》，頁 178。

[48] 夏曼・藍波安：《天空的眼睛》，頁 165。

[49] 夏曼・藍波安：〈一個有希望的夢〉，《海浪的記憶》，頁 18。

[50] 夏曼・藍波安：〈浪濤人生〉，《海浪的記憶》，頁 47。

[51] 例如夏曼・藍波安：《大海浮夢》，頁 30、40。

警局之後，竟然也像是個大學教授一樣開始對警察大談原住民的「黃昏文化」、「黃昏語言」，而且所佔的篇幅不小，也頗為掉書袋而破壞了小說敘述的順暢。浦忠成就曾評論游霸士的作品，在用詞上有時會過於文謅謅，太刻意講求對仗或使用成語[52]。諸如此類的問題，或許都可以以知識對於創作的干擾理解。

　　古代漢語缺乏消化鎔鑄的情況下，直接出現在文本中，有時候也是語言風格上的問題。

　　「追懷先德，眷顧前途，盱衡他們未來的悲慘的遭遇，悲歎他們可憐的命運……」[53]，當中「追懷先德，眷顧前途」出自於連橫〈台灣通史序〉。「山腰上的櫻花卻為寒氣所勒，竟遲遲不能綻放」[54]，出自於袁宗道〈晚遊六橋待月記〉「梅花為寒氣所勒」。「這幾年來，兩兄弟命運險釁，屢遭閔凶。」[55]，出自於李密〈陳情表〉「臣以險釁，夙遭閔凶」。比較通俗常見的用語，例如「倒是所謂的理容院、咖啡室之流的場所，只可遠觀而不敢褻玩焉」[56]出自於周敦頤〈愛蓮說〉「可遠觀而不可褻玩焉」；「幕起幕落，誰還識得千古風流人物」[57]，在蘇東坡〈念奴嬌　赤壁懷古〉可見到。另外，如「晝夜遞遭【嬗】，方成年月；正反相成，成就倫常；正所謂相對的雙方必定共同存在」[58]，這樣的語句也太過於模仿古代漢語，而「吐掉了胸中塊壘那般舒暢」[59]成為一句對話的口白，當然太過刻意。「四個人推來推去，推了半天，卻都趦趄不前，徘徊觀望」[60]，「趦趄」一詞亦有過於冷僻之嫌。至於「越二年／握著粉筆在異

---

[52] 巴蘇亞‧博伊哲努（浦忠成）：《台灣原住民族文學史綱（下）》，頁 971-972。

[53] 游霸士‧撓給赫：〈棄械〉，《赤裸山脈》，頁 262。

[54] 游霸士‧撓給赫：〈棄械〉，《赤裸山脈》，頁 170。

[55] 游霸士‧撓給赫：〈最後的部落〉，《赤裸山脈》，頁 84。

[56] 瓦歷斯‧諾幹：〈都市中的表弟〉，《永遠的部落》，頁 150。

[57] 瓦歷斯‧諾幹：〈都市中的表弟〉，《永遠的部落》，頁 73。

[58] 游霸士‧撓給赫：〈棄械〉，《赤裸山脈》，頁 187。

[59] 游霸士‧撓給赫：〈最後一桿槍〉，《赤裸山脈》，頁 167。

[60] 游霸士‧撓給赫：〈最後的部落〉，《赤裸山脈》，頁 97。

地執教」[61]、「越五十年走避平原耕種」[62]之「越」字,明顯是文言文中的用法。
至於「在海上又是驚奇的一天,好不快樂」[63],「好不快樂」當中將「好不」
視為偏義複詞解讀為「非常」的意思,固然還存在現代漢語中,卻也是非常老
套陳舊的用法。

並不是說原住民文學創作引用了古代漢語或文言文就必然是需要接受批判
的,這當中必須承認有相當程度上見仁見智的美感標準問題。因此,何謂「干
擾」?或是質問「審美效果」為何?這些作家吸收了許多在地知識與現代知識
後,呈顯在文本之中,難道就一定破壞了文學作品的「審美效果」嗎?或者,
作家創作並不以「審美效果」做為主要的考量?這些問題,都牽涉到原住民文
學的美學問題,由此我們將過渡到對於原住民文學的創作美學問題進行分析。

確立「創作美學」的問題

孫大川〈用筆來唱歌〉提及:「作者、作品與出版的緊密結合,使原住民
文學的存在不再只是一廂情願的想像。而他們創作的內容和題材,亦漸次觸及
人生的各個面向。原住民文學不再是原運的附屬產品,除了抗議和控訴,文學
有了它獨立存在的生命。」[64]倘若原住民文學有了其獨立存在的生命,而不再
只是原運的附屬產品,那麼原住民文學就必須面對獨立於原運而有的存在價
值。換言之,原住民「文學」能否獨立而論,不再只是成為原住民政治運動的
一環?或是原住民「文學」本身的價值何在?諸如此類的問題,必然是當代原
住民漢語文學發展至今,不得不去面對深思的。

---

[61] 瓦歷斯・諾幹:〈霧社青年〉,《想念族人》,頁 101。

[62] 瓦歷斯・諾幹:〈浮萍〉,《想念族人》,頁 97。

[63] 亞榮隆・撒可努:〈外公的海〉,《外公的海》,頁 62。

[64] 孫大川:〈用筆來唱歌——台灣當代原住民文學的生成背景、現況與展望〉,《台灣文學研究學報》
第 1 期,頁 211。

　　我們不妨先從邱貴芬拋出的問題談起。邱貴芬在〈原住民需要文學「創作」嗎？〉[65]一文，提出關於原住民文學的創作美學如何可能的問題。

　　首先，原住民作者創作採用「第一人稱」「歷史見證」的姿態的書寫，固然象徵「原住民發聲」與原住民觀點呈現「真正」歷史暴力和保存傳統文化的企圖。但這樣訴諸內容「真實」性，以致於寫作重點在於真實與否，「創」作「美學」層次的問題往往不受重視，「原住民『文學』創作形如原住民觀點的『人類學』、『歷史紀錄』」，「既以『真實』為原則，原住民還需要『文學』『創作』嗎？人類學和歷史書寫不是更能契合『真實』的需求嗎？」

　　接著，邱貴芬指出：「文學」基本上是一種「造假的藝術」（art of fabrication），含有濃厚個人「虛構」、「創作」的色彩；這些都與原住民以「真實」贖回歷史的「壓抑」和「扭曲」的書寫動力背道而馳。邱文更直接挑明，「在文學市場如此蕭條的時代，還期待文學作品能擔任政治改革的推手，不過緣木求魚，不如寫政論。那麼，原住民還需要『文學』嗎？」

　　第三，主流消費市場以「異國情調」看待原住民文學書寫，以致於不在文字裡摻入原住民文化符號，就不被視為「原住民」作品，不具賣點。主流社會和原住民社群因此合力為原住民作家畫出一個「族群的囚牢」，原住民作家只能在此範圍內進行書寫活動。

　　基本上，邱貴芬的問題可以分為兩大方向。一是歷史真實與文學虛構的張力，其次是原住民文學「被觀看的問題」：原住民文學是否要表現出某種「原住民性」？

　　徐國明〈「原住民」的框架內／外──重探台灣原住民運動的文化論述與「文學性問題」〉、〈弱勢族裔的協商困境──從台灣原住民族文學獎來談「原住民性」與「文學性」的辯證〉二文，對於邱貴芬的提問進行了回應與討論。〈「原住民」的框架內／外〉立場大致上主張：

　　1、原住民作者透過漢語書寫，來傾訴原住民遭受主流文化迫害，特別著重在族裔身分的發言位置。因此，這樣與原運高度密合的原住民文學，未必符合

---

[65] 邱貴芬：〈原住民需要文學「創作」嗎？〉，《自由時報》2005 年 9 月 20 日，第 E7 版。

「文學作為一種造假的藝術」的美學標準。[66]

　　2、當前文學研究對於原住民文學研究的塑造，在相當大程度上，還是憑藉著主流文化的「文學品味」和「美學價值」，予以判斷、評選。而這樣的主流意識形態，自然也嚴重箝制著原住民文學的創作和研究。[67]

　　3、由上述兩個原因，徐國明更進一步推導「原住民文學的『文學性』，必須是建立在『原住民』的主體概念上，才得以成立的。」[68]

　　4、更具體地說，所謂的「文學性」並非先驗地存在，而是在創作、批評論述與整體文化生態的互動網絡中逐漸形成，也就是一種知識範疇的建構。[69]

　　5、徐國明認為，當我們衡量一部作品時，除了美學層次的關注外，更應該重新納入不同意識形態，還有多重決定性書寫（政治、社會、歷史、文化）的參與過程。[70]

　　6、最後，徐國明提出一種情況，倘若一位具有原住民身分的作者，不在他的作品裡摻入具有差異性的「原住民」文化內涵時，我們還會認為這樣的作品，是「原住民」的「文學」作品？徐國明認為，我們無法在目前「原住民文學」定義脈絡下，去討論這樣的原住民文學的「文學性」，因為原住民文學的發展過程中，文學性一直是與原住民主體概念緊密扣合的。[71]

　　基本上，徐國明的立場是將原住民文學置入一個比較複雜的社會政治情境脈絡中理解，相當程度上，他照顧到了台灣當代原住民文學發展的實況，捍衛原住民主體性的立場顯而易見。

　　然而，我卻認為徐國明的討論並沒有確實回應到邱貴芬的問題，或者可以說，徐國明是在另一個脈絡中討論這些問題。

---

[66] 徐國明：〈「原住民」的框架內／外——重探台灣原住民運動的文化論述與「文學性」問題〉，《國立台北教育大學語文集刊》第 18 期（2010 年 7 月），頁 167。

[67] 徐國明：〈「原住民」的框架內／外〉，《國立台北教育大學語文集刊》第 18 期，頁 168。

[68] 徐國明：〈「原住民」的框架內／外〉，《國立台北教育大學語文集刊》第 18 期，頁 171。

[69] 徐國明：〈「原住民」的框架內／外〉，《國立台北教育大學語文集刊》第 18 期，頁 192。

[70] 徐國明：〈「原住民」的框架內／外〉，《國立台北教育大學語文集刊》第 18 期，頁 192。

[71] 徐國明：〈「原住民」的框架內／外〉，《國立台北教育大學語文集刊》第 18 期，頁 193。

　　首先，徐國明在論點中，試圖否認「文學作為一種造假的藝術」的標準。那麼，這與邱貴芬提出的前提就不相同了。其次，關於原住民文學品味必須受到主流文學的箝制與影響，固然是事實。然而，任何文學典律之形成，都必然會有主流品味領導的問題。在漢人的文學生產機制中，也會有因應文學獎、文學出版、文學評論等綜合性的因素而產生的文學審美標準。縱然原住民文學必須有所協商，也仍然不影響我們要求或討論原住民文學的「文學性」問題。因為「文學性」固然不是先驗地存在，所謂的「原住民性」亦不是先驗地存在。這都極有可能是文化積累下的層進建構。所以徐國明雖然認為，討論一部文學作品時，除了美學層次的問題之外，應該納入其他層面的意識形態共同理解，卻不能不面對「如果專就文學美學問題而言」，原住民文學的美學如何可能？

　　邱貴芬在另一篇短文〈台灣文學研究的「文學性」〉同樣曾提及原住民文學的「文學性」問題：

　　　　如果說，原住民創作形式和語言的運用不能用一般我們談文學創作的方法來談，那麼，其他替代的方法是什麼？還是只要是原住民書寫原住民文化，就是一篇「好」文章？如果如此，原住民「文學創作」和「非文學創作」的區分在哪裡？也就是說，研究原住民文學，是否要關照作品的「文學性」，探討作者用怎麼樣的形式和技巧來呼應他所要表達的內容？[72]

但揆諸全文，邱貴芬並不只針對原住民文學的「好」的標準而已，她也針對女性文學與散文研究進行反省。換言之，邱貴芬的提問，並不會只針對原住民文學的特殊情境而發。在〈原住民需要文學「創作」嗎？〉一文，也將原住民文學詮釋的問題，與女性文學是否能夠由男性學者來詮釋以及台灣文學能否由外國學者來詮釋等問題結合，共同提出反省。

---

[72] 邱貴芬：〈台灣文學研究的「文學性」〉，《第一屆全國台灣文學研究生論文研討會論文集》（台南：國立台灣文學館籌備處，2004）頁 369-370。

　　徐國明的立場，大約比較接近張誦聖主張在「政治」與「美學」之外加入市場層面的影響。張誦聖的文章這樣談到：

> 回顧多年來這方面的著作，多半傾向於使用「政治」與「美學」分據兩端的二元分析架構，對市場層面──特別是市場力如何透過文化生產機制的美學形式所產生影響──極少做深入分析。因此，如何改用一個「三元」分析模式，將市場層面系統納入考量，而重新勾勒台灣當代文學發展的歷史軸線，成為一個有意義的課題。[73]

將廣義的市場因素納入審美標準形構的討論中，自然有其意義。不過此處還是要提醒，張誦聖的說法，也不是針對原住民文學而發，而是整個台灣文學的研究都可能面臨這樣的問題。既然這是不分原漢差異都有的問題，這個問題自然就成為討論文學的共同背景。在此共同背景之下，原住民文學是否必須面對「文學之所以為文學」的判斷標準？也就是說，其實不只原住民文學的興起與政治運動或社會文化的發展有關，漢人文學很大程度上也肩負了文化傳輸、教育等意識形態的表述。既然這是文學所共同面臨的傾向，我們還是可以將之視為「文學」的「背景」。那麼，「文學」之所以為「文學」的原因，還是一個不可閃避的問題。因此，我認為徐國明不斷強調原住民文學在整個文學場域如何遭受主流文學價值的影響，以及原住民文學性如何扣緊原住民主體意識等方式，並不是在回答邱貴芬所關心的關於「原住民文學的創作美學」。

　　那麼關於邱貴芬提出來的問題，又該如何回應呢？此處先羅列本研究的相關論點：

一、　為求原住民文學不再是原運的附屬產品，而有其獨立的價值。原住民文學的創作與評論視野，應該在現有的發展基礎上，更加關心、開拓原住民文

---

[73] 張誦聖：〈「文學體制」、「場域觀」、「文學生態」：台灣文學史書寫的幾個新觀念架構〉，《台灣文學評論》第 4 卷第 2 期（2004 年 4 月），頁 207。

　　學創作美學的價值與意義。

二、　所謂的審美標準，也許並沒有一個本質性、規定性、統一的說法，評論者
　　　與創作者必須有「創作好文學」的意識，不單單以內容題材為依歸，而需
　　　要開始重視創作的形式技巧。

三、　既然題材內容暫時不成為我們審議文學良窳的主要部分，我們可以試圖回
　　　答徐國明提出的問題：倘若一位具有原住民身分的作者，不在他的作品裡
　　　摻入具有差異性的「原住民」文化內涵時，我們還會認為這樣的作品，是
　　　「原住民」的「文學」作品？基於目前學界對於原住民文學採取身分說的
　　　定義來看，只要在身分血緣上能夠被確定為「原住民」，則其人創作的所
　　　有題材都屬於原住民文學。

四、　里慕伊‧阿紀在《山野笛聲》的自序〈仰望星空〉提及，當初利格拉樂‧
　　　阿𡠇邀請她撰寫「番人之眼」的專欄，阿𡠇說：「番人之眼，看天下、看
　　　人間、看任何所看到的……沒有限制你非看什麼啊！」[74]身為一位「番人」，
　　　所能放眼望去的世界無比遼闊，不一定著眼在原住民的悲情控訴或傳統文
　　　化的問題上。

五、　當然，也有可能具有原住民血統的創作者，對於傳統文化的認同或理解甚
　　　少。那麼，如果我們如何面對原住民文學可能會跟漢人文學沒有任何差
　　　別？於此問題上，部落文化的傳承與影響，必須是在「人」身上作功，這
　　　方面的努力有多面向可以進行。但是一旦人要進行「創作」，就要以此「人」
　　　為一個創作的核心，發散出屬於他獨特擁有的創作能力、情感、價值等，
　　　而不是以題材拘限了創作。

六、　既然不以題材作為審議原住民文學的美感標準，邱貴芬提到的原住民文學
　　　真實與虛構的張力，仍然要以「文學」為依歸。文學畢竟不是人類學研究
　　　或民族誌，那容或具有偶種程度上的功能，但是我們不能忽略文學具有其
　　　高度主觀的情感投射及發用。我們仍然不能忽略文學作為一種「創作」與
　　　「表現」（而非只是「再現」），必然帶著作家的強烈主觀的情感。

---

[74]　里慕伊‧阿紀：〈仰望星空〉，《山野笛聲》（台中：晨星出版社，2001），頁 10。

七、 邱貴芬與徐國明都提到原住民文學「被觀看」的問題，也就是「原住民性」
與「文學性」的爭持。徐國明很擔憂地提出一個問題，在文學獎匿名機制
中，漢人可以操作原住民的元素而得到更多受注意的機會。徐文引用甘耀
明為文敘述的經驗，因為要「還原住民公道」故而在文學獎審查上選出了
四位原住民作品，結果四篇都是漢人寫的[75]。關於類似的情境，問題出在
評審本不應該預設「原住民題材」與「原住民身分」的連結。尤其文學獎
的匿名審查機制，本就已隱藏了「原住民的身分」。以文學作品中的「原
住民題材」來掛勾「還原住民公道」，本來就是混淆了評審文學的標準了。
此外，在文學獎匿名審查的機制中，並不是只有原住民題材會成為一種被
刻意操作的符號，女性文學、同志文學、外籍移工……，舉凡特定時候所
關注的流行議題，都很有可能成為一種刻意操作的主題。這本來是文學獎
匿名機制下難以避免的，文學獎只是文學發展與文學評論的一個環節，而
非全部。

八、 至於原住民被符號化的問題，第一章曾提及原住民自我符號化的遊戲能
力，可以作為一防禦與游擊。邱貴芬討論紀錄片時，曾提出受訪者藉由「表
演」來「戲弄」觀看者，與本文所談論自我符號化的顛覆力量意思相同。
她主張在紀錄片中受訪的對象，能夠以「表演」作為一種嘲弄的手段，讓
優勢族群的東方想像顯得天真幼稚。「文化異質不僅是消費商品，也可能
是一種利用消費者（對異質文化的）不懂和無知，玩弄其於股掌之間，顛
覆弱勢族群傳統劣勢位置的王牌。」「基本上，我認為觀看者愈意識到被
觀看者進行的是一種展示、表演，這中間顛覆的空間就愈大。」[76]

　　邱貴芬雖無明言「文學是一種造假的藝術」的理論脈絡，但從恩斯特・卡
西勒（Ernst Cassirer）《人論》（*An essay on man*）與其學生蘇珊・朗格（Susanne

---

[75] 徐國明：〈弱勢族裔的協商困境——從台灣原住民族文學獎來談「原住民性」與「文學性」的辯證〉，
《台灣文學研究學報》第 12 期（2011 年 4 月），頁 234-235。

[76] 邱貴芬：〈紀錄片／奇觀／文化異質：以《蘭嶼觀點》與《私角落》為例〉，《中外文學》第 32 卷
第 11 期，頁 134-135

K. Langer）《情感與形式》（*Feeling and Form*）的符號形式美學立場，可以替這一說法進行相當程度上的闡述與補充。

卡西勒的符號形式哲學，為人類的本質下了一個功能性的定義，亦即人類是運用符號的動物。在卡西勒看來，無論是語言、藝術、神話、宗教、歷史、時間、空間都是一種符號，人類正是因為具有符號化的能力，才能創造文明與文化。所以在抽取符號的過程中，符號就是一種創造，也是一種虛構。特別在藝術領域，卡西勒提醒我們藝術作品的形構，是一種將情感具體化、客觀化的過程，否則只是受情緒支配，只是多愁善感而稱不上是藝術[77]。

這種強調情感具體化外顯的說法，為卡西勒的符號形式美學奠定基礎。卡西勒把「美的形式」看成是一種自由主動性的產物，由於每一件藝術品都是一種生命的形式，都有一個直觀的結構，意味著一種理性的品格，因而藝術品應該具有審美的普遍性[78]。在這個意義下，我們可以回應徐國明「文學性不是先驗地存在」一說，徐國明的論文討論的方式乃是就現實經驗的歸納，表明所謂的美感標準，在原漢文化的差別以及權力不均等的情況下，會有許多讓步妥協的問題。不過若是在符號形式哲學的美學觀中，這些妥協都不足以否認文學作品存有特定的藝術符號與形式。固然美感的標準會有商討的空間，但此協商也不能只看到原住民文化讓步的面向，漢人文學或主流文學也需要時時調整變化。這所有的討論，都有可能是在一個尋求更好的形式的道路上。

不過，這並非意味著符號形式美學忽略情感的作用，只注意到藝術形式的「技術」要素，或如魏貽君所擔心的「片面追逐文學性的形式正確、技巧滿足」[79]。實際上，藝術不僅達到了主觀世界和客觀世界的融合，達成對直接現實的超越，給生活注入了「活生生的形式」的質素，同時，這種形式本身即是對人的生命形式的一種凝練與表現[80]：

---

[77] 卡西勒：《人論》，頁 209。

[78] 張賢根：《20 世紀的西方美學》（武昌：武漢大學出版社，2009），頁 51。

[79] 魏貽君：《戰後台灣原住民族文學形成研究》，頁 365。

[80] 趙憲章、張輝、王雄著：《西方形式美學：關於形式的美學研究》（南京：南京大學出版社，2008），

　　　　審美的自由並不是不要情感，不是斯多葛式的漠然，而是恰恰相反，它
　　　　意味著我們的情感生活達到了它的最大強度，而正是在這樣的強度中它
　　　　改變了它的形式。因為在這裡我們不再生活在事物的直接的實在之中，
　　　　而是生活在純粹的感性形式的世界中。在這個世界，我們所有的感情在
　　　　其本質和特徵上都經歷了某種質變的過程。情感本身解除了它們的物質
　　　　重負，我們感受到的是它們的形式和它們的生命而不是它們帶來的精神
　　　　重負。[81]

卡西勒認為，藝術作為一種純粹形式，就其與其他符號形式的區別而言，它有
著自身獨立的價值與獨特的語言，即形式的語言，它不指涉具體的現實與事實
而僅遵循「形式的理性」[82]。就其創造特性而言，它不是人類情感的簡單再現
和集合，而是以各種形式因子賦予形式的過程，它使凝固材料產生了生命的型
態；就其創造的結果而言，它則給人們帶來「純形式的真實」[83]。

　　藝術品的形式發現與創造，必須經由藝術家的理性構思而成。藝術家的理
性思維，如藝術理念、精神、創作意旨等，會貫注在藝術品的形式上。為了達
到最高的美，就不僅要複寫自然，而且恰恰還必須偏離自然。規定這種偏離的
程度和恰當的比例，成了藝術理論的主要任務[84]。

　　有了以上的理解，回頭閱讀邱貴芬的討論，提示了我們一種文學創作與歷
史紀錄的兩難，這牽涉到了虛構與真實的衝突。但是，文學作為一種虛構的創
作，在卡西勒的學說看來，那種「虛構」指向的是從「實在」中萃取出「符號
形式」。這個觀點在蘇珊・朗格的理論中更是發展顯著，蘇珊・朗格討論文學
虛構與現實事件的關係時，強調「現實提供意象是十分正常的；不過意象不再

　　　頁 324。

[81]　卡西勒：《人論》，頁 217。

[82]　卡西勒：《人論》，頁 245。

[83]　趙憲章、張輝、王雄著：《西方形式美學》，頁 327。

[84]　卡西勒：《人論》，頁 204。

是現實裡的任何東西，它們是激動起來的想像所應用的形式」[85]，「文學的事件是被創造出來的」[86]，「每一件真正的藝術作品都有脫離塵寰的傾向。它所創造的最直接的效果，是一種離開現實的『他性』（otherness），這是包羅作品因素如事物、動作、陳述，旋律等的幻覺所造成的效果」[87]。

如此可以說，文學作品的「虛構」指向的是一種有意味的形式的創造，與內容是否屬實並不相關。即使要針對文學作品的內容真實性進行探討，在符號形式哲學的脈絡中，「歷史」或是相關紀錄，也無法直接面對「實在」[88]。換言之，無論是原住民「文學創作」或是原住民「歷史紀錄」，似乎都可以說是指向一種虛構的形式創作。

然而，這樣子似乎又沒有解決問題。因為這樣的推論就把「文學創作」和「歷史紀錄」的問題同樣推導至「符號形式」的萃取。那麼，到底原住民需要「文學創作」嗎？

從卡西勒對於科學符號與藝術符號的差別討論中，我們可以理解，原住民當然需要「文學創作」，因為原住民需要一種將情感持續形式化、具體化，追求特定的生命形式與情感形式以求使外人能夠理解的作品。蘇珊‧郎格也認為，藝術的審美價值在於通過藝術去觀照和理解人類情感的本質。同時，通過對藝術的認識與熟悉，反過來為實際情感提供形式[89]。

至於原住民的歷史紀錄或是民族誌的工作，固然原住民漢語文學似乎某個程度上能夠肩負這樣的功能，這卻不應該是其主要的職責。甚至，原住民漢語文學是否能夠發揮歷史紀錄或民族誌的效用，是在以文學的眼光閱讀作品時，所不需要強調或是刻意彰顯的眼光[90]。

---

[85] 蘇珊‧朗格（Susanne K. Langer）著，劉大基、傅志強、周發祥譯：《情感與形式》（北京：中國社會科學出版社，1986），頁293。

[86] 蘇珊‧朗格：《情感與形式》，頁297。

[87] 蘇珊‧朗格：《情感與形式》，頁55。

[88] 卡西勒：《人論》，頁276。

[89] 張賢根：《20世紀的西方美學》（武昌：武漢大學出版社，2009），頁52。

[90] 這個問題則必須交給需要以此「作品」作為「民族誌」參考的人考慮。原住民文學是否能夠擔任民

　　邱貴芬文章認為，強調真實不真實的問題推到極致，可能會徹底否絕了文學存在的意義：「在文學市場如此蕭條的時代，還期待文學作品能擔任政制改革的推手，不如寫政論」[91]。關於這個問題，邱貴芬並非無的放矢，但是同樣地這也不是原住民文學獨自面對的命運，任何嘗試以文學推動政治改革的作品與議題，如：女性文學、同志文學、後殖民等都會遇到相同的質疑。

　　順著此而論，文學作品不能夠等同於政治論述，文學作品必然有其獨立於政治論述的價值，而此價值極有可能就是在「特定的符號形式」上，能夠更好地「感染人心」。何況，政治論述往往試圖「以理服人」，效果上卻未必能夠有幫助。正如理查德‧舒斯特曼（Richard Shusterman）曾言：

> 如果我們想成功地處理好這些偏見問題，那麼我們就必須超過人權和公平這些理性原則之上來看問題。只要我們不是自覺地關注引起種族和人種偏見的令人不安的陌生性所導致的那種發自內心深處的感受，我們就絕不可能克服這種感受，也不可能克服它們引起和滋養的那種仇恨。[92]

訴諸感性認識而期望改變，可以說是美學的一大功能。符號形式哲學的脈絡表

族誌的角色，遠非本文能夠評判的。齊隆壬於〈民族誌與正文：台灣原住民文學的書寫和種族論述〉認為原住民文學可以視為一種「新民族誌」。但是我認為，如果忽略了文學創作本身是一種自我符號化的行為，而又對於原住民的自我符號化當中的遊戲批判力視而不見，太直接地將原住民漢語文學作品視為民族誌，反而可能會陷入一種文化誤解的閱讀危機而不自知。見馮品佳主編：《重劃疆界：外國文學研究在台灣》（新竹：國立交通大學出版社，2002），頁159-170。邱貴芬的一篇文章〈性別政治與原住民主體的呈現〉針對夏曼‧藍波安的作品討論曾指出：「原住民漢語文學創作，不宜單純視為原住民文化異質的展現。原住民文學書寫的解讀，必須回到『翻譯』的特質：翻譯是兩種語言、兩種文化的接觸、交混的地帶。因此，研究原住民文學，我們需要探討作家『如何』展現『原住民的異質與主體』。」我認為，邱貴芬這裡提出的「如何呈現」將之解讀為「文學表現」的問題亦未嘗不可，而此文對於「性別政治」的討論，正說明了注意到了文學的主觀表現並不會因此就捨棄了原住民文學的政治性格、或減損對原住民主體的關懷。見邱貴芬：〈性別政治與原住民主體的呈現：夏曼‧藍波安的文學作品與 Si-Manirei 的紀錄片〉，《台灣社會研究季刊》第 86 期（2012年 3 月），頁 30。

[91] 邱貴芬：〈原住民需要文學「創作」嗎？〉，《自由時報》2005 年 9 月 20 日，第 E7 版。

[92] 理查德‧舒斯特曼：《生活即審美：審美經驗與生活藝術》，頁 XXI

明，在現實世界中，進入藝術，也就是進入了一個新的領域，那不是活生生的事物的領域，而是「活生生的形式」的領域。藝術符號所構成的形式世界，不但可以描摹現實的世界，反映整個人類的情感，它還可以探索可能的世界，包括那些已經消失的過去及尚未到達的未來[93]，「展示事物各個方面的這種不可窮盡性就是藝術的最大特權之一和最強的魅力之一」[94]。

　　最後，為免誤解，需要針對本節的討論進行一些附註說明。

　　首先，此處強調形式美學，並不是認為文學的形式高過內容，事實上這也不是符號形式美學的立場。我想要提供的是一種「閱讀視野的轉換」，意即我們仍然能夠以文學藝術的眼光來閱讀原住民漢語文學作品，至於這些文學作品具不具備歷史紀錄、民族誌的功能，那可以有另外的閱讀眼光審視之。原住民不但需要有文學創作，我們也需要有以創作的眼光審視的必要。

　　但更重要的是，對於原住民漢語文學的審美要求，與其說落實在對於原住民創作者的身上，不如說更直接地落實在原住民文學評論者的眼光內。也許每個研究者、評論者所有的標準不一致，我們也很難從少數經驗中輕易推導出一個高高在上的美感要求或形式標準，但這不意味著對於原住民文學作品的鑑賞與批評就可以置之不理。原住民文學的評論「不再只是」以政治正確或文化認同的眼光來看待這些作品時，對於原住民創作者而言，反而可以拓展他們創作的參照座標，讓他們可以有更多的選項，有意識地去寫或不寫。

返本以開新：活出文學到寫出文學

　　彭鋒在闡述茵加登（Roman Ingarden）的美學概念時做了這樣的表述：「文學作品既可以當作藝術來欣賞，也可以當作其他東西來認識或使用；只有當我

---

[93]　周憲：《20世紀的西方美學》（南京：南京大學出版社，1999）頁293-294。

[94]　卡西勒：《人論》，頁212。

們將文學作品當作藝術來欣賞的時候，文學作品才會成為審美對象」[95]。此處借用這一段話說明前面討論原住民文學美學問題的用意，我的立場並不是要全然否認原住民文學在民族誌、歷史紀錄的作用，也不是完全無視於所謂的美感認知及要求有可能成為一種意識形態與權力爭奪的場域。我是要強調一種不執於一的閱讀／評論視野的轉換。在卡西勒的形式符號哲學中，所謂的人就是一種「文化人」。人類借用運用符號而開創出文明、文化的發展，是具有相當大的意義的。從而引伸出來的關於文學藝術的形式美學，也不應該輕易閃避或置之不理。既然要求原住民文學獨立於原運，那文學之所以為文學，其獨立的意義與價值，自然須要有更多的評論者關注。

　　既然這是一種閱讀視野的轉換，當然本研究也不執著在於對於純粹形式技巧的追求，在卡西勒的形式符號哲學中，原初社會與原始部落的生活型態，屢屢暗示著面對實在、接近實在，而對於符號的依賴沒有這麼強烈而複雜的生活型態。那麼，原住民文學所存在的那種「原始性」，或者是（比較）直接面對實在的原初存在狀態，是否能夠對於原住民文學的創作有所影響或提供任何資源？

　　這又是一個不同於卡西勒《人論》的一種思考。埃倫‧迪薩納亞克（Ellen Dissanayake）的《審美的人》（*Homo Aestheticus*）是一個明顯的對比及參照。在她看來，藝術之所以存在也之所以重要，並不是因為藝術是一種人為的文化。而是必須考量當潛藏在人類生物進化的漫長景觀之中，才是考量藝術在當代生活的最佳視角[96]，她的提問方式是：人類已經被稱為使用工具的（Homo faber），直立的（人科的祖先，Homo erectus），遊戲的（Homo ludens）和智慧的（Homo sapiens）。但是，為什麼不是 Homo aestheticus（審美的人）呢？[97]她以物種中心主義與人類行為學的角度討論藝術為何存在，而參照的視野大抵上是從非現

---

[95] 彭鋒：《回歸：當代美學的 11 個問題》（北京：北京大學出版社，2009），頁 41。

[96] 埃倫‧迪薩納亞克：《審美的人》，頁 13。

[97] 埃倫‧迪薩納亞克：《審美的人》，頁 8。

代西方的藝術著手[98]，因此討論到了很多原始社會的藝術呈現。埃倫‧迪薩納亞克的理論自有其複雜的論證，但對於她將藝術歸諸在於「人」的物種性「存在」的觀點，確實對本研究產生了一些啟發。如果不從形式符號哲學的那一端來看待文學藝術問題，那麼有沒有一種本然與人的生存就息息相關的文學與藝術？

　　再從另外一個面向來談。邱貴芬關心原住民的文學「創作」，是基於「創作」的角度去談論「美學」。但是，我們也可以從「美學」（aesthetics）的本義去談論。十八世紀美學之父鮑姆嘉藤（Baumgarten）將美學確立為一門獨立的學科時便談到，美學是感性認識的科學[99]。根據木鐸出版社的《美學辭典》「美學」條目敘述：「鮑姆嘉登的意思是要研究對完整和諧的具體形象飽含『感情』的、朦朧、籠統而生動鮮明的『感性認識』（不是明晰的理性概念認識）」[100]。換言之，「美學」並非是要討論一個物象是否具有「美」的特質，而是要探討人類的感性認識的相關問題。如此，原住民文學的美學問題，就不一定只是落實在文學形式與構成的面向來討論。文學作品中所描述的關於原住民的感性認識的種種狀況，籠統地說，都是美學可以討論的範圍。譬如前一章對於原住民身體感知的研究，就是對於原住民身體美學的討論[101]。由此而論，引領我

---

[98] 埃倫‧迪薩納亞克的理論與卡西勒的《人論》形成有趣的對比，卡西勒《人論》在討論人與動物的區別，而埃倫‧迪薩納亞克則留意在於人與動物的連續性，亦即從物種中心的角度去提醒「人是動物，無論他們還是什麼或者自認是什麼」。不過《審美的人》似乎沒有直接對於卡西勒的理論進行討論，反倒是有強調她與蘇珊‧朗格對於藝術的看法並不一致：「朗格《生命體驗的形式》（1953）和她的其他著作（1942,1967）可以被順利地併入一種以生物學為基礎的審美經驗觀中。但是，儘管她表示了闡明藝術的生物根基的願望，但朗格並不認為藝術是人類進化過程中具有選擇價值的一種行為。她的興趣在於表明藝術是人類特有的符號化『心理』的產物，這同我認為藝術不需要依靠符號的表現或轉化的觀點十分不同。」這種對比的傾向，提供了我們看待「原住民」「文學」的視野的跳躍及轉換。見《審美的人》，頁38、330。

[99] 簡明、王旭曉：〈前言〉，收入鮑姆嘉藤著，簡明、王旭曉譯：《美學》（北京：新華書店，1987），頁5。

[100] 王世德主編：《美學辭典》（台北：木鐸出版社，1987），頁1。

[101] 美國實用主義美學家理查德‧舒斯特曼表示，「亞洲在對西方美學的接受過程中，並沒有保留『美學』原本具有的『感知』或『意識』的含義。當西方哲學在明治時期引進到日本時，美學這個概念被曲解為『美的科學』（或理論）。」楊儒賓研究莊子時也曾坦言，我們回到「美學」的原意，它

們關切的未必是原住民「文學的美」的問題，而是原住民文學中的「感受力」問題。

一、生活的感受

　　從以上這的反思，對應原住民文學文本可以發現，許多作家在討論部落生活的特質時，常常有「活在文學」、「活出文學」的說法：

> 在百年以前我們沒有「文學」這個概念，我們的文學基本上就是生活，比如說我們老人家之間的對唱、對吟，這些都是文學啊！[102]

> 其實就是生活的藝術、美學，也是生態倫理的信仰，無形的文化資產，這是我現在的認知，以及很深的體悟。[103]

> 我不知道什麼叫研究，我只知道生活。[104]

　　在原初的部落生活中，沒有現代文學創作意義下的「文學」（literature）概念。然而我們若從現在文學的概念去審視部落生活的許多模式，似乎又可以看出類似的文化產物。對於原住民而言，他們只是在生活，只是「活著」。如果從埃倫・迪薩納亞克的理論來看，為了「活著」以及「更好地活著」，人類自然會發展出因應環境的藝術「行動」：「通過把藝術稱作一種行為，我們也建議，在人這個物種的進化過程中，有藝術傾向的個人，那些擁有這種藝術行為的人，比那些沒有的人生存得更好。這就是說，一種藝術行為具有『選擇』

原來即帶有感性之學的意思。換言之，「美學」的焦點應當放在主體一種特殊的與物交往的知識，而不是自然的物相具不具有「美」的屬性。理查德・舒斯特曼：《身體意識與身體美學・中譯本序》，頁3。楊儒賓：〈莊子與人文之源〉，《清華學報》第41卷第4期，頁603。

[102] 魏貽君：〈從埋伏坪部落出發——專訪瓦歷斯・尤幹〉，《想念族人》，頁229。

[103] 夏曼・藍波安：《大海浮夢》，頁246。

[104] 瓦歷斯・諾幹：〈看到彩虹橋了嗎？〉，《城市殘酷》，頁282。

或『生存』價值：它是一種生物性的必需品」[105]。在原住民傳統部落的生活型態中已經囊括我們現在認定的「藝術」或「文學」內涵，對於原住民漢語文學的作家而言，他們要做的事情，是把這樣的生活樣態「原原本本」地描述出來：

是的，原住民自有他人所沒有地歷練與體驗，因此讀他們的作品，確實有一種新奇的享受。重點在於「原原本本」四個字，每個人都能夠敘說自己的過去，但要能做到讓讀者一口氣「欲知其詳」，就必須具備過人的敘述技巧，同時必須語氣真誠，才能讓讀者有如親臨其境，與之同悲共喜。[106]

「原原本本」可以是一種理想，也可以說是一種文學創作上的傾向。從人類的認識能力而言，到底怎麼樣的程度叫做「原原本本」其實是個問題。但如果這是一種創作上的寫作風格與態度，我們仍然可以理解原住民文學對於日常生活的描摹，即使不需要有太多的（當然也不能完全不顧）「敘述技巧」，一樣可以展現出屬於原住民文學的「生活美學」：

假如我三十二歲那年忘了回家的話，如此之「原初信仰」的體悟，在至親親人往生後，就不會孕育對自然生態環境的另類感知，這種信仰不是在表現想像的靈觀，而是在沒有任何為了金錢而勞動生產的目的論下，接受了父祖輩們的生活哲學觀，我現在稱之純潔的「生活美學」。[107]

嚴格說起來，「生活美學」是一個很籠統的概念。「生活」的內涵無限遼闊，日常行住坐臥莫不是在生活，而「美學」一詞在漢語日常的語境下，也常常是含混不清的。

---

[105] 埃倫・迪薩納亞克：《審美的人》，頁65。
[106] 杜明城：〈推薦序一〉，《外公的海》，頁2。
[107] 夏曼・藍波安：《大海浮夢》，頁258。

原住民作家當中，夏曼‧藍波安算是比較常提及「美學」一詞，雖然並沒有很好地解釋，但基於「美學」作為一門研究感性認識的學科，我認為更明確意義下的「生活美學」乃是關注「生活當中的感性認識」：

> 我們從小每天的第一眼、最後一閉都是海洋，他的潮汐大小變幻，勾畫了我本性的浪漫與懶散，而冬季時的海洋，他的寧靜在我小時候的感官，也比我那個記憶裡的外祖母更慈悲、慈祥，並多了暗灰的蒼涼，那汪洋影像的變幻幾乎就是刻在自己成長的記憶裡。[108]

> 黑暗的靜，讓人能聽見自己原來就擁有的那個聽覺能力，我確信自然和土地呼吸的氣聲隨著蟲鳴的叫聲，而有律動、節奏，蟲鳴叫聲間接的拉高代表著大地吐出的聲音。我合眼佇立著，手中緊握獵槍，頭四十五度角的歪著，朝天的耳朵正聆聽由天飛來的聲音，朝地的耳朵聽著由地傳來的聲響，我靜靜的聆聽……這勝過在國家音樂廳般的一切感受。[109]

原住民作家返回山海世界，回歸大自然的生活方式，確實有很多機會面對自然，而引發審美情感。這些情感的特質常常是非常豐沛細膩的，當中「寧靜」是一種最常被提及的感情。夏曼‧藍波安的大海是寧靜的，亞榮隆‧撒可努的山林獵場也是寧靜的。「寧靜」除了是大自然給予作家的一種感情特質的呈顯外，「寧靜」本身也是一種「審美態度」：

> 學校教育學來的知識，對我而言是「理性」看世界，父祖輩們給我的教育是，用「寧靜」觀賞海洋。我聽得懂他們的故事，他們划過的海我划過，他們潛過的海我潛過，他們走過的山林我走過，他們抓過的魚類我也抓過，也回敬了我這些尊敬前輩，原來他們跟我說許多的故事就是要

---

[108] 夏曼‧藍波安：《大海浮夢》，頁 24。

[109] 亞榮隆‧撒可努：〈水神的指引〉，《走風的人》，頁 242。

我將來當個「作家」。[110]

當夏曼・藍波安以二元對立的方式列舉出學校教育／父祖輩、理性／寧靜，我們可以明白，這裡的「寧靜」就是一種不同於理性思考的感性發用。換言之，並不是每個人走進山林大海都必然會獲得審美認識，而是必須得先有一種審美的態度、眼光去欣賞自然環境[111]。

　　從感性認識的角度去談「審美」、「美學」，是為了要避免漢語詞彙中「美學」在字面上的意義使人誤以為談的是「美不美」的問題。因為，人的感受力非常豐富，不會只有對於「美」有感受。從感性認識的審美經驗去看待問題，就可以有更遼闊的視野，明白這些作家在重返部落、回歸自然時的種種感受，不一定只是單純的「美好」，而是能夠囊括各種情境下的真實「感受」：

　　　　其實，在家寫論文的這幾個月，我經常在凌晨一人獨自夜潛射魚，在清晨回家，目的是在這種自己營造的「黑色場景」清醒我自己，從黑夜到白晝，為自己尋找潛水射魚的時段，屬於自己的孤獨世界。孩子們的母親，因而說我「腦袋」有問題。[112]

　　　　離開後，我回頭望著身後的這片樹林，矮灌木叢的寧靜和密林有點鬼魅的氣氛，我突然感受到離開後的那種悲離和不捨，對於周圍和視覺，自

---

[110] 夏曼・藍波安：〈滄海〉，《老海人》，頁 21。

[111] 值得說明的是，這裡談到的「靜賞」，常常連結到現代美學常常提及的「無利害的」（disinterested）的鑑賞態度，亦即「不涉及任何外在目的」。然而，現代美學的「無利害的」、「靜觀」審美態度，也是一個爭論很多的觀點。例如埃倫・迪薩納亞克：《審美的人》從物種主義看待原始藝術的時候，就反對現代美學的這種「非功利化」的審美觀。關於現代美學這方面的論爭，可以參看彭鋒：〈存在審美經驗嗎？〉，《回歸：當代美學的 11 個問題》，頁 66-98。另外，關於該如何欣賞自然環境也頗多討論，可以參看彭鋒：〈如何欣賞自然環境？〉，《回歸：當代美學的 11 個問題》，頁 226-248。

[112] 夏曼・藍波安：〈讓風帶走惡靈〉，《航海家的臉》，頁 65。

　　己已能有所感覺，我也體會到父親在對自然耳語的意義。[113]

　　無論是夏曼・藍波安所言「黑色場景」的「孤獨」或是亞榮隆面對「有點鬼魅的氣氛」，或是瓦歷斯・諾幹〈最初的狩獵〉[114]泰雅族小孩與老人上山與野獸搏鬥，小孩眼看自己殺死了山豬，心中興起「這難道就是學習勇士代價」的疑問，甚而放聲一哭，這當下的情感湧現，都不可能是單純的「美」，但這之所以能夠為我們討論「美學」所承認，正是因為他們都是在敘說自己存在於當下場景時所擁有的感受：「就在此刻，我能感受離開是一種氣氛的感覺的延伸，讓自己有一種深刻感觸，去體會你的離開是自然回應給你的感受。」[115]

　　如果仔細閱讀這些段落，不時可以看到作家們提到「氣氛」，這便讓人聯想到柏梅（Gernot Böhme）提出的〈氣氛作為新美學的基本概念〉。在此文中，柏梅也是力圖將美學的意義重新回歸到「感性認識」的層面上談，他認為過去美學發展的一種情況是脫離了經驗，更少關乎感性經驗，美學理論提供了藝術史、藝術批評相關辭彙，但在這個發展途徑上，感性與自然幾乎完全從美學中消失了[116]。柏梅提出的氣氛概念，認為「氣氛是知覺者與被知覺的物件的共同實存性。氣氛是被知覺者的實存性（作為氣氛在場的領域），同時氣氛也是知覺者的實存性（即是知覺者感受到氣氛時是以某種特定的方式讓身體在場）」[117]。利用氣氛的概念，試圖串連審美主體與審美對象主客二元對立的狀況。柏梅的氣氛美學當然不會只是這樣簡單的概念，其中還涉及了他結合身體美學、自然美學、社會美學三層面的批判意義[118]。但氣氛美學的概念，確實有助於幫助我們理解文學作品中所描述大自然對於原住民作家所產生的一種「魅力」：

---

[113] 亞榮隆・撒可努：〈公山羊的鬥場〉，《走風的人》，頁 154。

[114] 瓦歷斯・諾幹〈最初的狩獵〉，《城市殘酷》，頁 25-28。

[115] 亞榮隆・撒可努：〈公山羊的鬥場〉，《走風的人》，頁 155。

[116] 伯梅（Gernot Böhme），谷心鵬、翟江月、何乏筆譯：〈氣氛作為新美學的基本概念〉《當代》188 期（2003 年 4 月），頁 12。

[117] 伯梅：〈氣氛作為新美學的基本概念〉，《當代》188 期（2003 年 4 月），頁 21。

[118] 何乏筆：〈氣氛美學的新視野〉，《當代》188 期（2003 年 4 月），頁 35。

外公說：「別的人魚網很大，我們比不過他們，就算沒有魚，我們還是
要出海，因為海上有一種無法解釋的力量，會讓人迷惑和浪漫；那裡的
空氣久了會讓人的心平靜很舒服。」[119]

大海那種「無法解釋的力量，會讓人迷惑和浪漫」，就是一種氣氛的呈顯。在
那種氣氛中或許可以給人心情平靜的感受，而這種氣氛就很有可能是同時存在
於主體與客體的。就感受主體的面向來談，對於這種氣氛的掌握需要有身體的
在場才成為可能。這種種對於身體的鍛練與呈顯，就回「技藝以成人／身」的
工夫修養中[120]。當文學創作成為一種現代語境下的技藝，這樣的技藝如同前述
所論，具有社會實踐的意涵，那麼我們也可以說，文學創作與原住民傳統技藝
的勞動在某個面向看來同樣具有工夫修持的意義。正如夏曼・藍波安〈祖先原
初的禮物〉所提及，父執輩送給他的座右銘是：「勞動的同時，就是詩歌創作
的最佳動力」[121]。由這裡我們可以看到傳統技藝與創作技藝的同一。

　　將對美學理解為對感性認識能力的探索，「生活美學」就不會是一個空洞
的修辭，也不是現代資本主義下美感世俗化的概念[122]。那是指在日常生活之中，
特別是原住民親近山海世界、活在山海世界時，他們所具有的感受能力。就原
住民的文學書寫而言，他們某種程度上其實只需要「原原本本」地把經驗寫下
來，那自然就成為他們所能夠呈顯、分享的美感。從這個脈絡下，原住民文學

---

[119] 亞榮隆・撒可努：〈外公的海〉，《外公的海》，頁73。

[120] 如果是比較寬泛地談修養，這些對於生活的感知，在某些層面上也能夠提供一種身心的療養，使主
體感受更好。例如亞榮隆・撒可努自述「我永遠記得，第一次在父親的獵場上吸的空氣，那個味道
不是用新鮮來形容的，那是一種感受，祂治療了我在台北一直受創的心靈。」或是拓拔斯・塔瑪匹
瑪所言「每次我去訪視，當他正專注在造船工作上，他的靈魂好像已在新船上，腦細胞喪失了患癌
症恐懼的知覺。他唱即興式達悟詩歌時，我幾乎忘了癌細胞正啃嗜【嚙】他的肉體。」引文見亞榮
隆・撒可努：〈序一　記憶我的原鄉〉，《走風的人》，頁154、拓拔斯・塔瑪匹瑪：〈他的感覺已
在新船上〉，《蘭嶼行醫記》，頁67。

[121] 夏曼・藍波安：〈祖先原初的禮物〉，《航海家的臉》，頁27。

[122] 對於審美的世俗化，相關討論與爭議可以參讀彭鋒：〈如何看待日常生活審美化？〉，《回歸：當
代美學的11個問題》，頁249-273。

中的美學，就不一定只是停留在形式美學上，因為感受力本身就是美學所關注
的一大核心。

然而，此處仍然要對為文學藝術中的形式留有一席之地，而不是落入非此
即彼的偏執中。即使《審美的人》從物種中心的角度探討人類存在與藝術發展
的相關性，文學之所以為文學，藝術之所以為藝術，是不可能捨去其有意味的
形式而不談的，埃倫‧迪薩納亞克表示：「任何事物都潛在地是藝術，但是，
為了成為藝術，還要要求：首先有審美意圖或注意，其次有以某種方式構形
──主動地使其特殊或者在想像中把它當做特殊」[123]，「當語言被詩性地加以
運用的時候；當服裝或舞台布置引人注目和奢華的時候；當合唱隊、舞蹈和朗
誦允許替代的或實際的觀眾參與的時候，這些典禮的內容要比『沒有加工』時
更令人難忘」[124]。

伯梅的氣氛美學也提及，美學工作者的實踐知識蘊含著豐富的氣氛的知識
寶藏。在營造氣氛的工作中，我們可以看出這樣的知識是含蓄的，是「默會知
識（tacit knowledge）」[125]，柏梅也曾就文學的案例分析其中所營造的氣氛美學。
營造文學中的氣氛常常有賴於某些意象的使用與安排[126]。如此說來，營造文學
中的氣氛，本身就是一種技藝，也是一種默會知識，則更加證成了本章初始的
設定：文學創作可以視為一種「技藝」。

二、口語的魅力

所以談及文學的虛構、形式等概念，主要是為了確立原住民「文學」在現
代語境下所認知的「文學」概念中的地位；但又不純粹以現代文學的概念去囊
括原住民文學創作，主要是因為洞悉了原住民的傳統文化對於生活的感受與文

---

[123] 埃倫‧迪薩納亞克：《審美的人》，頁 95。

[124] 埃倫‧迪薩納亞克：《審美的人》，頁 87。

[125] 伯梅〈氣氛作為新美學的基本概念〉一文，谷心鵬等人此處將 tacit knowledge 翻譯成「隱闇的知識」，
此處為了與第二章波蘭尼的個人化知識呼應，將之改成默會知識。見伯梅：〈氣氛作為新美學的基
本概念〉，《當代》188 期（2003 年 4 月），頁 22。

[126] 伯梅：〈氣氛作為新美學的基本概念〉《當代》188 期，頁 24。

化習俗，足以成為其「文學創作」相當豐沛的資源與養分。在部落技藝當中最直接與文學創作相關的莫過於故事與唱歌。莫那能自述在楊渡家遇見一行朋友籌劃《春風詩刊》，當時大家喝了酒，莫那能就開始唱歌。起初唱的是當時大家都熟悉的歌〈美麗島〉或〈少年中國〉，「後來不知道什麼時候開始，我就很即興的亂唱，完全是唱出自己心裡的感受，他們聽了突然就跳起來說：『這就是詩啦！』」[127]。從這個事件就可以知道，詩歌作為吟詠性情的文學體制，是不離開日常生活的。

撒可努曾在文章中描述爸爸去遠洋工作，與母親藉由錄音機互相傳遞消息：

> 我們的母親在父親離開的開始，到要回來的那幾年，常暗夜哭泣想念父親。我常在半夜爬起來偷偷看著母親流淚，對著錄音機說話、唱歌，想念在遠洋跑船的父親。那個時候很多的父親都不識字，不要說叫他們寫信，有時候寫自己的名字都快要寫不出來了，錄音卻是最有效和貼近彼此的方法。因為聲音的轉換和起伏，是一種最接近的真實。[128]

父母親藉由對錄音機說話、唱歌，傳達彼此的思念，取代了用文字傳遞家書的不便。作者所言「聲音的轉換和起伏，是一種最接近的真實」，適足以讓我們對於「文字」進行一些反思。大抵說來，原住民族在很長的歷史中沒有一套相對應於語言的文字符號系統。他們知識的傳遞、生活經驗的分享、溝通都依賴於口傳。固然沒有文字系統的輔助，在步入現代化社會遭遇漢人強大的文字符號系統，傳統部落的文化受到很大的衝擊。然而，如果換個角度思考，正因為缺乏文字中介，原住民部落生活人與人直接傳遞訊息、分享感情的網絡遠比現代社會更緊密。

埃倫・迪薩納亞克便主張，數千年來，人們並不閱讀和書寫但仍然能夠完全地生活並且過上完全的人類生活，相對於書面語言，口頭語言是生動而直接，

---

[127] 莫那能：《一個台灣原住民的經歷（修訂版）》，頁 225。
[128] 亞榮隆・撒可努：〈爸爸去遠洋〉，《外公的海》，頁 244。

和促進社會交往以及準確而明白地傳遞增長知識的信息有關。她認為一個人對書面語言的依賴，會過度給予書面語言特權，而其代價就是「遺漏了人與世界的許多互動」[129]：

> 小時候的成長完全是在沒有電燈的歲月，繁星月光的夏季，部落裡的耆老常常聚集在最接近海邊的地方，通常是某人家的院子，由年長的人說古老的故事，故事說到某個段落的劇情時，說話人就以詩歌古調吟唱，眾人或其他的晚輩就在此時練習古調的吟唱，學習詩歌創作的雅韻，眾人匯聚的歌聲便縈繞在部落的上空，那種古調的旋律十分單調，也沒有副歌，然而我卻時常被吸引，那股眾人的自然合音的意境像是海波浪的韻律，實在而不華。[130]

換言之，前現代社會或原住民傳統部落生活對於故事或歌謠的運用，相對於「文學是一種語言藝術」的現代定義，前者更能夠使生活與（廣義的）文學緊密貼合。生活即文學，便是原住民屢屢自豪的「活出文學」的概念：

> 我發現部落的長輩幾乎每一個人都有「文學」的才華。他們善於玩弄語言，說故事、講神話；開起玩笑來，充滿臨場的機智。更令我沉醉的是，他們每一個人都能用「歌」寫「詩」，吟詠故事。[131]

所謂「活出文學」，其主動活潑的關鍵點在於「活著」──「無論我們是否表述這些事情，也不管我們怎樣用語言來表述它們，我們都做著它們」[132]。在耆老長輩的歌聲裡，「把我們的『思維想像』帶進水世界裡，好像我們也跟

---

[129] 埃倫・迪薩納亞克：《審美的人》，頁 294。

[130] 夏曼・藍波安：《大海浮夢》，頁 26。

[131] 孫大川：〈用筆來唱歌〉，《台灣文學研究學報》第 1 期，頁 197。

[132] 埃倫・迪薩納亞克：《審美的人》，頁 293。

著他游泳的感覺」[133]，「彷彿讓我感覺到大自然呼吸的聲音」[134]，這就是原初
人類與自然的相遇，也是一種「歷史」在「當下」的呈顯：

> 我常懷疑這是一個不用文字的民族，對「歷史」特殊的處理和體驗的方
> 式。「naLuwan」是虛的框架，猶如一條流動的曲線（歌曲的曲）；它
> 協助填唱曲子的人，將自己當下的情感、經驗和意念，引入一個特定的、
> 用曲調拉出的時間序列，「歷史」在「當下」被捕獲。它不是過去資料
> 的堆砌或記憶，也不是什麼大人物、大事件或他人的事，它是我們存有
> 的一種形式。唱歌因而是不用文字的原住民參與歷史、體驗歷史的一種
> 手段。當原住民聚集在一起「naLuwan」的時候，正是大家一同進入「歷
> 史」相遇、分享的時刻。[135]

孫大川對於卑南古調的體認，放諸原住民各族傳統歌謠，應當是也是適用的。
特別這種沒有版權的音樂，是一種文化的公共財，搭配著祭儀演出，分享的範
圍從人與人之間的當下相遇，擴大至人與自然、宇宙的和諧共感。人便是在這
樣的文學中「活著」。

必須一提的是，故事與歌唱既是一種技藝，便需要持續學習與演練。原住
民作家在敘述說故事的情景時，也有不少地方描寫到因為自己不純熟的技藝而
緊張或失誤：

> 船主夏本‧阿尼飛浪，我的表姊夫，一一答唱午後迎賓儀式前親人的祝
> 賀歌。如果海平線的浪頭是最年長的大伯，那麼浪頭正慢慢逼進屋內年
> 紀最輕的我，我的心臟劇烈震盪，因為我還不熟悉古調的旋律，深恐在

---

[133] 夏曼‧藍波安：《大海浮夢》，頁 359。

[134] 亞榮隆‧撒可努：〈酒〉，《山豬‧飛鼠‧撒可努》，頁 94-95。

[135] 孫大川：〈身教大師 BaLiwakes(陸森寶)——他的人格、教養與時代〉，《台灣文學學報》第 13 期（2008
年 12 月），頁 128-129。

> 正式而嚴肅的場合表現失常，終生背負不純淨的達悟人（徹底漢化的達
> 悟）的污名。[136]

因為作者還不熟悉古調的旋律，深恐表現失常而不能成為真正的達悟人。類似的情節，在霍斯陸曼‧伐伐〈打耳祭〉裡，主角烏瑪斯在誇功宴上被要求說出自己的豐功偉業，烏瑪斯一方面緊張，另一方面也沒有做過讓族人敬佩的大事，只能像一塊石頭動也不動的站著[137]。沙力浪同樣是在誇功宴上不瞭解儀式的流程而感到難過[138]。

原住民對於口語故事的推崇，很容易使我們聯想到班雅明（Walter Benjamin）的〈說故事的人〉。此文開頭便感嘆說故事的藝術已經接近淪亡的地步，這代表著一種「相互交換經驗的能力」逐漸脫離我們的掌握[139]。班雅明將說故事的技能連結到傳統手工業的世界中，說故事的目標不在於傳達赤裸裸的事物本身，而是「使得所說的事物和述說它的人的生命本身同化為一，並在他身上為此內容汲取養料」[140]。不僅僅說故事是一種技能，連聽故事也是一種學習：聽者越是遺忘它自身的存在，他所聽到的越能深印其心[141]。究其實，說故事的人與聽故事的人在故事的傳述當中，共同分享著經驗：「說故事和聽故事的經驗循環之發達，需要生活世界來支撐。所謂的生活世界，當然不是工業發達的資本主義生活，而是契近田園自然生活背景下的手工業生活。因為近現代下的人，一方面過於膨脹人的自我主體性，另一方面主體則漸漸被物化、異化了，而這都不利於說聽故事所要求的融入性、心靈性」[142]。

---

[136] 夏曼‧藍波安：〈再造一艘達悟船〉，《海浪的記憶》，頁102。

[137] 霍斯陸曼‧伐伐：〈打耳祭〉，《玉山魂》，頁176。

[138] 沙力浪‧達岌斯菲芝萊藍：〈酒遇〉，《祖居地‧部落‧人》，頁143-144。

[139] 班雅明（Walter Benjamin）著，林志明譯：〈說故事的人〉，《說故事的人》（台北：台灣攝影工作室，1998），頁20。

[140] 班雅明：〈說故事的人〉，《說故事的人》，頁29。

[141] 班雅明：〈說故事的人〉，《說故事的人》，頁29。

[142] 賴錫三：〈由《老子》的道體隱喻到《莊子》的體道敘事：由本雅明的說書人詮釋莊周的寓言藝術〉，

　　從「活出文學」到「寫出文學」，原住民傳統文化的生活型態對於他們利用文字創造出文學作品的極大裨益。在部落原始的生活中，沒有現在文學創作的觀念，彼時，他們的詩歌故事為的是配合勞動、傳遞常民知識、遵守禁忌或溝通情感等諸多面向而來。但此時既然原住民借用了漢語作為寫作的工具，他們原來善於傳述故事、歌詠詩歌的能力，就足以成為他們創造敘事文學以及詩歌的能力：

> 　　老人家在聊，我就在旁邊聽，不管是神話傳說故事也好，部落以前發生過什麼事也好，我小時候這方面的聆聽經驗是蠻多的。後來當我開使用原住民的題材來寫的時候，很多童年的記憶都跑回來了，那真是太豐富了，我收集在「永遠的部落」的只是一部分而已。[143]

> 　　《番人之眼》大部分的篇章其實說的是自己的故事，或者是發生在周圍的故事，我喜歡故事像記憶的珠鍊般串起，有時它顯露出晶瑩剔透的一面，有時它卻神祕地光照自己內心最為隱微的悸動。[144]

　　如同莫那能的吟唱可以成詩，瓦歷斯‧諾幹聽到的故事可以寫成文章，這些原住民作家歌詠吟唱、聽故事與說故事的能力，為他們在文學創作的技藝鍛練上，提供了很好的訓練。甚至「擁有部落生活經驗的作家，自孩提時期就對於這些口傳的故事就很熟悉，許多部落的生活習俗早已耳濡目染，所以『說故事的寫作』或者是『在作品中置入故事』的方式，對於他們來講是很容易的，這也是一些年紀較長（約50歲以上）的作家作品中很容易出現的特質」[145]。
　　原住民部落生活的本身，是一個不仰賴書面文字的社會型態，在那樣的生

《當代新道家》，頁 364。

[143] 魏貽君：〈從埋伏平部落出發〉，收入瓦歷斯‧諾幹：《想念族人》，頁 219。

[144] 瓦歷斯‧諾幹：〈讓故事繼續說下去〉，《番人之眼》，頁 235。

[145] 巴蘇亞‧博伊哲努（浦忠成）：《台灣原住民族文學史綱（下）》，頁 927。

活中，人類相對地比較直接地面對實在。然而，只停留在那個生活的當下是不
夠的，無論是祭儀、舞蹈、歌謠、故事，當然都是一種將生活經驗符號化後的
產物，而文學作為一種語言藝術，更是如此。那麼，我們可以清楚地看到，原
住民傳統部落的口語魅力，與原住民作家的文學創作，正好執其兩端而相互滋
養。正如〈說故事的人〉所言：「口口相傳的經驗是所有故事敘述者在其中汲
取利用的泉源。把故事以文字寫下的作家中，其最偉大者，便是最不背離千萬
無名說故事人的口語風格者」[146]。

語言、遊戲、批判力

從本章前述幾節討論下來，主張書寫作為一種技藝，需要現代知識適度地
挹注力量。原住民漢語文學若要獨立，不再只是原住民運動的附屬產品，也必
須要拓展觀看原住民文學的視野：允許原住民創作美學及其相關問題的討論與
批評。於此論斷的同時，我們又不忽略原住民漢語文學在原初思維與口語傳統
中得到的養分，而看到了從「活出文學」到「寫出文學」的延續及發展。

文學作為一種語言文字的藝術，語言文字是其最直接的展現形式。如果不
考慮原住民口傳文學，「原住民漢語文學」之形成，最直接也相當重要的問題
就是如何協調原住民族語與漢語的運用。當前台灣原住民各族，並沒有一個相
當於漢語系統穩健的文字符號系統。當原住民使用漢語來創作文學時，是不是
會有失去原住民主體性的問題？相關的問題，確實足以引起某種程度的擔憂。
會不會如同伍聖馨〈怨〉所言：「文字已成一種偏見／無法寫下自然民族的容
忍／無法寫下生命永恆的延展／無法寫下一次又一次強勢文化裡的／蹂躪與摧
殘」[147]，莫那能更是形象化地認為文字「密密麻麻變成／牛繩與鞭子／把文字

架構成陷阱與獸欄／就這樣莫明其妙地／我們被馴服成牛馬」[148]。

　　如果文字具有這麼強大的力量，足以侵凌原住民的尊嚴與主體性，那麼原住民如何在族語書面系統尚且不穩健周全的前提下，提出書面文學的創作？這樣兩難的問題，似乎與本論文起始的關心高度相關：原住民如何面對現代化教育？當然，漢語並不是現代教育下的產物，但無論是面對現代化或是漢化，或是面對其他異文化的衝突與融合，我們似乎不宜要求原住民文化有一個不變的本質。那麼，如果依照本書一路討論下來的論點：面對現代化教育，原住民應當「有意識地」、「適度地」接受與排拒。如果套用在面對漢語上，改成：面對漢語，原住民應當「有意識地」、「適度地」接受與排拒。似乎言之成理，但又未免把結論說得太過淺薄與輕浮。實際上，原住民漢語文學的發展中，對於語言的遊戲連帶引發的批判力，可以說是原住民文學的一大特色，也是一個值得持續經營努力的方向。因此，語言的遊戲與遊戲的批判力，在原住民漢語文學中形成了連動關係。

一、語言的遊戲

　　對漢語的警戒，往往來自於擔憂原住民會被「同化」，張耀宗就曾撰文表示，雖然原住民習得漢人的語文後，可以直接與官方對話，「但相對地，官方的統治曉諭也直接地進入原住民的認知結構，權力關係因而更加地緊密形成，統治結構更加地穩固」[149]，從而主張，「當愈精熟漢人的語言與文字，只是愈加快被同化的速度。當擁有文字之後的原住民，才可能與漢人處於平等的地位，不同族群間的對話才有可能」[150]。提倡原住民（或各族）的文字系統產生，是極為重要的理想。認為漢文會挾帶著政治權力與意識形態鞏固統治關係，也非無的放矢。如果限縮在文學創作的範疇來談，最直接的問題就是許多原住民作家在創作時，常常有詞不達意的困難，但這並非作家的語文程度低落，而是因

---

[148] 莫那能：〈回答〉，《美麗的稻穗》，頁 69-70。

[149] 張耀宗：〈文化差異、民族認同與原住民教育〉，《屏東教育大學學報》第 26 期，頁 200-201。

[150] 張耀宗：〈文化差異、民族認同與原住民教育〉，《屏東教育大學學報》第 26 期，頁 206。

為「許多族群的經驗及用母語方能表達的智慧，無法用漢文字真實的呈現」。[151]

孫大川曾經提問：飽滿的「主體」要「言說」，問題是要怎麼「說」？要用什麼「語言」說[152]？若將此問題置入本章的討論脈絡中，關注文學創作的概念，問題將會更為集中明確：要用什麼「語言」「創作」？

在一篇序文中，孫大川直接對原住民的文學創作與漢語使用的關係進行了簡要的說明：

> 這數十年來，有關「台灣原住民文學會不會因漢語的使用而喪失主體性？」是不斷被關注和討論的議題，本書中漢族詩人向陽似乎提出類似擔憂。我個人認為，誠然，漢語的使用是減損了族語表達的某些特殊美感，但它也創造了原住民各族，以及和漢族之間對話與溝通的共同平台。[153]

孫大川不否認在文學創作上，漢語與原住民族語根本性的差異會削弱文學美感，但也指出使用漢語提供了原住民與漢族之間對話的機會。究其實，孫大川不以族語作為文學創作唯一的工具，根本原因在於語言必須與真切的生活世界進行連結。然而當下的經驗是原住民部落空洞化、部落文化迅速崩解，在這個危急存亡之際，漢語是一個讓非原住民族群能夠迅速得知、理解原住民文化與處境的系統。所以，由這個角度而言，並不是我們選擇了什麼樣的語言成就我們的書寫活動，而是書寫活動自身選擇了它的語言：

> 我們支持母語教學，也主張大家一起來說母語，但是我們不認為「母語主義」可以解決原住民的文化、歷史困境。我們曾經說過，「語言」或

---

[151] 霍斯陸曼・伐伐：〈自序〉，《那年我們祭拜祖靈》，頁7。

[152] 孫大川：〈從言說的歷史到書寫的歷史〉，《夾縫中的族群建構》，頁93。

[153] 孫大川：〈站在「返本」的高度　朝「創新」的山峰前行〉，瓦歷斯・諾幹：《瓦歷斯・諾幹2012：自由寫作的年代》（台北：行政院原住民族委員會，2012），頁VII。

> 「文字」不是一種孤零零的存在，它的質感，必須有一個活生生的「生
> 活世界」來支撐。如果一個母語的「生活世界」已經不存在了，或「言
> 說」的「主體」不再以自己的「族語」為「母語」；那麼，我們的「書
> 寫活動」，不論是言說的或文字的，也不論我們願意不願意，早已自動
> 選擇了它的「語言」。[154]

既然書寫活動不得已選擇了漢語作為表情達意的工具，那麼原住民的主體如何
面對強勢的漢文化的侵夷？從文學書寫活動的層面而言，顛覆漢人的語言確實
是原住民文學能夠在夾縫中突破主體性的一個縫隙：

> 有人認為只要我們經驗的底層有自己族群的美感與苦難，任何文字的媒
> 介都是值得去嘗試的。我們甚至可以進一步以自己母語的特殊語法結
> 構、語彙、象徵以及特殊的表達方式、思維邏輯、宇宙觀等等去介入或
> 干預漢語系統，挑戰其彈性和「邊界」（boundaries），形成原住民式的
> 漢語書寫，一如美國的黑人文學一樣。[155]

孫大川接著也認同，「這類書寫的方式有它的陷阱，它極有可能成為漢人文學
市場的俘虜，而逐漸喪失其主體位置。但是，這種策略，目前似乎已成為原住
民菁英主要的書寫方式」[156]。顛覆漢人的語言問題，不斷試驗挑戰漢人既有的
語言邊界及彈性，「豐富彼此的語言世界」[157]，「是原住民文學獨特生命之所
繫」[158]，「不僅形成原住民文學的獨特風格、也挑戰了漢語原來的語言生態，

---

[154] 孫大川：〈從言說的歷史到書寫的歷史〉，《夾縫中的族群建構》，頁95。
[155] 孫大川：〈語言、權力和主體性的建構〉，《夾縫中的族群建構》，頁45-46。
[156] 孫大川：〈語言、權力和主體性的建構〉，《夾縫中的族群建構》，頁46。
[157] 孫大川：〈山海世界——《山海文化》雙月刊創刊號序〉，《山海世界》，頁139。
[158] 孫大川：〈原住民文化歷史與心靈世界的摹寫〉，《山海世界》，頁132。

這樣的辯證發展，是台灣原住民文學莊嚴的使命」。[159]

不只是就整個原住民文學發展的願景與使命而言，就個別族群或作家來說，也都承認，「那拼湊母語字句的複雜儀式／筆落漢文轉換為血肉肺腑的跳動的凝望」[160]，以漢語書寫並不代表就進入了一個完全異於原住民生活與部落文化的領域。那血肉肺腑跳動的凝望，某個程度上來說或許被漢語限制住，但熱切的生活情感也不斷地在衝撞著漢語成規。奧威尼‧卡露斯也曾於創作的語言中進行反思：

> 當想到古人祖先沒有任何符號可以像我一樣，能夠把內心感覺和別人分享，才深刻體會到沒有文字的不幸和痛苦。縱使我們的祖先或許選擇的是一種超然的情境──「在寂靜永恆的國度裡，平凡的生命悄悄地一回走過，還有什麼話要說……」而永不嘗試發明符號。但是我們做為他們的後裔，如果能夠將他們在歷史流動中，獨有的生命經驗保存傳承下來，將是一件有意義的事。[161]

他認為祖先沒有發明文字符號，或許是人類文明的另一種境界，然而不可否認的，利用文字將部落文化的生活經驗保存下來，別具意義。這裡的文字符號固然不必侷限在漢語，但是漢語作為一種表情達意的媒介，確實對於原住民文學的產生，發生了極大的影響。

我們從以上的觀點可以隱約地看出兩種面對語言的態度。一種是很明確地指出語言與社會文化、意識形態、風俗民情等等複雜的糾結關係，這也是目前許多研究都認可的論點：語言並不是一個中立、孤立的工具，「語言能力是一種力量的展現，它可以產生某種具體的、物質性的效果，造成一種力與力的對

---

[159] 孫大川：〈石板台階的夢──奧威尼‧卡露斯《野百合之歌》序〉，《搭蘆灣手記》，頁223。

[160] 伍聖馨：〈凝〉，《單‧自》，頁139。

[161] 奧威尼‧卡露斯：〈自序〉，《神秘的消失》，頁10。

抗或壓迫」[162]。然而當原住民不得不迫於現實，而必須使用漢語作為其書寫最便捷、最有助於流傳的媒介時，如何能夠在這樣的「語言－權力」結構中突破關卡？倘若原住民書寫活動在現實中已經不得不選擇「漢語」，那麼另外一種面對語言的態度，則具有鬆動漢語及其權力關係的可能，那就是將語言視為一種「工具」：

> 我們認為一個民族的語言固然極為重要，但它終究只是一項工具、一個梯子，要緊的還是那作為語言底層的經驗世界。[163]

這段評論原本是孫大川在檢討原住民的族語復振問題，希望族語的恢復終究還是要回歸與整個部落文化及原住民經驗世界的密切連結。然而，正是因為我們看見了失去與經驗世界連結的語言，可能會淪落成為一種單純的「工具」。那麼，以原住民面對漢語的立場而言，如果背後有足夠的部落文化支持，在面對漢語時，大可直接將之視為一種表情達意的「工具」。雖然實際上要完全抽離漢人文化與意識形態而習得漢語頗為困難，但在理論上而言，這為原住民對於漢語的使用留下了一個轉機，可以降低漢語與其背後文化意識形態的連結而帶來對原住民文化的同化。

　　我們以一段對比的資料來說明這兩種不同的語言觀。夏曼・藍波安在《大海浮夢》一書中，建議政府應該有多元開放的心胸，並建議「閩南」一詞用字應該改為「閔」：

> 使用「閩」字心胸執政，應更換為「閔」方有優質的跨多功能思維的政權[164]。

---

[162] 孫大川：〈有關原住民母語問題之若干思考〉，《夾縫中的族群建構》，頁16。

[163] 孫大川：〈從言說到書寫〉，《夾縫中的族群建構》，頁171。

[164] 夏曼・藍波安：《大海浮夢》，頁14-15。

夏曼・藍波安所建請的提議其實並不陌生，一直以來對於「閩」字，確實有人認為這是一種漢族大中國、中原本位主義意識的殘留，所以一切四境外裔只能是蠻夷戎狄。這樣的處境與原住民在長久的歷史中被視為「番」是相同的，無怪乎強調多元開放的原住民作家會提出這樣的意見。不過，同樣身為原住民，孫大川在更早的一篇文章〈災難與 HOLO〉也曾提到類似的問題：

> 兩年前教育部國語會擬定語言平等法，有些自命「本土」人士，認為「閩」字帶「虫」，反對「閩南」的傳統稱呼。[165]

孫大川態度則是認為，強調台灣的主體性並不應該是在這些枝枝節節的地方大作文章。閩南不能用，福佬不能用，鶴佬不能用，最後只能捨去漢字以羅馬拼音 HOLO 來代表自己。極端的本土意識與去中國化，使得漢字都不准用，將無助於提升台灣成為一個正常化的國家。

從孫大川與夏曼・藍波安對於棄用「閩」字指稱閩南的差異來看，最大的差別在於對於語言使用有不同的關懷。若是主張「閩」字帶有文化偏見、歧視者，乃是預設了語言挾帶了某些文化意識形態與思想，因此，要改變這樣的思想灌輸，就不能夠再沿用不適宜的語言。但若是認定「閩」字的使用，如今只是一種傳統稱呼、文化慣習，無論是使用的人以及被指稱的人皆非出自任何「成見」、「偏見」，這個用詞不過是在一定的歷史文化脈絡與當前的社會環境中所約定俗成的用語，這樣的語言態度傾向將語言視為一種「工具」。

不可否認的是，要將語言完全視為一種中性的媒介工具，並不容易。但正因為語言總還有作為工具的面向，提供了原住民在面對漢字漢語時，有了可以與之保持距離的可能。甚至，過往對於原住民稱作「番」，也是充滿了歧視的用詞。然而如今已有許多原住民作家大方地使用「番」字，作為一種自我身分的指認。當漢語還原成為一種工具，原住民在面對漢語時，甚至有可能翻轉其中的義涵，或挑戰、刺激漢語積習已久的成規，而創造新的語言活力。

---

[165] 孫大川：〈災與 HOLO〉，《搭蘆灣手記》，頁 182。

　　落實在原住民漢語文學的創作上，就是許多學者提出對於漢語的干擾與刺激。除了前引孫大川的意見外，浦忠成在《台灣原住民文學史綱》也提出南島語法的語序，可以明確地顯現出族群文化之間的疏離與差異，而尊重族群本身原有的語言表述模式，往往會在文章內造成特殊的修辭效果：

> 南島語言語法及語序對於部分尚能嫻熟其族群語言的作者而言，常是不經意促使其詩文句法顯得乖隔的因素；乖隔並非弊病，它反倒能藉由此種文辭語法的錯綜變化，澄清族群文化之間部分確實存在的疏離與差異……所以由這樣的角度看，原住民文學不僅在內容上可以豐富台灣文學，在語言的譯解運用上，亦能使漢系族群文學的構辭及修辭意涵得到更多的創發空間；這是一個值得嘗試的方向。[166]

藉由語序的差異展現、提醒或暗示著思維的差異，這是原住民漢語文學在一個漢語的框架中使語言產生變異的有價值的效果。不單單只是語序及文法的差異，根據卡西勒的看法，在人類文化的早期，語言的詩意的或隱喻的特徵似乎比邏輯的或推理的特徵更佔優勢。隨著文明的發展，語言越是擴大和展開其固有的表現力，它也就變得越抽象[167]。原住民族語中的形象表達，確實提供了漢語很大的參照及思考：

> 這些年來，隨著我與奧威尼的交談次數日漸增多，他總是會在不經意中引用一些生動的魯凱字，如 masalai，原意是植物的嫩葉在熾烈的陽光下曝曬後，因失去水分而葉片下垂貌，用來形容一個人懶洋洋的樣子。還有，rudrun 是作物成熟的意思，用來形容人長大到可以結婚時，就說他成熟了。而成熟即是在老化中，所以奧威尼說：「結婚就是在老化。」在這本書中，類似的例子不勝枚舉。……這些語彙從原意到喻意的使

---

[166] 巴蘇亞・博伊哲努（浦忠成）：《台灣原住民族文學史綱（下）》，頁 851-852。
[167] 卡西勒：《語言與神話》，頁 135。

　　用中，充溢著文學鮮活的意象，對在母語及部落傳活中成長的奧威尼而言，這正是取之不盡的泉源。[168]

　　王應棠這段對於奧威尼的評論，同樣可以在許多不同的原住民作家上找到相類似的情況。語言，特別是文學創作的語言，常常是需要推陳出新的。然而語言就像是有機體般有其新陳代謝，同樣的語言在過度重複之後，常常會失去其鮮明的形象與力道。這個時候，對於語言的創意與更新，除了來自該語言內部文化的翻陳出新外，最大的助力就是在於外在文化的滲透。

　　我們從原住民漢語文學作品中隨處可以看到許多「不通順」的語句，卻往往造成一種陌生化的奇異效果，例如不說下雨，而是「雨柱從天空摔下來已經是第四天了」[169]，夕陽西下，則寫成「太陽已經累歪在山脈上了」[170]，接著「太陽已經被西方的稜線吃掉了一半」[171]。日落月昇，則是一種充滿神話式的轉換圖象：「夕陽蹲在平躺的巴士海峽藍黑色的肚皮上，抽完一支三五牌香菸的時光，夕陽就跑到墾丁大尖山上變成月亮囉」[172]。

　　這些文句除了形式上形成了奇異修辭外，背後也往往帶有相關聯的生活經驗及思維，例如：「老人家氣得眉頭絞成老松樹的盤根，嘴巴像受到攻擊的穿山甲緊緊『裹住』，兀自在庭院不發一句」[173]。若是要確切而生動地理解這句話，就不能夠只是解讀為「老人家很生氣」，而是必須看過「老松樹的盤根」以及「受攻擊的穿山甲」是如何的情狀，才能夠真正理解作家所使用的譬喻。老松樹或許還好見，但是受攻擊的穿山甲就未必是人人都見過了，這樣直接從生活世界中攫取經驗作為文學創作的參考，其實能夠給予漢人眼光相當程度的

[168] 王應棠：〈代序：奧威尼的天窗〉，奧威尼・卡露斯：《神秘的消失──詩與散文的魯凱》，頁 14-15。

[169] 瓦歷斯・諾幹：〈Vagan 樹的預言〉，《番人之眼》，頁 116。

[170] 霍斯陸曼・伐伐：〈一個名叫 Lumah 的地方〉，《玉山魂》，頁 25。

[171] 乜寇・索克魯曼：《東谷沙飛傳奇》，頁 54。

[172] 瓦歷斯・諾幹：〈墾丁的不滿足〉，《番人之眼》，頁 93。

[173] 瓦歷斯・諾幹：〈聽老泰雅說 GAGA〉，《番人之眼》，頁 182。

刺激。另外，對於生活智慧的提示，也往往由一些部落的格言諺語中展現：

> 「願你，我孩子的智慧加一瓢海水。」
> 「智慧加一瓢海水」，我知道，海水難以斗量，一瓢海水是廣義的，非
> 數字的一，是精神層次的修行。老人家認識的世界只有一個祖島（蘭嶼），
> 我深深體會族語裡流動語彙的哲思意涵，這或許是堂弟說我是幸福的人
> 吧！[174]

如同漢語中也有許多成語熟詞或諺語格言，原住民各族自然也有。當這些文句
轉譯成漢語之後，因為其不同於漢語表述的方式，常常會有一種奇異、陌生化
的效果。這陌生化的效果，背後所代表的不單單只是一種如新批評所講究的形
式上的美感效果，連帶有著原住民部落文化的實際經驗與價值思考：

> 當時，看不懂我文章的老師卻在我的作文簿上批示：「文藻詞彙不通」、
> 「跳耀【躍】式邏輯不切實際」，但我自認為寫得很好啊！老師怎麼會
> 看不懂？所以當有次老師在我的作文本上批示「朽木不可雕也」時，我
> 便在旁邊寫道：可是可以種香菇。[175]

撒可努在《外公的海》序言中曾提及自己的書稿被出版社退稿的經歷，出版社
的編輯給了許多修正意見，卻不是作家能夠接受的。從而提出了在校作文得到
的許多批評，幽默詼諧地回應老師「朽木可以種香菇」，顯示了一種具體生活
經驗的圖景。

二、遊戲的批判力

　　只是在文句形式上追求混語、陌生化、奇異修辭，當然是不夠的。陌生化

---

[174] 夏曼・藍波安：《大海浮夢》，頁 455。

[175] 亞榮隆・撒可努：〈自序〉，《外公的海》，頁 23。

的新奇修辭，無論在「漢語番化」及「番語漢化」[176]上都可以有某些程度的影響與示範效果。不過，這有很大的危險在於使原住民文學成為漢人眼光下的「異國情調」。根據陳芷凡的研究認為，不同的作家作品中所呈顯出族語與漢語的翻譯狀況，以其在文本中所呈顯的成果，其實背後的動機與意識並不相同。她以夏曼・藍波安、奧威尼・卡露斯及阿道・巴辣夫三者比較研究認為：夏曼・藍波安的創作並非要顛覆漢語邏輯，而是族群語境下的自然呈現；奧威尼在漢語創作中附加母語拼音，除了是中文不熟悉的緣故，更希冀借此補充漢語無法達到的境界；阿道對於語言的戲耍玩弄最為明顯，當中除了政治性的諷刺、抵抗，也有許多超越文學文本而產生的美感經驗與相關功能性之種種考量[177]。這也提醒我們，原住民漢語文學在語言的展現形式上，要能夠具備足夠的能量顛覆漢語，在此立場上需要有高度的創作自覺。

以阿道・巴辣夫〈肛門說：我們才是愛幣力君啊！——給雅美勇士，在立法院〉為例：

……

「俺覷……俺趕……俺喔而趕……」
的狂想進行曲
蹂躪了吾有形無形的籬笆
惑亂了吾原始的陶壺祭祀
是荷蘭人　聽說
飄自比西方還西方的地方

………

「俺覷……俺趕……俺餓而幹……」

---

[176] 孫大川：〈從生番到熟漢：番語漢化與漢語番化的文學考察〉，《東海岸評論》211 期（2007 年 4 月）頁 75-89。

[177] 陳芷凡：《語言與文化翻譯的辯證——以原住民作家夏曼・藍波安、奧威尼・卡露斯盎、阿道・巴辣夫為例》，頁 139-141。

的靈獸之舞來
成就了吾千萬個的「愛の渴」
也淹沒了整個的大草原
　浮起的鹿皮
一一飄向西方啊

………
「俺覷……俺趕……俺毆而坑……」
的「霓裳羽衣曲」的仙舞來
窒息了吾舒活奔放的呼吸
洗盡了吾富原始氣味的蛋兒
是自遙遠的雪鄉　聽說
駕雲霓而來的

………
「俺覷……俺趕……俺餓而戳……」
的「黃河之水天上來」的仙曲
淹沒了娜魯灣所有的山峰
漂浮的原木啊
密密麻麻的
換來了　一舟舟
銀燦燦的
幣啦[178]

詩作很長，此處不能盡述。關於這首詩的內容含義，孫大川、魏貽君、陳芷凡

---

[178] 阿道・巴辣夫：〈肛門說：我們才是愛幣力君啊！〉，收入孫大川主編：《台灣原住民族漢語文學選集・詩歌卷》（台北：印刻出版社，2003），頁 33-39。

等人都曾有詳細的分析[179]。簡單分析題目:「肛門」是英語「goverment」的漢字拼讀;「愛幣力君」則是 aborigines。肛門,在嘲笑政府只是個「屁」;說是關心原住民,其實只是喜愛錢幣,政府不過是在「消費」原住民罷了。前四節分別指涉原住民遭遇到的外來政權(荷蘭人、鄭氏王朝、日本人),詩中重複以英文「I see, I come, I overcome」的不同漢字擬音來說明外來政權對於原住民的殖民與剝奪。第五節則是指涉中華民國政府:「肛門說:親愛的丁字褲啊　快游過來/肛門正想創造如何起飛哩/是奶罩三角褲起飛嗎/不不不　不/是幣啦起飛啊丁字褲/何況　我們肛門才是/娜魯灣的/愛　　幣　　力　　君/啊」。

　　如同〈肛門說〉或是其他相關作品中的混語,魏貽君認為重新置換挪動現代漢語中的句法、語義、詞彙、音節等,形成了曲線的閱讀障礙,造成理解的意義延宕。孫大川則認為這挑戰了漢語字形、字義、語法、象徵以及典故等等文學美感的邊界與極限。

　　此處,必須稍作停留,談論一個魏貽君與孫大川觀念上的差異。在魏貽君的論文中,引用了孫大川對於阿道‧巴辣夫的評論:「真真假假,虛虛實實,若有還無,是一種嘲諷,也是一種解放……大量母語的介入以及跳躍的邏輯;彷彿說了許多又什麼也沒有說」。魏貽君認為這段文字本身也是「彷彿說了許多又什麼也沒說」,接著提到原住民混語書寫的策略,乃是書寫者經由權力不對等的語文之間相互融混而刻意營造閱讀停頓的效果,目的是為了讓原住民的文化差異性不要處於一目了然的透明狀態。在論文結尾,魏貽君認為:

　　　　文學的混語書寫,證諸於遍體殖民傷痕的漢族作家及原住民作家,從來就不是為了滿足個人的文學酖美之用。然而,若是掏空了歷史的殖民脈絡、懸虛了個人的認同實踐,那麼由此而出的文學混語書寫,充其量,

---

[179] 見孫大川:〈從生番到熟漢:番語漢化與漢語番化的文學考察〉,《東海岸評論》211 期,頁 84-85、魏貽君:〈書寫的文字政變或共和?〉,《戰後台灣原住民族文學形成的探察》,頁 367-370、陳芷凡:《語言與文化翻譯的辯證》,頁 125-127。

也只不過是嬉耍文字、賣弄才情的浮影之作。[180]

基本上魏貽君的評論並沒有錯誤，如果我們將這些混語書寫的作品視為一種反映原住民在殖民歷史中所遭受到的迫害的工具與素材。從魏貽君的關懷顯然反對從純粹文學美學的角度去理解文學作品。但我認為，我們不需要太急於否認文學的創作形式美學，正如前兩節所討論的，原住民文學美學的問題必須要面對，我們也必須要有從創作美學的眼光來審視原住民文學作品的必要。固然，混語書寫並不停留在文學形式美學的炫弄嬉耍，但是那嬉耍的成果，往往是其作品獨樹一幟而有別於其他作品的重要因素。阿道·巴辣夫的〈肛門說〉或其相類似的作品之所以那麼成功，作品本身所呈顯出的形式美學是不可否認的因素。換言之，在解讀原住民文學作品時，背後的歷史意識、社會政治環境的脈絡，當然很重要。然而，如果要談原住民在眾多歷史社會情境之中所遭受到的身心創傷，有太多作品可以討論，又如何區別〈肛門說〉與其他詩作差異呢？又如何區別不同原住民作家、作品之間的差異與獨特性呢？所以，我不否認魏貽君對於混語書寫的評論，但是在看待這些作品時，不能只去理解作品「說了什麼」、「為何這樣說」，同時必須理解他「說的技巧」以及其連帶的「效果」（包括美感與其他面向）。還原孫大川對於阿道的簡介與評論，這兩段文字前後文分別如此：

　　自稱阿道，彷彿也反映了道體的混沌。即使偶爾看他似乎很認真、很著相地投注一件事，過程和結果卻也往往是真真假假、虛虛實實、若有還無，是一種嘲諷，也是一種解放。

　　雖然阿道常說他不是文學家，但他為數不多的作品裡（主要是詩），卻充滿它獨特的文字風格：有明顯的舞蹈律動、阿美族開朗的性格、大量母語的介入以及跳躍的邏輯；彷彿說了許多又什麼也沒說，這就是阿

---

[180] 魏貽君：〈書寫的文字政變或共和？〉，《戰後台灣原住民族文學形成的探察》，頁372。

道。[181]

　　所謂「真真假假，虛虛實實，若有還無」指的是阿道行事的風格與態度，並不拘限於世俗眼光的特定工作職業，而「彷彿說了許多又什麼也沒有說」的評論，指的是阿道詩作的「文字風格」，這並不是在輕描淡寫地說阿道的詩「說了什麼」，而是在指涉「說的技巧」。

　　這種對於語言的玩弄與戲耍，可以顯現對於語言背後所挾帶的文化與意識形態的玩弄。與漢人相較，原住民固然是在語言文字的使用傳播上相當弱勢的族群。然而此時原住民入室操戈，有效地將所有的文字視為一種可供操作的符號。這種操作符號的遊戲，認真地審視，其實對於主流價值充滿了一種挑釁與批判。

　　孫大川〈有關原住民母語問題之若干思考〉中曾言，在母語及漢語雙重失落的情況下，原住民「怎樣把自己『符號化』便顯得格外重要了。我們要努力裝備個體的生命，使它成為自己民族的記號和象徵。我們不但要主動、自覺地去學好自己的母語和文化，也要加強對漢語甚至世界其他主要語言的駕馭能力，並按各自的專長將自己變成一個有『力』的人」[182]。

　　藉由這段論述，首先可以先從表層理解原住民的「自我符號化」，那是因為在整個漢人為主的法政經濟文化體制中，原住民常常被收編為整個結構中的可有可無的裝飾。簡單地說，原住民文化並沒有被主流社會真正地理解而尊重，反而成為一種文化符號。在此情況下，與其讓原住民的文化被漢人「符號化」，不如由原住民對於自身文化掌握主動權而進行「自我符號化」。從這個面向來談，原住民掌握了自身文化的詮釋主導權。他們極有可能比漢人更容易理解原住民彼此之間的生活經驗與文化樣態。甚至，他們可以在面對漢人亟欲透視的目光中，進行扮演遊戲的角色，顛覆漢人自以為是的詮釋。

　　因此，被閱讀／被觀看／被解讀，雖然原住民時常處在被動的狀態中，可

---

[181] 孫大川主編：《台灣原住民族漢語文學選集・詩歌卷》，頁 22。

[182] 孫大川：〈有關原住民母語問題之若干思考〉，《夾縫中的族群建構》，頁 20。

是被動並不代表沒有力量。因為被觀看的力量常常隱藏在各式文本所呈顯時的相關佈署。由此理解原住民文學作品中的混語書寫，那不僅僅只是使讀者與詮釋者的目光必須有所停留或產生意義的延異。當他者的眼光愈是想要透視，風險就愈大。魏貽君便提及，原住民文學混語書寫的文本，凸顯多元國族文化形構了文化身分認同線索錯雜的不易理解性，也迫使研究者、閱讀者在進入原住民文學混語文本之時，必須要謙卑地認知到原住民被殖民、統治過程中的身心傷痛[183]。

　　這樣的顛覆力道不僅僅產生於讀者／評論者直接面對文學作品的解讀上，顛覆的力道甚至擴大於整個詮釋的行為與結果中。陳芷凡的論文中曾經提出過一個事例──傅大為曾為文表示泰雅族牧師阿棟‧優帕斯與多奧‧尤給海二人為了母語傳承所共同編撰、採集的《泰雅爾族傳說故事精選篇》特別讓他感到「驚豔」，不同的想像尺度加上母語的介入，讓這本泰雅神話產生許多可能錯置、顛覆百朗語言文字原來秩序和規則的翻譯效果。針對此說，黃國超以阿棟‧優帕斯與多奧‧尤給海的舊識身份，以及《泰雅爾族傳說故事精選篇》編選內務的了解，指出「顛覆百朗語言文字」說法，並不符合實際的編選狀況被傅大為驚豔、讚譽為諷刺、挑戰、顛覆百朗語言文字的曲折、迷離的中文翻譯效果，在於這本書寫了太久的時間，導致前後文意不連貫，而打字行也打錯，二人又太忙，一拖再拖沒有餘力校對，因此就如此「陰錯陽差」地製造出此效果[184]。

　　在此事例中，即使傅大為的詮釋是一種過度詮釋，一切只是陰錯陽差的效果。我認為這種詮釋上的風險，都顯示出了原住民被觀看時的批判力量。儘管校對錯誤並不是一種有意識地干擾漢語或試圖形成特殊的語言特色，但是原住民文化因著其必須「被觀看」的處境，自然就挾帶著了或多或少、或隱或顯的表演性質。這種表演的主動性，掌握在原住民的自我符號化中。當主流價值亟欲看穿、透視、監控原住民時，這種被觀看的力量便有可能產生或真或假、虛虛實實的戲弄。如此，揭發出觀看者、詮釋者的荒謬，將成為原住民對於主流

---

[183] 魏貽君：〈書寫的文字政變或共和？〉，《戰後台灣原住民族文學形成的探察》，頁 366。
[184] 陳芷凡：《語言與文化翻譯的辯證》，頁 135。

價值的一種遊戲性地批判。

推拓地看，甚至整個原住民文學的「原住民性」都可以成為被觀看下的遊戲批判過程。當閱讀者、研究者預設了原住民文學應當出現任何「原住民性」，原住民文學偏偏卻不往這個方向發展；當大家又標舉所謂的「非典型書寫」，原住民偏偏又寫出許多與原住民文化密切相關的題材……。這種因應被觀看的眼光而拒絕歸類、定義而不斷溢出邊界的做法，或許能夠顯示出原住民主體性的悠遊與自由，而不受約束。

從文學的混語延伸到文化的展現，甚至推拓到整個文化被觀看時所產生的虛虛實實表演性的批判力道。這樣的遊與戲，要能夠達到其對於主流價值的批判，必須有幾個前提。首先，批判的力道是來自於「被觀看」，當然必須確保「文學」、「文化」是能夠被閱讀、被觀看的。當前，主流社會無論是真情或是假意，當他們必須要理解、詮釋、靠近原住民時，原住民就保有對於文化詮釋的主導權，這將提醒觀看者需要小心翼翼、謙卑而行。

然而，從被觀看中產生的遊戲批判力，終究的目的乃是爭取自身的文化得以保存、發揚，自然也不能夠因為「身分正確」的立場，獨斷地否定所有他者的詮釋。原住民符號化自身是一種策略與手段，但其中如何拿捏又是一個問題。符號化自身可以將主動權拿回來，自有其積極意義。但是凡是符號化、概念化的知識，都可能流於拼貼、操作。孫大川也曾提出：「眾聲喧嘩、百家爭鳴，固然營造了熱絡的局面，但也製造了許多似是而非、任意拼湊的知識。混亂的名相，加上媒體的炒作和過度熱心的人道關懷，竟使有關原住民的知識湮沒在一連串七嘴八舌聲浪中。這當中有『政治正確』的知識，有『本土正確』的知識，有『人道正確』的知識，更有『身分正確』的知識。」即使是「所謂身分正確的知識，由於發言者是第一人稱原住民自己，身分的合法性和正當性若不自我節制，更會溢出主觀的範圍取代知識的客觀性；這又是另一種學術災難」[185]。

---

[185] 孫大川：〈重新搭建原住民學的基礎──王嵩山《台灣原住民的社會與文化》序〉，《搭蘆灣手記》，頁 221。

　　此外，便是魏貽君提出的問題：「沒有母語，如何混語」[186]。當原住民面對漢語文學創作時，將漢語當成一種表情達意的工具，我們甚至期許其能夠玩弄、干擾、刺激漢語，但要有意識地完成這樣的創作，終究必須回歸到對於族語的重新掌握。對於族語的掌握，就不能夠單單將語言視為一種工具了，而是必須認識到「一種語言，只有在它成為一正在成長茁壯中之個體生命感受的一種表達時，它才能喚醒我們的創造力，成為我們生命『力』的表現」[187]。面對漢語，也許原住民能夠策略性地將之視為一種「工具」，然而要能夠做到得魚忘筌的程度，必須對於自身文化有深入的掌握才能自我超越：「句讀之學，固然繁瑣枝節，但卻是一切意義或文化工程的基礎；得魚忘筌、得意忘言、古有明訓，然『忘』乃主體這一邊自我超越的事，並不表示對筌、言等工具或梯子之客觀價值的否定」[188]。對於當前許多原住民漢語文學的創作者而言，他們心中也許都有著「族語書寫是種使命」[189]的想法。他們認識到「在今日台灣社會的現實條件下，原住民作家以漢文的表現形式是一個過渡期，它的階段性任務在於提供新的文學養料給予關心原住民文學的漢人朋友，另外也提供原住民自身相信、自覺的文學意識」[190]，卻不忘記「最後我希望能用母語創作」[191]。

　　經過了以上對辯證討論，原住民文學可以朝向更多元開放的方式多方進行，未必有一種本質主義、母語主義式地回歸或約束，但是對於自身文化、語言的自尊自豪，認定「這樣的語言絕對是最先在這塊土地上空飛揚的聲音。天地間再沒有一種語言能夠跟精確生動的布農族語言媲美，像它那樣靈巧、敏捷，那樣迸發自靈魂的深處，那樣令人感覺到情感在沸騰，生命在顫動」[192]，如此的民族認同感的甦醒與煥發，是需要一再持續努力經營的方向。

---

[186] 魏貽君：〈書寫的文字政變或共和？〉，《戰後台灣原住民族文學形成的探察》，頁 370。

[187] 孫大川：〈有關原住民母語問題之若干思考〉，《夾縫中的族群建構》，頁 16。

[188] 孫大川：〈從字句中尋找文化源頭〉，《搭蘆灣手記》，頁 95。

[189] 沙力浪・達岌斯菲芝萊藍：〈後記〉，《部落的燈火》，頁 202。

[190] 瓦歷斯・諾幹：〈原住民文學的創作起點〉，《番刀出鞘》，頁 132。

[191] 瓦歷斯・諾幹述，魏貽君訪談：〈從埋伏坪部落出發〉，瓦歷斯・諾幹：《想念族人》，頁 223。

[192] 霍斯陸曼・伐伐：〈成長之路〉，《玉山魂》，頁 152。

結語

本章討論原住民漢語文學的獨立與遊戲。名曰「獨立」，乃是寄望原住民漢語文學能夠從原住民社會運動中獨立而展開自我的價值；名曰「遊戲」則是提示一種原住民漢語文學可以內蘊的批判力道。

第一節談論書寫的實際意義與現代知識如何協助文學創作。原住民漢語文學的書寫，最直接的功能便是肩負著介入社會並激盪民族情感。不過，原住民漢語文學的意義卻不侷限在狹隘的民族主義中，在人類文明的發展歷程裡，原住民生活對於第一自然的親近與捍衛，是人類文明超越現代性線性發展的一大反思。並且，我們也看到了現代知識對於文學書寫的協助與干擾。從這個面向來說，原住民漢語文學的書寫活動，此活動本身也不斷地在回應、顯示原住民對於現代知識的認同。

第二節確立創作美學的問題則進入從「文學」及「文學評論」的角度，討論原住民漢語文學的「美學」問題。這個問題乃是因應許多評論者對於原住民文學的美學問題採取了比較寬泛、寬容的態度。甚至極力避免從美學的角度審視原住民文學作品。本文的立場則是認為，如果原住民漢語文學要獨立於原住民運動而有獨立的價值，必須保留以審美的眼光看待作品的可能。當原住民文學的評論「不再只是」以政治正確或文化認同的眼光來看待這些作品，我們或許才能夠更準確地認識原住民文學的美感價值。

在確立原住民文學的創作美學是必須討論的問題後，第三節旋即又開啟另外一個面想理解原住民文學的美學。美學即是感性認識的學問，從這個定義著手，可以看出原住民文學的一大特色，便是與人類文明發展的原始性緊密相結合。甚至，原住民淵源流長的口語傳統，也成就了原住民漢語文學發展的鮮明風格。

從活出文學到寫出文學，既然文學被書寫了，我們就必須回歸到文學作為一種語言的藝術的層面理解。第四節從語言的遊戲與遊戲的批判力切入，描述原住民漢語文學在選擇使用漢語創作時的擔憂與解決之道。因而呈現了許多混

語式的文本作品，其實在此巧妙的形式美學技巧之中，隱藏著悠遊戲弄的批判力道。這種因應被觀看而產生的批判力道，甚至能夠溢出文學文本，而為整個「原住民性」、「原住民文化」進行一種自我符號化的文化詮釋。

第六章　「人」的文學：原住民文學的展演與表現

　　這本書原初的題目為「台灣當代原住民漢語文學知識／姿勢與記憶／技藝的相互滲透」，若是明言之，可以說是「（從台灣當代原住民漢語文學作品）探討原住民傳統知識領域的文化價值及其對文學創作的影響」。論文核心的四章，分別對應了論題的「知識」、「技藝」、「姿勢」、「記憶」。「知識」一章討論原住民對於現代知識的迎拒態度，「技藝」則是肯認原住民傳統部落技藝具有高度的文化價值，「姿勢」指涉的是原住民文學中所表現出的身體美學，以及最後回歸到原住民對於自身文化的「記憶」，如何藉由文學書寫保存或更新。

　　「知識」、「技藝」、「姿勢」、「記憶」這四個子題要能夠有效地串連，背後隱藏著一條潛伏的理解，約略來說「知識」是人類試圖對於大大小小的規律、概念、真理進行辨析與掌握，「技藝」是一種行動中展現的應世技能，身體美學則是具身化的感知能力。之所以將此四個面向串流討論，緣於意識到拓展或鬆動「知識」的義界。不把「知識」視為某些特定的概念素材，而是承認一種「行動中的認識能力」。如此，在本研究結束的此時，也許更可以承認、明白，我的主題也是從台灣當代原住民漢語文學作品，了解原住民如何認識這個生活世界。

　　論述主軸的四個子題，在起初設定的模式中，確實可以說是彼此分立又相互關聯的。不過以比較宏觀的視野對此書進行閱讀及反思，卻可以明白這四章彼此之間並不單純佈署於同一個平面上，相反地，這四章彼此容或有更立體式、結構式地閱讀。

　　討論原住民對於現代知識的迎拒態度，本文採取了一個比較四平八穩的論述架構。首先描述原住民對於漢人教育或現代知識的不信任感，並且標舉「普同知識」與「地方知識」的對比，到了以「符號化」解釋原漢可能存在的差異，並提出原住民知識「自我符號化」的可能。最後終究還是收歸在原住民傳統知識領域不可能也不適宜自外於現代知識系統。這樣一個四平八穩的結構，讀之平實，似乎沒有什麼新見或高論。然而這樣規矩的論述結構，卻在討論原住民技藝與身體感知的子題中，隱隱約約看到了相似的疊影。

　　原住民技藝的價值，常常也是與漢人的知識進行一種身與心的對舉。在這樣對舉結構之下，著意描述原住民傳統技藝的文化價值———一種文化意義上的自我教養活動。不過，在面對原住民傳統信仰（特別是巫術）時，我們發現文學家對於巫術的人文化與文學化，正是一種對於傳統技藝的自我符號化。同樣地，技藝作為一種致知能力，在實際操作中可以看到現代知識、各種分門別類的學科，的確能夠適度地協助技藝的實踐與掌握。現代知識對於部落傳統技藝，並非勢同水火、彼此扞格不入。

　　對於身體感知的討論，我們讀出了原住民文學作品的坦率與真誠。照理說，基於原漢對比的邏輯，原住民身體經驗的豐富、細緻、敏捷、靈動，應當就是對比出漢人在現代文明的宰制下，該是如何的遲鈍、粗疏、淤塞而不知變通。然而即使是在這樣的對比中，我們專看原住民描寫自身的身體感知，他們很少陷入一種本質化的身體觀，認定原住民的身體感知必然如此。我們可以看到許多這樣的描述：年少的族人還沒有經歷過成年禮及其他祭儀的訓練，因此他們的身體感知或身體氣象都還處在不穩定的狀態；又或者離開部落已久的作家，初初回到部落之後才深深意識到自我身體感知能力的嚴重萎縮、退化。在此當中，我們認識到了「技藝」、「祭儀」扮演著自我教養的「工夫」的角色。

　　身體與祭儀，理論上應當也經歷符號化與自我符號化的情況。不過在第三章的論文中，並沒有明顯地標舉出這個問題，實際上「身體」常常是原住民遭遇歧視的第一現場。歧視往往來自於成見，成見就是因為外人將原住民的身體意象了形構出固著的價值判斷。為了應付、逃離這樣的壓力，確實有許多原住

民在成長過程不斷地洗刷、漂白自己身體的意象。至於祭儀的符號化，則牽涉到文化觀光化的問題。當漢人以他者的眼光審視原住民的歲時祭儀時，其實都一再地將原住民視為一種具有異國情調的符號，滿足自身窺探的慾望。在觀光效益與收入的考量之下，這些祭儀一旦被符號化、標籤化，「可能使展演的主事者和參與者因為太過於著重表演的精采引人和經濟價值，投注過多精神在虛浮的表演工作，而忽略了傳統文化中值得保存的珍寶」[1]。當然，因應這樣的展演，原住民在非祭儀的觀光場合（因為祭儀畢竟仍然是嚴肅的），也有可能「表演」、「戲弄」觀光客一番[2]。

　　隨後拉出來討論原住民的文學書寫，仍然面臨著現代知識如何協成或干擾創作的問題。儘管在文中只佔了一小段篇幅，但是談到原住民如何自我符號化的問題，很明顯地呈現在原住民對於族語、漢語的掌握，將語言視為一種符號工具、將創作視為一種符號的展現。當我們期待著原住民漢語文學的混語書寫能夠給予漢語相當程度的干擾、刺激，注入源頭活水的同時，原住民文化的自我詮釋權也正在混語的罅隙中蔓延滋長。

　　我們一方面可以將「知識」的論證邏輯用以作為整篇論文各子題的詮釋模組，而與「技藝」、「姿勢」、「記憶」之章有一多相攝的關聯性（儘管不是對應得很整齊）。不過若從討論的主題內容而言，前三者幾乎都是就文學文本的內容而探討問題，第四主題則是頗為後設地在討論文學書寫的相關問題。可以說，從知識、技藝與身體感知三個主題的研究成果，或顯或隱地收歸在對於文學書寫的探討。譬如現代知識對於創作的協成與干擾、將書寫作為一種原住民不同於傳統技藝的另一種技能，另外身體感知能力的討論也保證了原住民文學美學的可能。這又成為了另一種理解本書各章相關性的一種視野。

1　王嵩山：《台灣原住民與人類學》，頁 97。

2　例如楊淑媛研究霧鹿部落的布農族時指出：「都市人對一些在布農人眼裡根本不起眼的小東西，例如手工陀螺、竹筒杯等嘖嘖稱奇，讓他們覺得很逗趣。某些布農人認為觀光客很好騙，所以對他們的笨問題，回答時經常胡扯；販賣食物和手工藝品時也亂開價……。看布農人在表演時捉弄觀眾，或者賣紀念品時討價還價，就像看人過招鬥智。」見〈文化自我意識與傳統的再創造：以布農人為例的研究〉，《台灣人類學刊》第 9 卷第 2 期（2011 年），頁 80-81。

※

　　論及符號化，就不得不提及本文多處引用卡西勒《人論》關於「人類是具有符號化的能力的動物」此一功能性的定義。在卡西勒看來，人類文明的延續與拓展，在於我們善於使用符號作為主體與實在之間認識的中介。然而正因為這樣的符號中介，致使人類愈來愈無法直接的面對實在。原住民文學中所反映的文化性格，在這樣的理論中有非常迂迴且巧妙的呈顯。基本上，依照卡西勒的理論解釋效力，原住民自然不可能自外於此功能性定義之中。然是無論從卡西勒的理論闡述過程自身，或是從原住民傳統文化所展現的特質，我們確實可以發現原始部落的文化對於符號化能力的依賴並不如高度文明發展的社會那樣的細緻、複雜。正因如此，當漢人將原住民的祭儀看作是一種「觀光文化」時，原住民對於自身的祭儀活動，某個程度上仍然是相信其能夠產生某種直接的力量，而不單單只是一種文化展演。

　　然而，「原住民」這個詞彙的確立，很大程度上本身就是一種自我符號化的過程。作為一種抵抗的符號，原住民各族之間不斷求同存異，目的是為了對抗一個龐大的、霸權的、具侵略性的漢人政府。特別是台灣「當代」原住民漢語文學的興起，原漢之間的對比就不知不覺成為一種文學家有意無意塑造的書寫策略。明白地說，當原住民漢語文學做為一種抵抗的能量，跟原運或是其他相關涉的論述、藝術展演相類似，都免不了需要有策略性的動員或自我符號化。但實情上，我們也都很能夠理解，原漢的對立常常不是那樣的截然分明。從一些作家的自述或者是人類學家的民族誌調查，我們都會發現原住民個別的真實經驗未必都如同文學作品那樣表現出對漢人生活的排斥。

　　王梅霞〈從 gaga 的多義性看泰雅族的社會性質〉談到，泰雅族的 gaga 有很多涵義，包括禁忌、文化觀念、社會範疇，甚至是一種觀念的實踐過程，「甚至於現代教育也被當地人詮釋為平地人的 gaga，他們可以從平地人那裡學習」[3]。孫大川也曾為文敘述，母親曾告訴他，讀書才能夠使族人脫離落後，他的母親

---

[3]　王梅霞：〈從 gaga 的多義性看泰雅族的社會性質〉，《台灣人類學刊》第 1 卷第 1 期（2003 年），頁 88。

也因被迫輟學而成為終生的遺憾[4]。這些例子多少可以說明，原住民在面對漢人或現代教育時，未必如同許多文學作品那樣的緊張。

　　另外，原住民文化與生物多樣性的關聯，也是一項熱門的課題。不過浦忠成卻也提出，生物多樣性的概念並不是原住民文化與生活經驗獨具的：「漢族文化及其生物多樣性的概念，大致已呈現在自古以來累積的文獻，也有充裕的表述網絡和實踐孔道」。[5]

　　關於原漢之間對比的鬆動，最根本的地方還在於本書援引了許多中國先秦道家思想加以闡述。如果原漢之間的文化差異性真的如鴻溝般難以跨越，這樣的詮釋在方法上就會受到很大的質疑。在全書的起始就已曾提及一個重要的觀念：保留的地方文化也意味著保留了上古文化，這種文化存續的時空結構，提示了我們原住民文學當中所描述的原漢差異，並不是根源於種族主義式的差別，而是在文明發展的不同階段中所呈現出各自有別的生活方式與價值判斷。

　　由此，我在論述的主軸上，雖然符應於文學文本所設定出原漢對比的書寫策略。但實情中卻也明白，漢人也有地方知識、個人知識、身體感，只是在原漢對比而論的情況之下，漢人這一部分的知識型態於本論文中較為隱匿不顯。其次，漢人的教育系統遭受現代化的影響甚鉅，傳統身心合一的知識型態確實也多轉為文獻上的知識考據。相對而言，原住民文化可能還保留了遠古的知識系統，深具參考價值。

※

　　在首章敘述研究動機、方法時，我曾提及「研究者的理解次序，形構出對於研究對象的認識、關懷」。我並沒有選擇以制式的規格羅列研究動機、主題、範圍、方法等，而是自我敘說如何從「文學」、「原住民文學」到「原住民漢語文學」進行逐步地展開閱讀與理解。論文的題目「台灣當代原住民漢語文學知識／姿勢與記憶／技藝的相互滲透」，如果將之比擬成為一個羅列在前的觀

---

[4]　孫大川：〈用筆來唱歌──台灣當代原住民文學的生成背景、現況與展望〉，《台灣文學研究學報》第 1 期，頁 196-197。

[5]　巴蘇亞・博伊哲努（浦忠成）：〈新情勢與新願景〉，《思考原住民》，頁 308。

視目標，我就像是一個鏡頭對準了「文學」而後逐步退後，將視野拉遠、拉大，一直到將整個論文題目容納進入視域範圍內。

將整個題目都納入視野中，可以明確地說，本書是對台灣當代原住民漢語文學作品「內」的原住民文化進行討論。換言之，這是一個相對起來偏向於作品文本「內緣」的研究，雖然各自的論題不乏參考當時台灣社會經濟政治文化等「外緣」因素的影響，但自我期盼更多地還是在於作品文本與文本之間，彼此相容、交織而彰顯、形構出的原住民文化特色。大量徵引作品文本，就是希望能夠藉由作家們的自我敘說來表現一種原住民文學當中的思想情感與價值觀。明白地說，我研究的是文學作品中的原住民文化，那與真實生活情境中的原住民文化未必能夠等同而觀。

文學中的文化研究，是本論文研究的一個方向；然後，又有所回歸。

拉遠的鏡頭又逐步貼近「文學」，在討論原住民文學書寫的相關問題時，與討論原住民文化的方式大頗有差異。邱貴芬〈台灣文學研究的「文學性」〉提及原住民文學（同時也提及女性文學與現代散文）的「文學性」問題：「研究原住民文學，是否要關照作品的『文學性』，探討作者用怎麼樣的形式和技巧來呼應他所要表達的內容？」[6]目前原住民文學的相關研究幾乎一定會更與社會政治的情境產生高度的連結，這固然是因為原住民文學的興起與原運有密切的關係，這也是與我們對於「文學研究」定義與方法上的模糊或窒礙。原住民漢語文學的作品，常常成了原住民生活、文化、政治、宗教等等相關議題研究的附屬或「文獻」。無論是像是魏貽君那樣比較貼近外緣式社會情境的脈絡外理解，或是本書朝向文化哲學的方式闡述。文學作品似乎只是在替原住民的歷史、思想、社會、政治、經濟情境闡述。那麼，文學到底具不具備「獨立」的可能呢？

這個問題之難解，原因恐怕在於眾人對於「文學」的定義各自有異，如此自然對於何為「文學研究」的看法大不相同。但是處在現當代的情境之中，「文

---

6 邱貴芬：〈台灣文學研究的「文學性」〉，《第一屆全國台灣文學研究生論文研討會論文集》（台南：國立台灣文學館籌備處，2004）頁 369-370。

學作為一種語言的藝術」仍然是一個定義文學相當重要的準則「之一」。那麼這「之一」不但不能夠放棄，而且還必須有更多的研究努力深化與開拓。

　　也就是說，文學研究終究必須要有一股研究的力量與一份關懷，是加諸語言文字及文學形構的議題上。這也就是為何本書會花許多篇幅談論原住民文學「創作美學」或「形式美學」的原因。無論原住民文學家在創作時，對於形式的關注多少，無論文學的概念是否是他們創作動力或初衷，無論這是不是原住民文學興起的原因……。文學之所以為文學，就必須要有其特定的形式與構成，足以讓我們去認定這是一篇文學作品。縱使未必有一個恆定的標準，但是對於形式的貶低，往往是許多文學研究所犯的毛病。尤其不可不注意，在討論原住民漢語文學中的「混語書寫」時，混語書寫曾經一度被提高到非常重要的地位，甚至視為原住民文學的重大價值之一。我們卻無論如何不能否認混語書寫的價值就顯現在作品創造出來的「形式效果」中。

　　就理論依據而言，對於文學形式的講求與批評之所以重要，因為這也是原住民「自我符號化」的手段之一。如果放棄對於形式美學的推陳出新，而一再停留在原住民生活經驗或政治悲情的訴求，當代原住民文學恐怕會陷入自我重複的危險。

　　我想要提供的是一種「閱讀視野的轉換」，意即我們仍然能夠以文學藝術的眼光來閱讀原住民漢語文學作品，至於這些文學作品具不具備歷史紀錄、民族誌的功能，那可以有另外的閱讀眼光審視之。原住民不但需要有文學創作，我們也需要有以創作的眼光審視的必要。借用理查德‧舒斯特曼（Richard Shusterman）的譬喻，這就是類似於「表面與深度」的關係：

　　　　美學在感性表面之下挖掘的越深，它在知識上所獲得的就越多，然而，
　　　　這樣一種永遠在增加的深度的比喻性思路就會呈現出一個自相矛盾的圖
　　　　景。在我們滾圓的地球上，最深的鑽探最終應該把我們再次帶回到表

面[7]。

此處借用這樣的比喻，是希望能夠適度矯正文學研究中對於形式美學的過度輕
視與貶低。形式如同表面，而文學作品的情感內涵等等就如同有待探究的深度。
我們不能只看到文學作品的內蘊而不計其表面形式，更不能夠忽略這二者彼此
高度相關：「對任何表面來說都存在某種深度，在表面之下的東西——底面
——都有一個表面並且本身就是某種表面。」[8]

　　意識到這些作品之為「文學」，除了認肯其應該具備的更好的形式之外，
也提供了我們對於原住民文學的「表現」有更多的體認。

　　當代台灣原住民漢語文學的興起既然與原住民運動有密切的關係，文學作
為原住民生活經驗、情感思想的反映，已經預設了一種文學「再現」現實的美
學觀。正因為有這樣的美學價值預設，所以原住民文學是否能夠真實地描述原
住民生活經驗就成了一個問題。不過，經由視野的轉換，當我們認定文學是一
種「表現」，那就看重文學自身如何呈顯，而不必然預設有一個真實的存在必
須要被反映。

　　這樣的文學表現論，確實在台灣當代原住民漢語文學的發展歷程中不是一
個主流的見解，或許還會遭受批判或攻訐。但我這樣的引導與思考，並非立異
以為高。文學作品不同於歷史記載或政論文宣，這些作家在創作的時候，或多
或少有其對於文學的創作意識。也就是說，他們的寫作必然有所預期「被閱讀」、
「被觀看」。即使他們試圖想要利用文學作品反映現實，恐怕也很難避免自覺
或不自覺地利用文學創作而「表現」出自己認定的「現實」。如果從這個角度
理解，我們就可以明白，當原住民文學被視為民族誌時，這當中恐怕有許多自
我展現的扮演滲入其中。

　　這種扮演對於原住民「文學」來說，其實是一種對抗強權體制的游擊力道。

---

[7]　理查德・舒斯特曼（Richard Shusterman），李魯寧譯：《表面與深度：批評與文化的辯證法》（北
　　京：北京大學出版社，2014），頁 3。

[8]　理查德・舒斯特曼，李魯寧譯：《表面與深度》，頁 3。

但是游擊之所以具有力道，就在於那個「游」。原住民文學的「表現」與「展演」，都存在著顛覆著漢人眼光直接穿透的能力，這種表演性是一種虛虛實實的遊戲。如果讀者不假思索地認定原住民漢語文學因其身分正確，而堂而皇之地認定這些作品必然能夠成為一種民族誌閱讀，反而容易陷入文化誤解的危機。

顯然地，任何被觀看、被閱讀、被詮釋的文化都存在著這種自我展示的可能。文學作品會有這樣的問題，民族誌、田野調查、紀錄片都可能存在這樣的難處。這種對於自身文化的戲弄扮演，除了提醒觀看者必須有所警覺之外，更重要的是要具有更謙卑、更尊重的心態。我主張，專業讀者在閱讀原住民文學作品時，應當有意識區別自己閱讀的眼光——文學作品既可以當作藝術來欣賞，也可以當作其他東西來認識或使用。

※

原住民不斷地在對外宣稱「我是誰」時，有三種回答：第一是「我是人」，第二是「我是原住民」，第三是「我是人」。「我是原住民」的概念，如前所述，一種因應與面對漢人強大體制而團結起來的抵抗的符號，目的在於確立原住民在台灣法政體制下的主體性。至於「我是人」的說法，第一種是消極地回應歷史上許多汙衊的眼光，這些眼光常常將原住民「妖獸化」，原住民只好不斷地強調他們與觀看者同樣為「人」。

另外一種積極且更具價值意義的回答「我是人」，就不是被動消極地回應外人的眼光了，這是一種本然內嵌於原住民各族文化之中的價值觀。當前原住民族別名稱上，多半指的是「人」的意思，直可稱之為「人族」。這樣的「人」觀，除了是置身於宇宙自然之內，區別出人與動物的不同，更重要的還在於各部族文化之中自有其一套符應於宇宙自然運作的歲時祭儀與文化技藝，原住民必須要經歷種種的訓練，才足以稱得上是「人」。這樣的「人」，是（部落）文化的人，是自然的人，是宇宙的人。在這樣原初的思維下，我們明顯地看出原住民文化是如何有效地統合了「人文」與「自然」：因為他們的人文本身就是一種自然。

本研究的立場隱約地朝向「人的文學」的概念闡述，而不只是停留在「原

住民文學」的層面。什麼意思呢？當代原住民文學的興起，既然與原運有密切的關係，而「原住民」一詞確立其在法政上的主體與相關權益，那麼「原住民文學」似乎總不免與政治意識形態所有牽連。當然，文學與政治、社會有所連動，原本也是文學的功能之一。不過我的研究取向與關懷，更大的程度視原住民文化具有一種普遍的價值，甚至不分族群，在人類文明進展過程中可能具備相類似的生活方式。只不過在近現代文明過度快速膨脹的情況下，這些生活經驗與價值的崩解異常快速，而台灣當代原住民漢語文學對於部落文化的追憶與描述，儘管有可能出自於一種文學的表現或特定的書寫策略，卻不可否認其離現下的時空環境並不遙遠。在這樣的出發點上去閱讀、理解原住民文學所具有的獨特魅力與價值，我認為，原住民內嵌於部落文化意義中的「人」，正足以成為現代文明下的「人」的一個有力的對照與歸宿[9]。

　　既然如此，「原住民」與「我是人」的概念，雖然是相為表裡，我對文學作品中的文化研究所奠基的視野，更多還是偏重在「我是人」的關懷中。董恕明曾在一本介紹台灣當代原住民漢語文學的通俗小書中提出一個問題：為什麼要閱讀原住民文學？董恕明認為，如果只是個單純的讀者，讀者有其充分的自由，去接觸自己想要的作品。然而，既然自己並不只是個單純的讀者，她認為：

> 我可以換個方式說：文學的世界確實是寬天闊地，當代原住民文學在其中像是初春的新綠，它一方面是在對現實世界中族群、歷史、文化、階級和性別這些議題，進行根本的追問，另一方面則是要透過書寫介入文化的傳承與創造。而在它負擔了這麼沉重的使命之後，最終還是要維持住一種生機，一種面對世界的好奇、溫情與想望。[10]

為什麼要讀原住民文學，每個人都可以有自己的觀點。於我看來，原住民文學

---

[9] 吳錦發也曾經於〈悲情的山林——序「台灣山地小說選」〉提出原住民文學「是真正的『人的文學』」，《悲情的山林》（台中：晨星，1987），序頁6。

[10] 董恕明：《山海之內，天地之外——原住民漢語文學》，頁24-25。

的獨特性正是在於它所內蘊文化的普遍性。從原住民的文學到人的文學，正是因為「文學」逐漸獨立於「社會運動」，「文學」的跨時空特性，涵具了周延普遍的情感特質與思想義理[11]。討論人與環境經驗的連結、技藝以成人、身體感知能力的培養與發用，在在都圍繞著關於「如何成人」的問題。也正是在這個意義上，本書的價值便在於藉由台灣當代原住民漢語文學，提供了不分族群的「讀者」去領受「更好地成為一個人」（工夫）以及「成為更好的一個人」（境界）。

　　從讀者的角度而言，他們可以放輕「原住民」在法政主體上的嚴肅意義；然而就原住民創作者而言，這卻是他們不可退讓的底線。因為文化的養成、實踐並不是容易的事情。縱然讀者能夠藉由原住民文學試圖親近、理解、感受、揣摩原住民文化的精華。但是要做到具體實踐、融入生活，那得有這樣的文化個體浸淫其中，實踐完成。一個文化要能夠直接而且深刻地作用在個別人身，最直接的連結恐怕還是血脈基因的傳承。因此，本研究對於原住民文學的定義，不採取語言說、題材說，而是以作者身分的認定作為基本的立場。

　　這樣的作者認定與讀者期望的閱讀題材，會不會有錯身而過的可能？其實這是極有可能的。就如同某些研究者曾經提出的問題，如果一位原住民作家寫出與原住民題材完全無關的作品，那算不算原住民文學？有人認為這些作品在目前研究上是不便討論也不能討論的問題。然而，基於作者身分論的立場，原住民文化的養育灌溉必須作用在「人」的身上，由這些「人」去創作。文化的復振實踐與文學創作，是一個相關聯卻不一樣的任務。因此，在文化復振與實踐的脈絡中，必須確保「人」的養成；卻在文學創作之中，不侷限哪種題材，才是真正地由這群「人」的眼光來看待我們存在的生活世界。

　　讀者若是對於原住民文學的價值與期待抱持著特定的眼光，卻又在作家自由創作中尋找不到相應對地作品，這樣子原住民文學的創作與閱讀豈非無法產

---

[11] 巴蘇亞・博伊哲努（浦忠成）：「真正能發揮民族文學最超卓價值的作品，應該是能擺脫狹隘的族群、地域意識，植根於民族文化深層，而復能突顯其有意於整體人類的特殊文學情感與思想。」見《台灣原住民族文學史綱（下）》，頁852。

生共鳴？我認為，首先這樣的情景不會極端地發生。其次，作家對於自身創作的「自由」，本身就是一種優游的表現與展演，而「不必然」回應讀者、評論的期待。

　　最後，我試圖提出一個重要但是未必易解的問題。在論及原住民的文學創作時，我所提出的問題是：文學創作也是一種「技藝」。在談論原住民對於傳統知識領域的認識中，我們已經明白指出一種非本質性的「變」的概念，也就是說，何謂「知識」、「技藝」，這是容許隨著時代改變而有所調整更新的。既然如此，文學創作（或者是廣義地「書寫」）又是一種技藝，有沒有可能成為原住民族特意發展的「技藝」？如果書寫成為一種有別於傳統部落技藝的另一種「新技藝」，當原住民傳統文化具有「技藝以成人」的價值結構時，文學創作是否也能夠「成人」？若能，這樣的「人」，又是內蘊著怎樣的價值呢？

　　「文學以成人」的命題乃是由「技藝以成人」延伸而來，其內涵義指：藉由文學讓我們「更好地成為一個人」以及「成為更好的一個人」。既然這個命題是談論文學，就不侷限在原住民漢語文學的範圍內。不過，我確實是由原住民對於傳統部落技藝、祭儀的重視與實踐而興發了這樣的聯想。原住民如果能夠有更多的創作人才，以原本部落淵源流長的口語傳統轉換並滋養文學書寫，也許原住民文學的力量，可以展現出新的文學典範或新的美學範式。尤其是原住民的口語歌謠與現代詩的雜揉、交融，或是敘述性口傳文學在現代小說體制中的出沒，或許都有可能調整、拓展新的風格，持續散發野性的魅力。對於原住民自身而言，文學創作可能使他們成就一個更貼近部落文化、朝向部落回歸、實踐於生活而又能應世於外的「人」。

參考書目

一、原住民漢語文學作品

1. 卜袞・伊斯瑪哈單・伊斯立瑞：《太陽迴旋的地方》，台中：晨星出版社，2009。

2. 乜寇・索克魯曼：《東谷沙飛傳奇》，台中：印刻出版社，2008。

3. 乜寇・索克魯曼：《Ina Bunun！布農青春》，台北：巴巴文化，2013。

4. 乜寇・索克魯曼：《我為自己點了一把火》，台北：山海文化雜誌社，2015。

5. 瓦歷斯・諾幹：《永遠的部落》，台中：晨星出版社，1990。

6. 瓦歷斯・諾幹：《番刀出鞘》，新北：稻鄉出版社，1992。

7. 瓦歷斯・諾幹：《荒野的呼喚》，台中：晨星出版社，1992。

8. 瓦歷斯・諾幹：《想念族人》，台中：晨星出版社，1994。

9. 瓦歷斯・諾幹：《山是一座學校》，台中：台中縣立文化中心，1994。

10. 瓦歷斯・諾幹：《戴墨鏡的飛鼠》，台中：晨星出版社，1997。

11. 瓦歷斯・諾幹：《伊能再踏查》，台中：晨星出版社，1999。

12. 瓦歷斯・諾幹：《迷霧之旅》，新北：布拉格文化，2012。

13. 瓦歷斯・諾幹：《瓦歷斯・諾幹 2012：自由寫作的年代》，台北：行政院原住民族委員會、台灣原住民族圖書資訊中心，2012。

14. 瓦歷斯・諾幹：《番人之眼》，台中：晨星出版社，2012二版。

15. 瓦歷斯・諾幹：《城市殘酷》，台北：南方家園，2013。

16. 瓦歷斯・諾幹：《瓦歷斯微小說》，台北：二魚文化，2014。

17. 巴代：《笛鸛：大巴六九部落之大正年間》，台北：麥田出版社，2007。

18. 巴代：《檳榔・陶珠・小女巫：斯卡羅人》，新北：耶魯國際，2009。

19. 巴代：《Daramaw：卑南族大巴六九部落的巫覡文化》，新北：耶魯國際，2009。

20. 巴代：《馬鐵路：大巴六九部落之大正年間（下）》，新北：耶魯國際，2010。

21. 巴代：《白鹿之愛》，台北：印刻出版社，2012。

22. 巴代：《巫旅》，台北：印刻出版社，2014。

23. 白茲・牟固那那：《親愛的 Ak'i，請您不要生氣》，台北：女書文化，2003。

24. 伍聖馨：《單・自》，台北：山海文化雜誌社，2013。

25. 利格拉樂・阿𡠄：《誰來穿我織的美麗衣裳》，台中：晨星出版社，1996。

26. 利格拉樂・阿𡠄：《紅嘴巴的 VuVu》，台中：晨星出版社，1997。

27. 利格拉樂・阿𡠄：《穆莉淡 Mulidan》，台北：女書文化，1998。

28. 利格拉樂・阿𡠄：《祖靈遺忘的孩子》，台北：前衛出版社，2015。

29. 沙力浪・達岌斯菲萊藍：《笛娜的話》，花蓮：花蓮縣文化局，2010。

30. 沙力浪・達岌斯菲萊藍：《部落的燈火》，台北：山海文化雜誌社，2013。

31. 沙力浪・達岌斯菲萊藍：《祖居地・部落・人》，台北：山海文化雜誌社，2014。

32. 阿道・巴辣夫：〈肛門說：我們才是愛幣力君啊！〉，收入孫大川主編：《台灣原住民族漢語文學選集・詩歌卷》（台北：印刻出版社，2003），頁 33-39。

33. 里慕伊・阿紀：《山野笛聲》，台中：晨星出版社，2001。

34. 里慕伊・阿紀：《山櫻花的故鄉》，台北：麥田出版社，2010。

35. 里慕伊・阿紀：《懷鄉》，台北：麥田出版社，2014。

36. 拉黑子・達立夫：《混濁》，台北：麥田出版社，2006。

37. 拓拔斯・塔瑪匹瑪：《最後的獵人》，台中：晨星出版社，1987。

38. 拓拔斯・塔瑪匹瑪：《蘭嶼行醫記》，台中：晨星出版社，1999。

39. 亞榮隆・撒可努：《山豬・飛鼠・撒可努》，新北：耶魯國際，2014 修訂二版。

40. 亞榮隆・撒可努：《走風的人》，新北：耶魯國際，2011。

41. 亞榮隆・撒可努：《外公的海》，新北：耶魯國際，2011。

42. 娃利斯・羅干：《泰雅腳踪》，台中：晨星出版社，1991。

43. 啟明・拉瓦：《我在部落的族人們》，台中：晨星出版社，2005。

44. 馬紹・阿紀：《泰雅人的七家灣溪》，台中：晨星出版社，1999。

45. 夏曼・藍波安：《冷海情深》，台北：聯合文學，1997。

46. 夏曼・藍波安：《黑色的翅膀》，台中：晨星出版社，1999。

47. 夏曼・藍波安：《海浪的記憶》，台北：聯合文學，2002。

48. 夏曼・藍波安：《航海家的臉》，台北：印刻出版社，2007。

49. 夏曼・藍波安：《老海人》，台北：印刻出版社，2009。

50. 夏曼・藍波安：《天空的眼睛》，台北：聯經出版社，2012。

51. 夏曼・藍波安：《大海浮夢》，台北：聯經出版社，2014。

52. 莫那能：《美麗的稻穗》，台中：晨星出版社，1989。

53. 莫那能口述、劉孟宜錄音整理：《一個台灣原住民的經歷（修訂版）》，台北：人間出版社，2014。

54. 奧威尼・卡露斯：《雲豹的傳人》，台中：晨星出版社，1996。

55. 奧威尼・卡露斯：《神秘的消失——詩與散文的魯凱》，台北：麥田出版社，2006。

56. 游霸士・撓給赫：《天狗部落之歌》，台中：晨星出版社，1995。

57. 游霸士・撓給赫：《赤裸山脈》，台中：晨星出版社，1999。

58. 達德拉凡・伊苞：《老鷹 再見》，台北：大塊文化，2004。

59. 霍斯陸曼・伐伐：《那年我們祭拜祖靈》，台中：晨星出版社，1997。

60. 霍斯陸曼・伐伐：《中央山脈的守護者——布農族》，新北：稻鄉出版社，1997。

61. 霍斯陸曼・伐伐：《黥面》，台中：晨星出版社，2001。

62. 霍斯陸曼・伐伐：《玉山魂》，台北：印刻出版社，2006。

63. 讓阿淥・達人拉雅之：《北大武山之巔》，台中：晨星出版社，2010。

知識、技藝與身體美學
台灣原住民漢語文學析論

二、研究專著

A、外文譯著

1. 大衛・勒布雷東（David Le Breton）著，王圓圓譯：《人類身體史和現代性》，上海：上海文藝出版社，2010。

2. 伊利亞德（Mircea Eliade）著，楊素娥譯：《聖與俗——宗教的本質》，台北：桂冠圖書，2001。

3. 克利弗德・紀爾茲（Clifford Geertz）、楊德睿譯：《地方知識》，台北：麥田出版社，2007 二版。

4. 米・杜夫海納（Milel Dufrenne），韓樹站譯：《審美經驗現象學》，北京：文化藝術出版社，1996。

5. 米歇爾・福柯（Michel Foucault），劉北成、楊遠嬰譯：《規訓與懲罰》，北京：三聯書店，2012 修訂譯本。

6. 彼得・基維（Peter Kivy）主編、彭鋒等譯：《美學指南》，南京：南京大學出版社，2008。

7. 班雅明（Walter Benjamin）著，林志明譯：《說故事的人》，台北：台灣攝影工作室，1998。

8. 恩斯特・卡西勒（Ernst Cassirer）著，于曉等譯：《語言與神話》，台北：桂冠圖書，2002。

9. 恩斯特・卡西勒（Ernst Cassirer）著，甘陽譯：《人論》，台北：桂冠圖書，2005 再版。

10. 埃倫・迪薩納亞克（Ellen Dissanayake）著，戶曉輝譯：《審美的人——藝術來自何處及原因何在》，北京：商務印書館，2004。

11. 理查德・舒斯特曼（Richard Shusterman）著，程相占譯：《身體意識與身體美學》，北京：商務印書館，2011。

12. 理查德・舒斯特曼（Richard Shusterman）著，彭鋒譯：《生活即審美：審美經驗與生活藝術》，北京：北京大學出版社，2007。

13. 理查德・舒斯特曼（Richard Shusterman），李魯寧譯：《表面與深度：批

評與文化的辯證法》，北京：北京大學出版社，2014。

14. 路先・列維－布留爾（Lucién Lévy-Brühl），丁由譯：《原始思維》，台北：商務印書館，2001。

15. 邁克爾・波蘭尼（Michael Polanyi），許澤民譯：《個人知識——邁向後批派哲學》，貴陽：貴州人民出版社，2000。

16. 蘇珊・朗格（Susanne K. Langer）著，劉大基、傅志強、周發祥譯：《情感與形式》，北京：中國社會科學出版社，1986。

17. 鮑姆嘉藤（Baumgarten）著，簡明、王旭曉譯：《美學》，北京：新華書店，1987。

B、中文專著

1. 王世德主編：《美學辭典》，台北：木鐸出版社，1987。

2. 王民安、陳永國編：《後身體：文化、權力和生命政治學》，長春：吉林人民出版社，2003。

3. 王志楣：《莊子生命情調的哲學詮釋》，台北：里仁書局，2008。

4. 王嵩山：《台灣原住民與人類學》，台北：時報文化出版社，2006。

5. 巴蘇亞・博伊哲努（浦忠成）：《思考原住民》，台北：前衛出版社，2002。

6. 巴蘇亞・博伊哲努（浦忠成）：《台灣原住民族文學史綱（下）》，台北：里仁書局，2009。

7. 台灣原住民教授學會、東華大學原住民民族學院編：《第一屆原住民知識體系研討會論文集》，2009 年 5 月 15 日、5 月 16 日，東華大學原住民民族學院國際會議廳。

8. 周桂田、王瓔玲主編：《自然與身體》，台北：聯經出版社，2011。

9. 周憲：《20 世紀西方美學》，南京：南京大學出版社，1999。

10. 胡國楨、丁立偉、詹嫦慧合編：《原住民巫術與基督宗教》，台北：光啟文化，2008。

11. 孫大川：《久久酒一次》，台北：張老師文化，1991。

12. 孫大川：《山海世界：台灣原住民心靈世界的摹寫》，台北：聯合文學，2000。

13. 孫大川：《搭蘆灣手記》，台北：聯合文學，2010。

14. 孫大川編：《返本與開新：台灣原住民族知識、文化創意與環境倫理》，台北：行政院原住民族委員會，2010。

15. 孫大川：《夾縫中的族群建構》，台北：聯合文學，2012。

16. 許良：《技術哲學》，上海：復旦大學出版社，2004。

17. 陳伯軒：《文本多維：台灣當代散文的空間意識及其書寫型態》，台北：秀威資訊，2010。

18. 張賢根：《20 世紀的西方美學》，武昌：武漢大學出版社，2009。

19. 黃美娥主編：《台灣原住民族關係文學作品選集（1603-1894）》、《台灣原住民族關係文學作品選集（1895-1945）》，台北：行政院原住民委員會，2013。

20. 彭鋒：《回歸：當代美學的 11 個問題》，北京：北京大學，2009 年。

21. 楊士範編著：《礦坑、海洋與鷹架：近五十年的台北縣都市原住民底層勞工勞動史》，台北：唐山出版社，2005。

22. 董恕明：《山海之內，天地之外——原住民漢語文學》，台南：國立台灣文學館，2013。

23. 趙憲章、張輝、王雄著：《西方形式美學：關於形式的美學研究》，南京：南京大學出版社，2008。

24. 賴錫三：《莊子靈光的當代詮釋》，新竹：國立清華大學出版社，1998。

25. 賴錫三：《當代新道家》，台北：台大出版中心，2011。

26. 賴錫三：《道家型知識份子論》，台北：台大出版中心，2013 年。

27. 魏貽君：《戰後台灣原住民族文學形成的探察》，台北：印刻出版社，2013。

三、學位論文

1. 李台元：《台灣原住民族語言的書面化歷程》，台北：政大民族學系博士論文，2013。

2. 徐國明：《原住民性、文化性與文學性的辨證——《山海文化》雙月刊與台灣原住民文學脈絡》，台南：成功大學台文所碩士論文，2010。

3. 夏曼·藍波安：《原初豐腴的島嶼：達悟民族的海洋知識與文化》，新竹：清大大學人類學碩士論文，2003。

4. 許倍僑：《先秦夷夏觀初探——兼論台灣原住民教育》，花蓮：東華大學民族發展研究所碩士論文，2009。

5. 陳芷凡：《語言與文化翻譯的辯證——以原住民作家夏曼·藍波安、奧威尼·卡露斯盎、阿道·巴辣夫為例》，新竹：清華大學台灣文學研究所碩士論文，2006。

6. 陳芷凡：《跨界交會與文化「番」譯：海洋視域下台灣原住民記述研究（1858-1912）》，台北：國立政治大學中國文學博士論文，2011。

7. 張耀宗：《台灣原住民教育史研究（1624-1895）——從外來殖民教化談起》，台北：國立師範大學教育研究所博士論文，2003。

8. 董恕明：《邊緣主體的建構——台灣當代原住民文學研究》，台中：東海大學中文所博士論文，2003。

9. 魏貽君：《戰後台灣原住民族文學形成研究》，台南：成大台灣文學博士論文，2007。

四、期刊與專書論文

1. 伯梅（Gernot Böhme），谷心鵬、翟江月、何乏筆譯：〈氣氛作為新美學的基本概念〉《當代》188 期（2003 年 4 月），頁 10-33。

2. 王志楣：〈論《莊子》之「用」〉，《花大中文學報》第 1 期（2006 年 12 月），頁 45-66。

3. 王梅霞：〈從 gaga 的多義性看泰雅族的社會性質〉，《台灣人類學刊》第 1 卷第 1 期（2003 年），頁 77-104。

4. 王嵩山：〈人類學、原住民知識與行動：一個初步的討論〉，《人類與文化》第 31 期（1996 年 02 月），頁 122-136。

5. 王應棠：〈代序：奧威尼的天窗〉，奧威尼‧卡露斯：《神秘的消失——詩與散文的魯凱》（台北：麥田出版社，2006），頁 13-15。

6. 亓校盛：〈簡論舒斯特曼的身體美學〉，《美與時代（下）》2014 年 10 期，頁 16-19。

7. 瓦歷斯‧諾幹：〈從台灣原住民文學反思生態文化〉，收入孫大川主編：《台灣原住民族漢語文學評論選集（上）》（台北：印刻出版社，2003），頁 152-168。

8. 何乏筆：〈氣氛美學的新視野〉，《當代》188 期（2003 年 4 月），頁 24-43。

9. 吳明益：〈天真智慧，抑或理性禁忌？關於原住民族漢語文學中所呈現環境倫理觀的初步思考〉，《自然之心——從自然書寫到生態批評》（新北：夏日出版社，2012），頁 59-97。

10. 余舜德：〈中國氣的文化研究芻議：一個人類學的觀點〉，收錄王秋桂、莊英章、陳中民主編：《社會、民族與文化展演國際研討會論文集》（台北：漢學研究中心，2001），頁 25-51。

11. 杜維明：〈身體與體知〉，《當代》第 35 期（1989 年 3 月），頁 46-52。

12. 宋澤萊：〈夏曼藍波安小說《海洋的記憶》中的奇異修辭及其族群指導〉，《台灣學研究》3 期（2007 年 6 月），頁 16-33。

13. 林久絡：〈「虛」之技藝：《莊子》「季咸見壺丘的隱喻書寫」〉，《止善》第 13 期（2012 年 12 月），頁 47-58。

14. 林文琪：〈藝術活動的認識基礎——以《莊子》「庖丁解牛」為例的辨析〉，《華岡學報》第 1 期（1996 年 3 月），頁(5)1-(5)9。

15. 林文琪：〈論對於道的認識是一種身體化的認識：以《老子》、《管子》四篇為例的說明〉，《東吳哲學學報》12 期（2005 年 8 月），頁 63-98。

16. 林文琪：〈《莊子》有關技術現象的人文主義關懷——通過技術操作的自我教養〉，《哲學與文化》第 33 卷第 7 期（2006 年 7 月），頁 43-63。

17. 林文琪：〈杜夫海納的審美知覺現象學與《莊子》「聽之以氣」的比較研究〉，《華岡文科學報》26 期（2003 年 9 月），頁，161-188。

18. 胡天玫：〈體育的本質：一個認識論基礎〉，《國立台北師範學院學報》第 16 卷第 1 期（2003 年 3 月），頁 321-340。

19. 周育萍：〈運動知識的本質探索〉，《運動文化研究》第 7 期（2008 年 12 月），頁 35-53。

20. 吳錦發：〈悲情的山林——序「台灣山地小說選」〉，《悲情的山林》（台中：晨星，1987），序頁 1-7。

21. 邱貴芬：〈紀錄片／奇觀／文化異質：以《蘭嶼觀點》與《私角落》為例〉，《中外文學》第 32 卷第 11 期（2004 年 4 月），頁 123-140。

22. 邱貴芬：〈台灣文學研究的「文學性」〉，《第一屆全國台灣文學研究生論文研討會論文集》（台南：國立台灣文學館籌備處，2004）頁 369-370。

23. 邱貴芬：〈性別政治與原住民主體的呈現：夏曼・藍波安的文學作品與 Si-Manirei 的紀錄片〉，《台灣社會研究季刊》第 86 期（2012 年 3 月），頁 13-49。

24. 施正鋒、吳佩瑛：〈台灣的學術殖民主義與原住民族的知識主權〉，收入台灣原住民教授學會、東華大學原住民民族學院編：《第一屆原住民知識體系研討會論文集》（花蓮：國立東華大學原住民民族學院，2009），頁 1-20。

25. 韋栓喜：〈理論的限度——舒斯特曼身體美學的理論局限性論析〉，《美與時代（下）》2014 年 4 期，頁 35-37。

26. 郁振華：〈波蘭尼的默會認識論〉，《自然辯證法研究》第 17 卷第 8 期（2001 年 8 月），頁 5-10。

27. 郁振華：〈身體的認識論地位——論波蘭尼默會認識論的身體性維度〉，《復旦學報（社會科學版）》2007 年第 6 期，頁 72-80。

28. 郁振華：〈範例、規則和默會認識〉，《華東師範大學學報（哲學社會科學版）》2008 年第 4 期，頁 47-54。

29. 孫大川：〈多元族群相遇中倫理問題之哲學反思〉，《哲學與文化》23 卷第 1 期（1996 年 1 月），頁 1212-1232。

30. 孫大川：〈被迫讓渡的身體——高砂義勇隊所反映的意識構造〉，《當代》

　　第 212 期（2005 年 4 月），頁 114-131。

31. 孫大川：〈被迫讓渡的身體——高砂義勇隊所反映的意識構造〉，《當代》
　　第 213 期（2005 年 5 月），頁 92-101。

32. 孫大川：〈神聖的回歸——台灣原住民祭儀的現況與再生〉，《台灣戲專學
　　刊》11 期（2005 年 7 月），頁 253-268。

33. 孫大川：〈用筆來唱歌——台灣當代原住民文學的生成背景、現況與展望〉，
　　《台灣文學研究學報》第 1 期（2005 年 10 月），頁 195-227。

34. 孫大川：〈從生番到熟漢：番語漢化與漢語番化的文學考察〉，《東海岸評
　　論》211 期（2007 年 4 月）頁 75-89。

35. 孫大川：〈捍衛第一自然：當代台灣原住民文學中的原始生命力〉，收入陳
　　芳明主編：《台灣文學的東亞思考》（台北：印刻出版社，2007），頁 416-429。

36. 孫大川：〈身教大師 BaLiwakes（陸森寶）——他的人格、教養與時代〉，
　　《台灣文學學報》第 13 期（2008 年 12 月），頁 93-150。

37. 孫大川：〈站在「返本」的高度　朝「創新」的山峰前行〉，瓦歷斯・諾幹：
　　《瓦歷・斯諾幹 2012：自由寫作的年代》（台北：行政院原住民委員會，
　　2012），頁 III-VII.。

38. 高柏園：〈卡西勒哲學初探——對「論人」一書之一般性展示〉，《中華文
　　化復興月刊》225 期（1986 年 12 月），頁 21-28。

39. 徐國明：〈「原住民」的框架內／外——重探台灣原住民運動的文化論述與
　　「文學性」問題〉，《國立台北教育大學語文集刊》第 18 期（2010 年 7 月），
　　頁 159-201。

40. 徐國明：〈弱勢族裔的協商困境——從台灣原住民族文學獎來談「原住民性」
　　與「文學性」的辯證〉，《台灣文學研究學報》第 12 期（2011 年 4 月），
　　頁 205-238。

41. 徐黎、亓校盛、席格：〈藝術界定與身體美學——對理查德・舒斯特曼教授
　　的訪談〉，《美與時代（下）》2014 年 10 期，11-15。

42. 夏曼・藍波安口述，林青藍整理：〈「蘭嶼」非蘭花的島嶼，非核廢料的島

嶼，她是人類的島嶼 Pongso No Tao〉，《人本教育札記》138 期（2000 年 12 月），頁 23-27。

43. 陳伯軒:〈原住民文學與道家思維：一個研究方法的嘗試〉，《台北大學中文學報》第 18 期（2015 年 9 月），頁 121-139。

44. 陳伯軒:〈被觀看的力量——台灣當代原住民漢語文學的自我符號化與遊戲批判力〉，《靜宜中文學報》第 8 期（2015 年 12 月），頁 75-105。

45. 陳伯軒:〈成為達悟／人——夏曼・藍波安作品中部落技藝實踐與身體知覺開展〉，《台灣文學研究學報》第 22 期（2016 年 04 月），頁 233-256。

46. 陳伯軒:〈寫出-活出文學：台灣當代原住民漢語文學「美學」的兩個面向〉，《台北大學中文學報》第 21 期（2017 年 3 月），頁 141-169。

47. 陳祥明：〈卡西爾的符號哲學與認識論的轉向〉，《哲學與文化》第 28 卷第 3 期，頁 250-259+286。

48. 陳毅峰：〈原住民傳統知識體系及空間政治——生態保護區策略的理論反思〉，收入台灣原住民教授學會、東華大學原住民民族學院編：《第一屆原住民知識體系研討會論文集》（花蓮：國立東華大學原住民族學院，2009），頁 3-22。

49. 張培倫:〈建構原住民知識體系———一些後設思考〉，台灣原住民教授學會、東華大學原住民族學院編：《第一屆原住民知識體系研討會論文集》（花蓮：國立東華大學原住民族學院，2009），頁 6-15。

50. 張培倫：〈關於原住民族知識研究的一些反思〉，《台灣原住民研究論叢》5 期（2009 年 6 月），頁 25-53。

51. 張誦聖：〈「文學體制」、「場域觀」、「文學生態」：台灣文學史書寫的幾個新觀念架構〉，《台灣文學評論》第 4 卷第 2 期（2004 年 4 月），頁 207-217。

52. 張耀宗：〈學習、文化與原住民知識〉，《彰化師大教育學報》第 9 輯（2006 年 6 月），頁 171-187。

53. 張耀宗：〈文化差異、民族認同與原住民教育〉，《屏東教育大學學報》第

26 期（2007 年 3 月），頁 195-214。

54. 黃心雅：〈「現代性」與台灣原住民文學：以夏曼藍波安與利格拉樂阿熄作品為例〉，《中外文學》第 5 期（2006 年 10 月），頁 81-122。

55. 齊隆王：〈民族誌與正文：台灣原住民文學的書寫和種族論述〉，馮品佳主編：《重劃疆界：外國文學研究在台灣》（新竹：國立交通大學出版社，2002），頁 159-170。

56. 楊弘任：〈何謂在地性：從地方知識與在地範疇出發〉，《思與言》第 49 卷第 4 期（2011 年 12 月），頁 5-29。

57. 楊政源：〈試論《冷海情深》(1992-1997)時期夏曼・藍波安的文化策略〉，《東吳中文學報》第 16 期（2008 年 11 月），頁 181-200。

58. 楊淑媛〈文化自我意識與傳統的再創造：以布農人為例的研究〉，《台灣人類學刊》第 9 卷第 2 期（2011 年），頁 55-93。

59. 楊儒賓：〈道家的原始樂園思想〉，《中國神話與傳說學術研討會論文集》（1996 年 3 月），頁 125-170。

60. 楊儒賓：〈莊子「由巫入道」的開展〉，《中正大學中文學術年刊》11 期（2008 年 06 月），頁 79-109。

61. 楊儒賓：〈莊子與人文之源〉，《清華學報》41 卷 4 期（2011 年 12 月），頁 587-620。

62. 楊儒賓：〈遊之主體〉，《中國文哲研究集刊》第 45 期（2014 年 9 月），頁 1-39。

63. 趙中麒：〈關於台灣原住民「民族」生成的幾個論證〉，《台灣社會研究季刊》第 51 期（2003 年 9 月）頁 185-224。

64. 劉述先主講、詹景雯整理：〈卡西勒論藝術〉，《中國文哲研究通訊》第 14 卷第 4 期（2004 年 12 月），頁 23-35。

65. 劉滄龍：〈身體、隱喻與轉化的力量──論莊子的兩種身體、兩種思維〉，《清華學報》第 44 卷第 2 期（2014 年 6 月），頁 185-213。

66. 鄭振偉：〈道家與原始思維〉，《漢學研究》第 19 卷第 2 期（2001 年 12

月），頁 113-140。

67. 蔡晏霖：〈思索「地方知識」〉，《亞太研究論壇》第 54 期（2011 年 12 月），頁 202-213。

68. 賴錫三：〈論先秦道家的自然觀——重建老莊為一門具體、活力、差異的物化美學〉，《文與哲》第 16 期（2010 年 6 月），頁 1-44。

69. 賴錫三：〈《莊子》身體觀的三維辯證：符號解構、技藝融入、氣化交換〉，《清華學報》新 42 卷第 1 期（2012 年 3 月），頁 1-43。

70. 賴錫三：〈《莊子》自然觀的批判考察與當代反思〉，《東華漢學》第 19 期（2014 年 6 月），頁 1-76。

71. 謝世忠：〈民族道德誌與人類學家的困境：台灣原住民運動研究的例子〉，《當代》第 20 期（1987 年 12 月 1 日），頁 20-30。

72. 謝世忠：〈界定狩獵——泰雅與太魯閣族的山林行走〉，《台灣風物》第 58 卷第 2 期（2008 年 6 月），頁 69 94。

五、報刊文章

1. 邱貴芬：〈原住民需要文學「創作」嗎？〉，《自由時報》2005 年 9 月 20 日，第 E7 版。

後記：如果距離也可以有意義

　　若有一日，我能回顧自己的人生，那麼拿到博士學位之後的這五年，或許是一段意義非凡又艱辛異常的時光。幾番重新校準自己的生活，在不同的想像與圖景中反覆刷洗暈染太過的疊影。當自己並不如預期走上一條學術專職路途時，那當中的徬徨與猶豫，那反覆自我詰難與叩問的銳利，總是一次又一次地，在無人關注的時刻剖析至最精細的幅度。我往往以為能夠一探究竟，究竟其中，卻是呼嘘一聲的渺茫，彷彿宣告這存在即是虛無——關於學術、關於知識、關於才力及命定、熱情及努力。於是，我不免總在賦予價值，關於日常，關於人際社群，當然也關於一本間隔五年後出版的著作。

　　第一次意識到研究台灣原住民文學，是在碩士論文的時候。當時我以〈台灣當代散文的空間意識及其書寫型態〉為題，理所當然應該要把原住民文學也納入討論。然而，一直覺得「應該」卻沒有「實際」去做的原因，一方面源於研究的能量能力有限，另一方面對於原住民文學到底要不要獨立標舉出來（或是納入全書各章各節）頗為猶豫。後來決定不納入討論，大概也是基於想要留待他日完成的想法吧。直到二〇一〇年碩論以《文本多維》出版時，我都還想著來日應當補一章原住民文學的研究進去才是。

　　偶然地，就讀博士班期間，某一屆政大中文舉辦的「道南論衡」研討會送來兩篇份屬「現代文學」的論文，希望我能夠協助審閱。因時間有限，當時只留下了一篇討論夏曼‧藍波安的稿件。為了更有效地審閱那篇文章，我蒐齊了夏曼‧藍波安的著作，並且依次閱讀完畢。就在這仔細閱覽的過程中，彷彿張開了一雙新的眼睛——原來，我在博士班期間，特別迷戀於研讀哲學與美學的著作，從個人知識、身體美學、技藝哲學等，在在吸引我的目光。那些精細的理論辯證與闡釋，卻在夏曼‧藍波安的筆下，增添了豐滿的骨血肌理。我順此

摘錄出相關的片段，並且加以彙整分析，一時之間匯集的筆記，已遠遠超過對原本該回饋審查意見的論文。

由那次機緣寫下的審查筆記，從而到政大台文所修習孫大川教授「原住民漢語文學專題」課程，逐漸形成後來的課堂報告、研究計畫，之後更以〈台灣當代原住民漢語文學知識／姿勢與記憶／技藝的相互滲透〉博士論文之題，乃至終於形成了眼前的這一部著作。這些年來，我研讀教授原住民文學，其實常常有一個問題：這樣的文學，有多少人能讀到？誰會讀到？如何讓更多的人讀到？於是我利用在臺北大學代課與兼任的機會，講授原住民文學。縱使委匿於「大一國文」或「原住民文化與藝術」的課程名稱下，我卻不願意原住民文學只是課程中的一兩頁。我以專題的方式，堂堂皇皇，上滿整個學期，我想讓更多年輕的學生有機會接觸與理解原住民以及文學。

但我也明白，這事也只能做到這裡而已。這十年來兼課的經驗豐富，卻也僅有這個機緣能夠沿順著體制內的舊課教授原住民文學。好幾次接連提案希望能夠正式通過一門課程在相關系所，卻屢遭回絕。我固然明白體制核心自有其種種考量與思索，但多一門課，多一個說法，難不成是有礙的嗎？

同樣的疑惑，其實正也是當年我撰寫博士論文時的處境。我自知對於原住民文化與生活處境沒有切身的理解，然而正是這樣的遠隔，創造出了一種特殊的詮釋的距離。儘管我不無興奮與自得──尤其當我從一個外部的立場，援引不同的理論或思想重新解讀時──但我也時時謹慎地自我提醒，這不是一種究竟或唯一的姿態，我很願意承認這只是一種外部觀點。

無論是基於倫理、知性或情意，我們總是企慕真實而排斥表演，為了追求更真切的詮釋，我們不斷挪動自身的位置，靠近又靠近，為的是全副身心投入於客體的情境之中，相互融滲，甚至釋放了自身的疆域。學術訓練我們追求真知，也渴望真知。但所謂的真實會不會反而是另外一種迷障？這是步入中年之後逐漸而有的挖掘。說到底，在這樣的詮釋行動中，我一開始就保持了距離，站在外部觀看，直到如今這個位置都還是那麼地吸引我，致使我總是流連忘返。如果距離也可以有意義，那麼時隔五年之後再出版的論文，或許就是希望利用

時歲的間隔，讓我對過去的思索有另一番省察後，替自己留下一點點回音。

這一路來，非常感謝博士論文導教授孫大川老師。眾所周知，孫老師是台灣原住民文學研究的巨擘，但他所展現出來的學問與氣度遠不僅於此。老師才華橫溢、幽默睿智。在課堂上，機趣橫生的話鋒與吉光片羽的哲思，也都引人入勝，而且深刻地影響著我的學思。此番出版校對舊作，才赫然驚覺近年來我打算發展的學術議題，仍然淵源於老師的授課講詞。猶記當年博論如火如荼開展之際，每每於午憩時間到監察院向老師請益的情景。至今想起來，我們師徒二人的討論，竟頗有幾分名士之風雅。老師總領著我在大問題上商較研議，一旦共鳴，我便覺得安心。

本書得以順利出版，特別感謝當年初試與口考的委員：林瑞明教授、浦忠成教授、浦忠勇教授、黃心雅教授、謝世忠教授。各位教授願意不吝於給予這樣不成熟的著作指正，也對於闇於人情世故的我予以許多的寬容，至今想起都銘感於內。前些年在成大遇到林瑞明老師，我向他提及博論出版後希望能夠呈送一本，言猶在耳，老師卻已仙去，人世無常，令人遺憾。也感謝孫大川老師與陳芷凡學姊慷慨賜序，為我行將枯槁的靈思，益添絕妙的風采。

尤其重要的，感謝元華文創願意承接出版本書，於此艱困的圖書產業前景中，出版學術專著並不是件輕而易舉的事情。無論如何，終於能夠看到這本書的出版，這給予我的鼓勵與感動，真的不止一點點。

傅佑軒

2020 年 11 月 7 日於萬芳

國家圖書館出版品預行編目(CIP) 資料

知識、技藝與身體美學：台灣原住民漢語文學析
論 / 陳伯軒著. -- 初版. -- 臺北市：元華文
創, 2021.01
面 ； 公分

ISBN 978-957-711-191-3 (平裝)

1.臺灣文學 2.臺灣原住民 3.文學評論

863.8   109015797

知識、技藝與身體美學：台灣原住民漢語文學析論

陳伯軒　著

發 行 人：賴洋助
出 版 者：元華文創股份有限公司
聯絡地址：100 臺北市中正區重慶南路二段 51 號 5 樓
公司地址：新竹縣竹北市台元一街 8 號 5 樓之 7
電　　話：(02) 2351-1607　　傳　真：(02) 2351-1549
網　　址：www.eculture.com.tw
E-m a i l：service@eculture.com.tw
出版年月：2021 年 01 月 初版
定　　價：新臺幣 460 元

ISBN：978-957-711-191-3 (平裝)

總經銷：聯合發行股份有限公司
地 址：231 新北市新店區寶橋路 235 巷 6 弄 6 號 4F
電 話：(02)2917-8022　　傳 真：(02)2915-6275